Promessa Mortal

J. D. ROBB

SÉRIE MORTAL

Nudez Mortal
Glória Mortal
Eternidade Mortal
Êxtase Mortal
Cerimônia Mortal
Vingança Mortal
Natal Mortal
Conspiração Mortal
Lealdade Mortal
Testemunha Mortal
Julgamento Mortal
Traição Mortal
Sedução Mortal
Reencontro Mortal
Pureza Mortal
Retrato Mortal
Imitação Mortal
Dilema Mortal
Visão Mortal
Sobrevivência Mortal
Origem Mortal
Recordação Mortal
Nascimento Mortal
Inocência Mortal
Criação Mortal
Estranheza Mortal
Salvação Mortal
Promessa Mortal

Nora Roberts

escrevendo como

J. D. ROBB

Promessa Mortal

Tradução

Renato Motta

1ª edição

Rio de Janeiro | 2018

Título original: *Promises in Death*

Capa: Leonardo Carvalho

Texto revisado segundo o novo
Acordo Ortográfico da Língua Portuguesa

2018
Impresso no Brasil
Printed in Brazil

CIP-BRASIL. CATALOGAÇÃO NA PUBLICAÇÃO
SINDICATO NACIONAL DOS EDITORES DE LIVROS, RJ

R545p

Robb, J. D.
Promessa mortal / Nora Roberts escrevendo como J. D. Robb; tradução de Renato Motta. – 1ª ed. – Rio de Janeiro: Bertrand Brasil, 2018.
; 23 cm. (Mortal)

Tradução de: Promises in death
Sequência de: Salvação mortal
ISBN 978-85-286-2283-6

1. Ficção americana. I. Motta, Renato. II. Título. III. Série.

17-46066

CDD: 813
CDU: 821.111(73)-3

EDITORA BERTRAND BRASIL LTDA.
Rua Argentina, 171 – 2º andar – São Cristóvão
20921-380 – Rio de Janeiro – RJ
Tel.: (21) 2585-2000 – Fax: (21) 2585-2084

Atendimento e venda direta ao leitor:
mdireto@record.com.br ou (21) 2585-2002

O amor atrai para uma mulher quase toda a má sorte do mundo.

— Willa Cather

Laços familiares fortes podem significar pouca gentileza.

— William Shakespeare

Prólogo

Na prática, ela já estava morta no instante em que atendeu ao *tele-link*. Não estranhou receber uma ligação daquela pessoa nem a urgência do chamado. Na verdade, ondas de prazer e de empolgação a invadiram ao desistir de seus planos de se deitar um pouco mais cedo naquela noite. Com movimentos graciosos e eficientes, vestiu-se às pressas e pegou tudo que precisaria levar.

Atravessou seu lindo apartamento, ordenou que as luzes se apagassem quase por completo e se lembrou de colocar para dormir o seu pequeno gato androide, que o homem que amava lhe dera para que servisse de companhia.

Ela o batizara de Sachmo.

Ele miou baixinho, piscou os olhos verdes muito brilhantes e se enroscou, encolhendo-se na forma de uma bola. Ela acariciou por alguns instantes o pelo branco e sedoso.

— Eu já volto — murmurou, fazendo uma promessa que não tinha como saber que seria quebrada.

Passou os olhos pelo apartamento ao abrir a porta e sorriu para o buquê de rosas vermelhas em plena e dramática floração na mesa, perto da janela que dava para a rua. E pensou em Li.

Saiu e trancou a porta pela última vez.

Seguindo um hábito arraigado, preferiu descer pela escada. Era uma mulher esbelta e de porte atlético com olhos de um azul escuro. O cabelo louro repartido ao meio caía por seus ombros como uma cortina que se abre para revelarem o rosto encantador. Ela estava com 33 anos e aproveitava uma época feliz em sua vida, flertando com os limites suaves do amor por um homem que lhe dava gatinhos e rosas.

Pensava em Nova York, em sua vida e naquele homem como um novo capítulo que ela se alegrava em percorrer página por página, desvelando aos poucos.

Apagou tudo isso da cabeça; focou a atenção no lugar aonde precisava ir e no que precisava fazer. Menos de dez minutos após a chamada, ela já estava no segundo lance de escada, virando-se para descer o seguinte.

Teve um instante para registrar o movimento inesperado da pessoa que iria matá-la saindo de seu esconderijo. Outro décimo de segundo foi para a surpresa quando ela reconheceu o rosto à sua frente. Porém, não houve tempo bastante para reagir, nem sequer para dizer alguma coisa antes que a rajada da arma de atordoar a atingisse na barriga e a derrubasse.

Voltou a si com um forte choque, uma ardência na pele e no sangue. Foi como sair do escuro para a luz. A rajada da arma deixara seu corpo entorpecido e sem forças, mesmo quando sua mente pareceu voltar à realidade. Paralisada, ela lutou, tentando qualquer movimento, e fitou os olhos da pessoa que iria assassiná-la. Os olhos de uma pessoa amiga.

— Por quê? — A pergunta foi fraca, mas tinha de ser feita. Tinha de haver uma resposta. Sempre havia.

Ela teve essa resposta quando morreu no porão, cinco andares abaixo do seu lindo apartamento, onde as rosas floresciam em vermelho e um gatinho androide ronronava em seu sono.

Capítulo Um

Eve saiu do chuveiro e entrou no tubo secador. Enquanto o ar quente girava ao seu redor, ela fechou os olhos e oscilou um pouco para a frente. Tinha acordado de um belo sono de oito horas corridas e despertara cedo o bastante para se deliciar com o que considerava a sua "hidroterapia".

Trinta voltas na piscina seguidas por uma sessão de hidromassagem e um banho quente de vinte minutos. Aquele era um ótimo jeito de começar bem o dia.

A véspera fora um dia muito produtivo. Encerrara um caso em duas horas. Quando um cara resolvia matar seu *melhor amigo* para depois fazer parecer que tudo fora um assalto, obviamente não devia ser visto usando o relógio de pulso do tal amigo, ainda mais com o nome do dono gravado.

Eve também havia testemunhado no tribunal sobre um caso antigo, mas as alegações e a postura do advogado da defesa do acusado não tinham sequer arranhado a integridade de seu testemunho.

Para fechar o dia com chave de ouro, jantara em casa com seu marido e assistira a um bom filme. Depois, curtira um sexo excelente antes de apagar durante maravilhosas oito horas de sono.

Sua vida, no momento, estava ótima.

Ela só faltava cantarolar enquanto pegava o robe de banho pendurado atrás da porta. Fez uma pausa, franziu a testa e analisou a roupa. Era curta, sedosa e tinha cor de cerejas pretas.

Eve tinha certeza de que nunca vira aquela peça antes.

Encolhendo os ombros, vestiu o robe e entrou no quarto.

Havia muitas formas de um bom dia se tornar melhor, refletiu, e aquela ali estava no topo da lista. Roarke tomava café na saleta de estar enquanto examinava os relatórios matinais das bolsas de valores de todo o mundo no telão.

Aquelas eram as mãos que tinham feito mágica em seu corpo na noite anterior; uma delas segurava o café e a outra acariciava distraidamente o gato gordo. Os olhos bicolores de Galahad pareciam fendas de êxtase ao fitar o dono — e ela o compreendia.

A linda boca esculpida de Roarke havia virado o corpo de Eve de cabeça para baixo e lhe proporcionado ondas de prazer, logo dissipadas, até que sobrasse somente um corpo relaxado, saciado.

A poucas semanas de completarem dois anos de casados, avaliou Eve, a quente atração que existia entre eles não mostrava sinais de enfraquecer. Como prova disso, seu coração deu uma cambalhota quando ele lentamente virou a cabeça, e seus olhos azuis e magnéticos se encontraram com os dela.

Será que ele também sentia aquilo?, perguntou a si mesma. Será que sentia toda vez? A todo momento?

Roarke sorriu, e tanto a inteligência quanto o prazer se espalharam por um rosto que, Eve imaginou tolamente, devia fazer os deuses chorarem de alegria pela sua criação.

Ele se levantou e foi até onde ela estava — muito alto, ágil e esbelto — para tomar o rosto de sua mulher entre as mãos. Foi apenas um roçar daqueles dedos ágeis sobre a sua pele antes de sua boca se encontrar com a dela e transformar em perfeita uma manhã já radiante.

— Café? — ofereceu ele.

— Quero sim, obrigada. — Eve era uma policial veterana, uma lenda na Divisão de Homicídios, "dura e implacável", em suas próprias palavras. E seus joelhos estavam trêmulos. — Acho que deveríamos tirar alguns dias de folga. — Roarke programava o AutoChef para um café da manhã reforçado que, como Eve bem sabia, ele planejava que ela comesse. — Quem sabe em julho. Para comemorar o nosso segundo aniversário de casamento. Quer dizer... Se você conseguir encaixar isso entre a dominação mundial e suas conquistas planetárias.

— Engraçado você tocar no assunto.

Ele colocou o café na mesa e trouxe dois pratos. Parecia que bacon com ovos eram o cardápio daquela manhã. No sofá, Galahad se remexeu e abriu os olhos. Roarke simplesmente apontou um dedo para o gato e disse com firmeza:

— Não! — O gato o esnobou e tornou a se encolher. — Pensei em tirarmos algumas semanas.

— O quê? Nós? Longe daqui? Algumas semanas? Eu não posso...

— Sei, sei, o crime irá dominar nossa cidade em julho de 2060, reduzi-la a cinzas fumegantes, se a tenente Eve Dallas não estiver aqui para servir e proteger.

O sotaque irlandês envolvia sua voz com uma magia enevoada, enquanto ele pegava o gato inerte e o colocava no chão para abrir espaço no sofá para Eve.

— Talvez — murmurou ela. — Além disso, não vejo como você poderia se afastar dos negócios durante duas semanas, já que é dono de noventa por cento dos negócios no universo conhecido.

— Não mais que cinquenta por cento, na verdade. — Roarke voltou a pegar seu café, esperando que ela se juntasse a ele. — De qualquer modo, de que me serve ter tudo isso e mais você, querida Eve, se eu não puder arranjar tempo para ficarmos juntos, longe do seu trabalho e do meu?

— Eu talvez consiga me afastar por uma semana.

— Eu estava pensando em quatro.

— *Quatro*? Quatro semanas? Mas isso é um mês!

Seus olhos riram sobre a borda da caneca.

— Ah, é...? Puxa, acho que você tem razão.

— Eu não posso ficar fora durante um mês. Afinal, um mês é... um mês!

— Sim, um mês com certeza não é uma galinha, por exemplo.

— Rá-rá! Escute, talvez eu consiga esticar essa folga até dez dias, mas...

— Três semanas — contrapôs ele.

Eve franziu a testa, mas Roarke continuou:

— Já tivemos que cancelar nossos planos para férias curtas de fim de semana duas vezes este ano. Uma vez por causa do seu trabalho, outra por causa do meu. Três semanas.

— Eu não poderia tirar mais que duas, mesmo que...

— Duas semanas e meia, então. Dividimos a diferença ao meio. — Ele entregou um garfo a ela.

Eve franziu a testa mais uma vez.

— Você planejava duas semanas e meia desde o princípio.

Ele pegou na mão dela e a beijou.

— Seus ovos vão esfriar.

Ela já arrancara confissões de assassinos cruéis; já conseguira informações de delatores escorregadios só com a fúria dos olhos, mas nunca conseguiria sair em completa vantagem em uma negociação com Roarke.

— Para onde iremos durante essas maravilhosas duas semanas e meia?

— Aonde você gostaria de ir?

Dessa vez ela sorriu. Quem precisava de completa vantagem?

— Vou pensar a respeito.

Ela comeu e se vestiu, feliz por ter sobrado tempo bastante para se *demorar* um pouco mais. Enquanto prendia seu coldre com a arma, considerou a possibilidade de tomar mais uma xícara de café antes de ir para a Central de Polícia.

Seu comunicador tocou. Quando ela o pegou no bolso e viu "Emergência" na tela, todo o seu corpo assumiu a atitude de policial, dos pés à cabeça.

Roarke viu isso acontecer. Sempre o fascinava a forma como aqueles olhos cor de uísque podiam passar de descontraídos e sorridentes para duros e vazios em décimos de segundo. Ela estava ereta agora, seu corpo alto e magro pronto para a luta, as longas pernas ligeiramente abertas e as botas plantadas no chão com firmeza. Seu rosto e todos aqueles ângulos deliciosos não mostravam expressão alguma nesse momento. A boca generosa que estivera curvada em um sorriso momentos antes agora estava fechada e reta.

— Dallas falando.

Emergência para a tenente Eve Dallas. Procure os policiais enviados à Rua 23 Oeste, número 525. Subsolo do edifício, um prédio residencial. Possível homicídio. Vítima do sexo feminino.

— Entendido, estou a caminho. Entre em contato com a detetive Delia Peabody. Mande-a encontrar-se comigo na cena do crime.

— Bem, pelo menos deu tempo de você tomar o café da manhã — comentou Roarke quando ela guardou o comunicador. Ele roçou um dos dedos de leve pelo rosto de Eve e o deslizou até a covinha do queixo.

— Pois é. Não vou conseguir tomar essa última xícara de café. Por outro lado, essa mulher da Rua 23 Oeste também não vai mais tomar café nenhum.

Trânsito entupia as ruas. Primavera, pensou Eve, forçando passagem; época de narcisos e novos turistas. Ela abriu caminho através da Sétima Avenida, onde conseguiu seguir sem retenções por uns dez quarteirões. Com os vidros das janelas abaixados, deixou que o ar perfumado da cidade soprasse sobre ela e fizesse voar seu cabelo castanho curto e repicado.

O cheiro de substitutos de ovos e café com cara de lodo emanava das carrocinhas de lanches; poeira de concreto voava do calçamento, atacado por um bando de operários com britadeiras. O barulho da obra, a sinfonia das buzinas quando ela chegou a outro ponto de retenção, o ruído dos pés no pavimento enquanto os pedestres surgiam sobre um cruzamento... tudo isso criava a música urbana que ela entendia bem.

Eve reparou que os vendedores ambulantes — licenciados ou não — armavam suas mesas no meio da calçada, na esperança de atrair pessoas que estavam a caminho do trabalho ou turistas madrugadores com fome para um belo café da manhã. Bonés e camisetas substituíam as luvas e os cachecóis pesados do inverno. Os mercadinhos, já abertos, exibiam caixas de frutas ou flores em conjuntos coloridos que se propunham a alimentar o corpo e a alma.

Uma travesti com mais de um metro e noventa circulava com sandálias altíssimas de salto azul. Sacudia sua longa cabeleira dourada e apertava com cuidado um melão para ver se estava maduro. Enquanto esperava o sinal verde, Eve olhou para uma senhora miúda com mais de 100 anos que se aproximou da travesti em sua cadeira de rodas motorizada. A travesti e a centenária se lançaram em uma conversa animada enquanto selecionavam frutas.

Você tem que amar Nova York, pensou Eve quando o sinal abriu. Ou, então, é melhor ficar longe. Ela virou em direção a Chelsea, totalmente em sintonia com a cidade que era sua.

Ao chegar ao número 525, parou e ligou a luz de "viatura em serviço", ignorando os xingamentos mal-humorados e os gestos rudes lançados ao ar pelos seus companheiros nova-iorquinos. A vida e a morte na megalópole, pensou, quase nunca eram suaves.

Pendurou o distintivo na jaqueta, pegou o kit de serviço no porta-malas e se aproximou do guarda que estava na entrada.

— O que temos até o momento?

— O corpo está no porão, tenente. Sexo feminino, cerca de 30 anos. Sem identidade, sem joias, sem bolsa, nada que a identifique. Ainda está vestida, então não parece ter sido um crime sexual. — Ele a conduziu enquanto falava. — Um vizinho e o filho encontraram a vítima quando chegaram ao porão para pegar a bicicleta do menino, que estava em um dos guarda-volumes do prédio. O filho tinha ficado de castigo ou algo assim. O que importa é que eles deram o alarme. O homem que a encontrou acha que talvez ela more aqui, ou perto. Talvez a tenha visto antes, mas não tem certeza. Tirou o filho do local bem depressa e não deu uma boa olhada no corpo.

Eles seguiram por uma escada; suas pesadas botas e seus sapatos de policial faziam ruídos metálicos nos degraus.

— Eu não vi arma alguma, mas ela tem queimaduras aqui. — Ele bateu com os dedos na carótida. — Parece que foi atingida por uma rajada.

— Quero dois policiais fazendo o interrogatório preliminar nos apartamentos vizinhos. Quem viu o quando e o quê. Garanta que o vizinho e o filho fiquem em segurança. Qual é o nome deles?

— Terrance Burnbaum; o menino se chama Jay. Estamos cuidando deles no apartamento 602.

Ela acenou com a cabeça para os dois policiais que tomavam conta da cena do crime e ligou o gravador.

— Tenente Eve Dallas na cena da Rua 23 Oeste, número 525. Minha parceira está a caminho. Descubra se o prédio tem um zelador ou síndico. Se tiver, eu quero falar com ele.

Eve examinou os arredores com atenção antes de começar. Piso de concreto, vários guarda-volumes, canos, teias de aranha. Sem janelas nem portas. Sem câmeras de segurança.

— Vou querer todas as gravações do sistema de segurança das entradas do prédio e das escadas também. Encontre o síndico.

Ele a atraiu até aqui, pensou Eve quando abriu o kit de serviço e pegou a lata de spray selante. Ou então a forçou a vir até o porão.

Talvez ela tenha descido para pegar alguma coisa e foi atacada. Não há saída secundária neste lugar.

Ela estudou o corpo ali de onde estava, enquanto cobria as mãos e as botas com o líquido selante. A vítima era magra, mas não parecia fora de forma. A cabeça estava virada para o outro lado, e fios louros lhe cobriam o rosto. Seu cabelo brilhava, e as roupas eram de boa qualidade.

Não era moradora de rua, pensou. Não com aquele cabelo, aquelas roupas de qualidade e aquela mão de unhas bem-tratadas à mostra.

— A vítima está deitada sobre o lado esquerdo do corpo, voltada para a escada. Não há marcas de pegadas visíveis no chão de concreto. Tudo parece limpo. Burnbaum moveu o corpo?

— Ele diz que não — respondeu o guarda. — Garante que apenas se agachou para sentir o pulso da vítima. Disse que o corpo lhe pareceu frio e não tinha pulso; então percebeu que ela já estava morta. Aí pegou o filho e subiu para casa.

Eve deu a volta no corpo, agachada. Foi então que algo acionou um leve alarme em seu cérebro, uma espécie de reviravolta no estômago. Levantou os cabelos da vítima.

Por um instante, um segundo muito doloroso, tudo dentro dela ficou gelado.

— Droga. Cacete. Ela é uma de nós.

O guarda que a acompanhava deu um passo à frente.

— Ela é policial?

— Sim. Amaryllis Coltraine. Pesquise pelo nome agora mesmo e me consiga o endereço dela. Detetive Coltraine... Puta que pariu.

Morris, pensou Eve. Que inferno.

— Este é o prédio dela, tenente. Ela mora no apartamento 405.

Ela confirmou as impressões digitais; precisava fazê-lo, tudo tinha de ficar registrado oficialmente. Seu medo e seu enjoo logo se tornaram uma fúria gélida.

— A vítima foi identificada como sendo a detetive Amaryllis Coltraine, do Departamento de Polícia da Cidade de Nova York. Ela mora neste endereço, no apartamento 405.

Ela levantou a ponta do casaco leve.

— Onde está sua arma, Coltraine? Onde está a porra da sua arma? Eles a usaram contra você? Mataram você com a sua própria arma? Não há ferimentos visíveis que indiquem luta, as roupas não estão amarrotadas. Não vejo nada, exceto a queimadura de uma rajada de atordoar junto da garganta. Ele apontou sua própria arma contra sua garganta e apertou o gatilho, não foi? Com força máxima.

Ela ouviu um barulho de metal na escada, olhou para cima e viu sua parceira descendo.

Peabody tinha um ar fresco e primaveril. Seu cabelo se movia com leveza junto do pescoço e envolvia seu rosto quadrado numa névoa escura. Vestia um blazer cor-de-rosa e usava maquiagem igualmente rosa — uma escolha de cor que provocaria comentários sarcásticos de Eve se as circunstâncias fossem outras.

— Que assassinos simpáticos; esperaram quase a hora de começar nosso turno — disse Peabody com ar alegre. — O que temos para hoje?

— É a Coltraine, Peabody.

— Quem? — Peabody se aproximou, olhou para baixo, e toda a cor rosada pareceu escorrer de suas bochechas. — Meu Deus. Ah, meu Deus. É a garota de Morris... Ah... Não pode ser!

— Ela não está portando a arma dela. Pode ser a arma do crime. Se estiver aqui, temos que encontrá-la.

— Dallas...

As lágrimas surgiram nos olhos de Peabody. Eve as entendia e também as sentia na própria garganta. Limitou-se a sacudir a cabeça.

— Mais tarde vamos lamentar. Mais tarde! Guarda, quero que você chame um companheiro e verifique o apartamento dela. Faça questão de examinar tudo. Quero ser informada caso algo seja encontrado, e mesmo que não seja. Quero ser informada de tudo. Agora!

— Sim, senhora. — Ela percebeu na voz do guarda não as lágrimas, mas a raiva em estado latente. O mesmo sentimento que tinha embrulhado o estômago dela.

— Dallas. Dallas, como vamos contar isso para ele? — quis saber Peabody.

— Trabalhe aqui na cena do crime. Precisamos cuidar do agora. O que vier depois veremos depois. — A própria Eve não sabia a resposta. — Procure pela arma dela, pelo coldre, qualquer outra coisa que possa ser dela. Trabalhe na cena, Peabody. Vou examinar o corpo.

Suas mãos estavam firmes quando ela pegou os aparelhos de medição e se lançou ao trabalho. Manteve a pergunta de Peabody longe da mente; a preocupação sobre como ela contaria aquilo ao chefe dos médicos legistas do departamento. Como ela contaria ao seu amigo que a mulher que tinha colocado o brilho em seus olhos estava morta.

— Hora da morte: 23h40 da noite passada.

Depois de fazer tudo que podia ali, Eve se ergueu e endireitou as costas.

— Teve sorte? — perguntou a Peabody.

— Não. Todos esses armários... Se o assassino deixou a arma e a escondeu por aqui, há muitos lugares.

— Vamos chamar os peritos para que investiguem isso. — Eve massageou o espaço entre os olhos. — Temos de conversar com o vizinho que notificou a polícia e com o filho dele. Depois, vamos examinar o apartamento dela. Não podemos levá-la para o necrotério até que Morris seja informado. Ele não pode descobrir desse jeito.

— Não. Pelo amor de Deus, é claro que não.

— Deixe-me pensar. — Eve olhou fixamente para a parede. — Descubra em que turno ele está. Não podemos deixar que a levem para o necrotério até que...

— Os policiais da cidade sabem quando um de nós é assassinado, Dallas. A notícia vai começar a se espalhar. Policial. Sexo feminino. Neste endereço ou simplesmente nesta região. Se Morris ouvir os rumores...

— Merda, tem razão. Você está certa. Assuma tudo aqui. Os guardas estão com Terrance Burnbaum e o filho no apartamento 602. Fale com eles primeiro. Não deixe que eles a levem da cena do crime, Peabody.

— Tudo bem, não vou deixar. — Peabody fez uma pesquisa rápida no tablet. — Uma coisa boa, pelo menos: Morris hoje está trabalhando no turno de meio-dia às oito da noite. Não deve chegar ao necrotério tão cedo.

— Eu irei até a casa dele. Pode deixar que eu dou a notícia.

— Santo Cristo, Dallas! — As palavras saíram trêmulas. — Meu Deus!

— Se você terminar no 602 antes de eu voltar, comece a examinar o apartamento dela. Pente fino, Peabody. — Passo a passo, Eve lembrou a si mesma. Siga todos os passos sem hesitar. Pense sobre a dor e o sofrimento mais tarde. — Entre em contato com a Divisão de Detecção Eletrônica, mas me dê algum tempo antes de convocá-los. Quero varreduras em todos os aparelhos de comunicação dela, todos os computadores. Os guardas estão procurando o síndico, peça para eles pegarem todos os discos de segurança. Não se esqueça de...

— Dallas — disse Peabody, com voz suave. — Eu sei o que fazer. Você me ensinou o que fazer. Eu cuidarei dela. Pode confiar em mim.

— Eu sei. Eu sei. — Eve lutou para deixar escapar um nó que teimava em travar a garganta dele. — Eu não sei o que vou dizer a ele. Não sei como dar essa notícia.

— Não existe jeito fácil.

Não poderia existir, pensou Eve. Não deveria existir.

— Pode deixar que eu aviso a você quando... Quando eu acabar.

— Dallas. — Peabody estendeu o braço e apertou a mão de Eve. — Diga a ele... quando lhe parecer o momento adequado... diga a ele que eu sinto muito. Sinto de verdade.

Com um aceno de cabeça, Eve partiu em sua missão. O assassino tinha saído por ali, pensou. Havia apenas uma saída. Havia saído por aquela escada e saído por aquela porta. Ela reabriu seu kit de serviço sem saber se estava paralisada ou se simplesmente estava fazendo seu trabalho. Pegou os minióculos, estudou a fechadura, o portal e não encontrou sinal algum de arrombamento.

Ele pode ter usado o cartão magnético da própria Coltraine, pensou Eve. A menos que ele já estivesse aqui antes dela, pode tê-la atacado quando ela desceu.

Droga, maldição, ela não conseguia *vê-lo*. Não conseguia limpar sua mente para vê-lo sem envolvimento pessoal. Subiu até o primeiro andar e depois repetiu o processo na porta dos fundos do prédio, mas obteve os mesmos resultados negativos.

Um morador... alguém que teve sua entrada liberada por um morador — quem sabe a própria vítima. Pode ter sido alguém com uma chave mestra ou habilidade para arrombar fechaduras.

Estudou a câmera de segurança na porta dos fundos. Fechou a porta por dentro e a trancou quando um dos guardas apareceu.

— O apartamento está em ordem, tenente. Cama feita, sem pratos espalhados, tudo limpo e arrumado. As luzes estavam fracas. Ela, ahn, tinha um gatinho robótico. Ela o deixou em modo de suspensão.

— Você encontrou a arma e o distintivo dela?

O maxilar dele se apertou.

— Não, senhora. Encontramos um pequeno cofre no armário do quarto. Havia um espaço para a sua arma principal, outra para uma arma de perna, e o coldre para ambas. Nenhuma das duas armas estava lá. O cofre não estava trancado. Também não vimos o distintivo, tenente. Não procuramos em toda parte, mas...

— O que você faz com o seu distintivo quando se vê fora de serviço e em casa, policial... Jonas?

— Eu o coloco em cima da cômoda.

— Exato. Bloqueia a arma e deixa o distintivo na cômoda. Talvez em cima do cofre, mas em algum local de fácil acesso. A detetive Peabody será a responsável pelas buscas no apartamento, agora. Eu não quero que o nome da vítima seja divulgado, entendeu? Não quero vazamentos. Mantenha a informação em sigilo até eu liberar. Entendido?

— Sim, senhora.

— É uma de nós lá embaixo. Ela merece esse respeito.

— Sim, senhora.

Ela saiu, ficou parada na calçada e respirou devagar. Permitiu a si mesma só respirar um pouco. Olhou para cima e observou as nuvens que se arrastavam pelo céu. Cinza-escuro sobre azul. Uma imagem adequada, pensou. Adequadíssima.

Caminhou até a viatura e a abriu. Preso em uma vaga ao lado, um motorista colocou a cabeça para fora da janela do carro e sacudiu o punho na direção de Eve.

— Malditos policiais! — gritou ele. — Pensam que são os donos das ruas, não é?

Ela se imaginou indo até a janela e enfiando a mão na cara dele, porque uma das policiais que ele acabara de xingar estava morta em um piso de concreto ali perto, em um porão sem janelas.

Talvez alguma coisa tenha transparecido em seu rosto, no olhar rígido e frio. O sujeito recolheu a cabeça, subiu o vidro do carro e trancou as portas do veículo por dentro.

Eve olhou para ele por mais um momento e viu quando ele se encolheu diante do volante. Então entrou em seu carro, recolheu a luz que indicava "viatura em serviço" e foi embora.

Teve de procurar o endereço de Morris e usou o computador do painel para isso. Estranho, pensou. Nunca estivera no apartamento dele. Ela o considerava um amigo — um bom amigo, não apenas um conhecido ou colega de profissão. Porém, eles raramente se encontravam socialmente, fora do trabalho. Por que seria?

Talvez porque ela resistia à socialização como se fosse a extração de um dente? Sim, era bem possível.

Eve sabia que Morris gostava de música — apreciava especialmente jazz e blues. Tocava saxofone e se vestia como uma estrela do rock em ascensão; tinha a cabeça cheia de informações e trivialidades interessantes, muitas vezes incompreensíveis.

Tinha humor, profundidade. E um grande respeito pelos mortos. Grande compaixão por aqueles deixados para trás pela morte.

Dessa vez, era uma mulher que ele talvez... Será que ele a amava?, perguntou Eve a si mesma. Talvez, podia ser que sim. Ele certamente se importava profundamente com aquela mulher, a policial que estava morta. E agora tinha sido ele quem ficara para trás.

As nuvens trouxeram uma fina chuva de primavera, daquele tipo que parecia borrifar levemente, em vez de despencar pesadamente sobre o para-brisa. Se a garoa durasse mais um pouco ou aumentasse de intensidade, os vendedores surgiriam do nada com guarda--chuvas. Essa era a magia do comércio de Nova York. O tráfego de veículos se tornaria mais lento; o tráfego de pedestres, mais rápido. E por algum tempo as calçadas brilhariam como espelhos negros. Os traficantes ilegais cobririam a cabeça com seus capuzes para prosseguir com os negócios ou correriam em busca de proteção sob os portais e marquises até a tempestade passar. Se houvesse mais de uma hora de chuva, seria mais fácil achar um diamante na calçada do que encontrar um táxi desocupado.

Deus abençoe Nova York... Até a cidade comer você vivo, pensou ela.

Morris morava no Soho. Ela devia ter adivinhado. Havia algo de boêmio, exótico e artístico no homem que escolhera ser o médico dos mortos.

Ele tinha uma tatuagem do Anjo da Morte vestindo uma túnica negra e uma foice. Eve vira isso inadvertidamente quando ligara para ele uma vez no meio da noite e o legista não se dera ao trabalho de bloquear o vídeo. Embora estivesse na cama e malcoberto por um simples lençol.

Um homem muito sexy. Não era de admirar que Coltraine tivesse...

Ah, Deus. Ah, Deus!

Ela parou de repente, sem conseguir evitar, e ficou procurando uma vaga para a viatura junto da calçada. Artistas locais tentavam vender suas mercadorias ou as tiravam da calçada e as levavam para suas barraquinhas a fim de protegê-las da chuva. Figuras descoladas demais para se contentar com as lojas da moda moravam ali em apartamentos pequenos, em meio a restaurantes variados, clubes e casas noturnas.

Ela encontrou uma vaga a três quarteirões do prédio de Morris. Atravessou a chuva enquanto as pessoas se precipitavam e pareciam girar em torno dela, procurando abrigo.

Ela subiu alguns degraus até a porta do prédio e se preparou para tocar a campainha. Não conseguiu. Ele a veria pela tela do interfone e isso lhe daria muito tempo para pensar ou então ele perguntaria o que tinha acontecido e ela não poderia responder. Em vez disso, Eve violou sua privacidade e usou a chave mestra para entrar em um pequeno saguão, compartilhado pelos outros apartamentos.

Subiu pela escada para ganhar um pouco mais de tempo e andou em círculos diante da porta de Morris. O que diria a ele?

Não podia seguir o roteiro padronizado, formal e distante: *Lamento informar... Meus pêsames pela sua perda.* Não ali, não com Morris. Rezando e pedindo alguma inspiração salvadora que a levasse pelo caminho correto, apertou a campainha.

Durante o tempo que esperou, sua pele esfriou. Seu coração bateu com mais força. Ouviu a fechadura se abrir e viu a luz de bloqueio passar de vermelho para verde.

Ele abriu a porta e sorriu para ela.

O cabelo de Morris estava solto. Ela nunca tinha visto seu cabelo solto, escorrendo pelas costas, sem estar trançado. Vestia uma calça e uma camiseta pretas. Seus exóticos olhos amendoados pareciam um pouco sonolentos. Ela percebeu o sono em sua voz quando ele a cumprimentou.

— Olá, Dallas. Uma visita inesperada bate em minha porta em uma manhã chuvosa.

Ela percebeu um ar de curiosidade nele. Nada de alarme, nada de preocupação. Ela sabia que seu próprio rosto não demonstrava coisa alguma. Pelo menos por enquanto. Isso iria levar mais um segundo ou dois, pensou. Apenas alguns segundos antes de despedaçar o coração dele.

— Posso entrar?

Capítulo Dois

Obras de arte pareciam radiar energia das paredes, em uma mistura eclética de cores arrojadas e brilhantes, além de formas elegantes de esboços de mulheres nuas ou em vários estágios de nudez, feitos a lápis.

O apartamento era um espaço aberto; a cozinha em preto e prata parecia fluir para uma área de jantar em vermelho forte que em seguida se curvava em uma sala de estar. Uma escada aberta prateada levava ao segundo andar, igualmente aberto e rodeado por uma grade brilhante.

Havia uma sensação de movimento no espaço, talvez devido à energia de toda a cor, pensou Eve, ou de todos os gostos dele e seus interesses exibidos ali.

Tigelas, frascos, pedras e fotografias disputavam posição com livros — não era de admirar que Morris e Roarke se dessem tão bem; além disso havia instrumentos musicais, esculturas de dragões, um pequeno gongo de latão e o que ela imaginou que fosse um crânio humano verdadeiro.

Observando o rosto dela, Morris apontou para o sofá comprido, sem braços.

— Por que não se senta, Dallas? Posso lhe oferecer um café aceitável. Nada de primeira linha como o que você está acostumada a beber.

— Não, obrigada, estou bem. — Mas ela pensou consigo mesma: Sim, vamos sentar e apenas tomar café. Não vamos fazer o que precisa ser feito.

Ele pegou na mão dela.

— Quem morreu? Um de nossos colegas? Os dedos dele apertaram os dela. — Peabody...

— Não. Peabody está... Não. — A coisa só piorava, pensou. — Morris, foi a detetive Coltraine.

Ela pôde perceber pelo seu rosto que ele não entendeu, não ligou a pergunta com a resposta. Ela fez a única coisa que podia fazer. Enfiou a faca em seu coração.

— Ela foi morta ontem à noite. Ela está morta, Morris. Ela se foi. Sinto muito.

Ele soltou a mão dela e se afastou. Como se rompendo aquele contato ele pudesse deter a realidade. Como se desse jeito ele pudesse congelar o tempo.

— Ammy? Você está falando de Amaryllis?

— Estou.

— Mas... — Ele se deteve um segundo para preparar a negação. Ela sabia as primeiras perguntas que surgiram em sua cabeça... *Será que ela estava certa? Poderia haver algum engano?* Mas ele a conhecia bem e não desperdiçou as palavras. — Como aconteceu?

— É melhor nos sentarmos.

— Conte-me como aconteceu.

— Ela foi assassinada. Parece que sua própria arma foi usada contra ela. Suas duas armas estão desaparecidos. Estamos procurando por elas. Morris...

— Não. Ainda não. — Seu rosto ficou sem expressão nem textura, como se fosse uma máscara esculpida com uma das suas próprias pedras polidas. — Só me conte o que você já sabe.

— Ainda não muita coisa. Ela foi encontrada esta manhã no porão de seu prédio por um vizinho e o filho. A hora de sua morte já foi determinada: 23h40 da noite passada. Não há sinais de luta na cena do crime nem em seu apartamento. Não há ferimentos visíveis nela, além da marca de uma rajada de atordoar junto à garganta. Ela não estava com a identificação no bolso, estava sem joias, sem bolsa, sem distintivo e sem arma. E estava completamente vestida.

Ela viu algo cintilar no rosto dele, como uma ondulação sobre a pedra, e entendeu o sinal. O estupro sempre tornava o assassinato pior.

— Ainda não verifiquei os discos de segurança porque precisava vir contar para você, antes. Peabody está na cena do crime.

— Preciso trocar de roupa. Vou trocar de roupa e ir para o trabalho em seguida. Tenho que cuidar dela.

— Não, você não vai fazer nada disso. Diga-me o nome do técnico em quem você mais confia, quem você quiser escolher, e providenciaremos para que ele realize a autópsia. Você, não.

— Não cabe a você decidir. Sou o chefe dos legistas.

— E eu sou a investigadora principal do caso. Você e eu sabemos que seu relacionamento com a... — ela engoliu a palavra "vítima" — a detetive Coltraine determina que você precisa se afastar dessa parte. Leve um minuto, leve tantos minutos de quanto precisar. Você não pode trabalhar no caso dela, Morris, para seu próprio bem e o bem dela.

— E você acha que vou ficar aqui sem fazer nada? Que vou me afastar e deixar que outra pessoa toque nela?

— Não estou pedindo que você fique aqui sem fazer nada. Mas estou dizendo que você não fará a autópsia. — Quando ele se virou e começou a subir a escada, ela simplesmente o pegou pelo braço.

— Não vou deixá-lo ir. — Ela disse isso com a voz muito calma e sentiu vibrar os músculos do braço dele. — Pode me dar um soco, gritar, jogar alguma coisa na parede, faça o que precisar fazer, mas eu vou impedir você. Ela também é minha, agora.

A raiva surgiu nos olhos dele e os deixou sombrios. Eve se preparou para um golpe; permitiria isso a ele. Só que a raiva se transformou em tristeza. Dessa vez, quando ele se virou, ela o soltou.

Ele caminhou até a janela comprida e larga que dava para o zumbido e a vibração do Soho. Colocou as mãos na ponta do peitoril e se deixou inclinar para a frente, apoiando-se ali para seus braços poderem aguentar um pouco do peso que suas pernas já não suportavam.

— Clipper. — Sua voz parecia tão exaurida quanto os olhos, agora. — Ty Clipper. — Quero que ele cuide dela.

— Vou providenciar

— Ela sempre usava um anel no dedo médio da mão direita. Uma turmalina rosa de corte quadrado, flanqueada por pequenas turmalinas verdes. Um anel de prata. Os pais dela deram essa joia de presente a ela no seu vigésimo primeiro aniversário.

— Certo.

— Você disse que ela estava no porão do prédio. Ela não teria motivos para ir lá.

— Há alguns armários guarda-volumes lá.

— Ela não alugava nenhum. Já me contou certa vez que eles cobravam um preço absurdo por essas gaiolas lá embaixo. Eu me ofereci para armazenar qualquer coisa que ela precisasse guardar aqui em casa, mas Ammy disse que não tinha acumulado tralhas desde que se mudara para precisar de espaço extra. Por que ela estava lá?

— Vou descobrir. Eu prometo. Morris, prometo a você que vou descobrir quem fez isso e por quê.

Ele assentiu, mas não se virou; só continuou a olhar pela janela para o movimento, a cor, a vida lá fora.

— Existe uma parte aqui dentro quando você se relaciona com policiais... sejam amigos, amantes ou simplesmente colegas... Existe uma parte que sabe do risco dessa relação, desse envolvimento. Trabalhei com policiais mortos em número suficiente para conhecer todos esses riscos. Mas você precisa colocar esse medo de lado, trancá-lo lá dentro, porque deve manter essa conexão. É isso que você faz, é assim que você é. Mesmo assim, você sabe, sempre sabe, e o impensável continua parecendo impossível.

"Quem conhece a morte melhor do que eu? Melhor do que nós? — completou ele, virando-se. — No entanto, sempre parece impossível. Ela estava tão cheia de vida. E agora não tem vida nenhuma."

— Alguém tirou a vida dela, e eu vou encontrar quem fez isso.

Ele assentiu outra vez, conseguiu chegar ao sofá e afundou ali.

— Eu estava me apaixonando por ela. Senti isso acontecer, aquela longa e lenta transformação. Nós queríamos que tudo rolasse devagar para aproveitarmos melhor. Ainda estávamos nos descobrindo. Continuávamos no estágio em que sempre que ela entrava em um lugar... sempre que eu ouvia a sua voz ou cheirava a sua pele, tudo dentro de mim cantava.

Ele deixou a cabeça cair nas próprias mãos.

Oferecer conforto não era sua melhor habilidade. Peabody, pensou Eve, teria as palavras certas para aquele momento, o tom correto. Tudo o que ela podia fazer era seguir o instinto. Ela andou até o sofá e se sentou ao lado dele.

— Diga-me o que fazer por você, e eu faço. Diga-me o que você precisa de mim que eu atendo. Li...

Talvez fosse o uso de seu primeiro nome, algo que Eve nunca tinha feito, mas o fato é que ele se virou para ela. Quando ele fez isso, ela o abraçou. Ele não rompeu o contato; manteve a bochecha pressionada à dela.

— Eu preciso vê-la.

— Eu sei, mas me dê algum tempo antes. Nós cuidaremos dela para você.

Ele recuou.

— Você precisa me perguntar algumas coisas. Ligue seu gravador e pode seguir em frente.

— Certo. — Rotina, pensou. Não era um tipo de conforto? — Diga-me onde você estava na noite passada entre 21 e 24 horas.

— Eu trabalhei até quase meia-noite, fazendo algumas horas extras e jogando fora alguns papéis. Ammy e eu planejamos viajar por alguns dias na semana que vem. Um fim de semana prolongado. Memphis. Reservamos uma pousada antiga. Íamos fazer um passeio pelos jardins, ver Graceland, a antiga casa de Elvis Presley... Ouvir um pouco de música. Conversei com várias pessoas no turno da noite. Posso lhe dar os nomes.

— Não precisa. Depois eu confirmo, vamos seguir em frente. Ela lhe contou algo sobre os casos que investigava? Falou sobre alguém com quem se preocupasse?

— Não. Nós não conversávamos muito sobre trabalho. Ela era uma boa policial. Gostava de encontrar respostas, era organizada e precisa. Mas não vivia para o trabalho. Não era como você. O trabalho era o que Ammy fazia, não o que a definia. Mas era muito inteligente e capaz. Sempre que nossos trabalhos se cruzavam, isso transparecia nela.

— E quanto à sua vida pessoal? Algum relacionamento importante do passado?

— Começamos a nos ver pouco depois de ela se transferir para cá, vindo de Atlanta. Apesar de estarmos curtindo tudo devagar, deixando as coisas se encaixarem aos poucos, nenhum de nós estava saindo com mais ninguém. Ela teve um relacionamento sério na faculdade. Durou mais de dois anos. Esteve envolvida com outro policial por algum tempo, mas disse que geralmente preferia relacionamentos casuais. Também disse que estava quebrando as próprias regras comigo. Sei que houve um namorado... um namorado sério... mas tudo terminou antes de ela se transferir para Nova York.

— Alguma queixa sobre vizinhos, alguém no prédio a incomodava?

— Não. Ela amava aquele apartamentozinho dela. Dallas, ela tem família em Atlanta.

— Eu sei. Vou notificá-los. Você quer que eu entre em contato com alguém que possa ajudá-lo?

— Não. Obrigado.

— Eu não trouxe um terapeuta de luto porque...

— Eu não quero um terapeuta de luto. — Ele apertou os dedos contra os próprios olhos. — Tenho uma chave do apartamento dela. Você vai querer ficar com ela, certo?

— Vou, sim.

Ela esperou enquanto ele subiu a escada e caminhou em torno do espaço aberto até voltar com um cartão magnético.

— Ela tem a chave magnética deste seu apartamento?

— Tem.

— Troque a senha.

Ele respirou fundo.

— Sim, tudo bem. Preciso que você me mantenha informado de tudo. Preciso estar envolvido nisso.

— Manterei você informado.

— Preciso fazer parte disso, Dallas. Preciso muito.

— Deixe-me cuidar dessa parte. Vou entrar em contato com você. Caso você precise conversar comigo, estarei disponível 24 horas por dia. Agora eu preciso voltar ao caso; voltar a ela.

— Diga a Ty... Diga a ele para tocar Eric Clapton para ela. Qualquer um dos discos da minha coleção serve. Ela gostava muito da música dele. — Ele andou até o elevador e abriu a grade.

— Eu gostaria que as palavras "sinto muito" pudessem mudar alguma coisa. Peabody... Ela me pediu para lhe dizer a mesma coisa. — Eve entrou e manteve os olhos fixos quando a grade se fechou, até as portas se juntarem.

No caminho de volta, ela ligou para Peabody.

— Os peritos já encontraram a arma?

— Negativo.

— Droga. Estou voltando para a cena do crime. Entre em contato com o necrotério. Morris escolheu o legista Ty Clipper para cuidar desse caso. Ele solicitou que ele tocasse Eric Clapton durante a autópsia.

— Ah, caramba... Como ele está? Como foi que você...?

— Ele está aguentando. Certifique-se de que tenham entendido todas as instruções de Morris. Estou a caminho daí. Você e eu vamos passar pelo apartamento dela e verificar cada centímetro.

— Eu estava prestes a começar isso. Falei com Burnbaum e seu filho. Nenhuma nova informação útil. As perguntas porta a porta entre os vizinhos também não nos trouxeram novidades. O sistema de segurança...

— Conte-me tudo quando eu chegar aí. Dez minutos.

Ela desligou. Queria um pouco de silêncio. Apenas silêncio, até os nós emocionais se afrouxarem um pouco. Ela não faria justiça para Amaryllis Coltraine caso se permitisse ficar abalada pela dor que vira nos olhos de um amigo.

No apartamento, esperou até que a equipe do necrotério levasse o corpo.

— Ela vai direto para o legista Ty Clipper — avisou Eve. — É uma policial e deverá ter prioridade.

— Nós a conhecemos — informou um dos técnicos, depois que o corpo foi colocado no veículo. — Ela não é apenas uma policial; era a namorada de Morris. Vamos cuidar bem dela, tenente.

Satisfeita, Eve saiu do porão e subiu até o apartamento de Coltraine. Usando o cartão magnético que Morris lhe dera, entrou e viu que Peabody já estava lá dentro.

— Foi difícil — percebeu a parceira de Eve, depois de olhar para a tenente. — Dá para ver no seu rosto.

— Pois é, e o melhor a fazer é superar isso. Segurança?

— Fiz uma varredura rápida. Nada na porta dos fundos. Ele só pode ter entrado por ali e então hackeado o sistema da câmera. A DDE está investigando isso. A câmera da porta da frente funcionou normalmente o tempo todo. Eu a vi chegar em casa às 16 horas carregando uma pasta de arquivos, que ainda está aqui, e uma bolsa comum. Ela não tornou a sair, pelo menos não pela porta principal do prédio. As escadas que ligam os andares têm câmeras, só que foram todas hackeadas. A câmera traseira e as da escada foram desligadas entre 22h30 e 24 horas. O elevador também tem câmeras, que funcionaram normalmente. Ela não pegou o elevador. O vizinho confirmou que ela geralmente usava as escadas.

— Então o assassino necessariamente a conhecia e sabia da sua rotina. Teve de atacá-la na escada.

— Mandei uma equipe de peritos para lá agora mesmo; eles vão examinar tudo de cima a baixo.

— Para dominá-la tão depressa e com tanta facilidade, o assassino certamente sabia que ela sairia de casa. Portanto, ou esse era outro dos seus hábitos, ou ele a atraiu para fora. Verificamos suas ligações, mas, se foi assim que tudo aconteceu, ele ligou para o *tele-link* de bolso dela, mas levou o aparelho com ele. Era alguém que ela conhecia. Um amigo, um ex-namorado, um dos seus informantes, alguém no prédio ou aqui de perto. Alguém que ela deixaria chegar perto o bastante para atacá-la.

Eve passou os olhos pelo apartamento.

— Quais são suas impressões?

— Não acho que ela tenha deixado este apartamento sob qualquer tipo de coação. Está arrumado demais para isso. Quanto ao gatinho robótico — quando Peabody apontou para o animal eletrônico, Eve franziu a testa para a bola de pelo adormecida —, verifiquei o sistema. Ela o colocou em modo de sono às 23h18. Não me parece ser algo que ela faria se estivesse em alguma enrascada.

Eve estudou a sala enquanto vagava. Ali havia uma sensação de feminilidade, uma espécie de ordem meticulosa, mas certamente feminina.

— A pessoa que a matou entrou em contato com ela pelo *tele-link* de bolso. "Venha me encontrar para tomarmos um drinque" ou "Tive uma briga terrível com o meu namorado, venha até aqui para eu poder desabafar com você". Não, não... — Eve balançou a cabeça, entrou no pequeno quarto com uma montanha de travesseiros em cima da cama bem-feita. — Ela levou sua arma menor, de perna. A maioria dos policiais sempre leva uma arma, mas não a vejo portando a arma pequena só para tomar um drinque.

— Um de seus informantes, talvez? "Encontre-me aqui a tal hora. Consegui uma boa dica."

— Sim, sim, isso poderia funcionar. Vamos conversar com o chefe dela, com seu parceiro de trabalho e colegas da unidade onde ela trabalhava para saber o que ela vinha investigando. Ela pode ter ido conhecer uma fonte de informações nova ou simplesmente ido se encontrar com alguém em quem não confiava plenamente. A arma lhe traria uma segurança extra. Mesmo assim, ele a dominou e a levou para o porão sem sinais de luta.

— Ela não esperava vê-lo bem ali na escada. Estava de guarda baixa, provavelmente.

Eve não disse nada. Precisava revirar as possibilidades na cabeça, rever tudo, analisar passo a passo.

— Vamos ver o que conseguimos encontrar aqui.

Elas começaram a trabalhar. Procuraram em gavetas, armários, roupas, verificaram os bolsos. Os mortos não tinham privacidade, e Eve raciocinava como uma policial; Coltraine teria reconhecido isso e aceitado numa boa.

Eve vasculhou a gaveta da mesinha de cabeceira. Ao encontrar óleos corporais e alguns acessórios sexuais, teve de bloquear a imagem que continuava tentando se alojar em sua cabeça: Morris e Coltraine rolando nus sobre a cama.

— Ela gostava de roupas íntimas — comentou Peabody, vasculhando outras gavetas. — Todas as suas coisas são do tipo "lingerie sensual"; meio juvenil, muito sexy. Ela gostava de coisas bonitas. Frascos miúdos, luminárias interessantes, bons travesseiros. Suas gavetas estão arrumadas e organizadas, nem um pouco parecidas com as minhas. Ela não tem muitas *tralhas*, sabe? Tudo arrumado, sem bagunça. Muita coisa aqui não combina com o resto, mas tudo funciona em conjunto. É um lugar simplesmente muito bonito.

Eve chegou a uma mesa de canto interessante sobre a qual havia um sistema compacto de comunicação e dados. Na única gaveta rasa encontrou uma agenda eletrônica, porém, quando tentou abri-la, teve o acesso negado.

— Ela era uma policial. Deixou a agenda protegida por uma senha — comentou Eve. — É melhor entregar isso à DDE. Quero ver o que tem aqui.

Eve aprendeu um pouco mais sobre a vítima durante a busca. Peabody tinha razão: ela gostava de coisas bonitas. Não excessivamente espalhafatosas ou cheias de frescuras, apenas femininas. No entanto, nenhuma desordem, nada entulhado, tudo em seu lugar. As rosas que enfeitavam a sala de estar eram verdadeiras e recém-compradas.

Ela encontrou uma caixa de bugigangas onde havia cartões de floristas, todos de Morris. Ele havia dito que eles estavam saindo apenas um com o outro havia vários meses. Pelo menos até onde os cartões e as flores contavam, pensou Eve, ele tinha razão.

Isso não significava que ela não poderia ter alguém correndo por fora. Quando uma mulher sai de casa àquela hora da noite, muitas vezes vai se lançar numa noitada de sexo casual.

Só que essa hipótese não a convencia. Ela tinha visto Coltraine e Morris juntos. Sentira a eletricidade que rolava entre os dois.

— Um lugar seguro — disse Eve, como se pensasse em voz alta. — Um apartamento agradável e compacto, um animal robótico. Móveis bons, roupas bonitas. Nada em muita quantidade. Ela era seletiva. Não tinha muitas joias, mas o que tinha era de boa qualidade.

— Mesma coisa com os produtos para o cabelo, os cremes — completou Peabody. — Ela sabia muito bem do que gostava, o que funcionava para ela, e era fiel a esses produtos. Eu tenho uma gaveta cheia de tinturas labiais esquecidas, pinturas para os olhos, um monte de porcaria para passar no cabelo. Aqui só vejo perfume de uma única marca. Há restos de comida chinesa na geladeira fechados a vácuo, alguns alimentos saudáveis, água mineral e sucos. E duas garrafas de vinho.

— Ela tinha um amante, mas morava sozinha. O kit de higiene pessoal para homens que vimos provavelmente é de Morris. Vamos confirmar com ele antes de enviar tudo para o laboratório. As camisas masculinas, as cuecas, meias e calças se parecem com o que ele usaria. Mesmo assim, não há muita coisa dele aqui. Os dois provavelmente passavam mais tempo no apartamento dele, que é quatro vezes maior e tem uma localização ótima para quem gosta de cafés, clubes noturnos, restaurantes e galerias de arte. Como foi que o assassino soube que ela estaria aqui ontem à noite? Será que a vinha vigiando? Eu devia ter perguntado a Morris com que frequência eles se viam, se mantinham uma rotina.

— Dallas, você deu um tempo para ele respirar; deu uma pausa. Depois nós pegamos essas informações.

— O assassino não chegou a vir aqui e entrar. Muito arriscado. Por que correr o risco de ser visto? Não, nada disso, ele a chamou pelo *tele-link* de bolso.

— Eles podem ter marcado um encontro antes.

— Por que ele se arriscaria a isso? Ela poderia contar a alguém... Morris, o parceiro dela, seu chefe, num papo tipo "Vou me encontrar com fulano hoje à noite". Nesse caso, se tivesse sido assim, estaríamos agora conversando com esse tal fulano em vez de nos perguntarmos quem ele é. Morris estava trabalhando, e ela sabia disso. Sendo assim, não ligaria para ele àquela hora para contar que daria uma saída para resolver alguma coisa. Simplesmente pegou suas coisas, desligou o gato e saiu. Ela conhecia seu assassino... ou pelo menos quem marcou o encontro.

— Vamos trazer os peritos para cá e pedir que a DDE recolha os eletrônicos. — Ela olhou o relógio de pulso. — Vamos dar uma passada no necrotério antes de avisar aos parentes mais próximos.

— Deixa que eu faço isso. Você contou a Morris — ofereceu-se Peabody. — Eu dou a notícia à família.

— Combinado. Depois, nós duas vamos conversar com o parceiro dela, os colegas de esquadrão, o chefe.

No carro, Peabody se largou no banco e ficou olhando pela janela.

— Dallas? Tem uma coisa que está me corroendo por dentro e eu preciso desabafar.

— Você ficou puta e ressentida porque ela começou a sair com Morris.

— Isso — disse Peabody, deixando a palavra sair como uma confissão de alívio. — Eu mal a conhecia, mas não conseguia evitar pensar "Quem ela acha que é para se envolver com Morris e ficar cheia de sassaricos...", e pensei exatamente nessa palavra, "sassarico", porque ela veio do Sul, "...só para ficar de sacanagem com o nosso Morris?". Nada a ver pensar assim, porque estou com McNab e nunca rolou nenhum lance desse tipo com Morris, exceto uma ou outra fantasia ocasional, algo perfeitamente saudável. A verdade é que eu decidi que não gostava dela só por isso. Agora ela está morta e eu me sinto uma merda de pessoa por ter pensado assim.

— Eu sei. Sinto a mesma coisa. Com exceção da parte das fantasias.

— Acho que isso me faz sentir um pouco melhor. — Ela se ajeitou no banco e examinou o perfil de Eve. — Você realmente nunca teve fantasias adolescentes com Morris?

— Não. Que ideia!

— Nem umazinha? Como ir ao necrotério uma noite, encontrar tudo estranhamente vazio, entrar na sala principal de autópsias e ver Morris lá... pelado.

— Não! Pare de encher minha cabeça com essas porcarias. — O estranho foi que o enjoo que Eve sentia diminuiu um pouco com isso. — Você e McNab não transam o suficiente para você não ficar fantasiando sobre um colega de trabalho? Ainda mais na porra do necrotério!

— Pois é, não sei por que isso. O necrotério é assustador, mas Morris é muito tesudo. McNab e eu transamos bastante. Ainda ontem à noite, nós...

— Não quero ouvir sobre você e McNab trepando.

— Foi você que puxou o assunto.

— Uma prova de que as suas fantasias doentias com Morris destruíram minha sanidade.

Peabody encolheu os ombros.

— Morris escolheu alguém específico para examinar Coltraine?

— Clipper.

— O supergato Ty? Continuamos no assunto de homens gostosos. Por que será que tantos médicos da morte são absurdamente gatos?

— Um mistério que sempre me intrigou ao longo da minha carreira.

— Mas, sério... Clipper é uma delícia. Ele é gay e tem um namorado, mas continua sendo um colírio para os olhos. O namorado dele é artista. Pinta pessoas... quer dizer, literalmente. Pintura corporal. Estão juntos há uns seis anos.

— Como é que você sabe disso tudo?

— Ao contrário de você, gosto de saber sobre a vida pessoal dos colegas, especialmente quando isso envolve sexo.

— Já que Clipper não curte mulheres, pelo menos você não vai entrar nessa de fantasias sexuais com ele.

Peabody apertou os lábios, pensativa.

— Consigo contornar esse obstáculo. Dois garotos nus... pinturas para o corpo... eu no meio. Ah, sim; infinitas possibilidades.

Eve deixou Peabody ter seu momento. Era mais fácil pensar em sexo louco do que no assassinato de uma policial... ou no sofrimento de um colega e amigo.

O momento passou logo. Quando elas chegaram ao necrotério e seguiram pelo longo túnel de azulejos brancos, o astral mudou. Não se tratava só da morte, não era só o assassinato. Remoer e mastigar os fatos com objetividade era brigar contra os dentes afiados da perda pessoal.

Elas cruzaram com um técnico que parou e enfiou as mãos nos bolsos de seu jaleco branco comprido.

— Ahn... Clipper está usando a sala de Morris, tenente. Eu não sei se ele... se Morris vai aparecer por aqui hoje. Se ele vier, por favor diga a ele que... Estamos todos aqui.

— Ok.

— Para qualquer coisa de que ele precisar. — O técnico encolheu os ombros com ar de impotência. Antes de se afastar, completou: — Droga!

Eve entrou na sala de autópsia onde Morris habitualmente trabalhava. Em seu lugar estava o legista Ty Clipper, um homenzarrão com mais de um metro e oitenta e corpo musculoso que vestia uma camisa social azul-claro e calça cáqui. Tinha dobrado as mangas com cuidado até o cotovelo e colocara uma capa transparente.

Seu cabelo estava cortado à escovinha, muito curto e quase raspado. Um cavanhaque curto e bem-cortado acrescentava um ar conservador às suas roupas e ampliava o interesse pelo seu rosto, porém, o forte de Clipper eram os olhos. Enormes, pesados, cor de âmbar cristalizado em um belo contraste com a pele escura.

— Eu ainda não terminei. Desculpe. — Sua voz tinha um leve sotaque de Cuba, onde ele nascera.

— O que você já pode me contar?

— Ela não foi estuprada. Não há provas de agressão sexual nem atividade desse tipo. Isso será importante para Morris.

— Sim, será. — Como um murmúrio ao fundo, um homem cantava apelos para alguém chamada Layla. — Isso é Eric Clapton?

— Exato.

— Isso também será importante para Morris. — Eve ignorou a emoção e deu um passo à frente.

Coltraine estava colocada sobre a mesa de pedra.

— Não vejo ferimentos que indiquem tentativa de defesa — observou Eve, analisando o corpo como se fosse uma evidência forense. — Nenhum sinal de violência além da queimadura na garganta.

— Há pequenas contusões nos ombros e na parte de trás da cabeça. — Clipper fez um gesto para a tela do computador e mostrou o exame do escâner. — Como se ela tivesse batido a cabeça em uma parede.

— Ela foi empurrada e arrastada.

— Possivelmente. A morte aconteceu logo depois. A queimadura na garganta é consistente com um disparo à queima roupa. É queimadura de contato. Você encontrou a arma dela?

— Ainda não.

— Até encontrar, não dá para confirmarmos que foi essa a arma do crime ou se alguma outra foi usada. Sabemos só que as feridas indicam queimadura de contato feita pela arma de um policial.

— Se a arma dela foi usada, como foi que ele a desarmou? Empurrou-a para trás e ela atingiu a parede, mas isso não é suficiente, pelo menos para derrubar uma policial. Não há cortes, nenhuma evidência de uso de algemas. — Ty Clipper não sugeriu que ela olhasse, como Morris teria feito, mas Eve pegou um par de micro-óculos e se inclinou sobre Coltraine para examiná-la. — Não vejo marcas nos pulsos nem nos tornozelos. Aqui. Bem aqui. Algo no bíceps. Pode ser sinal de uma seringa de pressão?

— Acredito que sim.

— Como ele conseguiu chegar perto o suficiente para drogá-la sem que ela tivesse reagido?

— Pedi prioridade para o exame toxicológico. Você tem razão quanto à falta de sinais de violência externa, tenente. Mas há sinais internos.

Eve olhou para Clipper e se inclinou para estudar o que o preciso corte em Y revelava.

— O que eu devo procurar?

— Seus órgãos internos mostram sinais de dano.

— Morrer costuma causar isso. — Mas Eve acompanhou o olhar do legista e analisou mais de perto. — Injetaram drogas nela?

— Preciso fazer mais exames antes de ter certeza. Sei que você quer respostas rápidas, tenente — acrescentou, ao notar o silvo de impaciência de Eve. — Só que...

Ela balançou a cabeça e se obrigou a recuar.

— Morris escolheu você. Provavelmente porque seu trabalho é minucioso e preciso. Por favor, me ofereça o seu melhor palpite. Não vou cobrar nada de você com base nisso.

— Eu diria um atordoamento de alto alcance, em ataque frontal. Entre 90cm e 1,5m de distância, no máximo. Uma rajada no centro do corpo.

— Algo que certamente iria derrubá-la e deixá-la apagada por algum tempo. Ela recebe o disparo e bate com as costas contra a parede da escada e cai. Ele tem que levá-la até o porão. Não há sinais de que ela tenha sido arrastada. Então ele teve de carregá-la. Ou pode ter havido mais de um agressor. Ele ou eles a levaram lá para baixo. Por que não acabar com ela na escada e terminar com tudo na hora?

"Porque havia algo que eles queriam... algo para dizer ou algo que eles precisavam que ela dissesse ou contasse — continuou Eve. — Então ele ou eles a levaram e a acordaram com uma injeção de anfetamina ou adrenalina."

Dor, pensou Eve. Eles a tinham trazido de volta à dor. Indefesa. O corpo paralisado pelo disparo do atordoador, mas com a mente consciente.

— Queriam que ela lhes contasse alguma coisa ou talvez fazer uma pergunta. Quando terminaram, acabaram com tudo. Ela devia saber que tinha chegado a hora. Quando eles encostaram a arma na garganta dela, ela soube.

Ela tirou os micro-óculos e os colocou de lado.

— Eles usaram a arma dela. Usaram a arma dela para matá-la, porque assim o ato se torna um insulto e é mais aviltante. A emboscada na escada, o fato de a terem agarrado, levado para o porão para reanimá-la e, por fim, matá-la. Tudo em menos de vinte minutos. Foi rápido. Pegaram a arma, a identidade, o distintivo, o *tele-link* e as joias. Por que as joias? O resto faz sentido, foi algo profissional, mas roubar as joias foi ato de amador. Então por quê? Só porque podiam? Porque queriam? Souvenires, lembranças?

— Porque isso a deixou sem nada? — questionou Peabody. — A deixou nua, em sentido figurado. Eles a deixaram vestida, talvez porque não se tratasse de um crime de poder ou violência, não foi esse tipo de humilhação, mas levaram o que era mais importante para ela e a deixaram no chão. Sem nada.

— Talvez — concordou Eve. — Pode ser, sim. Não acho que Morris virá pra cá — disse a Clipper. — Mas, se ele vier, faça tudo que for preciso para mantê-lo longe dela até que ela esteja...

— Pode deixar.

Capítulo Três

Eve caminhou com rapidez pela Central de Polícia. Pegou as passarelas aéreas em vez do elevador para evitar entrar em um caixote fechado com outros policiais. Ela passara por gente deles — guardas, gente à paisana, detetives e chefes — o suficiente para saber que a notícia já se espalhara.

Quando chegou à sala de ocorrências, viu que todos os movimentos e conversas cessaram. Então percebeu que precisava dizer alguma coisa.

— Às 23h40 da noite passada, a detetive Amaryllis Coltraine foi assassinada por uma pessoa ou pessoas desconhecidas. Cada membro dessa divisão tome ciência de que qualquer licença ou afastamento poderá e provavelmente será cancelado até que o caso seja encerrado. Vou autorizar horas extras para todos que forem convocados para se juntar à equipe de investigação. Qualquer um que necessite de folgas ou afastamento por motivo de doença precisará da minha autorização, e só se o motivo for muito forte.

"Não quero declarações para a mídia sobre este assunto, de forma oficial ou extraoficial, a menos que a informação seja liberada por mim. Todos vocês podem considerar este caso como parte de suas atribuições atuais. Ela agora é nossa."

Caminhou até a sua sala e foi direto para o AutoChef pegar café. Mal tinha tirado a caneca fumegante quando o detetive Baxter entrou.

— Tenente.

— Seja rápido, Baxter.

— Queria dizer que Trueheart e eu estamos amarrando algumas pontas soltas em nosso caso atual. Devemos encerrar tudo em breve. Se você precisar de mais gente para trabalho pesado, buscas diversas, tarefinhas de merda, o que quer que seja... meu garoto e eu — continuou, falando sobre seu ajudante correto e confiável —, estaremos à sua disposição. Esqueça as horas extras, Dallas. Não queremos receber adicional algum pelos nossos serviços neste caso.

— Certo. — Eve não esperava menos que isso, mas era gratificante ter suas expectativas alcançadas. — Vou conversar com o chefe de Coltraine, o parceiro, as pessoas com quem ela trabalhou em Atlanta. Vou pedir cópias dos arquivos dos seus casos abertos e fechados, bem como suas anotações. E vou querer que novos olhos investiguem tudo. Também vou precisar interrogar os moradores do prédio dela e todo mundo com quem ela mantinha contato rotineiro. Vizinhos, o cara da mercearia, o que entregava as pizzas e também qualquer relacionamento anterior, qualquer ligação. Seus amigos, o barman do lugar onde ela ia beber. Quero conhecê-la de cor e salteado.

— Morris vai...

— Vou voltar lá, mas ele precisa de algum tempo sozinho. Quando você amarrar suas pontas soltas, eu terei muito trabalho para você e Trueheart.

— Ok. Eu... ahn... tentei passar uma cantada nela há alguns meses.

— Baxter, você tenta cantar qualquer coisa que use saia.

Ele sorriu discretamente em apreciação à forma como Eve tentava manter o clima leve.

— O que posso dizer em minha defesa? As mulheres são a melhor coisa que existe no mundo. Ela me deu algumas piscadelas de volta, um flerte inocente, sabe como é? A verdade é que ela estava ligadona em Morris. Não há ninguém lá fora que não adoraria entrar na equipe desse caso porque ela era uma policial, mas cada um de nós vai se empenhar ainda mais por causa de Morris. Eu só queria dizer isso.

— Tudo bem, e me avise quando você encerrar o seu caso.

— Sim, senhora.

Ela pegou seu café na mesa e viu que tinha recebido várias ligações. Muitas eram certamente de alguns meios de comunicação, pensou, e ela iria encaminhá-las para o departamento de relações públicas da polícia até que alguém lhe ordenasse o contrário.

Eve analisou as ligações, descartou a maioria e manteve algumas. Depois, pôs para tocar a mensagem do seu comandante. A assistente administrativa de Whitney transmitiu suas ordens. Ela devia se reportar a ele no momento em que entrasse na sala.

Colocou o café de lado, levantou-se e voltou à sala de ocorrências.

— Peabody, entre em contato com o tenente de Coltraine e peça uma reunião com ele o mais cedo possível. Solicite também que ele arranje o mesmo com o parceiro ou parceiros dela. Vou falar com Whitney.

Ela podia pedir mais tempo, pensou, enquanto percorria os labirintos da Central de Polícia até o território do comandante Whitney. Mais tempo para organizar os pensamentos, montar seu cronograma do assassinato, refinar suas anotações, começar a busca fria e intrusiva na vida da policial morta. Só que, quando Whitney tocava a sineta, a pessoa atendia.

Ele também não a manteve esperando. No momento em que Eve entrou na recepção, a assistente do comandante a liberou para entrar na sala privativa.

Whitney se levantou de trás da mesa e encheu a sala com sua presença. Vestia sua autoridade do mesmo jeito que um executivo veste um terno feito sob medida para sua altura e compleição. O comando pertencia a Whitney porque ele o conquistara, a cada etapa de seu trajeto. Eve o admirava por isso.

Embora ele pilotasse uma mesa, não uma viatura, aquele traje de comando tinha sido ajustado para ser usado por um policial.

— Olá, tenente.

— Bom dia, senhor.

Ele não fez sinal para que ela se sentasse. Eles conversariam em pé. Ele a estudou por alguns instantes com seu rosto largo e escuro solene, os olhos frios.

— Relatório.

Ela lhe relatou de forma concisa e direta todos os detalhes, colocando cópias dos discos da cena do crime em sua mesa.

— Estou me organizando para me encontrar com o tenente dela, seu parceiro e todos os policiais do seu grupamento que possam fornecer mais informações ou detalhes.

— Morris tem um álibi para a hora do crime.

— Sim, senhor. Ele estava trabalhando e há testemunhas, bem como discos de segurança e o registro de entrada no sistema. Não há necessidade de perdermos tempo tentando determinar seu paradeiro. Ele está limpo.

— Ótimo. Isso é ótimo. Reconstitua a cena para mim, Dallas, na sua percepção.

— Ela estava em casa. Recebeu uma ligação pelo *tele-link* de bolso ou foi a um encontro previamente agendado. Se foi algo pessoal ou profissional, ainda não é possível confirmar. O estojo de sua arma estava destrancado e vazio. Nesse estojo existem compartimentos para a arma principal e uma peça menor, além de coldres para ambas as armas. Ela usava um coldre de quadril para a arma principal.

Pessoalmente, Eve preferia o coldre de ombro, pelo peso e pela sensação que dava.

— Então ela saiu de casa armada.

— Sim, senhor. Estou mais inclinada a achar que ela saiu a trabalho, não socialmente. Por causa da arma usada na perna. Mas não conheço o perfil dela. Ainda não sei que tipo de policial era.

Ele assentiu.

— Continue.

— Ela saiu do apartamento em algum momento após as 23h18. Tinha um animal robótico e o colocou para dormir exatamente a essa hora. Ligou o sistema de segurança e desceu as escadas do prédio. Testemunhas contaram que isso era um hábito seu. A emboscada ocorreu na escada, um ataque frontal. Ela recebeu uma rajada que a jogou contra a parede. O agressor a transportou para o porão do prédio e administrou um estimulante ainda desconhecido para trazê-la de volta. Às 23h40, uma arma, possivelmente a dela, foi colocada contra a sua garganta e disparada. A DDE está verificando o sistema de segurança. Sabemos que a câmera da porta dos fundos foi hackeada. O assassino entrou por ali e, pelo meu exame inicial, a fechadura não foi forçada. Portanto, ele tinha um cartão magnético e a senha ou então é muito habilidoso. Conhecia os hábitos da vítima e sabia que ela iria descer pelas escadas. Entrou em contato e ela saiu ao encontro dele. É assim que eu vejo. Ela conhecia o assassino.

— Por enquanto, todos os contatos dos meios de comunicação serão filtrados pelo departamento de relações públicas do departamento. A morte de uma policial não costuma atrair a atenção da mídia. Se isso mudar, eu avisarei. Você está livre para acrescentar tantos homens à sua equipe de investigação quanto achar necessários. Mais uma vez, se esse quadro mudar, você será informada. Essa é agora a prioridade máxima para todos os departamentos envolvidos. Quero cópias de todos os seus relatórios à medida que eles forem liberados ou estiverem completos.

— Sim, senhor.

— Você terá tudo de que precisar para trabalhar, tenente.

— Entendido.

— Vou falar com a família da vítima em breve e também com o tenente dela. Imagino que seus familiares vão querer organizar um funeral ou memorial em Atlanta, mas vamos ter uma cerimônia aqui também. Vou avisá-la quando isso estiver marcado.

— Farei com que a minha divisão seja informada de tudo isso, comandante.

— Eu já a mantive afastada do caso mais do que deveria, tenente. Antes de ir, porém, quero lhe perguntar algo de cunho pessoal. Morris tem tudo de que precisa em termos de apoio?

— Eu gostaria de ter essa resposta. Não sei o que mais pode ser feito por ele neste momento. O caso entre eles estava ficando mais sério.

Whitney assentiu.

— Então faremos o que pudermos para encontrar as respostas para ele.

— Sim, senhor.

Ela voltou às suas pastas e se fechou em sua sala para rever suas anotações, abrir o arquivo do assassinato e organizar um quadro do crime na parede para acompanhar tudo.

— Dallas?

— Os relatórios de laboratório já estão chegando — avisou Eve quando Peabody entrou. — Eu não tive de ameaçar ou subornar funcionário algum para conseguir as coisas com tanta rapidez. Não foi só porque uma policial foi assassinada. É porque essa policial era a namorada de Morris. Eles injetaram nela um estimulante forte o bastante para que ela se mantivesse consciente e alerta, mas incapaz de se mover ou lutar. Nenhum traço residual foi achado em seu organismo. Não há impressões digitais no exterior nem na porta dos fundos. Ele entrou selado e depois teve de limpar tudo, por precaução. Não há uma única impressão digital. Seus órgãos internos mostraram trauma extremo devido ao atordoamento. Se ela tivesse sobrevivido, estaria em mau estado. Ele não se arriscou, foi cuidadoso e experiente o suficiente para saber o que fazer para que ela tombasse sem chance de reação e depois a levou para baixo, para o porão, mas quis que ela permanecesse viva. Pelo menos até que ele tivesse terminado com tudo.

— Falei com o pessoal de Atlanta. Convoquei um terapeuta de luto para atender aos pais e ao irmão dela.

— Ótimo. Isso é bom.

— O tenente dela vai nos atender quando quisermos. Eles trabalhavam em estilo de esquadrão, então ela se associou ou trabalhou com todos os componentes da unidade.

— Então é melhor irmos conversar com cada um. Vamos começar logo.

Peabody olhou para o quadro e para a cópia da carteira de identidade de Coltraine.

— Ela era muito bonita, mesmo. — Ela se virou e seguiu Eve. — Comecei a interrogar os outros moradores, mas Jenkinson me disse que tem algum tempo livre e está ajudando nisso. Também confirmei com a DDE. McNab me disse que eles estão com tudo em cima e já enviaram alguém para pegar o computador em seu regimento. O computador de trabalho dela.

— Sim, entendi o que você quis dizer.

— Ele me disse que ela salvava no computador doméstico todas as mensagens de Morris. Algumas eram engraçadas ou românticas; outras eram sexy. — Ela soltou um suspiro quando elas desceram pelas passarelas aéreas. — Havia mensagens dos pais e do seu irmão também, além de algumas de velhos amigos de Atlanta. Ela mantinha cada um deles em arquivos individuais. Havia coisas de trabalho lá também. McNab está organizando tudo. A última ligação recebida pelo *tele-link* de casa aconteceu lá pelas oito horas da noite passada. Foi de Morris. Eles conversaram durante a pausa dele para jantar. Não há mais nada no computador de casa na noite de ontem. Ela trabalhava no turno das 8 às 4 horas.

— Precisamos saber em que momento ela encomendou a comida chinesa, se foi pegar no local ou pediu entrega em domicílio.

— Comida chinesa?

— Achei alguns restos em sua cozinha. Ela estava com uma bolsa quando entrou em casa, além de uma embalagem para discos de segurança. Quando foi que ela pediu a comida? Parou a caminho de casa para pegar ou trouxe a refeição do trabalho? Comece a verificar os locais de venda e entrega de comida chinesa perto do prédio.

— Certo.

— O relatório do legista informa que ela comeu às sete e meia da noite e bebeu um cálice de vinho. Jogou tudo no reciclador de lixo, então não restou muito para o laboratório criminal, mas vamos descobrir se ela comeu sozinha. Vamos encaixar e remontar cada passo desde o instante em que se levantou ontem de manhã.

— Você perguntou a Morris se eles estiveram juntos na noite anterior à morte?

— Não. Merda. Não perguntei. Devia ter perguntado. Droga. — Eve parou quando elas chegaram à garagem e pegou o *tele-link* no bolso. — Por favor, me dê um pouco de espaço, Peabody. — Ela teclou o número de Morris. Não esperava que ele respondesse à ligação; foi jogada diretamente para o correio de voz. — Morris, aqui é Dallas. Lamento muito incomodar. Preciso montar uma linha do tempo para tudo que aconteceu ontem. Quando você puder, poderia me informar se você e a detetive Coltraine estiveram juntos ontem de manhã? Seria ótimo se...

— Estivemos, sim. — O rosto dele apareceu na tela. Seus olhos estavam sem expressão, escuros e cansados. — Ela dormiu aqui na noite anterior. Jantamos na esquina, em um bistrô chamado Jaq's. Mais ou menos às oito da noite, eu acho. Depois voltamos para cá. Ela saiu ontem daqui lá pelas sete da manhã. Um pouco depois das sete, talvez. Estava fazendo o turno de oito às quatro.

— Ok. Obrigada.

— Eu falei com ela duas vezes ontem. Ela me ligou em algum momento da tarde e eu liguei para ela, que estava em casa, na hora do meu jantar. Ela estava bem. Não sei exatamente qual foi a última coisa que eu disse a ela ou que ela me disse. Tentei lembrar, mas não consegui.

— Não importa qual foi a última coisa. Tudo o que vocês disseram um ao outro nos últimos meses, isso é o que vale. É o que conta. Posso passar por aí mais tarde, caso você...

— Não, mas obrigado mesmo assim. Estou melhor aqui sozinho, por enquanto.

— Foi bonito o que você disse a ele — elogiou Peabody quando Eve guardou o *tele-link* no bolso. — Sobre todas as coisas que eles disseram um ao outro.

— Não sei se foram as palavras certas ou se não passa de papo-furado. Vamos nessa.

A delegacia onde Coltraine servia ficava espremida entre um mercado coreano e uma delicatéssen judia em meio à feiura arquitetônica pós-Guerras Urbanas. Aquele caixote de concreto talvez aguentasse uma explosão de bomba, mas de jeito nenhum ganharia um prêmio por sua beleza.

O cheiro lá dentro era de polícia. Café ruim, suor, atitude dura e sabão barato. Policiais circulavam com seus sapatos rígidos, vindo de investigações ou saindo para missões na rua, enquanto civis tentavam passar pelo severo sistema de segurança. Eve segurou seu distintivo diante de um escâner para que suas impressões digitais fossem confirmadas, bem como as de Peabody, e elas finalmente passaram.

Ela se dirigiu direto para a mesa do sargento e lhe mostrou o distintivo. Ele era um veterano com olhos difíceis de avaliar e cara de poucos amigos.

— Tenente Dallas e Detetive Peabody, da Central de Polícia. Viemos conversar com o tenente Delong.

Os olhos duros do sargento avaliaram o rosto de Eve.

— Foram vocês que pegaram o caso?

Ele não precisava especificar qual caso, nem para Eve nem para os policiais que ouviam a conversa.

— Isso mesmo.

— O 18º esquadrão fica no andar de cima. A escada fica ali; o elevador, lá. Vocês já têm alguma pista?

— Ainda estamos no início da investigação. Alguém de fora esteve aqui para vê-la nos últimos dias? Alguém com quem deveríamos falar?

— Ninguém que eu me lembre. Se você precisar dos registros de entrada, posso consegui-los. Toda a agenda da recepção também.

— Obrigada, sargento.

— Eu não sei que tipo de policial ela era, mas nunca passou por esta mesa sem me dar um bom-dia. Isso diz muito sobre uma pessoa; o fato de ela parar para dar um bom-dia a todos.

— Sim, acho que sim.

Elas pegaram a escada de metal, e Eve sentiu os olhos de todos os policiais dali seguindo-as até o segundo andar. A sala do 18º esquadrão era menor do que a sala de ocorrências de Eve — e também mais silenciosa. Seis mesas ficavam coladas umas às outras, e quatro estavam ocupadas. Dois detetives trabalhavam em seus computadores; outros dois, em seus *tele-links*. O assistente administrativo estava sentado junto de uma bancada. Seus olhos estavam vermelhos, observou Eve, e sua pele muito branca estava inchada e corada, como se ele tivesse chorado. Para Eve, o sujeito pareceu muito jovem.

— Tenente Dallas e detetive Peabody. Viemos ver o tenente Delong.

— Sim, nós estamos... Ele está à sua espera, senhora.

Mais uma vez, Eve sentiu os olhos de todos os policiais da sala grudados nela. Só que dessa vez ela se virou e os fitou um a um, demoradamente, o que fez com que a atividade de todos fosse interrompida. Ela viu raiva, ressentimento, tristeza, e se sentiu avaliada. *Você é boa o suficiente para defender um dos nossos?*

Através de uma porta de vidro, viu o homem que imaginou ser Delong. Ele se levantou da mesa e foi na direção dela.

Tinha uma altura um pouco abaixo da média, mais de 40 anos, parecia em forma, ostentava ombros fortes. Usava um terno cinza-escuro com camisa branca e gravata cinza. Seu cabelo preto ondulado estava penteado para trás e revelava um rosto magro, com tensão ao redor dos olhos e da boca.

— Olá, tenente. Olá, detetive. — Ele cumprimentou as duas com a mão firme. — Por favor, entrem.

O silêncio os seguiu até a sala com paredes de vidro, e Delong fechou a porta.

— Primeiro, deixe-me garantir que você terá cooperação completa, tanto minha quanto da minha equipe. Qualquer coisa de que precisar e, sempre que precisar, basta pedir.

— Obrigada.

— Eu já copiei todos os arquivos dos casos da detetive Coltraine e liberei a DDE para vir pegar seus equipamentos eletrônicos. Também tenho cópias de todo o seu arquivo de pessoal e das minhas avaliações. — Ele ofereceu uma pasta volumosa. Peabody a pegou e a guardou na pasta de arquivos que trazia consigo. — Vocês podem usar a minha sala ou uma das nossas salas de conferência para conversar com a equipe. Temos uma no andar de cima que não é muito grande, se preferirem.

— Não quero expulsá-lo de sua sala, tenente, nem fazer com que seus homens sintam que estão sendo interrogados por outra policial. A sala de conferências seria ótimo. Sinto muito pela sua perda, tenente. Sei o quanto é difícil perder um policial sob o nosso comando.

— Já seria muito difícil se ela tivesse sido abatida no cumprimento do dever. Pelo menos saberíamos as causas. Mas do jeito como foi... Há alguma coisa que você possa me adiantar?

— Acreditamos que ela tenha caído numa emboscada na escada do prédio e sido levada ao porão. Não encontramos a arma dela. Pode ter sido usada para matá-la. O que a detetive estava investigando?

— Um assalto em Chinatown, o arrombamento de uma loja de eletrônicos, alguns casos de furtos de *tele-links* de bolso e tablets, um sequestro-relâmpago em carro com uso de arma. Está tudo nos arquivos.

— Ela relatou alguma ameaça feita contra ela?

— Não, não relatou. Tenho uma política de portas abertas. Somos um esquadrão pequeno. Quando algo desse tipo acontece, eu costumo saber de imediato.

— Quem era o parceiro regular dela?

— Trabalhamos em esquema de esquadrão. Ela já trabalhou com todos aqui em algum momento. Eu geralmente a colocava em parceria com Cleo. Detetive Cleo Grady. Elas tinham um bom ritmo. Mas ela trabalhou com O'Brian no caso do arrombamento.

— Ela se dava bem com todos aqui no esquadrão?

— Coltraine se adaptou depressa. Enfrentou algumas provocações. Sabe como é... uma detetive nova transferida do Sul atrai a atenção, mas ela segurou a barra numa boa e conquistou o respeito de todos. Posso garantir que meu esquadrão funciona às mil maravilhas e que Ammy se encaixava bem aqui.

— Que tipo de policial ela era?

Ele suspirou longamente.

— Confiável. Uma profissional que gostava dos detalhes. Era muito organizada, tinha um olho excelente. Quando trabalhava em um caso, nunca reclamava de ficar até depois do turno e lidava bem com a papelada. Era um belo trunfo para a nossa equipe. Cuidava com eficiência dos casos que lhe eram confiados. Não gostava dos holofotes, não se alimentava de elogios. Era uma profissional firme e segura. Fazia bem o seu trabalho.

— E quanto à sua vida pessoal?

— Também não era chamativa. Todos sabiam que ela estava envolvida com Morris. Temos um esquadrão de apenas quatro pessoas aqui, é difícil manter segredos. Ela estava feliz. Se tinha problemas, não compartilhou isso com ninguém nem deixou transparecer.

— Por que ela se transferiu de Atlanta para cá?

— Perguntei isso a ela, como era meu dever. Ela me disse que sentia como se tivesse entrado em um ciclo de rotinas e precisava de uma mudança de ares e de cenários. Eu gostaria de lhe dar respostas mais específicas, de ter algo mais sólido para lhe oferecer. Conheço sua reputação, tenente... e a sua, detetive — acrescentou com um aceno de cabeça para Peabody. — Apesar de parte de mim achar que seria ótimo ter minha equipe nesse caso, sei que Ammy está em boas mãos.

— Obrigada. Se você nos indicar a sala de conferências, podemos começar. Se a parceira mais frequente, a detetive Grady, estiver disponível, queremos conversar com ela primeiro.

— Vou levá-las até lá em cima.

A sala tinha uma única mesa comprida, muitas cadeiras decrépitas, dois telões, um quadro branco imenso e um AutoChef muito velho.

Peabody experimentou o café e empalideceu.

— É pior que o nosso. Não pensei que isso fosse possível. Vou até a máquina de venda automática para pegar um refrigerante. Quer um?

— Aceito sim, obrigada.

Enquanto esperava, Eve pensou em Delong. Ela o compreendia bem. Se Coltraine tivesse morrido no cumprimento do dever e sob o seu comando, haveria culpa, tristeza e raiva, mas ele saberia por que tudo acontecera. Há dias em que os bandidos se dão bem. Ele saberia quem a matou; mesmo que esse bandido precisasse ser perseguido, ele ainda saberia.

Ela colocou o gravador e o caderno sobre a mesa, pegou seu tablet e pesquisou sobre a detetive Cleo Grady.

Trinta e dois anos, viu Eve. Detetive de terceiro nível com oito anos de casa. Fora para Nova York transferida de Nova Jersey. Sem casamentos, morava sozinha, sem filhos. Vários elogios e algumas broncas disciplinares. Pertencia ao esquadrão de Delong havia três anos; fora transferida da Unidade de Vítimas Especiais a pedido dela mesma. Seus pais estavam aposentados e moravam na Flórida. Sem irmãos.

Ela olhou quando Cleo bateu no portal e se apresentou.

— Detetive Grady, tenente.

— Sente-se.

Seus olhos demonstravam o que ela sentia: raiva e ressentimento. Sua boca não passava de uma linha fina. Usava o cabelo liso com luzes louras em um corte curto e elegante. Nos lóbulos das orelhas exibia discretas e simples pedras azuis. Seus olhos, de um azul forte, quase escuro, se mantiveram fixos nos de Eve enquanto ela atravessava a sala.

Tinha cerca de 1,65 metro, com um corpo forte e curvilíneo. Vestia uma calça marrom simples, blusa branca e uma fina jaqueta bronze. Como Eve, preferia o coldre de ombro.

— O chefe quer que cooperemos com a investigação; então é o que faremos. — Falava rápido e sem delongas, ligeiramente ríspida. — Mas acho que esse caso deveria ser investigado pelo nosso esquadrão.

— Se a vítima fosse a minha parceira ou um membro da minha equipe, eu provavelmente sentiria o mesmo. Mas o caso não está com vocês. Vou gravar a conversa, detetive. — Ela fez uma pausa quando Peabody entrou e fechou a porta.

— Peguei um pouco de água e Pepsi — anunciou Peabody, colocando as garrafas sobre a mesa.

Cleo balançou a cabeça lentamente.

— O mínimo que vocês podem fazer é me contar o que já descobriram.

— Você deve conversar sobre isso com o seu tenente. Nós já o atualizamos sobre tudo que temos. Pode bancar a revoltada durona conosco, se quiser, mas isso não vai ajudar a detetive Coltraine.

— Se vocês pretendem desenterrar alguma sujeira sobre ela...

— Por que faríamos isso? Não somos da Divisão de Assuntos Internos, somos da Divisão de Homicídios. Sua companheira de esquadrão foi assassinada, detetive. Portanto, deixe de frescura. Você e Coltraine muitas vezes trabalhavam juntas.

— Sim, o chefe achou que nosso jeito de trabalhar combinava bem.

— E também interagiam fora do trabalho? Socialmente?

— Claro que sim. Por que não... — Ela tornou a balançar a cabeça e ergueu uma das mãos. Pegou a garrafa de água que inicialmente rejeitara, tirou a tampa e tomou alguns goles. — Escute, talvez eu devesse pedir desculpas pela atitude, mas a coisa está difícil. Ela fazia parte da minha equipe e nos tornamos amigas. Trabalhávamos bem juntas; pode olhar nossos arquivos de casos para confirmar. E saíamos de vez em quando para tomar um drinque depois do turno, às vezes para jantar. Só nós duas ou com outras pessoas. Nem sempre conversávamos sobre trabalho. Falávamos de coisas comuns. Cabelo, dietas, homens...

— Vocês eram próximas — comentou Peabody.

— Sim. Cada uma tinha a sua vida, mas sempre nos víamos. Vocês devem saber como é. Quando sua parceira é outra mulher, há assuntos que dá para abordar, coisas que você pode dizer abertamente e das quais não falaria a um homem.

— Ela lhe contou sobre antigos amantes, namorados, caras que queriam estar com ela?

— Ela saiu com alguns caras em Atlanta, sem compromisso, antes de se transferir para cá. Um deles também era policial, basicamente uma amizade colorida, a quem ela esteve ligada por algum tempo. O outro era um advogado. Ela me contou que esse último não era lá um ótimo parceiro, mas eles empurraram o relacionamento com a barriga. Um dos motivos de ela ter se transferido para cá foi sentir que a vida pessoal andava estagnada; também achava que estava perdendo o foco, profissionalmente. Queria algo novo.

— Nenhum caso sério, então? — pressionou Eve, pensando no que Morris tinha lhe contado. Percebeu que Cleo hesitou antes de responder.

— Ela mencionou que havia alguém, e a coisa foi bem intensa por um tempo, mas não deu certo.

— Sabe o nome dele?

— Não, mas ela ficou bem abalada emocionalmente. Tinha me contado que eles se separaram e ela embarcou no lance casual com o advogado durante alguns meses. Mas queria uma mudança... Uma nova cidade, novos rostos, esse tipo de coisa.

— E depois que ela se transferiu para cá... ainda no campo de relacionamentos pessoais?

— A coisa com o chefe dos legistas começou bem depressa. Não havia muito tempo que ela estava aqui quando eles se conheceram. Ammy disse que sentiu algo na mesma hora, mas eles esperaram um pouco. Quer dizer, não foram para a cama no mesmo dia. Quando finalmente fizeram isso... Como eu disse, você conta mais detalhes quando sua parceira é mulher... ela já estava apaixonada por ele, e parece que o sentimento era mútuo. Saí com eles algumas vezes, num desses lances de dois casais. Dava para perceber a química. Ela não estava saindo com mais ninguém.

— Ela nunca mencionou alguém que a pressionasse em sua vida pessoal?

— Não.

— Ela se encontrava sozinha com gente de fora? Fontes externas, informantes? Investigava suspeitos por conta própria?

— Geralmente não. Quer dizer, ela às vezes se encontrava com um dos informantes dela sozinha, mas trabalhava nessa área havia menos de um ano. Não tinha tantas fontes assim.

— Algum nome?

Cleo ergueu as costas, e Eve percebeu. Nenhum policial gostava de divulgar nomes de informantes.

— Ela costumava falar com um cara que é dono de uma loja de penhores na Spring Street. O nome dele é Stu Bollimer. Ele também é da Geórgia, então ela usou esse ponto em comum para contatá-lo.

— Vocês o usavam em algum caso que ainda está aberto?

— Sei que ela pediu uma possível dica sobre o assalto em Chinatown, e ele prometeu que ficaria de olho.

— Algum caso em que vocês trabalharam juntas gerou problemas? Houve alguém que ameaçou machucá-la?

— Quando você prende bandidos, eles não ficam muito felizes. Mas não... Não houve nada que pareça importante. Eu já revirei tudo isso na cabeça desde que soube do que aconteceu. Somos um esquadrão pequeno e basicamente lidamos com casos banais. Ela gostava desses pequenos trabalhos. O casal cujo mercado foi roubado, o garoto derrubado do skate aéreo em uma tentativa de roubo... A verdade é que ela planejava, um pouco mais à frente, se casar, ter filhos, construir família e virar mãe profissional. Gostava muito do trabalho na polícia e era boa nisso, não me interprete mal, mas pensava em algo mais para o futuro... embora não para já... desde que Morris surgiu em sua vida.

— Tudo bem, detetive. Se você puder mandar entrar o detetive O'Brian, eu lhe agradeço. Se ele não estiver disponível, seu tenente poderá enviar quem ele achar melhor.

— O'Brian está na mesa dele. Vou chamá-lo. — Cleo se levantou. — Eu não acho exagero lhe dizer que... pode vir até nós, caso precise de mais mão de obra nesse caso. Nem todos os policiais da Central de Polícia trabalham na rua.

— Vou me lembrar disso. Obrigada, Detetive. — Depois que Cleo saiu, Eve voltou a se sentar. — Será que ela não entendeu o que está rolando aqui? Será que é um ponto cego? Uma falha no campo de visão dela?

— Você quer saber se ela não entendeu que todos os policiais desse esquadrão são suspeitos no momento? — Peabody sacudiu a cabeça. — Acho que a gente não olha para nossa própria família logo de cara.

— Civis, não. Policiais fazem isso... ou deveriam fazer. — Eve fez algumas anotações e analisou os dados de O'Brian.

— O próximo parceiro tem 23 anos de polícia. Chegou ao grau mais elevado cinco anos atrás. Trabalha nessa equipe há doze anos. Está no segundo casamento há quinze. Não tem filhos do primeiro casamento, mas tem dois do segundo. Tem duas condecorações e mais duas menções por bravura em combate. Trabalhava na Divisão de Casos Especiais até se transferir para cá. Essa foi uma grande mudança.

Eve finalmente abriu sua lata de Pepsi e tomou um golpe.

— Está aqui há muito tempo. Mais tempo até que o seu tenente atual.

— Pessoas desse tipo podem se tornar o ponto de sustentação de um esquadrão. O colega que os outros procuram quando não querem ir direto ao chefe.

— Ainda vamos ficar algum tempo por aqui. Dê uma olhada na atualização dos dados, sim? Veja se há algo de novo que possamos usar aqui.

O'Brian, um homem musculoso de queixo quadrado e olhos argutos, entrou enquanto Peabody ia para a extremidade da mesa.

— Olá, tenente. Bom dia, detetive.

— Olá, detetive O'Brian. Estamos dividindo as tarefas aqui para tentar manter a atualização do caso. Podemos conversar enquanto minha parceira faz alguns contatos?

— Claro. — Ele se sentou. — Deixe-me poupar um pouco do seu tempo, tenente. A detetive Coltraine era uma boa policial, muito consistente em seu trabalho. Confiável. Gostava de cavar fundo em busca de pequenos detalhes. Quando se juntou ao nosso esquadrão, tive algumas dúvidas de que ela fosse talhada para o trabalho. Puro preconceito, porque ela parecia alguém que deveria apresentar programas sobre beleza. Depois de alguns turnos, vi como ela era boa.

Sabia trabalhar em equipe, cuidar de si mesma em campo e junto ao resto do esquadrão. Se ela foi derrubada na escada do próprio prédio, não foi por um estranho.

— Como você sabe que ela foi derrubada?

Seus olhos não se desgrudaram dos de Eve.

— Tenho conexões. Eu as usei. Não compartilhei o que descobri com o resto do esquadrão. O que é ou não compartilhado com os colegas é o chefe quem decide, mas estou lhe dizendo com certeza: se ela saiu de casa ontem à noite carregando as duas armas, estava trabalhando. Foi abatida no cumprimento do dever e vou fazer tudo que estiver ao meu alcance para que ela receba essa honra.

— Quem poderia ter entrado no prédio dela?

— Como é que eu posso saber? Nós não investigamos nada perigoso por aqui. Ela não investigava coisa alguma que justificasse alguém se arriscar a matar uma policial. Temos o caso de um hacker que cometeu uma invasão eletrônica. Foi trabalho interno, não há dúvida. Devemos estar com o cara preso antes do meio-dia. Vou encerrar o caso antes do fim do turno. Ele é um idiota, um bundão, não um assassino de policiais. Sei que Delong lhe entregou os relatórios do processo. Você verá por si mesma.

— Será que ela, ao mexer nas peças dos tais pequenos detalhes, nesse caso ou em algum outro, não descobriu algo quente? Algo que ricocheteou e a queimou?

— Se foi isso, ela não me contou. Desenvolvemos uma... acho que posso chamar de amizade, e ela comentaria sobre isso comigo. — A dor transparecia em seu olhar agora. Ele baixou os olhos para a mesa, mas Eve percebeu. — Ela jantou na minha casa algumas vezes. Minha esposa gostava muito dela. Todos nós gostávamos. Talvez tenha a ver com Morris.

— O que você está insinuando?

— Alguma coisa em que ele trabalhava ou trabalhou. Alguém que quisesse se vingar dele. Como era mais fácil atingi-lo? Ela estava apaixonada pelo cara. Todo mundo via isso. Nas poucas vezes em que ele veio aqui para pegá-la no fim do turno, dava para ver que os dois estavam amarrados. Não sei, estou chutando. Não consigo ver nada nos casos dela, coisa alguma com que ela estivesse ligada e pela qual possa ter morrido.

— Você se importaria de me dizer por que você se transferiu da Divisão de Casos Especiais?

Ele encolheu os ombros.

— Meu trabalho foi grande parte do motivo de meu primeiro casamento ter dado errado. Eu tive outra chance, me casei e tivemos uma filhinha. Acho que não quis me arriscar a perder tudo outra vez; então me transferi. Temos uma boa equipe. Fazemos um belo trabalho aqui, recebemos muitos casos. Só que eu não recebo mais ligações no meio da noite, e quase todos os dias eu consigo jantar com a família. É por isso que você não precisa me perguntar onde eu estava na noite passada. Minha filha mais velha, que já está com 14 anos, recebeu uma amiga para estudar ontem à noite. Tudo desculpa para bater papo, é claro — continuou, com um leve sorriso. — Por volta da meia-noite eu estava dando uma bronca nelas por estarem rindo como duas malucas, quando deveriam estar dormindo.

— A detetive Grady mencionou um informante, Stu Bollimer.

— Sim, Ammy o mantinha como fonte. Ele é de Macon, então ela usou a velha desculpa de serem ambos do Sul para fazerem contato. O cara é um informante nato, mas não consigo imaginá-lo preparando uma emboscada para ela. Bollimer é peixe pequeno.

— Tudo bem. Obrigada, detetive.

— Você vai manter o chefe informado?

— Pretendo fazer isso, sim.

— Delong é um bom chefe. — Ele se afastou da mesa. — Se a detetive Coltraine tivesse sentido algo pairando sobre ela, qualquer coisa com que pudesse se preocupar, certamente o teria procurado... ou procurado a mim.

— Como eram os instintos dela?

Pela primeira vez, ele hesitou.

— Talvez não tão bem sintonizados como poderiam ser. Ela ainda procurava seu espaço ao sol aqui em Nova York. Como eu disse, era muito boa com os detalhes, boa com as pessoas. Sabia como deixar testemunhas e vítimas à vontade. Mas eu diria que ela não tinha instintos de policial. Cabeça, sim, mas não instintos. Isso não a tornava uma policial ruim.

— Não, sei que não. Ela terá todo o nosso empenho, detetive O'Brian.

— Não posso pedir mais.

— Com quem devemos falar em seguida?

— Newman, talvez. De um jeito ou de outro, ele não vai conseguir trabalhar direito, hoje.

— Você poderia chamá-lo para mim e pedir que ele suba?

Peabody esperou até a porta se fechar.

— Ponto de sustentação — repetiu ela. — É ele quem mais vai sofrer a perda dela. O chefe é o chefe, mas ele é o líder da equipe.

— Ela não tinha instinto de policial. Ele não quis dizer isso para parecer desrespeitoso; só sabe que essa informação poderá nos ajudar. Ela não tinha o instinto. Recebeu a ligação e saiu de casa na mesma hora. Provavelmente não sentiu a mínima desconfiança. Já tinham armado tudo para pegá-la, pois o crime não me parece ter sido cometido por impulso, mas planejado. Mesmo assim, ela não percebeu. É bom saber disso.

Ela analisou os dados que tinha sobre o detetive Josh Newman.

Capítulo Quatro

Eve achou que Josh Newman estava triste, mas parecia resoluto e falava com naturalidade. O tipo de pessoa fácil de lidar, concluiu. Um homem que desempenhava suas tarefas com competência, voltava para casa depois do turno e deixava as preocupações no trabalho.

Um tipo comum, foi a sua avaliação. Um homem de família que por acaso era policial e, provavelmente, não alcançaria o segundo grau de detetive. E que não lhe deu nenhuma informação nova sobre Coltraine.

Ela seguiu em frente e chamou Dak Clifton. Embora ele fosse o membro mais novo do esquadrão, aos 29 anos, já era policial havia oito e conquistara o distintivo de detetive havia quase quatro. Em pouco tempo ela o identificou como o "fodão do pedaço".

Sua compleição forte e sua ótima aparência — pele bem bronzeada, olhos azuis claros, cabelos castanhos alourados — provavelmente eram uma bela ajuda ao lidar com testemunhas do sexo feminino. Do mesmo modo, o jeito meio agressivo, desses que em um interrogatório parece dizer "vou partir para a porrada" poderia intimidar alguns dos homens.

Eve não se importou de sentir essa atitude dirigida a ela.

Ele se inclinou e invadiu o espaço dela com seus olhos cálidos e brilhantes.

— Não precisamos de gente de fora em nosso território. Esta investigação deve ser feita por *este* esquadrão e por *esta* equipe. Cuidamos de nós mesmos por aqui.

— Não cabe a você decidir quem responde por essa investigação. Isso já foi decidido. Se quer cuidar dos seus colegas, detetive, pode começar melhorando essa atitude.

— Nós trabalhamos com ela. Não é o seu caso. Ela não passa de mais uma vítima para você.

Como as palavras dele ecoavam as de Cleo Grady, Eve lhe deu a mesma resposta.

— Você não sabe o que ela representa para mim. Se quiser dar chilique, vá procurar outra pessoa. Aqui você vai ter de se comportar e responder às minhas perguntas.

— Se não, você vai fazer o quê, tenente? Vai me arrastar até a Central? Grande merda! Veio aqui nos importunar quando deveria estar caçando o sujeito que a matou.

— Eu vou dizer qual é a grande merda, Clifton. A detetive Coltraine está morta. Você está desperdiçando meu tempo e me irritando quando deveria fazer tudo que pudesse para ajudar a investigação de uma colega com patente superior à sua.

Dessa vez foi Eve quem se inclinou e invadiu o espaço dele.

— Isso me faz questionar algumas coisas. Você é só um idiota? Ou existe alguma razão para não querer responder às minhas perguntas? Tudo bem, vou presumir que você não passa de um idiota e começar perguntando onde você estava entre as 22 e as 24 horas da noite de ontem.

A pele bronzeada de Clifton ficou corada, e ele exibiu os dentes.

— Você não é diferente dos ratos da Divisão de Assuntos Internos.

— Considere-me pior. Quero saber do seu paradeiro na noite de ontem, detetive, ou vamos, sim, continuar esse papo na Central, dentro de uma cela.

— Eu estava em casa, com uma mulher com quem estou saindo. — Rindo com ar de deboche, ele se recostou na cadeira e esfregou deliberadamente a virilha. — Quer saber o que estávamos fazendo e quantas vezes fizemos?

— Peabody? — disse Eve, com os olhos fixos em Clifton. — Nós duas estamos interessadas no que este idiota fez ou deixou de fazer com o pau dele entre as 22h30 e a meia-noite de ontem?

— Não poderíamos estar menos interessadas, tenente.

— Informe-nos o nome dessa mulher, Clifton, e considere-se sortudo por eu ter coisas mais importantes a fazer agora do que prestar uma queixa contra você.

— Vá se foder.

— Quero o nome, Clifton, ou vou arrumar um tempinho para dar queixa e você vai encarar uma suspensão de trinta dias. E vai começar a suar frio em uma jaula no meu departamento se não parar de me sacanear. Nome!

— Sherri Loper. Ela trabalha no Departamento de Comunicações, no andar de cima.

— Fale-me do seu relacionamento com a detetive Coltraine.

— Trabalhamos juntos.

— Disso eu já sei. Vocês se davam bem, se davam mal...?

— Nós nos dávamos bem.

— E de vez em quando trabalhavam juntos em algum caso?

Ele encolheu os ombros e olhou para o teto.

— Alguns de nós levam o trabalho a sério.

Eve se recostou e avisou:

— Se você continuar com essas piadas, vou cortar suas asinhas, Clifton. Pode acreditar: sou melhor que você nisso. E minha patente está acima da sua. Demonstre algum respeito ao lidar com uma superior e respeite também a sua colega morta.

— Eu disse que nos dávamos bem e é verdade. Porra, Ammy se relacionava numa boa com todo mundo. Ela tinha esse jeito. Era boa com as pessoas. Você acha que eu não quero saber quem a matou? Todos nós queremos. Não faz sentido. — Um pouco da bravata que ele demonstrara se dissolveu quando ele passou as mãos pelos cabelos. — Por que caralhos você não está pressionando os moradores do prédio dela? Só pode ter sido alguém de lá. Ela morava em um prédio seguro e era cuidadosa.

— Você já foi ao prédio dela? Ao seu apartamento?

Ele se fechou novamente.

— Claro, fui algumas vezes para pegá-la antes de trabalhar e para deixá-la em casa no fim do dia. Eu tenho carro, ela não tinha. E daí?

— Você e a detetive Coltraine tiveram algum relacionamento pessoal?

— Você quer saber se eu trepei com ela? Escuta aqui, sua vaca...

Eve tornou a se inclinar.

— Sou uma oficial de alta patente. Se você quer me chamar de vaca, é melhor começar com "tenente". Responda à pergunta.

— Não. Não do jeito que você imagina. Tomávamos alguns drinques de vez em quando, como todo mundo no esquadrão. Uma refeição ocasional, talvez. Ela estava ligadona no médico dos mortos. Você deveria estar interrogando esse médico. Somente ele tinha acesso ao prédio, ao apartamento dela; saberia como tirá-la de casa e depois deixar a cena do crime limpa.

— Você pode relatar algum atrito que tenha presenciado entre ela e o dr. Morris?

Ele encolheu os ombros, franziu as sobrancelhas e olhou para a janela.

— As pessoas que trepam sempre têm algum atrito. A primeira coisa que um bom policial faz em casos de homicídio é investigar o marido ou o amante. Mesmo assim, você está aqui, obrigando-nos a passar por isso.

— Anotei sua observação. Acabamos, detetive.

Eve ficou sentada observando-o enquanto ele caminhava até a porta que bateu com força ao sair.

— Ele deu em cima dela, essa é a minha opinião. Ficou muito esquentadinho quando tocamos no assunto. Ele tentou cantá-la, mas ela o dispensou e foi para Morris. Ele é o tipo de homem acostumado a roubar a mulher dos outros, não o contrário.

— Ele seria muito burro de nos dar um álibi que poderíamos derrubar — disse Peabody.

— Sim, mas vamos verificar mesmo assim. Ou, melhor, verifique você, agora mesmo. Vou agradecer ao tenente Delong.

— Se houvesse algo rolando entre ele e Coltraine... ou pintasse alguma tensão entre os dois por ela tê-lo dispensado..., o resto do esquadrão não saberia disso?

— Policiais são muito bons em manter segredos.

Elas se encontraram do lado de fora, onde, por insistência de Peabody, pegaram um almoço rápido para viagem na delicatéssen ao lado. Eve não tinha certeza do que havia dentro da embalagem da qual comeu encostada na viatura, mas estava muito gostoso.

— O álibi de Clifton foi confirmado. — Peabody mastigava seu sanduíche com óbvia satisfação. — Mas ela ficou muito puta por ter sido obrigada a contar. "Foi, sim, passamos a noite juntos... E daí?" De péssimo humor e na defensiva. Ela e Clifton bem que merecem um ao outro.

Eve comeu tudo e observou policiais que entravam e saíam. Uma delegacia pequena, pensou. Locais menores significavam mais interação e mais relacionamentos internos. Os policiais tendiam a defender uns aos outros, isso era parte do código de conduta. No passado ela já derrubara policiais que tinham violado a lei e sabia que o processo era longo e desagradável.

Torceu em silêncio para não precisar prender um colega naquele caso.

— Clifton tem algumas citações na ficha por problemas disciplinares, além de várias censuras por usar força em excesso. Tem um mau gênio. Este assassinato não parece ter sido motivado por raiva. Mesmo assim, precisamos investigar um pouco mais a fundo, tanto ele quanto o álibi.

— Eu odeio isso. Odeio olhar para um de nós ao buscar um assassino.

— Então vamos torcer para ser um cara mau e sem distintivo. Mesmo assim, vamos procurar. Vamos visitar o informante agora, e depois eu quero voltar à cena do crime e analisar tudo mais uma vez.

Ela caminhou para entrar no carro, deixando Peabody sem escolha, a não ser entrar.

Elas encontraram a casa de penhores e o proprietário com muita facilidade. O cara parecia mesmo um informante, pensou Eve — ou pelo menos o que ela imaginava que um informante pudesse parecer. Estava sentado atrás de um vidro à prova de balas e fazia negócios com um cara que suava frio em busca de sua próxima dose de droga.

O nariz longo e afilado de Bollimer parecia se apertar no centro de seu rosto muito comprido e fino. Ele sentiu cheiro de policiais no ar, concluiu Eve, ao ver que seus olhos brilhantes e negros se dirigiram com ar de alerta para ela e Peabody.

— Eu lhe ofereço cinquenta paus nisso — avisou ao cliente.

— Qual é, cara? — O corpo do viciado se contraiu e sua voz pareceu arder de desespero. — Eu preciso de cem. Esse relógio vale muito mais que isso. Vale duzentos e cinquenta, molinho. Tenha dó, cara. Eu preciso dessa grana.

Bollimer fungou alto e fingiu examinar o relógio de pulso com mais cuidado.

— Setenta e cinco. É o melhor que posso fazer.

— Que tal cerca de noventa, quem sabe? Por favor, me dê noventa. É uma peça legal.

— Setenta e cinco é o limite.

— Está bem, está bem. Vou pegar.

Bollimer teclou algumas palavras em seu laptop e a impressora cuspiu um formulário. Ele o fez deslizar através da calha debaixo do vidro.

— Você sabe o que fazer.

O viciado rabiscou seu nome nas duas vias, cortou o recibo na parte picotada e enviou a outra extremidade de volta para Bollimer. Depois de introduzir outra senha, Bollimer enviou os 75 dólares por uma ranhura.

— Você tem até trinta dias para resgatar esse objeto — avisou. Então simplesmente sacudiu a cabeça para os lados quando o homem correu para fora da loja.

— Ele vai voltar, mas não para resgatar isso. — Bollimer etiquetou o relógio e o colocou de lado. Depois passou a mão pelo cabelo, tão lustroso que chegava a ser seboso. — Em que posso ajudá-las, policiais?

— Freguês? — quis saber Eve.

— Binks? Sim, está sempre aqui. Isto aqui pertence a ele. — Bollimer deu um tapinha na mercadoria que recebera. — Eu já o vi usando o relógio.

— Mais cedo ou mais tarde ele vai sentir uma fissura terrível pela droga e não vai ter mais nada para empenhar. Nesse dia ele vai começar a roubar e assaltar as pessoas.

Bollimer assentiu com sabedoria e completou:

— Essa é a realidade desse mundo triste, muito triste. Eu sou dono de um lugar licenciado. Confiro a lista de mercadorias roubadas todos os dias e sempre colaborei com as autoridades. Se vocês estão procurando alguma mercadoria quente que ainda não tenha entrado na lista, podem dar uma olhada. Fiquem à vontade.

— Nós somos da Divisão de Homicídios. — Eve tirou seu distintivo e o segurou contra o vidro blindado. — Estamos investigando o assassinato da detetive Coltraine.

O queixo dele caiu, e seus olhos pretos e pesados de informante se arregalaram.

— O que foi que disse? Ammy? Você está me dizendo que Ammy foi morta?

— A mídia já deu a notícia. O nome dela foi divulgado várias horas atrás. Você não assiste ao noticiário, Stu?

— Por que diabos eu iria querer ouvir essas merdas? Espere um instante que eu vou abrir. Espere só um segundo.

Ele pressionou um botão, e uma tela fechou a entrada da loja. Eve ouviu o estalo do trinco. Embora o choque dele e seu ar de desespero parecessem sinceros, ela colocou a mão no quadril, bem perto da arma, quando ele empurrou a cadeira de rodinhas para trás, levantou-se e foi destravar a porta da gaiola onde trabalhava.

Quando ele saiu, Eve notou o brilho de lágrimas em seus olhos.

— O que aconteceu? O que aconteceu com aquela garota?

— Alguém a matou ontem à noite. Seu corpo foi descoberto no porão do seu prédio nesta manhã. — Essas informações a mídia já tinha anunciado.

— Não pode ser. Não pode ser mesmo... — Ele apertou os dedos contra os olhos por um momento. — Vocês conseguiram descobrir que ela me usava como informante?

— Conseguimos. Recentemente você a informou sobre algo que possa ter irritado alguém o suficiente para matá-la?

— Não. Sei que não. Só tratávamos de coisas pequenas, insignificantes. Eu costumava ser um informante de nível mais alto. Fui preso e cumpri pena. Vocês também sabem disso. Desde então eu permaneci na linha, quase todo o tempo. Não gostei de ir preso e não quero voltar. Ammy veio aqui um dia com a policial loira. Elas estavam procurando umas joias roubadas em um assalto. Por acaso eu tinha uma das peças, um anel. Eu o tinha recebido uma hora antes. Filha da mãe a dona daquele anel! Logo eu, que costumo farejar longe essas coisas.

Ele bateu o dedo na lateral do nariz pontudo.

— A loira que trabalhava com Ammy veio para cima de mim com tudo, mas a verdade é que o anel ainda não estava na lista de coisas roubadas. O que ela achou que eu era, a porra de um telepata? Eu lhes entreguei o anel, o contrato e a cópia da identidade da mulher que fez a penhora. Cooperação total. Acabei perdendo os duzentos paus que paguei pela mercadoria, mas é assim que a coisa rola.

— E elas conseguiram pegar o cara?

— Conseguiram, sim. Ammy voltou sozinha no dia seguinte para me agradecer. O que acha disso? — acrescentou com um sorriso lento e sensual. — Veio me agradecer e contar que o cara que assaltou o casal e roubou as joias tinha dado o anel para a namorada. E ela veio aqui na mesma hora para empenhá-lo, é mole? As duas conseguiram que ela entregasse o namorado e recuperaram todo o material roubado. Quase nunca a coisa termina bem desse jeito. Começamos a papear, porque ambos somos da Geórgia. Eu não viajo para além do sul de Nova Jersey há mais de vinte anos, mas ainda não perdi o sotaque. Ela voltou sozinha e me trouxe café, quem diria? Eu meio que comecei a repassar informações para ela sempre que recebia alguma dica. Ela era um doce de pessoa. Muito querida mesmo! — As lágrimas surgiram novamente. — Eles a machucaram?

— Não tanto quanto poderiam. — Eve resolveu arriscar. — Eles levaram a arma dela. Você tem algum negócio paralelo com armas roubadas, Stu?

— Eu não aceito nem mesmo facas, muito menos armas de atordoar ou lasers. Mas conheço pessoas que conhecem outras pessoas que talvez aceitem. Vou verificar por aí. — Ele pigarreou. — Haverá uma cerimônia fúnebre para ela ou algo assim? Eu gostaria de comparecer. Quero lhe prestar minhas homenagens. Ela era um doce de pessoa.

— Vou mandar avisá-lo quando souber mais detalhes sobre isso. — Eve tirou um cartão e o entregou para ele. — Se você descobrir algo, ouvir alguma coisa ou pensar em qualquer coisa, entre em contato comigo.

— Pode deixar.

Eve se preparou para ir embora, mas se virou para trás e perguntou:

— Você disse que ela voltou aqui sozinha. Ela sempre vinha aqui sozinha para se encontrar com você?

— Quase sempre. Sabe como a coisa rola quando uma policial está cortejando um informante, certo? É um diante do outro, cara a cara.

— Sim, isso mesmo. Obrigada.

Peabody fungou de leve quando elas saíram.

— Puxa, ele quase me provocou lágrimas. Acho que ele a amava... de verdade. Não um amor do tipo "vamos deitar e rolar na calda de chocolate", mas como uma filha ou algo assim.

— Coltraine parece que provocava esse efeito nas pessoas. Pode ser que ontem ela estivesse saindo para se encontrar com outro informante. Um novo, que ela andasse "cortejando".

— Gosto mais dessa ideia do que pensar que alguém de seu próprio esquadrão possa tê-la eliminado.

— Tem de haver alguma coisa nas anotações, nos computadores. Existiria algo em algum lugar, caso ela estivesse trabalhando com outro informante... ou tentando contato com um. — Eve entrou no carro e se sentou atrás do volante. — Ela pode ter esbarrado em algo maior do que imaginava. Ou ter tido contato com alguém que a enrolou por algum tempo. Talvez tenha dito a coisa errada, feito uma pergunta fatal. O informante ou alguém mais alto na linha de comando teve de eliminá-la.

— Ela investigou muitos furtos, roubos e assaltos. Quem entrou no prédio dela fez isso com habilidade e presteza. Então só pode ser alguém envolvido com algo além de delitos insignificantes.

Ainda considerando o assunto, Eve saiu com o carro para voltar à cena do crime.

— Vamos convocar Feeney, porque ninguém faz uma pesquisa e cruza dados mais depressa que ele. Bem, com exceção de Roarke.

Feeney pode verificar com a Divisão de Roubos, a de Casos Especiais, qualquer coisa que possa servir de ligação. Pode fazer pesquisas cruzadas até mesmo entre os casos dela. Talvez alguma coisa apareça.

— Mesmo com Feeney e McNab... e mais a magia de Roarke... isso vai exigir muitas horas de trabalho. Feeney pode chamar Callendar para integrar a equipe, se você pedir. Ela é rápida.

Antes de ter chance de responder, Eve viu o restaurante chinês. Ficava a menos de dois quarteirões do apartamento de Coltraine, reparou, ao estacionar a viatura.

— Você já pesquisou a lista de restaurantes chineses?

— Já. — Peabody pegou o tablet. — Este aqui deve estar na lista, já que estamos perto da casa dela. China Garden. É o mais próximo vindo por esta direção. Há outro que fica do outro lado do prédio e é um pouco mais perto. E existem vários outros em um raio de cinco quarteirões.

— Ela desceu pelas escadas. Aposto que ia a pé para o trabalho sempre que podia. São quase dois quilômetros, mas ela precisava conhecer as ruas do caminho e sempre usava as escadas para descer e subir. Aposto que costumava vir caminhando até aqui. Mesmo que tenha usado o metrô, poderia descer um quarteirão antes e dar uma passada aqui. Vamos verificar isso agora.

O salão comprido brilhava em vermelho e dourado. Apesar de elas terem lanchado um pouco antes, Eve percebeu que já tinha passado da hora habitual do almoço, mas ainda era muito cedo para jantar. Mesmo assim, várias mesas estavam ocupadas por pessoas que bebiam algo de pequenas xícaras ou mordiscavam rolinhos primavera. Quando elas entraram, uma mulher com cabelo curto e espetado deslizou para fora da sua mesa de canto e veio na direção delas.

— Boa tarde. Vocês gostariam de uma mesa?

— Não, obrigada. — Eve colocou o distintivo na palma da mão e o segurou voltado para ela.

— Ah. — A mulher olhou para baixo e depois fixou a atenção em Eve. Seus olhos, de um verde-marinho em um rosto exótico, exibiram compreensão e tristeza. — Vocês estão aqui por causa da detetive Coltraine. Por favor, venham se sentar. Vou lhes servir chá.

Ela se virou, gritou uma ordem em um chinês quase musical enquanto caminhava de volta à mesa. A jovem que estava sentada ao lado dela se levantou de imediato e correu para os fundos do restaurante.

— Meu nome é Mary Hon. — Ela fez um gesto para que Eve e Peabody se sentassem. — Minha família e eu sentimos muito. Estamos tristes de verdade por saber o que aconteceu.

— Você conhecia a detetive Coltraine?

— Ela era uma boa cliente, uma senhorita adorável. Todos oramos por sua passagem segura e rezamos para que seu assassino seja levado à Justiça.

— Ela esteve aqui ontem?

— Sim, eu a servi pessoalmente. — Mary assentiu com a cabeça quando o bule de chá fresco e as xícaras chegaram. Ela serviu a bebida do bule branco pequeno. — Reconstruí mentalmente tudo o que aconteceu, caso fosse importante. Ela chegou cedo, antes das seis. Talvez um pouco depois das seis. Ela me contou que iria caminhar e olhar as vitrines a caminho de casa, talvez experimentar sapatos que não poderia comprar. Brincamos um pouco ao falar sobre sapatos. Ela ainda não sabia exatamente o que queria comer, então me pediu para surpreendê-la. Às vezes fazia isso. Eu lhe dei o frango *moo-shu*, que estava excelente ontem à noite, e mais dois rolinhos primavera, porque eu sabia que ela gostava muito deles.

— Ela veio aqui sozinha?

— Sim. Disse que ia levar tudo para viagem porque pretendia comer em casa sozinha enquanto trabalhava. Ainda era cedo, como eu já disse, e ainda não estávamos muito ocupados. Então conversamos um pouco mais enquanto a cozinha preparava a comida. Perguntei por que razão ela não pretendia sair com ninguém ontem à noite. Ela me disse que precisava trabalhar em casa e que o namorado também estava trabalhando. Estava adiantando um pouco os casos porque eles planejavam passar um fim de semana prolongado juntos, em breve. Ela parecia muito feliz. Pegou a embalagem para viagem e pagou sem nem sequer olhar o que lhe demos. Então se despediu e disse que nos veríamos em breve. Acho que ela esteve aqui por não mais que quinze minutos. Não muito tempo. Bem pouco, na verdade.

— Ela sempre costumava vir aqui sozinha?

— Quase sempre. — Mary ergueu a xícara de chá com as duas mãos elegantes. Usava um anel de ouro largo, e suas unhas eram longas, pintadas de um tom de vermelho brilhante. — Uma ou duas vezes ela veio comer aqui com o homem com quem estava saindo. Ela o chamava de Li. Eles pareciam espalhar amor ao redor deles. Espero que a senhora não me conte que foi ele quem a machucou.

— Não, sei que não foi ele quem a machucou. Obrigada, sra. Hon. A senhora nos foi muito útil.

— Sentirei saudade de vê-la aqui.

— A coisa fica cada vez mais triste — disse Peabody, quando elas já estavam de volta na calçada. — Acho que a gente não imagina quantas pessoas encantamos ou como elas podem se lembrar de nós. O cara na delicatéssen da esquina, o dono do seu restaurante favorito, o funcionário da loja onde você costuma comprar roupas. Pode parecer papo de simpatizante do Amor Livre, mas a verdade é que tudo que nós fazemos importa. Tudo que deixamos para trás com as pessoas que encontramos é importante.

— Alguém com quem ela interagiu a queria morta. Vamos seguir a partir desse ponto. Repetir os passos dela.

Em algum momento perto das seis da tarde, Eve calculou, Amaryllis Coltraine andou por ali levando comida chinesa para viagem. O dia anterior fora agradável, bem mais que aquele dia, em que o céu não decidia se queria chover ou simplesmente ficar sombrio. Será que ela caminhara tranquilamente ou no ritmo apressado de Nova York para chegar mais depressa?

Foi passeando, decidiu Eve. Para que a pressa? Não estava com muita fome e só comeria uma hora mais tarde. Pelo visto, ela planejava passar a noite em casa, adiantando um pouco o trabalho.

— Mesmo sem pressa, ela levou menos de cinco minutos para chegar. — Eve foi até a porta da frente, como Coltraine teria feito, e usou sua chave mestra onde Coltraine tinha usado o cartão magnético. — Verifique a caixa de correio.

Peabody usou a própria chave mestra para abrir a porta estreita, como já tinha feito naquela manhã. Assim como antes, a caixa estava vazia.

— Ela subiu pela escada.

Elas passaram direto pelos elevadores e viraram à direita. Abriram a porta corta-fogo, e Eve parou para estudar a configuração do espaço. A porta dos fundos ficava bem em frente, e os lances da escada subiam e desciam pelo lado direito.

— Por onde será que ela desceu mais tarde: pela frente ou pelos fundos? Ela não tinha carro, portanto... será que alguém a viria buscar, ou ela pretendia ir ao lugar marcado a pé, de metrô ou de táxi? Eles não prepararam a emboscada aqui. Não faria sentido, se já estavam aqui dentro, derrubá-la junto da porta corta-fogo do saguão. Seria mais fácil alguém entrar pelo andar térreo do que pelas outras entradas.

— Talvez ela tenha saído ou tentado sair pelos fundos. Estavam esperando por ela ali para derrubá-la. Eles não teriam de arrombar nada desse jeito porque ela mesma abriu a porta.

— Possível. Sim, é possível. Mas, quando você circula pelos fundos de um prédio, fica exposto e parece suspeito. Mesmo assim, se você for bem rápido... é muito possível, sim.

Elas começaram a subir.

— Os lances de escadas estão limpos. Sem lixo, sem pichações, sem manchas de mãos nos corrimões ou nas paredes, algo comum de se ver em lugares muito usados. A maioria das pessoas provavelmente pega o elevador. — Eve parou no andar seguinte. — É neste ponto que eu a pegaria. Mantenha-se atrás da curva da escada. Você a ouviria descer e conseguiria calcular a sua velocidade. Ela vira aqui para pegar o lance seguinte e você está de frente para ela. Caminho fechado, um disparo, pronto! Você a pega nos ombros, ou seu cúmplice faz isso, e desce com ela dois lances até o porão. É pouco provável aparecer alguém naquela hora da noite, mas, se isso acontecer, você está armado e basta derrubar o intruso também.

Eve estreitou os olhos e analisou Peabody.

— Você pesa mais do que ela.

— Obrigada por me lembrar dos quatro quilos que insistem em ficar alojados na minha bunda.

— Ela devia ter mais ou menos o meu peso — continuou Eve, ignorando a reclamação. — Coltraine era mais baixa, mas nosso peso devia ser quase igual. Você tem costas fortes, Peabody. Leve-me nas costas até o porão.

— Hã?

— Sobre o ombro. Como os bombeiros fazem. É assim que ele deve ter feito. Deixe a mão da arma livre para algum imprevisto. — Eve se lançou de costas contra a parede, como se tivesse sido jogada para trás pelo disparo da arma, e se deixou deslizar até o chão. — Agora me levante sobre os ombros e me carregue até o porão.

— Lá vamos nós... — resmungou Peabody, girando os ombros. Ela se agachou e grunhiu. Precisou de duas tentativas para conseguir colocar o peso morto de Eve sobre os ombros. Deu mais um grunhido para ajeitá-la no lugar. — Eu me sinto uma idiota — murmurou, enquanto caminhava até a escada. — Além do mais, você é mais pesada do que parece.

— Coltraine não era exatamente uma pluma. — Eve continuou largada sobre os ombros de Peabody. — Estava inconsciente, mas carregava duas armas, seu *tele-link*, o comunicador, as algemas e sei lá o que mais. Você está mantendo um bom ritmo — acrescentou, quando Peabody se virou para descer o último lance —, apesar das reclamações. Se o assassino era um homem, ele provavelmente tinha mais altura e mais músculos do que você. Além disso, tinha um objetivo específico; levá-la depressa até o porão. Queria chegar logo.

— Certo. — Soltando os bofes pela boca, Peabody parou na porta do porão. — E agora? A porta está fechada.

— Quebre o lacre, use sua chave mestra. Ele usou a dele ou um cartão magnético. — Eve fez uma careta quando Peabody a jogou um pouco para cima e deslocou o seu peso para tentar pegar o que precisava. Quando elas entraram, Peabody fechou a porta com a bunda de que acabara de reclamar.

— Muito bem, você vai me matar em breve. O que faz primeiro?

— Largo você no chão.

— Só que ele não fez isso. Ela teria mais arranhões e contusões se ele a tivesse largado. Ele a deitou suavemente. Vamos lá, me coloque no chão.

— Caraca!

Peabody conseguiu, mas continuou agachada, inclinada para a frente e com os cotovelos nas coxas.

— Você precisa de mais tempo de academia, detetive. — Eve se deitou onde estava. — Ele a desarmou. Quebro seus dedos se você tentar fazer isso! — avisou, olhando para a parceira. — Depois ele pegou o distintivo dela e o *tele-link*. Guardou tudo. Aí a despertou com um estimulante. — Fazendo mais uma careta, Eve verificou a hora. — Ela saiu do apartamento às... temos de calcular o tempo, mas vamos supor às 23h22. Talvez tenha circulado pela casa um pouco depois de desligar o gato-robô, mas vamos trabalhar com esse tempo. Levou não mais que um minuto ou dois para descer as escadas. Caiu na emboscada, foi carregada para cá. Menos de três minutos com você me transportando. Vamos calcular 23h25 para chegar a este ponto. Mesmo acrescentando tempo para ela pegar as armas, o distintivo, as joias e adicionando alguns segundos para o estimulante fazer efeito e ela ter acordado de volta... isso nos deixa mais de dez minutos até a hora da morte, calculada pelo calibrador. É muito tempo.

— Ele tinha coisas para dizer a ela.

— Sim, ou coisas que queria que ela dissesse. Uma conversa? Tortura emocional? Ele a matou, mas não teve pressa para ir embora. Ainda levou dez minutos antes de liberar a gravação das câmeras.

— Talvez ele só tenha recolhido a arma dela e o resto das coisas depois de tê-la matado.

— Desarmar primeiro. Esse é o procedimento padrão. Seria burrice deixar as armas com ela; ele as teria pegado, nem que fosse por precaução. E ficou mais algum tempo verificando suas pistas depois que a matou. Examinou tudo em volta para ter certeza de que não tinha deixado rastros nem cometido erros. — Eve se ergueu e analisou o espaço em volta com atenção. — Até onde podemos dizer, ele não deixou rastros. A menos que seja burro o bastante para tentar empenhar o anel da vítima, ele não deixou nada para trás.

Ela se levantou e completou:

— Vamos dar mais uma olhada no apartamento dela. Depois vamos voltar à Central para colocar Feeney no caso e juntar tudo que conseguimos descobrir até agora.

Ela gostaria de ter mais pistas, pensou Eve ao se sentar à sua mesa na Central. Um dia inteiro de trabalho e quase todas as informações que levantara não passavam de impressões — como as pessoas viam a vítima e o que sentiam por ela. Eve tinha formado sua própria imagem de Coltraine para adicionar ao estudo. Conseguira recriar suas últimas horas e montara o que acreditava ser uma linha cronológica muito precisa dos eventos. Porém, não conseguia imaginar quem ou qual motivo conseguira levar a policial para fora do seu apartamento.

A hora que Eve e Peabody passaram procurando mais, na esperança de encontrar uma resposta ou um lugar secreto onde Coltraine pudesse ter escondido algum segredo, não lhes rendeu mais nada.

Eve colocou Feeney e alguns de seus melhores especialistas em eletrônica na investigação e no cruzamento de dados. Designou vários dos seus homens para analisar os casos que Coltraine investigara no passado e no presente. Conseguiu a pasta com cópias de todos os dados de Coltraine, mas não havia entrada alguma da noite em que ela morreu.

Aquilo não era o bastante.

Eve copiou todos os dados e os enviou para a dra. Mira, a psiquiatra que era a melhor analista de perfis do departamento, e solicitou uma reunião com a médica o mais rápido possível. Copiou todos os dados para o seu comandante e depois os enviou para seu computador pessoal.

Por fim, levantou-se. Mais uma caneca de café, mais uma passada em tudo antes de levar o material para casa, onde ela tentaria uma nova abordagem.

Baxter entrou trazendo uma caixa fechada.

— Isso chegou para você, trazido por um mensageiro especial. Eles escanearam o pacote lá embaixo. Há armas aqui dentro. Armas da polícia.

— Onde está o mensageiro?

— Ficou detido. O pacote foi analisado em busca de digitais. As do mensageiro estão aqui, e achamos mais duas, ambas dos funcionários da agência do correio onde a encomenda foi entregue. Não há explosivo algum aqui dentro.

Peabody esticou o pescoço atrás de Baxter.

— Devem ser as armas dela. O que mais poderia ser?

— Vamos descobrir. Ligar gravador! Temos um pacote endereçado à tenente Eve Dallas, Divisão de Homicídios da Central de Polícia; foi entregue por um mensageiro especial, escaneado e liberado. — Ela pegou uma faca e cortou o lacre.

Dentro havia duas armas de propriedade da polícia, o distintivo de Coltraine e sua carteira de identidade. Um disco estava num envelope. Eve tentou conter a impaciência.

— Vamos verificar o conteúdo da caixa em busca de digitais, tanto nos objetos como no disco.

— Tenho um kit de serviço em minha mesa. — Peabody foi correndo buscar.

— Isso é uma provocação, uma bofetada na nossa cara — disse Baxter, mal conseguindo conter a fúria. — Já sabemos o que significa. "Vejam só... Tirei isso de uma policial e a matei. Podem tentar me prender."

— Sim. Mas se ele é arrogante o bastante para nos dar essa bofetada, também é arrogante o suficiente para começar a cometer erros. — Ela pegou o kit que Peabody trouxe e o usou. — Tudo limpo. O conteúdo, o interior da caixa, tudo imaculado. Sem cabelo, sem fibras, sem nada.

Ela passou o disco por um analisador de mídia.

— É um disco de texto. Sem vídeo nem áudio. Nenhum vírus foi detectado. Vamos ver o que o canalha tem a nos dizer.

Ela o conectou ao computador e exibiu o texto.

O texto estava em negrito e todo em maiúsculas.

PEGUEI ISTO AQUI DA POLICIAL PUTINHA E A MATEI COM SUA PRÓPRIA ARMA. FOI BEM FÁCIL. PODE FICAR COM TUDO. QUEM SABE EU EM BREVE ENVIE AS SUAS COISAS PARA OUTRO POLICIAL.

— Vamos registrar tudo — disse Eve, com frieza na voz. — E bater um papo com o mensageiro. Baxter, você e Trueheart saiam para investigar a agência do correio.

— Vou chamar o meu garoto e cair dentro.

— Peabody, venha comigo.

Capítulo Cinco

Enquanto Eve dirigia para casa, perguntou a si mesma se o assassino de Coltraine entendia o significado completo de ter devolvido as armas e o distintivo da vítima diretamente para a investigadora principal do caso. Apesar do insulto da mensagem e da ameaça implícita, a devolução daquele material significava muita coisa.

A arma de uma policial não seria mais usada para o mal.

Era mesmo uma provocação direta, refletiu Eve, acompanhada por um sorriso de deboche. *Peguei, usei e estou devolvendo.*

O mensageiro não estava ligado ao crime. O garoto apenas tinha feito o seu trabalho. Eve insistiu e forçou a barra com vontade. Ela mesma admitiu que a força de intimidação empregada e a irritação que demonstrou deviam ter tirado algumas semanas de vida do rapaz, de tanto susto. Porém, agora, pelo menos, tinha certeza de que ele não estava envolvido.

A agência do correio não levou a lugar algum. O nome e o endereço do remetente no recibo e no formulário gerado por computador eram falsos. O assassino poderia ter recolhido o formulário em qualquer uma das centenas de agências de correio em qualquer momento ou baixado a ficha on-line em sua casa ou em qualquer cyber-café.

Tudo o que ela tinha de concreto eram o local de onde a encomenda foi postada e a hora em que o pacote foi recebido e registrado.

Entrega expressa no mesmo dia, pré-paga.

Ele se preparara bem, reparou. O plano estava pronto para seguir adiante assim que a mídia divulgasse a história, o assassinato e o nome da investigadora principal. Bastou preencher o nome dela, jogar o pacote na caixa de coletas e cair fora.

Isso lhe mostrou que aquilo fazia parte do plano desde o início. Não só a remessa direta para a Central, mas o próprio uso da arma de Coltraine contra ela. Toda a configuração tinha sido planejada em fases e estágios.

Isso era algo que devia ser examinado com atenção.

Pensou em Morris, no que ele estava fazendo naquele momento, em como estava lidando com a dor, quando virou diante dos portões de sua casa. A primavera, que ela quase esquecera durante o longo dia, explodia ali. Flores brancas e cor-de-rosa brilhavam nas árvores e cintilavam como correntes de joias em tons pastel contra o crepúsculo.

Narcisos alegres dançavam junto de tulipas muito elegantes, em canteiros alegres e muito bem projetados. Parecia-lhe que um pintor feliz tinha mergulhado o pincel, acariciado a tinta e espalhado toda a sua alegria através daquela pequena fatia isolada da cidade, derramando-a naquela alameda para que a bela mansão pudesse sobressair em meio a ela.

As torres grandes e pequenas da casa surgiram no céu, que se aprofundava; seus terraços e linhas fortes pareciam se erguer no cenário. As luzes nas muitas janelas a recebiam e enviavam à pedra belíssima um brilho adicional enquanto o entardecer se deslocava em direção à noite.

Ela deixou sua humilde viatura estacionada ao pé daquela grandeza, caminhou entre as violetas e os amores-perfeitos que Roarke mandara plantar para ela, como um refúgio de boas-vindas que levava até o interior da casa.

Summerset não estava à espreita no saguão como uma nuvem negra em um dia ensolarado de primavera. Isso a tirou do ritmo por alguns segundos, pois ela gostava de enfrentar logo de cara o mordomo sargentão de Roarke, que também era o maior inimigo pessoal dela. Porém, ouviu vozes no salão principal e percebeu que ele provavelmente estava servindo algo a alguém.

Na mesma hora, pensou:

Droga. Quem está aqui?

Ela considerou a ideia de subir a escada e se trancar em seu escritório. Só que o sistema de segurança já registrara sua entrada pelos portões. Sentindo-se encurralada, atravessou o saguão e foi para a sala de visitas.

Viu Roarke antes de qualquer outra pessoa — como quase sempre acontecia, lembrou a si mesma. Ele estava sentado em uma das luxuosas poltronas de encosto alto e estofadas com tons fortes. Parecia relaxado, tinha um ar de quem se divertia e se mostrava completamente à vontade.

Apesar disso, ela percebeu, com um choque, que havia um bebê no seu colo.

Vários detalhes invadiram seu cérebro na mesma hora. A risada feliz da sua amiga Mavis; o sorriso satisfeito de Leonardo, que erguia a mão da sua esposa para beijar seus dedos; a presença magra e sombria de Summerset e o grande sorriso — assustador, pensou ela — em seu rosto ossudo; o gato gordo encolhido aos seus pés.

E o bebê, Bella Eve, toda rosa, branca e dourada.

Por fim, lembrou-se de que eles haviam convidado Mavis e sua família para jantar.

Droga.

— Oi — disse ela, ao entrar. — Desculpem o atraso.

— Dallas! — Em uma profusão de cores e alegria, cheia de cachos loucos com pontas cor-de-rosa lindamente enredadas, Mavis deu um pulo no ar.

Mavis tinha essa tendência de saltar o tempo todo, pensou Eve, quando sua amiga veio quase correndo em suas sandálias de salto elevadíssimo em formato triangular cobertas de zigue-zagues em arco-íris. O pulo fez sua microssaia verde e rosa com estampa de diamantes pular junto. Ela envolveu Eve em um abraço de urso, exibindo prazer e alegria com os olhos que, naquele dia, tinham o mesmo tom de verde forte da saia.

Graças a Deus os olhos não eram cor-de-rosa.

— Você perdeu o *melhor* momento da noite. Comemos como porquinhos e depois Bella mostrou a todos que já consegue se mexer e sacudir o chocalho ao mesmo tempo.

— Uau! — foi tudo que Eve conseguiu expressar.

Leonardo também veio em sua direção. Ele era imenso, em forte contraste com Mavis, que era miúda; sua pele era cor de cobre, contrastando com a pele de Mavis, que era rosa-clara. Só que juntos, Eve tinha de reconhecer, eles pareciam combinar perfeitamente.

Ele se inclinou e beijou a bochecha de Eve. Seus cabelos em cachos torcidos do tamanho de salsichas, que eram o seu estilo atual, acariciaram o rosto de Eve como seda.

— Estávamos com muita saudade de você — anunciou ele.

— Pois é. Desculpem meu atraso.

— Não foi nada. — Mavis deu um aperto no braço de Eve. — Sabemos o quanto seu trabalho é exigente. Venha ver a bebê!

Mavis a arrastou pela sala. O problema não era ela se sentir relutante em ver Bella, Eve disse a si mesma. Mais ou menos. Porque a bebê parecia perfeita demais — como uma boneca. E bonecas eram simplesmente estranhas.

Ela olhou para Roarke e viu que seu ar de quem se divertia com aquilo tinha se intensificado.

— Bem-vinda ao lar, tenente.

— Oi. — Ela poderia tê-lo beijado, mais como sinal de desculpas do que de saudação, mas isso significaria se inclinar sobre a perfeita boneca rosa/dourada e seus grandes e brilhantes olhos fixos.

— Você não cumprimentou todos os nossos convidados. — Dizendo isso e com um jeito tão suave que Eve não percebeu, ele se levantou da poltrona e aninhou o bebê nos braços dela.

Eve conseguiu engolir um xingamento, e o som que saiu foi um guincho gargarejado. Ela segurou Bella longe do corpo, como se a bebê fosse um dispositivo potencialmente incendiário.

— Ahn... oi... Bonito vestido.

O fato de a roupa ser cor-de-rosa e cheia de frufrus não escondia a pequena realidade debaixo dela. Como algo tão pequeno poderia ser humano? E o que acontecia dentro do seu cérebro quando ela a encarava daquele jeito? Observando-a com tanta atenção que fez uma fina linha de suor escorrer pelas suas costas?

Sem saber o que fazer em seguida, Eve começou a se virar — muito lentamente — para passar o bebê para Mavis; ou Leonardo; até mesmo Summerset; ou quem sabe o gato. Nesse instante, Bella piscou os olhos grandes de boneca e abriu um enorme sorriso gengivento.

Em seguida sacudiu as pernas, balançou seu chocalho cor-de-rosa e emitiu sons esquisitos do tipo gugu... chhh... crrr...

Ficou um pouco menos assustadora desse jeito, especialmente com a baba deslizando pelo seu queixo. A verdade é que ela era ridiculamente fofa. Eve curvou os cotovelos alguns centímetros e deu na bebê uma sacudida pequena e experimental. Algo branco brotou de sua boca sorridente.

— O que é isso? O que eu fiz? Apertei em algum lugar errado?

— Ela regurgitou um pouco de leite. — Rindo, Mavis limpou a boca de Bella com um paninho cor-de-rosa. — Ela também comeu como uma porquinha.

— Ok. Tudo bem, então. Aqui está ela — disse isso e entregou o bebê para Mavis.

Quando Mavis pegou Bella, Leonardo sacudiu no ar um pano cor-de-rosa um pouco maior — como se fosse um mágico — e o enrolou sobre o ombro de Mavis.

— Tenente.

A voz de Summerset fez com que os ombros de Eve se retraíssem. Lá vem coisa, pensou. Ele exalaria a sua desaprovação para todos verem — como uma regurgitação de leite — só porque ela esquecera que eles tinham convidados e perdera a hora do jantar.

Ela se preparou para isso e pensou em várias respostas irritadas quando se virou, mas ele simplesmente lhe entregou uma taça de vinho.

— Vou trazer sua refeição.

Os olhos dela se estreitaram de estranheza quando ele saiu da sala.

— Só?... Isso é tudo? Ele está doente ou algo assim?

— Ele sabe o motivo de você ter se atrasado — disse Roarke. — Sabe que você está investigando o assassinato de uma colega policial. Dê-lhe ao menos um pouco mais de crédito.

Ela fez uma careta ao olhar para o vinho e tomou um gole.

— Preciso mesmo?

Como era óbvio que não podia subir direto para continuar trabalhando, ela se sentou no braço da poltrona de Roarke.

— De qualquer forma eu deixei um recado avisando que iria me atrasar. Hoje eu me lembrei de fazer isso. Também mereço algum crédito.

— Tem razão. — Roarke acariciou sua coxa com a mão. — Algum progresso?

— Não muito. É sempre mais difícil quando a vítima é outro policial. Mas o momento em que eu tive de contar a Morris e ver o rosto dele...

— Morris?

— Eles estavam envolvidos um com o outro, Morris e Coltraine, a vítima. Era algo sério.

— Ah, não! — Mavis apertou Bella com mais força. — A jovem que morreu foi Ammy? A mulher com quem ele estava saindo? Não ligamos a TV hoje e não ouvimos nada. Roarke simplesmente nos contou que você pegou um caso novo, um assassino de policiais. Não sabíamos que era ela... Ah, Leonardo.

Ele colocou o braço ao redor dela e puxou suas duas garotas para mais perto de si.

— Isso é... horrível. Nós os encontramos em uma boate, uma noite, e nos sentamos com eles. Você podia ver o quanto eles... estavam ligados um ao outro — disse Leonardo, com tristeza nos olhos dourados. — Sinto muito, sinto muito de verdade. Existe algo que possamos fazer por ele?

— Honestamente, não sei.

— Nós só a vimos essa vez. — Uma lágrima deslizou pela bochecha de Mavis antes de ela pressioná-la no topo da cabeça de Bella. — Ela parecia uma pessoa muito para cima, e eles estavam bem envolvidos um com o outro. Conexão total e intensa, imersão completa. Lembra, docinho, como eu comentei, mais tarde, o quanto eles estavam de quatro um pelo outro?

— Sim, lembro.

— Ainda bem que é você quem está investigando o caso, Dallas. — Mavis empinou o queixo e acariciou as costas de Bella. — Você encontrará o canalha que fez essa monstruosidade. Morris sabe disso. Agora nós vamos embora para que você possa fazer o seu trabalho de policial. Se houver alguma coisa... sabe como é, coisas que eu possa fazer para ajudar... basta me ligar que eu venho.

Eles já colocavam Bella no carrinho quando Summerset entrou com uma bandeja.

— Vocês já estão partindo? — perguntou ele.

— Bellissima precisa ir nanar. — Mavis ficou na ponta dos seus saltos coloridos e deu um beijo na bochecha de Summerset. — Mas estaremos de volta, só nós, as garotas, para a grande festa. Um belo chá de panela e todas essas coisas de garotas são exatamente o que precisamos agora. Vocês também. — Deu uma cotovelada brincalhona no marido. — Um belo voo para Vegas, para a festa dos meninos.

— Vegas? — Eve piscou, sem entender. — Hã?

— Meus deveres como padrinho do noivo — Roarke explicou. — Estou ansioso por isso.

Quando Eve ficou sozinha com Roarke, a taça de vinho e um prato elegantemente servido, franziu a testa.

— Por que você tem que ir até Las Vegas... Merda, vocês estavam falando de Las Vegas, certo? Não vão sair do planeta para ir a Vegas II.

— Não, vamos à original.

— Mas... E se eu precisar de ajuda com esse bando de mulheres? Eu nem sei o que elas estão aprontando porque Peabody e Nadine estão planejando tudo sozinhas, portanto... E se...

— Você poderia simplesmente descobrir os planos em vez de fingir que a coisa não vai acontecer. De qualquer modo, você ficará bem. Elas são suas amigas. — Ele tocou o queixo dela com a ponta do dedo. — Coma seu jantar antes que esfrie.

— Vou levá-lo para o meu escritório e comer na mesa de trabalho.

— Tudo bem. Você poderá me contar em detalhes o que aconteceu com a namorada de Morris e o que eu posso fazer para ajudar você a encontrar o assassino. Ele também é meu amigo — acrescentou Roarke.

— Sim, sim, eu sei. — Ela cedeu por um momento, aproximou-se de Roarke e encostou a testa no seu ombro. — Deus. Ah, meu Deus, que horrível. Foi a coisa mais difícil que eu já tive que fazer. Isso me deixou enjoada, e eu me senti acabada só por bater na porta dele. Por saber que estava prestes a destruir a vida de um amigo. Preciso achar as respostas para ele. Isso representa mais que o trabalho em si.

— Sim, eu sei. — Ele a abraçou e a puxou mais para perto dele. Do mesmo jeito que Mavis fizera com Bella, descansou sua bochecha na cabeça de Eve e tentou combater os próprios medos. — Estou aqui para tudo que você precisar de mim.

Ela assentiu e recuou um pouco.

— Vamos fazer isso lá em cima. Sempre me ajuda a ver as coisas com mais clareza ou de outros ângulos quando eu relato o caso com detalhes para você.

Eles subiram.

— Antes, conte-me um pouco sobre ela. Você a conhecia bem?

— Não exatamente. Eu me encontrei com ela algumas vezes no necrotério. Ela se transferiu para Nova York alguns meses atrás. Morava em Atlanta. Mavis percebeu bem o lance da vibração que rolava entre os dois. Morris estava apaixonado por ela, Roarke, e com tudo o que eu descobri desde hoje de manhã, ela sentia a mesma coisa por ele. Descobri que ela era uma boa policial, muito ligada nos detalhes. Ela não vivia para o trabalho. — Ela olhou para ele. — Acho que você entende o que eu quero dizer com isso.

Ele sorriu de leve.

— Entendo, sim.

— Era organizada, feminina. Estava na polícia havia oito anos. Nenhuma condecoração importante na carreira, nem grandes fracassos. Uma profissional firme e confiável. As pessoas gostavam muito dela. Seu esquadrão, seu principal informante, droga, até a dona do restaurante chinês onde ela pedia comida para viagem. Não consigo imaginar o que ela pode ter feito, no pé de quem ela pisou para se tornar um alvo desse tipo.

— Foi um alvo específico?

— Foi, sim. — Em seu escritório, Eve se sentou atrás da mesa e contou a Roarke todos os detalhes enquanto comia.

— As fechaduras foram examinadas em busca de arrombamento?

— Sim, e os técnicos garantiram que não houve entrada forçada. O assassino pode ter usado uma chave mestra, pode ser outro morador do prédio. Ou ele pode ter conseguido clonar o cartão magnético dela ou de algum vizinho. Há mais uma hipótese: ele poderia ser tão bom quanto você e não deixar rastro algum.

— Ela foi atingida por uma rajada de atordoar — refletiu Roarke. — Essas armas não são fáceis de encontrar e são muito caras. Ele poderia tê-la desarmado numa luta assim que a viu? Depois pode ter usado a arma nela duas vezes?

— As coisas não se encaixam. Não existem ferimentos que indiquem defesa, nem de outro tipo, além das queimaduras e dos arranhões na parte de trás da cabeça e nos ombros. Também não vi marcas de agressão. Nenhum policial entrega a própria arma sem luta, nem mesmo para alguém que conhece.

— Você me entregaria a sua — apontou ele. — Se eu pedisse para vê-la por um momento, você me entregaria.

Eve considerou a cena.

— Tá, talvez ela fizesse isso com alguém bem, bem próximo. Mas ainda não me convenço de que a coisa tenha rolado desse jeito. Ela estava de saída, com o coldre de cintura e o de perna também. Desceu pelas escadas porque sempre fazia isso. Foi uma emboscada. E tudo teve de acontecer de forma rápida e sem sobressaltos. Não houve tempo para ele pedir com jeitinho se ela poderia deixá-lo segurar a arma de atordoar.

Ela se levantou e começou a caminhar pelo aposento de um lado para outro. Depois, Roarke notou, de ter comido só metade da refeição.

— Interrogamos todos os vizinhos. Alguns deles têm passagens pela polícia, mas nada importante. Vamos tornar a conversar com todos os que têm ficha, mas o que eu preciso saber é por que motivo ela sairia armada do apartamento para conversar na rua com um dos vizinhos.

— Ela pode ter usado as escadas simplesmente para chegar a outro andar, não necessariamente sair.

Eve parou e franziu a testa.

— Certo, essa é uma ideia. Mas ela saiu armada, então não foi uma visita social de vizinhos. E também não seria esperto ela ir a um encontro em outro apartamento do edifício se tivesse alguma suspeita. E por que o assassino, considerando que ele já estivesse no prédio, precisaria bloquear a câmera de segurança da porta dos fundos? Talvez para nos despistar — disse na, mesma hora, respondendo à própria pergunta. — Isso faria com que buscássemos alguém fora do prédio.

Ela voltou a circular pela sala.

— Uma complicação aparentemente desnecessária, mas vamos interrogar todos os vizinhos de novo. Parece um passo extra, de qualquer modo, porque o padrão esperado seria investigar e tornar a conversar com todos.

— Posso ajudar com a eletrônica.

— Isso é Feeney quem decide. Ele sempre fica feliz por ter o maior especialista do país a bordo de uma investigação, mas consegue manter essa parte sob controle. Eu tenho muitos arquivos de casos dela para analisar. Preciso estudar *todos* os casos em que ela trabalhava, os que já encerrou, os que ainda estão em aberto e também os que recebi de Atlanta. Você consegue... sim, sim, sei que você considera isso um insulto, mas você consegue raciocinar muito bem como um policial. Talvez você possa investigar Atlanta enquanto eu faço as buscas nos casos aqui de Nova York. Além disso, temos de fazer buscas e referências cruzadas em todos eles. Preciso saber se algo do passado dela se liga a algum dos casos de agora.

— E eu consigo fazer tudo isso mais rápido do que você.

— Consegue mesmo. — Ela inclinou a cabeça. — Você também consegue pensar como um criminoso, o que é muito útil. Você devolveria as armas usadas para a investigadora principal? Por que faria isso e por que não faria?

— Eu não teria levado as armas, para começo de conversa. Um criminoso inteligente não leva coisa alguma, a menos que seja um roubo comum, o que não foi o caso; além disso, ele não deixa nada para trás. Caso contrário, fica uma ligação com o crime.

— Mas ele as levou. E eu não acho que seja burro.

— Elas devem ter servido a um propósito. Deixá-las no local... especialmente se ele usou uma delas para matá-la... seria um insulto extra para a vítima, em minha opinião. E também um insulto a você ou a quem pegou o caso. Portanto, levá-las deve ter servido a outro objetivo, mesmo que fosse apenas um golpe contra você ao enviá-las de volta. Ele não é um profissional.

— Por quê?

— Um profissional faz o trabalho, se afasta e segue em frente. Ele não insulta a polícia.

— Concordo. Ele pode ser um criminoso profissional, mas o ataque não foi nesse estilo. Parece simples a princípio, mas na verdade foi muito elaborado e muito pessoal para ser um ataque direto. No caso de um ataque desse tipo, você não elimina a vítima em um prédio cheio de gente; em vez disso a atrai para longe, talvez para um encontro. Então a ataca lá ou a caminho do lugar. Ele queria algo dela, informações ou algo que ela poderia levar consigo e não temos como saber. Ou então ele queria passar uma mensagem para ela antes de matá-la. E quis que ela fosse encontrada sem muita demora.

"Quero montar o meu quadro aqui e rodar alguns programas de probabilidades antes de mergulhar nos arquivos dos casos. — Ela pegou um disco. — Aqui estão os casos de Atlanta. Todos os dados estão no computador aqui do escritório, que eu sei que você pode acessar pelo seu."

— Então vou começar.

— Roarke... — Aquilo a tinha incomodado o dia todo, e mesmo assim ela ainda não tinha certeza se queria perguntar. Não tivera a intenção de tocar no assunto, mas... — É que Morris... Quando eu estive com ele hoje de manhã... ele me disse que se envolver com uma policial e estar em um relacionamento desses é como... Ele me disse que todos os dias você é obrigado a bloquear a preocupação. O medo — corrigiu. — Ele disse "medo". É assim que a coisa funciona?

Ele colocou o disco no bolso, pegou as mãos dela e esfregou o polegar na aliança de casamento. O desenho que ele mandara gravar ali era um antigo amuleto de proteção.

— Eu me apaixonei por quem você é, amo o que você é. Aceitei o pacote completo.

— Isso não responde à minha pergunta. Ou talvez responda.

O olhar dele se ergueu do anel, se juntou ao dela e se manteve ali.

— Como eu poderia amar você sem ter medo? Você é a minha vida, Eve, o meu coração. Você quer saber se eu me preocupo com a possibilidade de que algum dia Peabody, Feeney, o seu comandante ou um policial que se tornou amigo apareça para bater à minha porta com uma má notícia? Claro que me preocupo.

— Sinto muito. Eu gostaria que...

Ele a interrompeu roçando os lábios sobre os dela uma vez e depois outra.

— Eu não mudaria nada. Morris está certo: você tem que bloquear o medo e viver sua vida. Se eu não fizesse isso, se não conseguisse, nunca deixaria você sair de casa. Ele levou as mãos dela aos lábios. — Se fosse assim, onde nós estaríamos?

— Eu sou cuidadosa.

Ele exibiu um olhar que misturava diversão e frustração.

— Você é inteligente — corrigiu ele. — Você é hábil, mas nem sempre é cuidadosa como deveria. Eu me casei com uma policial de verdade.

— Eu avisei para não fazer isso.

Dessa vez ele riu e tornou a beijá-la quando a viu franzir o cenho.

— E achou que eu lhe daria ouvidos? De qualquer modo eu sou muito bom no papel de marido de uma policial.

— O melhor que eu já vi.

As sobrancelhas dele se ergueram.

— Ora, ora, mas isso foi um baita elogio.

— Eu não presumo que sempre vai estar tudo bem. Sei que talvez pareça que sim, mas não é o caso. Não presumo que, quando eu me atraso duas horas... às vezes três, como nesta noite... ou esqueço que tínhamos planos, você não vá ficar com raiva. Ou tantas outras situações. Eu não presumo que sempre vai aceitar tudo numa boa.

— Bom saber disso. — Era estranho que ela precisasse ter a sua confiança restaurada nesse assunto, pensou ele. Ou talvez não fosse tão estranho, na verdade. A morte de outro policial, alguém que um amigo dela amava, a levara a pensar em todas essas questões.

— Nós prometemos várias coisas um para o outro, quase dois anos atrás. Eu diria que fizemos um excelente trabalho em manter essas promessas até agora.

— Acho que sim. Escute, se em algum momento você não conseguir bloquear o medo, precisa me contar. Mesmo que briguemos por causa disso, você tem todo o direito de se abrir.

Ele percorreu o dedo sobre a covinha do queixo dela.

— Vá trabalhar, tenente. Não há motivos para preocupações esta noite.

Claro que havia, pensou ele, ao entrar em seu escritório. Mas, pelo visto, eles estavam conseguindo lidar bem com o assunto.

Eve realmente avisara para que não se casasse com ela, lembrou. Graças a Deus ele não seguira o conselho.

Ela montou o quadro do crime. Colocou nele uma foto de Coltraine, além de fotos dos membros do seu esquadrão, os nomes dos vizinhos do prédio numa lista ao lado e os detalhes e dados dos seus casos mais recentes. Depois, adicionou uma foto da caixa que chegara pelo correio, as armas, o bilhete e o distintivo. Completou com os resultados dos exames de laboratório e a linha do tempo que estabelecera. Também havia uma descrição do anel que a vítima devia estar usando e um close da joia que ela mandara ampliar a partir de uma foto que tinha encontrado no apartamento de Coltraine.

Por que o assassino devolveu a arma, mas ficou com o anel?

Ela estudou o quadro e o inclinou um pouco para poder analisá-lo da sua mesa. Equipada com uma caneca de café recém-preparado, sentou-se para executar uma série de programas de probabilidades.

O computador calculou em 82,6% a probabilidade de que a vítima e o seu assassino já se conheciam ou tinham tido algum contato prévio e em 98,8% a probabilidade de a vítima ser um alvo específico.

Até agora, pensou Eve, ela e o computador estavam de acordo.

Ela decidiu deixá-lo processando outros dados e passou a analisar os arquivos dos casos.

Em nenhum dos casos que ela investigara tinha havido violência real, observou. Houve uma ameaça no caso de Chinatown, mas não a execução do ato de violência. Dois homens usando máscaras entraram em um mercado quase na hora de a loja fechar as portas, agarraram a proprietária quando ela manobrava alguns carrinhos de compras e colocaram uma faca em sua garganta. Exigiram todo o dinheiro, as fichas de crédito dos caixas e os discos do sistema de segurança. Receberam tudo. Depois, pediram aos dois proprietários — marido e mulher — que se deitassem no chão. Aparentemente, pegaram alguns pacotes de guloseimas na saída.

Tinham levado menos de trezentos dólares — quantia irrisória para um assalto à mão armada, refletiu.

As vítimas ficaram abaladas, mas saíram do episódio ilesas. Embora eles tivessem levado os discos, o marido notara uma tatuagem no pulso do homem com a faca — um pequeno dragão vermelho — e ambos declararam que os ladrões deviam ser jovens. Adolescentes ou, no máximo, com vinte e poucos anos.

O roubo das guloseimas dizia o mesmo para Eve.

As vítimas tinham oferecido à polícia uma ideia muito precisa e inusitadamente consistente da altura, peso, compleição física, cor de pele e roupas. Duas testemunhas tinham visto dois homens jovens que combinavam com a descrição fugindo, vindos da direção do mercado.

Os agressores tinham se arriscado por causa de uma ninharia, refletiu Eve. Dois garotos idiotas. Isso foi confirmado quando os investigadores rastrearam o estúdio de tatuagem e se lançaram à caça de um tal Denny Su, de 17 anos de idade, que tinha feito a tatuagem no pulso direito.

Nenhum adolescente idiota nem o seu amigo tolo, ainda não identificado, seriam inteligentes o bastante para invadir o edifício de Coltraine e conseguir derrubar uma policial treinada.

O outro caso era o de um arrombamento — literalmente, pois tinham feito um rombo na janela para entrar —, que resultara em um lucro maior. No entanto, um sujeito que tivesse habilidade para hackear o sistema de segurança do edifício de Coltraine também teria condições de invadir o sistema mais simples de uma loja de eletrônicos. Além disso, o vidro tinha sido quebrado pelo lado de dentro, o que levou os investigadores a concluir que... tã-dã... era coisa de alguém da loja. Eles começaram a pressionar um dos funcionários. Pelas anotações que Eve leu, estavam seguindo a direção correta.

Nesse caso o suspeito também era jovem, meio burrinho, e tinha um pequeno histórico de roubos a lojas. O cara simplesmente gostava de roubar, pensou Eve. Não lhe parecia um assassino de policiais.

Ela levou mais algum tempo para rodar o programa de probabilidades com os nomes de ambos e, em cada um dos casos, a máquina concordou com ela. Ambas as porcentagens ficaram abaixo dos dezoito por cento.

Eve se recostou na cadeira e analisou o quadro.

— Será que devo investigar os membros do seu esquadrão com o meu computador, Coltraine? É um negócio muito feio quando policiais xeretam a vida de colegas. O computador certamente vai favorecê-los. Não existe nada em seus históricos que venha a ser indício de alguma sujeira. Por que um policial limpo, pelo menos com seu histórico limpo, mataria outro policial? A máquina não vai achar isso lógico. Eu também não, porém, precisamos confirmar.

— Eve.

— Que foi? — Ela ergueu os olhos e viu Roarke na porta que ligava seus dois escritórios. — Desculpe, eu estava falando sozinha. Você encontrou algo interessante em Atlanta?

— Sim, encontrei. Um caso em que ela trabalhou há cerca de três anos. Você ainda não tinha visto esses arquivos, certo?

— Não. Só os peguei esta tarde. O que tem esse caso que ela investigou há três anos?

— Um assalto. Uma loja de antiguidades muito sofisticada. O gerente foi espancado e houve vários milhares de dólares de prejuízo por mercadorias que foram praticamente destruídas. Eles também o forçaram a abrir o cofre e entregar todo o dinheiro vivo, fichas de crédito e recibos da loja, que continham os dados de muitos cartões de crédito e de débito. Um dos outros funcionários encontrou o gerente quando chegou para trabalhar, notificou a polícia e os peritos. Coltraine foi designada como investigadora.

— Tudo bem. E daí?

— Durante a investigação ela falou com o dono da loja e, de acordo com suas anotações, conversou com ele sobre o assunto várias vezes. Seu nome é Ricker. Alex Ricker.

Capítulo Seis

— Alex Ricker. — Esse nome atingiu Eve com a força de um soco de cortar a respiração. — O filho de Max Ricker?

— Ele mesmo. Eu verifiquei para ter certeza.

Ela respirou fundo para recuperar o equilíbrio.

— Quer dizer que Alex Ricker tem imóveis e negócios em Atlanta? Mas ele não estava na Alemanha ou algo assim?

— Ele foi criado lá, e o pai o manteve isolado. No tempo em que Max Ricker e eu fazíamos... negócios juntos, Alex foi mantido distante. Eu nunca o conheci pessoalmente. Acho que nenhum dos colaboradores de Ricker o conhecia naquela época.

Eve conseguiu recuperar o equilíbrio e analisou a informação.

— Você atuou com Max Ricker nos velhos tempos de bandidagem. Pulou do barco, foi trabalhar por conta própria e teve muito mais sucesso. Anos mais tarde você me ajudou a prender Ricker, que agora está passando o resto de sua vida miserável em uma jaula de concreto fora do planeta. Eu me pergunto o que seu filho querido acha disso.

— Eu não sei nada sobre o relacionamento dele com o pai, mas sei que Ricker está ligado a mim, ao meu pai e ao seu. Também sei que ele executou um grande esquema para acabar comigo e falhou. Tentou acabar com você e também falhou. Agora, o filho dele pode muito bem ter ligação direta com a sua vítima.

Eve se recostou na cadeira e tamborilou com os dedos na coxa. Estava pensando, pensando muito.

— Max Ricker tinha muitos policiais comendo na mão dele. Além de autoridades e políticos. Descobrimos alguns deles no passado, mas é improvável que tenhamos desencavado todos. Será que Max Ricker passou esses contatos para o filho?

— Não tenho como afirmar com certeza, ainda. Mas... para quem mais ele passaria?

— Pois é. E os seus *negócios* também, pelo menos os que não encontramos e encerramos. Certamente havia mais de seus contatos e ligações com o poder; e também havia as finanças. Se Coltraine conheceu o filho de um criminoso notório que está cumprindo prisão perpétua, condenado por vários crimes, ela certamente o investigou. Deve ter feito buscas sobre o dono da loja que foi atacada. Isso é rotina. Nem que fosse para se certificar de que não se tratava de uma fraude contra a seguradora. Nessa pesquisa ela teria encontrado a conexão com o pai dele. E talvez o tenha questionado sobre isso. Na verdade, tenho certeza de que o fez.

Ela se levantou e foi até o quadro para analisar a foto da carteira de identidade de Coltraine.

— Ela certamente o questionou. Três anos atrás, Ricker ainda estava em liberdade, ainda se escondia nas frestas da lei, mas qualquer pesquisa dos antecedentes do filho teria revelado os dados do pai.

— Não sei se isso tem alguma influência sobre o seu caso, mas...

— Sim, pensei a mesma coisa. — Ela olhou com atenção para Roarke. — Ela fechou? Conseguiu encerrar o caso?

— De certa forma, sim. Limitou-se, depois de muitas buscas, a três suspeitos. Em cada um dos três casos, quando conseguiu um mandado de busca e apreensão, viu que os suspeitos tinham fugido e achou vários dos itens da loja de antiguidades no local investigado. Só que, dois dias depois, os corpos dos três homens foram encontrados flutuando no rio Chattahoochee, acorrentados.

— Rio o quê?... Você inventou esse nome.

— Parece inventado, mas é real. Creio que foi batizado por nativos norte-americanos alguns séculos atrás.

— Para uma pessoa deve ser embaraçoso ser encontrada morta no rio Hoochie-Coochie.

— Chattahoochee.

— Que diferença faz?

— Muita, para alguém que mora em Atlanta. — Ele foi até onde ela estava e acariciou seu rosto — Agora que você conseguiu usar o humor para conseguir lidar melhor com a informação...

Depois de um tempo, refletiu Eve, o casamento transformava as paredes da relação em vidro transparente, e ambos conseguiam ver um através do outro.

— Tudo bem, tá certo. Será que estamos diante de uma situação tipo "tal pai, tal filho"? Max Ricker é um assassino. Não pensou duas vezes antes de quebrar ou cortar o pescoço das pessoas. O filho foi roubado e resolve caçar os bandidos... ou segue a trilha de Coltraine até achá-los... e os elimina. Ou manda eliminá-los. Ela deve ter descoberto que foi ele.

— Segundo o arquivo do caso, Alex Ricker participava de um evento beneficente em Miami, com centenas de testemunhas, no momento da morte dos três suspeitos.

— Não queria sujar as mãos e encomendou a matança quando tinha um álibi.

— Bem possível. Se foi assim, ele se mostrou tão ardiloso quanto o pai. Acessei os relatórios do legista sobre os ladrões que foram mortos. — Ele a viu tentar fazer uma objeção ou levantar uma dúvida para desistir logo em seguida. — Eles foram espancados durante várias horas e tiveram muitos ossos quebrados, antes de terem as gargantas cortadas. Esse é o velho estilo de Ricker, na minha opinião.

— Ela deve ter descoberto tudo isso. — Eve olhou para a foto de Coltraine mais uma vez e tentou ver tudo pelos olhos dela. — Todos dizem que ela era muito minuciosa e atenta aos detalhes. Essa ligação não deve ter passado despercebida.

— Os arquivos mostram que houve uma entrevista de acompanhamento com Alex depois que os corpos foram recuperados; também foi feita uma confirmação do seu álibi. Apesar de o processo dos homicídios não ter ido adiante, tudo que tinha sido roubado de Ricker foi recuperado.

Eve coçou a nuca.

— Isso já tem três anos. Ela só pediu transferência para cá um ano atrás. Confesso que adoraria prender outro Ricker por qualquer crime que pintasse, mas não consigo enxergar a ligação entre o assassinato de Coltraine e três mortes por vingança três anos atrás.

— Talvez não haja ligação, mas Alex Ricker está em Nova York há mais de uma semana.

— É mesmo? — Eve enfiou as mãos nos bolsos e se balançou nos calcanhares. — Ora, ora... mas isso é muita coincidência. Onde ele está?

— Ele tem um pequeno apartamento na Park Avenue para visitas curtas à nossa cidade.

— Que conveniente! Vou ter que visitá-lo amanhã.

— Vou até lá com você. — Ele ergueu uma das mãos antes de ela ter chance de recusar. — Tudo o que envolva Max Ricker, seu filho, seu primo em segundo grau ou até o seu cãozinho poodle me interessa.

— Não permitem cães na Colônia Penal Ômega. Tudo bem, não vamos discutir por causa de Ricker... nenhum deles. Já fizemos isso o suficiente um ano atrás.

— Sim, um ano atrás — ressaltou Roarke. — É uma espécie de aniversário, e estamos aqui lidando com mais um policial morto.

Você esteve cercada por eles na primavera do ano passado, lidando com Ricker pai. Ah, sim, eu concordo: há coincidências demais aqui.

Eve já chegara à mesma conclusão.

— Precisamos fazer uma pesquisa completa sobre Alex Ricker. Saber quando ele comprou o apartamento da Park Avenue, que outros negócios ele tem e quantos deles estão aqui em Nova York. Com que frequência o nome dele aparece ligado a uma investigação? O que fez ao longo do ano passado? Será que entrou em contato com o pai? Há muitas perguntas.

— Você não encontrará as respostas para todas essas perguntas nesses arquivos, por causa do CompuGuard e das leis que protegem a privacidade das pessoas. Pode acreditar que ele estará protegido debaixo de várias camadas.

— Então, usaremos o seu equipamento não registrado.

Ele inclinou a cabeça.

— Você aceitou essa possibilidade muito depressa, tenente.

— Talvez. — Ela ficou parada como estava, com as mãos nos bolsos, e olhou para o rosto de Coltraine. — Pode ser que ela tenha descoberto mais sobre Alex Ricker há três anos do que anotou em seus arquivos.

— Você acha que ele tinha alguns policiais na mão, como acontecia com o seu pai? E ela poderia estar entre eles?

— Não sei — Eve sentiu o estômago revirar. — Puxa, espero que não, pelo bem de Morris. Mas, se ela estiver suja nessa história, eu tenho de descobrir. Se ela estiver limpa e Alex Ricker tiver algo a ver com a sua morte, também preciso descobrir.

No escritório secreto de Roarke, as janelas protegidas pelas telas de privacidade se abriam para as luzes da cidade. O console brilhante em formato de U exibia os mais avançados equipamentos de informática. Todos blindados contra a invasão do CompuGuard, o sistema de vigilância do governo.

Aquela aparelhagem era ilegal, lembrou Eve a si mesma. Portanto, tudo que eles encontrassem ali não poderia ser usado fora daquela sala. De qualquer modo, ela teria certeza. Por Morris, ela precisava saber.

Roarke prendeu o cabelo em um rabo de cavalo curto, dobrou as mangas da camisa e se instalou atrás do console, colocando a mão sobre a placa de reconhecimento palmar.

— Aqui é Roarke. Ligar o sistema!

O console se acendeu, e um mar de luzes e controles brilharam como joias.

Roarke reconhecido pelo identificador. O sistema está ligado.

— Vamos precisar de café — disse ele a Eve.

— Vou pegar. — Ela programou um bule cheio no AutoChef da sala secreta e serviu duas canecas grandes. Quando se virou, Roarke ficou onde estava, observou-a longamente e esperou.

— Tudo bem. — Ela chegou, pousou a caneca dele sobre o console e a dela no ressalto onde ficava o computador auxiliar.

Aquilo era por Morris, sim, pensou. Mas não só por ele.

— Meu pai trabalhou para Ricker — disse ela. — Seu pai também trabalhou para ele, Roarke, e nós já descobrimos que eles se conheceram e participavam juntos no mesmo trabalho antes daquela noite em Dallas. Antes de eu matar meu pai.

— Antes de você, uma menina de 8 anos, conseguir impedir que ele a estuprasse mais uma vez.

— Certo. — A verdade ainda secava a sua garganta e fazia o seu sangue gelar. — O fato é que ele continua morto. Seu pai também. E seu pai traiu Ricker em um golpe de venda de armas, há 24 anos.

— Em Atlanta.

— Sim. Em Atlanta. Mais tarde, você também trabalhou para Ricker.

— De certo modo, sim. — O tom de Roarke ficou frio.

— Você foi sócio dele. Avançando no tempo, vemos que Ricker apareceu aqui em Nova York com a intenção de destruir você.

— E você também.

— Três anos atrás, quando Max Ricker provavelmente ainda sonhava em comer seu fígado, Coltraine teve contato com o filho dele, Alex. Em Atlanta. Entre aquele momento e esse, nós prendemos Max Ricker no ano passado. E, alguns meses depois, Coltraine solicitou ser transferida para Nova York, onde acabou se envolvendo com o chefe dos legistas do departamento. Um homem com quem temos uma relação próxima de trabalho e a quem consideramos um bom amigo. Alex Ricker veio para Nova York; ela morreu. Acho que quando encontramos tantas interseções assim em um único caso é importante analisar as coisas com mais atenção.

— E como vai ser, para você, se tudo isso tiver relação, de algum modo, com o passado do seu pai e do meu?

— Não sei. Acho que teremos que descobrir quando a coisa acontecer. — Ela respirou fundo. — Não sei como será para qualquer um de nós, mas precisamos descobrir.

— Precisamos, sim.

— O assassino devolveu as armas e o distintivo dela para mim. Especificamente. Talvez tenha ligação com alguém no Setor de Emergência e deu um jeito para que eu fosse chamada e designada como investigadora do caso, mas não é necessário ser um gênio para perceber que, mesmo que outro investigador tivesse assumido este caso, eu acabaria me envolvendo. Por causa de Morris. Esse pacote sempre esteve destinado a mim.

— Estamos de acordo com relação a isso. E o bilhete no pacote é mais uma ameaça aberta do que uma bravata vazia.

— Possivelmente. Coltraine não era uma policial de rua, Roarke. Ela solucionava enigmas e caçava detalhes, mas as ruas não eram a zona dela, muito menos as ruas de Nova York. Ninguém conseguirá me derrubar usando minha própria arma. Nem por um cacete eu quero algo assim como o fim da minha carreira.

Ele quase sorriu.

— Então é o orgulho que manterá você segura?

— Entre outras coisas. Mas, se eu for o alvo, Roarke, por que eliminá-la? Por que colocar todos os policiais na cidade em alerta e *só então* vir para cima de mim? Ela olhou para Roarke em meio às luzes do console que continuavam a piscar como joias. — Eu sou melhor do que ela era. Não digo isso para me gabar, é apenas a verdade. Portanto, o mais inteligente seria tentar me derrubar a frio, no susto, do que tentar isso quando eu já estou à caça de um assassino de policiais. Ainda mais quando, menos de 24 horas depois do crime, eu já dou de cara com Alex Ricker nos arquivos dela.

— Sim, um raciocínio lógico. E levemente reconfortante.

— De qualquer forma, isso tudo é especulação. Precisamos de dados.

— Vou levar algum tempo para romper todas essas camadas.

— E eu vou usar o equipamento auxiliar para continuar a análise dos casos dela.

Roarke se sentou e começou o serviço.

Ricker, pensou. Aquele nome era como um vírus em sua vida; um vírus que surgia de repente, propagava-se, depois rastejava para as sombras e tornava a se esconder.

Ele tinha motivos para desconfiar que Ricker fora o responsável por enfiar uma faca na garganta do seu pai, Patrick Roarke, anos antes em um beco em Dublin. Isso, admitiu Roarke, era a única coisa pela qual ele deveria ser grato a Ricker.

Não é verdade, corrigiu para si mesmo. Não de todo.

Ele poderia se sentir grato pelo que aprendera durante sua associação com Ricker. Tinha aprendido até onde poderia ir e o que não era capaz de aceitar. Sabia que Max Ricker se divertia e também se irritava por Roarke não aceitar lidar com comércio sexual quando isso envolvia menores de idade ou participantes não consensuais. E também por ele não matar ninguém para obedecer às ordens ou só pelo prazer de derramar sangue.

Ele já havia tirado vidas no passado, admitia Roarke. Já derramara sangue, mas sempre por um motivo específico. Nunca por dinheiro. Nunca por diversão.

Ele supunha, de um jeito meio distorcido, que aprendera mais sobre seus limites pessoais e morais com Max Ricker do que com seu próprio pai, cuja morte ele não lamentava.

O que será, pensou naquele momento, que Alex Ricker aprendera com o *próprio* pai?

Ele estudara em internatos alemães, observou Roarke. Do tipo militar. Instituições muito rigorosas e muito caras. Teve tutores particulares nas férias e depois se formara em universidades privadas. Estudara negócios, finanças, línguas, política e direito internacional. Também jogara futebol no time dos Yankees.

Certamente cobrira muitas áreas de atuação.

Não se casara nem tinha filhos registrados.

Alex Maximum Ricker, de 33 anos, era dono de propriedades em Atlanta, Berlim, Paris e, mais recentemente, Nova York. Era um especialista em finanças e um empresário que atuava em diversos setores.

Tais setores abrangiam muitas esferas de interesse. Seu valor patrimonial atual era de 18,3 milhões de dólares.

Ah, com certeza havia muito mais que isso. Então vamos lá, decidiu Roarke. Vamos investigar a fundo.

Trabalhou com determinação durante uma hora, ordenando várias pesquisas e refinando-as manualmente.

— Estou vendo que você também cobre todos os seus rastros, não é? — murmurou Roarke para si mesmo quando deu de cara com um bloqueio, em seguida forçando a barra e despistando, contornando os limites. — Não gosta tanto de se gabar quanto o pai. É mais esperto. Toda aquela postura e presunção ajudaram a derrubá-lo, não foi? Ah, aqui está uma brecha.

— O quê? O que você conseguiu?

— Humm?

— Eu não achei nada — anunciou Eve, virando-se para ele. — Nadica de nada. Você encontrou algo. O que foi?

— Aparentemente não é café — respondeu ele, lançando um olhar para a caneca vazia.

— O que você acha que eu sou? Uma androide doméstica?

— Se for, por que não está usando o avental branco decorado com rendas, uma touquinha branca e mais nada?

Ela lhe enviou um olhar magoado e com um sincero espanto.

— Por que será que os homens pensam que esse tipo de roupa é sexy?

— Humm, deixe-me pensar... Mulheres praticamente nuas vestindo apenas símbolos de servidão. É, eu também não consigo entender.

— Pervertidos, todos vocês. O que você conseguiu?

— Além de uma imagem mental muito clara de você vestindo apenas um avental branco com rendinhas e a touquinha branca?

— Por Deus, vou pegar a porcaria do café se for para você parar com isso.

— O que consegui foi a razão pela qual Alex Ricker não apareceu no meu radar antes... não que eu tenha pensado muito no assunto. Mas descobri por que, do ponto de vista puramente comercial, eu não tinha reparado nele.

— E por que isso?

Roarke apontou para o telão enquanto ordenava a transferência de dados para lá.

— Ele se espalhou e diversificou suas atividades com numerosas empresas pequenas e médias. Nenhuma delas com movimentações em volume suficiente para alcançar meu limite mínimo de interesse.

— E qual é esse limite mínimo?

— Ah, para mim? Oito a dez milhões, a menos que eu queira adquirir pequenas propriedades individuais ou microempresas.

— Ah, claro, qualquer coisinha que valha menos de dez milhões é um tédio. — Ela se levantou para pegar o café. — Ele está lavando dinheiro ou escondendo renda?

— Não que eu tenha encontrado, até agora. Ele comprou ou fundou várias empresas. Em algumas delas ele é proprietário, em outras é acionista majoritário. Há um terceiro grupo de empresas, nas quais ele mantém uma pequena porcentagem. Algumas das companhias são filiais ou subsidiárias de outras empresas.

Ele tomou o café que ela trouxe, deu um tapinha no próprio joelho como convite e riu da cara feia de Eve.

— Algumas das suas empresas têm propriedade em Atenas, Tóquio e na Toscana. Ele controla alguns desses interesses através de uma operadora com base em Atlanta chamada, de forma até lógica, Interesses Variados. Outros são administrados pela Morandi Corporation, que era o nome da mãe dele.

— Mãe morta, pelo que eu me lembro.

— Bem morta. Ele tinha 5 anos quando ela ingeriu uma quantidade pouco saudável de tranquilizantes e supostamente caiu ou pulou da janela de seu quarto no 22º andar de um prédio de Roma.

— E onde estava Max Ricker?

— Excelente pergunta. De acordo com declarações no arquivo da polícia sobre a morte... um arquivo muito pequeno, por sinal... ele estava em Amsterdã quando ela pulou ou caiu da janela. Alex também tem uma empresa que ele batizou de Maximum Exportações e que possui, entre outras coisas, a loja de antiguidades em Atlanta que foi atacada. Não existe nenhum registro criminal contra ele. Certamente já foi interrogado em vários casos por autoridades em vários continentes, mas nunca foi indiciado nem acusado.

"Todas essas atividades comerciais e sua respectiva estruturação são perfeitamente legais — continuou Roarke. — Algumas chegam perto do limite, mas nunca o ultrapassam. Não tenho dúvidas, a menos que ele seja um mané completo, de que nosso amigo mantém um livro de caixa dois para cada uma das empresas, além de quantidades consideráveis de dinheiro vivo protegidas e depositadas em contas ocultas."

Roarke se recostou na cadeira e tomou um pouco de café.

— Ele se mantém fora do radar, entende? É muito cuidadoso, trabalha sem estardalhaço. Gerencia empresas discretas e bem-sucedidas que nunca agitam o mercado. Até alguém pesquisar mais a fundo, ligar os pontos e descobrir que tudo forma uma única entidade que vale cerca de dez vezes o que os dados oficiais indicam.

— E provavelmente existe ainda mais.

— Ah, é muito provável. E posso encontrar tudo, agora que já conheço o padrão. Eu conseguiria encontrar todas essas contas escondidas, se tivesse tempo suficiente.

— Essas provavelmente ainda estarão dentro dos limites da legalidade. E quanto ao lado ilegal?

— Algumas delas podem ser só empresas de fachada. Ou talvez encontremos algumas companhias menores e mais obscuras que sirvam de fachada para outras operações. Um negócio de antiguidades... aliás, ele tem vários espalhados pelo mundo... é sempre um jeito prático de contrabandear todo tipo de coisa. Existe uma forma bem mais fácil de eu descobrir se ele assumiu os negócios do pai dele. Posso perguntar a algumas pessoas que conhecem outras pessoas e assim por diante.

— Ainda não. Em primeiro lugar porque eu não quero que essas pessoas que conhecem outras pessoas deem a ele o sinal de que vamos atrás dele. Em segundo lugar, não quero ficar tão focada exclusivamente em Alex Ricker quando ainda não tenho provas claras de que ele esteja envolvido. Coltraine é a prioridade. Vou investigar as finanças dela. E vou fazer essa pesquisa daqui porque não quero dar nenhuma bandeira fora desta sala. Estou torcendo para ela estar limpa; caso esteja, não quero ser responsável por boatos de que ela possa não estar.

— Vou fazer essas pesquisas para você. Deixa comigo — insistiu Roarke quando Eve começou a protestar. — Eu posso fazer essa busca mais rápido, como ambos sabemos. E será mais fácil para você se não tiver que escavar pessoalmente qualquer sujeira. Sei o quanto é difícil, para você, investigar a fundo os próprios colegas assim.

— É pior que isso, porque ela está morta. Não posso perguntar diretamente. E ela não pode se defender. Não pode me dizer: "Vá à merda, sua vaca, por ousar sequer desconfiar disso!"

Ela passou a mão pelo cabelo; depois atravessou a sala e ficou em pé, olhando pela janela.

— Aqui estou, usando meios ilegais para tentar descobrir se *ela* estava envolvida com algum esquema ilegal. Se *ela* estava lucrando algo por fora ou se era a informante de Alex Ricker.

— Na condição de chefe dos médicos legistas, Morris pode ter acesso aos arquivos desse caso?

— Sim, ele pode encontrar um jeito de conseguir acesso. Sendo assim, ao me certificar que esse momento da investigação vai ficar fora dos arquivos, quem eu estou protegendo? A ele ou a mim mesma?

— Eve, querida, não vejo nada de errado em fazer as duas coisas. Se você descobrir o pior, ele acabará tendo de saber. Se não descobrir, o que traria de bom para você ou para ele informá-lo de que você se sentiu na obrigação moral de pesquisar?

— Você tem razão. Pode pesquisar. Vai ser mais rápido.

Ela ficou na janela olhando para o contraste entre a escuridão e a luz. Teria Morris tomado um calmante? Teria ele dado a si mesmo a chance de dormir e esquecer a dor por algumas horas? Ou estaria também encarando o escuro e a luz?

Ela lhe fizera uma promessa: encontrar respostas, mas... e se essas respostas mostrassem que a mulher que ele amava era uma policial suja, uma mentirosa que o havia usado? E se as respostas fossem tão dolorosas quanto as perguntas?

— Eve.

Ela se virou e se preparou para o pior.

— Que foi?

— Posso mergulhar mais um ou dois níveis e tentar outros truques, mas o que vejo aqui é uma mulher que vivia dentro de suas possibilidades. Talvez você se interesse em saber que uma detetive de terceiro grau em Nova York ganha um pouco mais do que um de Atlanta, mas o custo de vida mais alto deixa tudo equilibrado. Ela pagava as contas em dia; de vez em quando estourava o cartão de crédito e ficava endividada por um mês ou dois. Não vi depósitos ou retiradas incomuns, nenhuma grande compra.

"Tentei a mistura mais comum de nomes... os dela, os de familiares, Atlanta e outras palavras-chave que fazem sentido para mim e para o computador, na procura por uma segunda conta oculta. Não encontrei nada.

Boa parte da tensão se desfez.

— Então, nesse momento, não parece que ela estava ganhando nada por fora.

— Você esteve no apartamento dela. Viu alguma obra de arte cara, joias?

— Nada fora do normal. Vi pôsteres emoldurados, arte de rua, uma ou outra joia bonita e roupas de bom gosto. Vamos deixar isso quieto até eu falar com Alex Ricker. Não quero vasculhar a vida além do que seja preciso.

— Tudo bem. — Ele ordenou que todos os dados fossem salvos e colocou sua mão sobre a placa de segurança mais uma vez. — Roarke. Desligar.

Quando o console apagou, ele foi para junto dela e colocou as mãos em seus ombros.

— A coisa é mais difícil quando é pessoal.

Ela fechou os olhos por um momento.

— Não consigo parar de pensar nele. Como está lidando, ou não, com a situação. O que eu posso encontrar nas investigações e como algo que eu encontre poderá afetá-lo. Eu deveria me retirar espontaneamente do caso, mas por essas mesmas razões não posso fazer isso. A vida de um amigo foi virada de ponta-cabeça.

Com um aceno de compreensão, ele recuou um passo, pegou a mão dela e ambos caminharam até o elevador.

— Conte-me quais eram os seus instintos a respeito dela e os seus sentimentos. Sem filtros — acrescentou, quando entraram na cabine. — Quarto principal! — ordenou ao sistema.

Eve hesitou, mas logo encolheu os ombros.

— Eu tinha um pouco de pé atrás com ela, eu acho.

— Por quê?

— Bem, isso parece bobagem, mas... foi por causa de Morris. Porque ele é... Bem ele é Morris, e eu não percebi a chegada dessa garota até ela já ser dona do pedaço e ele estar de quatro por ela, com olhos sonhadores e brilhantes. Não que eu sentisse algum tipo de *atração* por Morris... ou tivesse alguma viagem imaginária com ele. Diferente de Peabody e todas aquelas fantasias sexuais dela. É bizarro.

— Ora, mas que vadia! Eu pensei que fosse o único alvo das fantasias sexuais dela.

Aliviada por ver como ele brincava com o drama, ela lhe lançou um olhar mais brando quando entraram no quarto.

— Você ainda é o astro principal das fantasias dela, mas parece que Peabody tem capacidade para acumular muitos parceiros de fantasia. Provavelmente todos ao mesmo tempo.

— Humm. Que interessante...

— E eu provavelmente acabei de violar algum código de conduta feminino ao lhe contar isso, algo que nem se aplica à sua pergunta inicial, de qualquer forma. — Ela passou as mãos pelo cabelo. — Não sei exatamente o que eu achei dela porque tudo foi filtrado através dos meus limites do tipo "Espere um instante, essa é a vida de Morris". O que é um tanto embaraçoso, agora que eu paro para pensar a respeito.

— Vocês têm uma conexão. Uma intimidade. Nem todas as intimidades são sexuais. Ela era uma intrusa.

— Exatamente. — Eve apontou um dedo para ele. — É exatamente isso. E ela não merecia isso de mim. Ela o fazia feliz. Qualquer um conseguia enxergar isso. Eu diria, agora que estou pensando nisso, que o apartamento dela não me surpreendeu. Nem o aspecto do lugar, nem a limpeza, porque era assim que eu a avaliava. Uma mulher que tinha suas coisas no lugar e sabia do que gostava. Vestia-se bem, de forma pouco chamativa, mas com bom gosto. Uma mulher sensual. Ela transmitia esse jeito sensual, era uma mulher mais do que uma policial, mas a policial estava lá, por baixo de tudo. Ela sabia esperar e tinha um jeito sereno de falar e de se mover. Isso é uma coisa típica do sul, não é? Não havia nada de Nova York nela. Eu não sei explicar direito. — Ela encolheu os ombros novamente. — Não é muita coisa.

— Seus instintos, Eve, apesar de você conhecê-la havia pouco tempo, lhe disseram que ela era uma mulher sutil, que não chamava muita atenção. Alguém confortável com sua vida sexual, que gostava de ordem, respeitava as próprias preferências e parecia disposta a tentar construir algo de novo na vida. Uma cidade diferente, um novo relacionamento. Isso mostra que você tem uma percepção admirável das pessoas. Seus instintos e o resto que você descobriu confirmaram que o trabalho na polícia era pouco mais para ela do que um meio de subsistência. Não comandava a sua vida. Considerando tudo isso, julgo muito provável que uma mulher sensual e de bom gosto poderia sentir algum tipo de atração por um homem como Alex Ricker. E ele por ela. Será que essa relação, se chegou a acontecer, não acabaria por entrar em conflito com o trabalho dela ou se tornar algo problemático para ambos?

— Uma policial se juntando com um cara com reputação sombria e passado questionável? — Ela arqueou as sobrancelhas. — Ora, mas por que isso deveria ser um problema?

Ele riu.

— Nós somos diferentes, você e eu. — Colocou os braços em volta dela. — Mas você não acha interessante especular como uma situação semelhante à nossa pode acabar de um jeito muito ruim?

— Nós poderíamos ter apanhado o caminho errado em algum momento e acabar...

Ele balançou a cabeça e tocou os lábios dela com os dele para interromper o fluxo de palavras.

— Não. Estava escrito que iríamos terminar onde estamos. — Ele abriu a fivela do coldre que ela usava. — Sempre estivemos destinados um ao outro. Nosso destino era salvarmos um ao outro. Estarmos um com o outro.

Ela colocou as mãos nas bochechas dele.

— Essa ideia de destino é coisa do seu passado irlandês. Mas eu também gosto de pensar assim. As estranhas intercessões que unem nossos passados... O seu pai, o meu, Alex Ricker, não nos impediram de chegar aqui. Roarke... — Ela baixou as mãos e acabou de se livrar do coldre. — Quando Ricker cruzou o nosso caminho no ano passado, isso atrapalhou um pouco o nosso relacionamento. Não quero que isso volte a acontecer. Não quero que essa investigação possa levar a um novo conflito entre nós.

— Eu também não gostaria de ver você levar essa investigação até um ponto que possa provocar conflitos. Temos o mesmo objetivo — garantiu ele, ao vê-la franzir as sobrancelhas —, apesar de utilizarmos diferentes ângulos de abordagem. Você quer que eu prometa, Eve, que não vou me irritar se você agir com Alex Ricker do mesmo modo que fez com o pai dele? Não posso prometer isso. O nome Ricker torna tudo mais pessoal. Não há como contornar isso.

— Você precisa confiar em mim quando eu faço o meu trabalho. Precisa entender que eu sei lidar comigo mesma.

— Eu confio. Todos os dias da minha vida.

Ela entendeu, nesse instante, que era a confiança que ele tinha nela e a sua crença no seu trabalho que mantinham longe dele o medo que sentia por ela.

— Vou prometer uma coisa a você: vou tentar avisar antes todas as vezes que eu tiver de lidar com Alex Ricker durante esta investigação.

— Tentar?

— Se surgir alguma coisa que me impeça de avisar você a tempo ou sei lá... eu não souber com antecedência, não vou poder avisar. Não posso fazer uma promessa formal a você que talvez eu tenha que quebrar.

— Tudo certo. Isso me parece justo o bastante. Prometo tentar não ficar chateado.

Ela riu agora.

— Provavelmente vou ter que fazer algo inesperado e você vai acabar se irritando.

— Pelo menos teremos tentado.

— Verdade. Então, caso tentar não seja suficiente, deixe-me dizer uma coisa agora: eu te amo.

O prazer lhe trouxe um calor extra que envolveu o seu coração. Mais uma vez os seus braços a enlaçaram e mais uma vez a sua boca baixou e se ligou à dela.

— E eu não amarei ninguém além de você — murmurou ele. — Nunca.

Ela se aninhou nos braços dele com força e o acariciou, oferecendo o que ele precisava ter antes de ele pedir. Todos os sentimentos. Tudo. Ele relaxou um pouco... aquele amor... para ele, vindo dela. A profundidade e a amplidão do sentimento o deixaram fraco e carente, desesperado e vacilante.

Ela se despejou por completo no beijo, e isso o preencheu. Mesmo assim, ele pensou, sempre haveria mais.

Não importava quantas vezes eles fizessem amor, de quantas formas diferentes isso acontecesse, tudo seria sempre atual, sempre novo. O sabor dela, familiar e fresco, o agitou com tanta força quanto da primeira vez. Aqueles braços fortes ao redor dele, a boca macia e ávida. Sim, aquilo era tudo. O que havia ali era tudo.

O murmúrio dele veio do fundo do coração e no idioma do sangue que lhe corria nas veias.

— *A grha.*

Ele a ergueu. Aquela força rápida e descuidada e a sensação de estar prestes a ser tomada fizeram a cabeça dela girar. Seu poder e o dela se combinaram, e Eve se sentiu ligeiramente inebriada quando ele a deitou na cama e seu corpo cobriu o dela. O peso, a forma, a *sensação* dele sobre ela. Será que algum dia ela se saciaria?

Será que todos aqueles anos em que ambos haviam se privado e se sentido quase mortos em busca do amor tinham provocado a necessidade sem fim que um sentia do outro? O cheiro dele — ela virou o rosto para o pescoço dele e inspirou com força. O seu toque — ela arqueou o corpo sob o toque das suas mãos. Seu sabor — ela sentia um golpe no estômago sempre que suas bocas se encontravam.

Mais ninguém a levara alguma vez até aquele ponto. Ninguém jamais a levara a sentir aquela compulsão de levá-lo junto com ela.

Tudo foi lento, onírico, inebriante: mãos, lábios, suspiros e movimentos. Sua camisa e a blusa dela foram arrancadas para que a carne de um pudesse encontrar a carne do outro; de modo que as mãos dele pudessem percorrer as curvas dela, seus planos e texturas criados para seduzir e deleitar.

As linhas longas e sinuosas dela nunca deixavam de fasciná-lo e despertá-lo. As formas do corpo dela e suas curvas sutis o cativavam com seus contrastes sedutores. Pele muito macia e espantosamente suave sobre músculos rigidamente tonificados.

O corpo de uma guerreira, ele muitas vezes pensava. Uma guerreira que se entregava a ele e lhe proporcionava emoções infinitas e uma paz impossível. Ela tremeu de antecipação por ele, sentiu-se elevar e em seguida despencar no vácuo. Tão perdida quanto ele estava perdido. E, quando ele deslizou suavemente para dentro do espaço que era todo dele, ela pronunciou o seu nome. E repetiu o nome dele enquanto seu corpo se arqueava, arfava no mesmo ritmo que o dele e se apertava em torno dele quando os seus olhos se encontraram.

Ele também estava dentro daqueles olhos, ele reparou. Os olhos em tons de castanho dourado. Ambos achados e perdidos. E foi o nome dela que saiu dos lábios dele quando eles se receberam no mesmo clímax de prazer.

Capítulo Sete

Eve entrou em contato com Peabody com ordens para que ela retornasse à Central a fim de acompanhar o trabalho da DDE. Ela decidiu manter sua parceira longe das entrevistas com Alex Ricker. Pareceu-lhe uma estratégia mais acertada que ela e Roarke fossem conversar com o filho do homem que gostaria de ver os dois assados em fogo brando sem presença policial excessiva.

Ao serpentear pelo tráfego matinal até o elegante prédio da Park Avenue, Eve torceu para que aquilo não fosse um erro.

— Preciso de informações dele — começou ela. — Mais que isso: preciso perceber como foi o relacionamento dele com Coltraine, se é que houve algum.

— Tudo bem. — Enquanto ela dirigia, Roarke continuou trabalhando no seu tablet.

— Ele não vai gostar de nós nem vai ficar satisfeito por nos ver na porta da sua casa. O pai dele está trancado naquela colônia penal, e fomos nós que o colocamos lá.

— É uma das minhas melhores lembranças.

— Esse é o motivo de não podermos forçar muito a barra, se quisermos algum tipo de cooperação.

— E você acha que vou entrar lá com ar de deboche?

Ela teria rido, mas estava preocupada com a possibilidade de Roarke usar o equivalente dele em casos desse tipo: o gélido olhar de "vá se foder".

— Estou dizendo que devemos nos distanciar do passado ou usá-lo, dependendo da reação dele. Sei que essa reação poderá nos dizer se o assassinato de Coltraine tem ligação conosco de algum modo. Preciso obter algo dele; por isso, o estilo de abordagem é tão importante.

Roarke sorriu de leve e comentou com frieza:

— Sim, é claro. Até parece que eu não sei nada sobre a arte de negociar e interrogar.

— Eu já vi você trabalhar, meu chapa. Não quero que ele invoque a presença de um advogado logo de cara só porque você vestiu a máscara do Temível Roarke.

— Eu também já vi você trabalhar, "minha chapa". É por isso que a aconselho a manter a atitude de tenente Fodona sob controle.

Ela fez cara feia enquanto estacionava junto à calçada do prédio antigo e imponente.

— Eu preciso determinar o tom e o ritmo do papo.

— Você precisa é lembrar que já estive em outras entrevistas com você.

Roarke saltou. O porteiro parou sua rápida marcha no meio do caminho. O ar de azedume ao ver a viatura decrépita que estacionara ali se transformou em cortesia e hospitalidade.

Aquilo era irritante, pensou Eve. Bastava alguém olhar para Roarke, que sempre vestia sua aura de poder com a mesma naturalidade com que usava ternos de corte perfeito e sapatos italianos, e a frase mudava de "Leve essa merda de carro para longe do meu prédio" para "O que posso fazer para ajudá-lo, senhor?"

— Bom dia, senhor. O que posso fazer para ajudá-lo?

Eve quase riu. Roarke simplesmente inclinou a cabeça e enviou a ela um sorriso muito sutil.

— Tenente?

Ela pensou *Seu exibido!*, mas disse apenas:

— Departamento de Polícia da Cidade de Nova York. — Exibiu o distintivo para o porteiro. — Viemos aqui para ver Alex Ricker. Minha viatura ficará exatamente onde está.

Os olhos do porteiro foram de Eve para Roarke e depois voltaram. O ar de perplexidade era claro, mas obviamente ele sabia que um homem não mantinha seu emprego em um prédio daquela categoria fazendo perguntas erradas a pessoas erradas.

— Vou ligar para ver se o sr. Ricker está. Os senhores não gostariam de entrar e esperar no saguão?

Ele caminhou rapidamente até a porta e a abriu com movimentos elegantes para eles passarem.

A imponência externa continuava por dentro no chão de mármore muito polido e com veios pretos, além dos ricos tons de madeira que provavelmente já estavam ali havia alguns séculos. Os estofados eram vermelhos e luxuosos, as mesas exibiam luminárias antigas com tons dourados, tudo isso debaixo de um lustre com multicamadas feitas de pingentes de cristal.

O porteiro abriu um painel que revelou um *tele-link* de parede. Depois de digitar um código, pigarreou e flexionou os ombros.

Eve analisou o rosto que apareceu na tela. Não era Ricker, pensou ela, mas um homem mais ou menos da mesma idade. Uma figura que ela descreveria como refinado, graças ao caro corte de cabelo que lhe dividia os fios em ondas escuras que emolduravam um rosto suave e equilibrado.

— Desculpe incomodar, sr. Sandy. Estou com pessoas da polícia aqui no saguão. Vieram falar com o sr. Ricker.

Nenhuma expressão se formou no rosto de Sandy. Seu tom foi muito simpático, um pouco autoritário, levemente europeu. E também, pensou Eve, talvez um pouco presunçoso.

— Verifique a identificação dessas pessoas, por favor.

Eve simplesmente ergueu o distintivo mais uma vez e esperou enquanto o porteiro passava seu escâner sobre o metal e lia o resultado.

— Tenente Eve Dallas, dados confirmados. — Ele se virou para Roarke.

— Este é um civil que trabalha conosco na função de consultor especializado. O nome dele é Roarke — explicou Eve, falando muito depressa. — Ele está comigo.

— Mande-os subir, por favor — ordenou Sandy. — Vou informar o sr. Ricker.

— Sim, senhor.

O porteiro apontou para um elevador, que já estava com a porta dourada aberta.

— Esses dois passageiros foram liberados para subir até a cobertura Ricker.

Eve e Roarke entraram na cabine e as portas se fecharam sem som algum.

— Um bom prédio — elogiou ela, em tom de conversa casual. — É seu?

— Não. — Sabendo, como Eve também sabia, que a segurança do elevador captava imagens e sons, Roarke se encostou na parede com ar despreocupado e declarou: — Duvido muito que ele se sentisse confortável morando em um prédio que pertencesse a mim.

— Verdade. Aposto que teremos uma bela vista da cobertura.

— Sem dúvida.

A porta do elevador se abriu diretamente dentro de um saguão que cheirava a rosas, que floresciam de forma desenfreada em uma imensa urna chinesa que repousava sobre uma mesa do tamanho de uma quadra de tênis. O sr. Figura Refinada estava ao lado da mesa.

— Tenente Dallas, sr. Roarke, sou Rod Sandy, assistente pessoal do sr. Ricker. Se quiserem me acompanhar, por gentileza...

Ele seguiu na frente, mostrando o caminho até uma gigantesca sala de estar.

Eve estivera certa sobre a vista da cobertura: era de arrasar. A parede toda de janelas e portas de vidro do chão ao teto se abria para um terraço com revestimento de tijolinhos que ficava de frente para as centenas de torres de Nova York. Dentro, o espaço aberto e ensolarado murmurava com certa dignidade europeia. Antiguidades se misturavam com poltronas e sofás ricamente estofados, e toda a mobília era em tons profundos que traduziam riqueza sem ostentação.

Um aposento, pensou Eve, que Amaryllis Coltraine teria aprovado.

Havia mais flores substituindo o fogo da lareira emoldurada em mármore. Paredes com painéis ocultavam equipamentos mundanos como telas para entretenimento e meditação, centros de segurança do apartamento, sistemas de dados e comunicações.

Tudo denotava conforto, estilo e o dinheiro que era necessário para manter ambos.

— O sr. Ricker está encerrando uma transmissão no *tele-link*. Ele irá recebê-los assim que estiver disponível. — O tom da declaração indicava que o sr. Ricker era um homem muito ocupado, muito importante, e dedicaria um pouco do seu tempo aos meros mortais quando lhe conviesse. — Enquanto isso, sentem-se e fiquem à vontade. Posso lhes oferecer café?

— Não, obrigada. — Eve permaneceu de pé. — Você trabalha para o sr. Ricker há muito tempo?

— Sim, muitos anos.

— Muitos anos nessa função de assistente pessoal? E mesmo assim não perguntou a natureza do assunto de que viemos tratar?

Os lábios de Sandy se curvaram num sorriso leve.

— Duvido que vocês me contassem, caso eu perguntasse. De qualquer modo, não haveria necessidade. — Um ar de presunção invadiu o seu sorriso educado. — O sr. Ricker já a esperava, tenente.

— É mesmo? Onde você estava na noite de anteontem, entre as 21 e as 24 horas?

— Aqui mesmo. O sr. Ricker jantou no prédio, assim como eu. Não saímos a noite toda.

— Vocês moram aqui?

— Quando estamos em Nova York, sim.

— Planejam ficar aqui por muito tempo?

— Nossos planos são flexíveis no momento. — Ele olhou para um ponto atrás de Eve. — Devo ficar?

— Não, está tudo bem — respondeu uma voz.

Alex Ricker estava sob o amplo arco na entrada da sala de estar. Seus olhos castanho-escuros e firmes avaliaram Eve dos pés à cabeça para, em seguida, se acomodarem fixamente nos de Roarke. Ele tinha o tipo de rosto, pensou Eve, que parecia ter sido cinzelado cuidadosamente em ângulos e planos retos. Cabelo escuro cor de bronze levemente ondulado ao se afastar da testa. Assim como Roarke, ele usava um terno com corte perfeito. Eve refletiu que ele e Roarke pareciam os dois lados de uma mesma moeda: a escuridão e a luz.

Ele deu alguns passos à frente com um ritmo suave; seu corpo era alto, esbelto e se movia com aparente descontração. Ele, porém, não estava à vontade, concluiu Eve. Nem um pouco.

— Tenente Dallas. — Ele ofereceu a mão em um aperto firme e formal. — Roarke. Eu sempre me perguntei se alguma vez nos encontraríamos cara a cara. Por que não nos sentamos?

Ele escolheu uma poltrona e se sentou, relaxando. Mais uma vez, reparou Eve, não tão relaxado.

— Seu assistente disse que você nos esperava.

— Esperava *você* — retrucou Alex, olhando para Eve. — Obviamente acompanhei o seu... trabalho.

— Ah, é?

— Creio que seja muito natural eu me interessar pela policial que foi responsável pela situação atual do meu pai.

— Eu diria que o seu pai é o verdadeiro responsável pela situação atual dele.

— Claro. — Depois de concordar educadamente com ela, olhou de volta para Roarke. — Mesmo que não existisse essa conexão, eu certamente sentiria algum tipo de curiosidade pela sua esposa.

— E eu também me interesso profundamente por homens que demonstram interesse pelos meus interesses.

Lá vinha o Temível Roarke, pensou Eve, mas Alex sorriu e continuou antes de ela poder falar.

— Tenho certeza de que sim. De qualquer modo, sei que vocês dois trabalham juntos, ou seria mais preciso dizer que você convoca Roarke como especialista civil em certos momentos. Não sabia que o caso atual seria uma dessas ocasiões.

A pausa que veio em seguida não foi uma hesitação, mas um sinal de que ele ia mudar de assunto, reparou Eve.

— Você veio me procurar por causa de Amaryllis, tenente. Soube do que aconteceu com ela ontem; por isso, já a esperava. Sabia que você iria analisar os arquivos dela dos casos de Atlanta e os daqui. Ao encontrar o meu nome, certamente viria me interrogar.

— Qual era o seu relacionamento com a detetive Coltraine?

— Tivemos um envolvimento pessoal. — Seu olhar permaneceu colado no de Eve. — Estivemos intimamente envolvidos durante quase dois anos.

— Amantes?

— Sim, fomos amantes.

— *Foram*?

— Exato. Não estávamos juntos havia mais de um ano.

— Por quê?

Ele ergueu as mãos.

— As coisas não funcionaram.

— Quem decidiu que funcionaram?

— Foi uma descoberta mútua. E uma separação amigável.

Eve manteve o olhar penetrante e a voz agradável.

— Eu já aprendi que, quando duas pessoas mantêm um envolvimento íntimo durante dois anos, o rompimento raramente é amigável. Alguém sempre sai revoltado.

Alex cruzou os pés na altura dos tornozelos e seus ombros se encolheram de leve.

— Curtimos muito um ao outro enquanto a coisa durou e nos separamos sem acabar com a amizade.

— O trabalho dela, o seu... passado. Isso deve ter sido uma mistura problemática para ela.

— Nós curtíamos um ao outro — repetiu ele. — Geralmente deixávamos o meu trabalho e o dela fora da relação.

— Por quase dois anos? Que tipo estranho de intimidade.

— Nem todas as pessoas precisam misturar todas as áreas de suas vidas. Nós não fazíamos isso.

Aquilo o incomodava, observou Eve. Era algo sutil, mas certamente o incomodava. Ela resolveu cavar mais fundo.

— É o que parece. Falei com a antiga parceira dela, com o ex-tenente e também já entramos em contato com a família. Ninguém mencionou você, o seu amante de quase dois anos. Isso me leva a questionar algumas coisas. Vocês realmente eram tão íntimos e amigáveis ou tinham algo a esconder?

Algo endureceu nos olhos dele.

— Mantínhamos um relacionamento discreto exatamente pelos motivos que você citou. Teria sido difícil para ela aceitar profissionalmente minhas antigas ligações familiares; então, não havia motivo para incluí-las em nosso dia a dia nem para envolver outras pessoas. Aquela era a nossa vida pessoal. Um assunto que dizia respeito só a nós. Imagino que você consiga entender isso muito bem.

Eve ergueu as sobrancelhas.

— A tenente e eu sempre fomos socialmente abertos a respeito do nosso relacionamento desde o início — ressaltou Roarke.

— Todo mundo faz suas próprias escolhas.

— Seu pai não teria aprovado, e os superiores dela também não — especulou Roarke, ao mesmo tempo em que avaliava a expressão de Alex. — Não... Ele não teria gostado de saber que o seu filho e herdeiro dormia com o inimigo, a menos que fosse para recrutá-lo. Isso ele certamente teria aprovado.

— Se estão tentando usar o nosso relacionamento passado para manchar a reputação de Ammy, vocês vão... — Ele parou, conteve-se e pareceu se acalmar, mas o temperamento forte surgira por alguns instantes e a ameaça permaneceu no ar. — Mantínhamos os assuntos profissionais fora do nosso relacionamento. Sempre chega um momento na vida de um homem em que a aprovação do pai deixa de ser determinante em sua trajetória.

— Max sabia desse envolvimento?

— Você terá que perguntar isso a ele, tenente — disse Alex friamente. — Certamente sabe onde encontrá-lo.

— Sim. — Para mudar de tática, Eve chamou o foco da conversa para si mesma. — Ele está numa cela de concreto em Ômega. Uma bosta de lugar, não acha?

— Essa conversa é sobre o meu relacionamento com Amaryllis ou sobre o meu pai?

— Depende. Quando foi a última vez em que você esteve com a detetive Coltraine?

— No dia anterior à morte dela. Entrei em contato com ela assim que cheguei à cidade. Ela veio me visitar aqui. Tomamos alguns drinques, colocamos os papos em dia. Ela esteve aqui por várias horas.

— Sozinhos? Estavam só vocês dois?

— Rod estava aqui. Lá em cima, no escritório.

— A respeito de que vocês conversaram?

— Sobre como ela gostava de Nova York, como estava conseguindo se instalar em sua nova casa, o novo trabalho. Também falamos sobre o que eu fiz em Paris, porque vim de lá direto para Nova York. Ela me contou que estava envolvida com alguém aqui na cidade. Seriamente envolvida, por sinal, e me contou que estava feliz com sua nova vida. Foi fácil ver que falava a verdade. Ela realmente parecia feliz.

— E ontem, a noite em que ela foi assassinada?

— Jantei mais ou menos às oito, eu acho. Rod sabe informar com precisão. Trabalhamos um pouco em alguns assuntos. Ele foi para o quarto dele aproximadamente às dez horas, e eu fui para a rua logo depois disso.

— Foi para a rua? Foi aonde?

— Eu me senti inquieto. Achei que seria bom dar uma caminhada, uma vez que não costumo vir a Nova York com muita frequência. Gosto da cidade. Caminhei ao longo da Broadway.

— Você foi a pé da Park Avenue até a Broadway?

— Exato. — Um leve ar de irritação transpareceu em sua voz. — Fazia uma noite agradável, até mesmo um pouco fria. Eu queria as luzes, o barulho, as multidões. Então acabei vagando sem rumo pela Times Square.

— Sozinho?

— Sim. Fui a algumas galerias de videogame, pois gosto muito de jogar. Depois parei em um bar. O lugar estava muito cheio e barulhento. Eles estavam passando um jogo no telão. Beisebol americano. Eu prefiro o futebol. Futebol de verdade, não aquilo que os americanos chamam de futebol. Mesmo assim pedi uma cerveja e assisti a um pouco do jogo. Depois voltei para casa. Não tenho certeza sobre quanto tempo fiquei fora. Não cheguei aqui muito tarde. Antes de uma da manhã, eu diria.

— Qual é o nome do bar?

— Não faço ideia. Eu estava andando por aí, sem rumo. Queria uma cerveja.

— Pediu a nota?

— Não. Foi só uma cerveja, droga! Paguei em dinheiro. Se eu soubesse que iria precisar de um álibi, teria me preparado muito melhor.

Calma, calma, pensou Eve. — Um homem em sua posição, um homem de negócios com interesses internacionais e... considerando novamente o seu passado..., certamente consideraria como algo necessário ter a posse de uma arma devidamente registrada.

— Você sabe que eu tenho uma arma. Já investigou isso.

— Você tem autorização para portar uma arma de atordoar de uso civil, e ela está registrada em seu nome. Talvez, já que está se mostrando tão cooperativo, você me permita levá-la comigo para testá-la e examiná-la. Já que estava tomando uma cerveja e assistindo ao jogo no instante em que a detetive Coltraine foi morta, creio que não haverá problema.

O ressentimento surgiu em seu rosto sob a forma de frieza.

— E se o meu pai fosse outra pessoa, e não Max Ricker?

— Mesmo assim eu pediria a arma. Posso conseguir um mandado, se você preferir.

Ele não disse uma palavra; simplesmente se levantou da poltrona. Caminhou até uma mesa e destrancou uma das gavetas. Era uma arma menor, mais elegante e menos poderosa do que a de Eve. Uma pistola que servia apenas para atordoar. Ele a entregou a Eve, junto com a licença.

— Bem à mão — disse ela.

— Como eu expliquei, já esperava você, tenente. Eu *não sou* o meu pai. — Ele quase mordeu as palavras enquanto Eve colocava a arma e os papéis dentro de uma sacola de evidências para em seguida etiquetar o material e lacrar tudo. — Eu não mato mulheres.

— Só homens?

— Eu gostava dela ou não estaríamos tendo essa conversa. Agora eu creio que terminamos. — Ele aceitou o recibo de entrega da arma que Eve imprimiu no tablet. — Espero que a policial que colocou Max Ricker naquela cela encontre a pessoa que matou Amaryllis.

Ele caminhou até o saguão e chamou o elevador.

— Você conhece as regras: não saia da cidade, mantenha-se disponível, blá-blá-blá. — Eve entrou no elevador com Roarke.

— Sim, conheço as regras. Também sei que, se o nosso passado e os nossos pais determinassem quem somos, estaríamos todos fodidos.

Ele se virou e foi embora enquanto as portas se fechavam.

Quando chegaram à calçada, Eve parou e se virou para falar alguma coisa. Roarke simplesmente fez que não com a cabeça, pegou-a pelo braço e a levou até o carro.

— Que foi? — quis saber ela, e repetiu a pergunta quando eles entraram na viatura. — O que houve?

— Dirija. Se eu fosse um homem à espera da visita de uma policial que desconfia que eu matei outra policial, eu teria um agente na rua com olhos e ouvidos atentos. E saberia exatamente o que a policial que me visitou achou de mim e da nossa conversa.

Eve franziu a testa enquanto dirigia.

— Você realmente coloca pessoas circulando pela rua para ouvir a conversa dos outros?

Ele acariciou a mão dela.

— Não estamos falando de mim, estamos?

— Mas as leis de proteção à privacidade...

— Sei, sei... — Ele fez o gesto de novo. — Ele estava apaixonado por ela e ainda está. De certa forma, ainda está.

— As pessoas muitas vezes matam aqueles que amam.

— Bem, se ele fez isso, é incrivelmente burro ou espantosamente esperto. Com um álibi ridículo daqueles? Você obviamente vai conseguir um mandado para recolher os discos de segurança do prédio dele e confirmar os horários de saída e entrada.

— Sim, é a primeira coisa que eu vou fazer. É claro que ele sabe disso; então deve ter saído e voltado na hora que informou. Mas está com o destino em aberto para esse intervalo de tempo. *Muito em aberto*. E ficou nervoso quando chegamos. Ficou menos nervoso enquanto conversávamos, porque substituiu o sentimento por raiva. A arma de atordoar não vai nos levar a nada, ele a cedeu com muita facilidade, mas pode ter outra, não registrada e sem licença. Droga, ele pode ter até mesmo um arsenal completo.

— Max adorava o tráfico de armas. Alex é mais discreto que o pai — comentou Roarke. — No entanto, não muito. Para ser franco, acho tudo isso meio estranho. Max não teria ficado tão nervoso ou pelo menos não demonstraria. Mas o filho tem certa classe que o pai não tinha. Ele não parece o tipo de homem que usaria "putinha" para se referir a Amaryllis. Seria muito vulgar.

— Talvez ele tenha subalternos vulgares.

— É bem possível. Ou foi uma escolha deliberada de palavras por saber que pareceria estranho. Ou porque pareceria mais com o palavreado do pai dele.

— Talvez. Ele tem interesse em nós, teve interesse em nós, mas...

— Nada que me parecesse acima do razoável, considerando as circunstâncias.

— Pois é — concordou Eve. — Parece que existe alguma tensão entre ele e o pai, ou então ele queria que achássemos que existe. Eu me pergunto qual das duas possibilidades é a real. Você vai para o centro da cidade? Para o seu escritório?

— Vou, sim.

— Eu me livro de você lá.

— "*Eu me livro* de você"? Como você me acha valioso. Agora você se livra de mim.

— Quis dizer dar uma carona, levar você até o trabalho... sei lá, tanto faz. Mas falando em largar... Ela terminou o lance, largou em Atlanta, e nosso rapaz ficou puto com isso... Rompimento amigável o cacete! Talvez ele tenha ficado no pé dela e foi por isso que ela decidiu se transferir.

— O momento em que isso aconteceu mostra que ela queria distância dele.

— O que foi mesmo que ele disse? Não costuma vir a Nova York com frequência. Só que apareceu aqui e entrou em contato com ela. "Vai começar tudo de novo!", ela pensa, e justamente quando ela acaba de engatar um romance com Morris... Justamente quando as coisas já pareciam resolvidas. Ela vai vê-lo e tenta convencê-lo de que tudo entre eles está morto e enterrado. Ele parece aceitar. Como você disse, ele é tranquilo e tem certa classe. Só que por dentro está se mordendo todo. "Essa vaca não pode me desprezar. Ela não vai sair dessa assim, numa boa." Ele fica revoltado, soltando fumaça pelas ventas. Liga para ela na noite em que ela morre e exige que ela vá encontrá-lo, senão ele vai jogar a merda no ventilador e tornar tudo mais difícil para ela com Morris e com o departamento.

— Sim. Ela pode discutir com ele, tentar argumentar — concordou Roarke, dando continuidade ao raciocínio. — Ou simplesmente finge aceitar, mas toma a precaução de levar suas armas ao encontro.

— Sim, mas ele estava esperando por ela. Já estava dentro do prédio. Pode ser que tenha conseguido seu cartão magnético quando ela foi visitá-lo ou o seu amigo Sandy fez isso: clonou o cartão e o devolveu sem que ela percebesse. Então ele a encontrou na escada, deixou-a atordoada, levou-a para o porão e a reanimou para poder lhe dizer que nenhuma mulher dá um chute na bunda dele. Talvez ele a tenha deixado implorar um pouco, ela prometeu algo, disse que o amava, qualquer coisa que ela achasse que fosse salvar sua vida. Mas ele sabia que ela estava mentindo, e isso só piorou as coisas. Então... zap! As luzes se apagaram.

Ela balançou a cabeça e completou.

— Só que essa versão simplesmente não me convence.

— Ele a teria machucado mais. É isso que você está pensando?

— E você não? A vaca largou você e agora está abrindo as pernas para outro homem. Tem que pagar por isso!

— Ele a amava. Talvez o suficiente para matá-la, mas também a amava demais para machucá-la.

Como Eve entendeu exatamente o que ele queria dizer, concordou com a cabeça.

— As pessoas são muito descacetadas. E não foi por impulso, essa é outra certeza. Não foi um plano do tipo "Vou até lá dar uma lição naquela vaca". O crime foi muito organizado e bem planejado para isso. Então, vamos voltar um pouco atrás e supor que ele já tivesse planejado tudo há algum tempo, antes mesmo de chegar a Nova York. Ele certamente já saberia sobre Morris. Pode ter mandado alguém segui-la e descobriu sobre Morris. A história funciona quase do mesmo jeito, só que ele a convida e banca o simpático. É tão bom ver você novamente, estou feliz por você estar feliz. Viu só como somos adultos e maduros? Dias depois ele a chama, diz que precisa vê-la, está com problemas, precisa de sua ajuda, sei lá... E ela vai.

Eve continuou a dirigir, atravessando a cidade, e continuou:

— Tem mais uma hipótese de que eu não gosto porque poderia ser a verdadeira: eles ainda estavam trepando. Ela estava nas mãos dele. As coisas degringolaram e ele a matou ou mandou matar. Odeio achar que essa é a versão que funciona melhor.

— Só funciona melhor se considerarmos os dados atuais — ressaltou Roarke. — Existe alguma coisa que eu possa fazer para ajudar você na hora de falar com Morris?

— Não, na verdade, não. Liguei diretamente para o correio de voz dele hoje de manhã. Eu não pretendia... tocar na ferida. Disse apenas que queria que ele soubesse que estamos trabalhando no caso e ele poderia me ligar, caso precisasse. Preciso lhe perguntar se ele sabia que Coltraine estava ligada a Alex Ricker. Tenho de confirmar isso, mas não acredito que soubesse. Ele teria me contado ontem. Por mais em estado de choque que ele estivesse, teria me relatado esse detalhe para me dar uma pista. Portanto, sou eu quem deve ir lá agora para dar mais esse golpe nele.

Aquilo era mais difícil para ela, refletiu Roarke, do que enfrentar um psicopata armado.

— Posso reagendar alguns compromissos e ir com você. Podemos ir vê-lo agora mesmo.

O oferecimento fez a garganta de Eve arder de emoção. Ele faria aquilo. Sempre fazia de tudo para ajudá-la. Com isso ela podia contar.

— Não posso ir agora. Preciso voltar, atualizar o relatório e levar a arma que ele me deu para o laboratório. E tenho de atualizar Peabody sobre as novas descobertas e outras coisas. Estou torcendo para ter algo mais sólido quando for conversar com Morris. — Ela chegou tão perto da imensa torre negra que abrigava a sede das Indústrias Roarke quanto a loucura do trânsito de Nova York permitiu. — Obrigada.

— Ações valem mais do que palavras. — Ele a pegou pela nuca, inclinou-se e lhe deu um beijo que a fez imaginar pequenos corações vermelhos dançando sobre sua cabeça. — Cuide bem da minha policial.

— Tento fazer disso um hábito.

— Quem dera que isso fosse verdade! — Ele saiu, lançou-lhe um último olhar com aquelas chamas azuis penetrantes como laser e caminhou pela calçada para a magnífica espiral negra que ele construíra.

Ela foi ao laboratório antes e entregou a arma de atordoar para análise. A caminho da Divisão de Homicídios, fez uma lista mental do que precisava ser feito. Acrescentou a entrevista de Alex Ricker ao arquivo do caso, juntamente com as impressões digitais dele. Verificou, apenas por curiosidade, com que frequência pai e filho costumavam se comunicar. Executou programas de probabilidades com todos os cenários que ela percorrera com Roarke. Precisava se encontrar com Mira para obter um perfil sólido, tanto da vítima quanto do assassino. Depois iria atualizar Peabody e analisar os resultados da DDE.

Depois, como era algo que não poderia mais ser adiado, lidaria com as "outras coisas" que não explicara a Roarke.

Entraria em contato com Don Webster, da DAI, a Divisão de Assuntos Internos.

Porque, verdade fosse dita: se havia pistas sobre Coltraine e o filho de Max Ricker, essas pistas estariam na DAI. E, se eles soubessem de algo estranho sobre o relacionamento deles, essa informação teria sido transmitida de Atlanta para Nova York.

Webster saberia.

A ideia de ter que arrancar informações da Divisão de Assuntos Internos e de um sujeito que, no passado, tinha sido transa de uma noite de Eve a deixou ainda mais inquieta. Ruminando sobre tudo isso, ela já entrou irritada na sala de ocorrências.

— Dallas! Ei! Espera um pouco!

Fazendo uma careta, ela afastou com a mão os gritos de Peabody.

— Preciso de cinco minutos sozinha.

— Mas é que...

— Cinco minutos! — Eve gritou de volta e entrou na sua sala.

Morris estava sentado na cadeira de visitas.

— Ah... Oi! — Na próxima vez que Peabody lhe dissesse para esperar, ela a ouviria, prometeu a si mesma.

— Sei como funciona, Dallas. — Ele se levantou. Dava para ver as noites longas e insones que ele enfrentara, as olheiras e a palidez. — Sei que é melhor ficar fora do seu caminho, não fazer perguntas nem forçar a barra quando sei que você corre atrás das pistas mais do que qualquer um conseguiria. Sei disso tudo, mas não importa, eu tive de vir.

— Tudo bem. — Ela fechou a porta. — Está tudo bem.

— Eu vou vê-la, mas precisava passar aqui antes; precisava que você me contasse o que já descobriu antes de ir vê-la.

O *tele-link* de Eve tocou, mas ela o ignorou.

— Você gosta de um pingo de leite no café, certo?

— Sim, só um pingo. Obrigado.

Ela programou o café e usou aquele tempinho para organizar os pensamentos.

— Já falei com a família dela — contou ela.

— Eu sei. Eu também falei.

Ela lhe entregou o café e se sentou, girando a cadeira para encará-lo.

— Também conversei com os tenentes dela, tanto o daqui quanto o de Atlanta. E também com os parceiros dela e todo o esquadrão de Nova York. Ela era muito querida.

Ele assentiu com a cabeça.

— Você está tentando me consolar, e fico grato por isso, mas preciso de mais. Preciso de fatos. Mesmo que sejam teorias, se isso for tudo que você tiver. Preciso saber o que você acha que aconteceu. E por quê. Preciso que você prometa que vai me contar toda a verdade. Se você me der sua palavra, sei que não vai quebrá-la. Você promete me contar a verdade?

— Tudo bem. — Ela assentiu. — Toda a verdade. Dou a minha palavra, mas preciso que você faça a mesma coisa. Tenho que lhe perguntar uma coisa e preciso da verdade.

— Tudo bem... Mentiras não vão ajudá-la.

— Pois é, não vão. Morris, você sabia que a detetive... sabia que Amaryllis teve um relacionamento íntimo com o filho de Max Ricker... Alex Ricker, antes de ela se transferir para Nova York?

Capítulo Oito

Ela soube a resposta no mesmo instante. Os olhos dele se arregalaram; seus lábios tremeram. Morris não disse nada por um ou dois segundos, e ela o viu beber o café e tentar se recompor. Ele se sentou. Não vestia um dos seus ternos estilosos e bem-cortados; só uma camiseta preta leve e um jeans desbotado. Seu cabelo estava preso em um rabo de cavalo simples e sem a costumeira elaboração visual.

Enquanto o viu sentado ali em silêncio, ela percebeu plenamente, conforme já descrevera a Roarke, que tinha dado o segundo golpe nele.

— Morris...

Ele ergueu a mão e pediu mais alguns segundos.

— Você confirmou essa informação?

— Confirmei.

— Eu sabia que tinha havido alguém com quem ela se envolvera antes de deixar Atlanta. — Ele ergueu a mão e massageou a têmpora. — Eles terminaram, e isso a deixou chateada e sem rumo. Foi uma das razões pelas quais ela pediu transferência. Queria um novo começo, uma página em branco... distância entre o que ela tinha sido e o que poderia ser. Foi assim que ela me descreveu o caso. Eu deveria ter contado isso a você ontem. Não pensei nisso. Não consegui raciocinar...

— Tudo bem.

— Ela mencionou o cara, do jeito que a gente faz quando está saindo com alguém novo. Ela disse... O que foi mesmo?... Estou tentando me lembrar. Contou só que eles não estavam mais conseguindo fazer com que a relação funcionasse e não conseguiam ser o que ambos precisavam um para o outro. Ela nunca mencionou o nome dele. E eu nunca perguntei. Por que deveria?

— Você consegue lembrar se teve a sensação de que ela estava preocupada com ele ou sobre a forma como eles terminaram?

— Não. Só me lembro de ter imaginado que tipo de idiota ele teria de ser para tê-la deixado escapar. Só que ela não tocou mais no assunto, e eu também não. Passado é passado. Nós estávamos focados no agora, para onde estávamos indo. E sobre o que poderíamos ter, eu acho. Foi ele que a matou?

— Não sei. É uma linha de investigação e vou segui-la. Mas não sei, Morris. Vou dizer o que sei, se você confiar em mim para lidar com isso.

— Não há ninguém em quem eu confie mais. Estou sendo sincero.

— Alex Ricker está em Nova York.

A cor que lhe surgiu no rosto foi de raiva malcontrolada.

— Escute! — exigiu ela. — Ricker entrou em contato com Ammy e ela foi vê-lo na véspera da sua morte. Ele me deu essa informação hoje de manhã quando fui interrogá-lo.

Morris colocou o café de lado, levantou-se e caminhou até a janela minúscula de Eve.

— Eles não estavam mais envolvidos um com o outro. Eu teria percebido.

— Ele me disse que não estavam, que haviam terminado tudo de forma amigável. Eles se encontraram como amigos. Tomaram um drinque e colocaram os assuntos em dia; nesse papo ela contou que tinha conhecido alguém com quem estava envolvida. Ele me disse que ela parecia feliz.

— Você acreditou nele?

Que inferno, pensou ela. Como faria para contornar suas suspeitas e manter sua palavra ao mesmo tempo?

— Acredito que ele pode ter dito a verdade ou parte da verdade. Se ela tivesse se sentido ameaçada ou preocupada, teria contado isso a você?

— Quero pensar que sim. Quero achar que, mesmo que ela não tivesse visto algo estranho, eu teria reparado ou sentido. Ela não me disse que ia encontrá-lo e agora não tenho como perguntar por que não. O que significa ela não ter me contado.

Eve não precisou ver o rosto dele para saber que havia mágoa ali.

— Pode ter sido algo tão insignificante que ela não achou que valeria a pena mencionar.

Ele se virou para Eve.

— Mas você não pensa assim.

— Morris, sei que as pessoas em relacionamentos fazem coisas estranhas. Contam demais, não contam o suficiente. — Veja o meu caso, por exemplo, pensou. Por acaso ela tinha contado a Roarke que pretendia se encontrar com Webster?

— Ou ela pode ter achado que eu ia começar a fazer perguntas, especialmente porque o nosso relacionamento tinha ficado bem sério. Perguntas que ela não queria responder. O problema não era ela ter estado envolvida com alguém antes, pois nenhum de nós era criança. O problema era ela ter tido um envolvimento com Alex Ricker.

— Isso mesmo.

— O filho de um criminoso conhecido, um assassino famoso que, quando eles andaram envolvidos, ainda estava em liberdade. Continuava no poder. Qual a probabilidade de que Alex Ricker não esteja envolvido ou tenha alguma ligação com as atividades do pai? No entanto, ela, uma policial, se envolveu com ele.

— Alex Ricker nunca foi preso nem acusado de crime algum.

— Dallas...

— Tudo bem, sim, eu sei, é arriscado, é complicado. E esquisito. Mas eu pertenço à força policial, Morris, e me envolvi com um homem que todos os policiais dentro e fora do planeta mantinham sob vigilância... Mais que isso, eu me casei com ele.

— A gente até se esquece disso — murmurou ele. Voltou a se sentar e tornou a pegar o café. — Isso com certeza causaria alguns problemas para ela no trabalho. Como aconteceu com você. — Quando ela não comentou coisa alguma, Morris baixou a caneca. — Ela foi investigada?

— Vou descobrir se isso aconteceu. Mas... — *Diga a verdade*, lembrou a si mesma. *Esse é o acordo*. — Ela manteve o que acontecia só para si. Pela declaração de Ricker, pelo que eu vi nos arquivos de Atlanta e pelas conversas com sua equipe daqui, ninguém sabia que ela havia tido um relacionamento pessoal com ele.

— Entendo.

Era pior, Eve percebeu, muito pior para ele que o relacionamento com Alex tivesse sido *importante* o suficiente para ela manter tudo que acontecera em segredo.

— Os motivos para isso podem ser muitos. O mais simples é que ela tenha preferido manter sua vida pessoal longe do trabalho.

— Não; você está tentando me consolar novamente só para me poupar. Sei como rolam as fofocas. Todo mundo no meu local de trabalho, todo mundo na equipe dela, aposto que quase todos os policiais, escriturários, terceirizados e técnicos da Central de Polícia sabem que Ammy e eu estávamos envolvidos. Manter o que aconteceu sob sigilo só pode ter sido deliberado, certamente por causa de quem ele era. Mas por que manter o que aconteceu em segredo por tanto tempo? Isso é sério.

Ele parou um momento e suas sobrancelhas se juntaram em sinal de estranheza.

— Você vai descobrir. Isso significa que vai conversar com a Divisão de Assuntos Internos — afirmou ele.

— É necessário.

— Se eles ainda não sabem, vão saber agora. Depois de você falar com eles.

— Não tenho como evitar. Serei tão cuidadosa quanto for possível, só que...

— Por favor, me dê um minuto. — Ele olhou para o café. — Max Ricker tinha policiais nas mãos. Nesse momento você está se perguntando se o filho dele também estava com Ammy nas mãos.

— Tenho que investigar tudo. Tenho que pesquisar. Se eu deixar essa possibilidade de fora ou adiar a busca a fim de poupar a reputação dela, pode ser que o assassino escape por alguma brecha. Isso não vai acontecer. Nem mesmo por você.

— Eu a *conhecia* bem. Sei como ela pensava, como se sentia, como dormia, comia e vivia. Eu teria sabido se ela estivesse envolvida em alguma sujeira. Sei como ela definia suas prioridades no trabalho e como se sentiria por transgredir alguma regra.

— Você não sabia sobre Alex Ricker.

Ele a olhou fixamente. Eve reparou quando uma espécie de porta se fechou nos olhos dele, deixando-a de fora como amiga, como policial e como colega.

— Não, não sabia. — Ele tornou a se levantar e exibiu alguma frieza ao completar: — Obrigado por me manter informado.

Eve se levantou antes de ele ter a chance de chegar à porta de sua sala.

— Morris, não posso e não vou pedir desculpas a você por fazer o meu trabalho, mas posso me desculpar pela dor que o meu trabalho possa lhe provocar. E também posso me desculpar por ter de lhe dizer mais uma coisa... Fique longe de Alex Ricker. Se eu não tiver a sua palavra de que você vai manter distância desse homem e não fará nenhum contato com ele, vou colocar alguém para seguir você. Não vou permitir que atrapalhe a investigação.

— Você tem a minha palavra. — Ele saiu e fechou a porta.

Sozinha, Eve se sentou à sua mesa e colocou a cabeça entre as mãos. As amizades, pensou, eram muito complicadas e tão misturadas e cheias de bordas afiadas que conseguiam fazer um buraco na sua alma de vez em quando.

Por que as pessoas sempre se envolvem e fazem amizade com outras pessoas? Por que nos colocamos nessa *merda* o tempo todo?

Ela *precisava* considerar a possibilidade de Coltraine estar envolvida em alguma sujeira. Isso já não era difícil o suficiente? Ela ainda tinha de carregar a culpa por magoar Morris por causa disso?

Merda. tinha, sim. Não havia saída para isso.

Tentou ignorar a batida na sua porta; queria só ficar ali mais alguns minutos, embebendo-se em autopiedade. Porém, o dever venceu.

— Quem é? Que porra você quer agora?

A porta se abriu alguns centímetros e Peabody enfiou a cabeça pela fresta.

— Ahn... Você está bem?

Pronto, ali estava a resposta, refletiu Eve. A resposta para o porquê de as pessoas se envolverem em amizades umas com as outras. Porque, quando você está de baixo astral ou quando chafurda na lama da culpa, alguém que se preocupa aparece para perguntar se você esta numa boa.

— Não. Para ser franca, eu não estou nada bem. Entre e feche a porta. — Quando ela fez isso, Eve respirou longamente e sacudiu a cabeça. — DDE?

— Não há nada na casa dela ou nos computadores de trabalho. Nada nos *tele-links* da casa dela ou nos do escritório. Nada referente a um compromisso ou encontro marcado para a noite em que ela morreu. Seus arquivos de dados foram vasculhados. A única coisa que não conseguimos identificar, até agora, é um significado para AR, em uma anotação feita no dia anterior ao seu assassinato. Está listado em "assuntos pessoais". Não há endereço, nem número, mas há uma marca de D.T., que corresponde a "depois do turno" em suas outras anotações.

— Sei o que AR significa. Sente-se e se prepare para o susto. AR significa Alex Ricker.

— Alex... O filho de Max Ricker?

— Exato. Seu único filho. O lance é o seguinte...

Embora Peabody tenha ficado em silêncio durante toda a recapitulação feita por Eve, várias expressões passearam pelo seu rosto, e Eve conseguiu ler todas com precisão. Elas variaram de "Puta merda", passando por "Coitado do Morris" até chegar no "...E agora?"

— Você contou tudo a ele?

— Contei.

Peabody assentiu com a cabeça.

— Bem, você tinha que fazer isso.

— Não contei sobre o álibi fraquíssimo de Ricker, porque ele não me perguntou. Não contei que ficou muito claro para mim que Ricker ainda nutria sentimentos por Coltraine. Mesmo sem isso tudo, a coisa já era bem ruim. Preciso que você me consiga um mandado de busca e apreensão para revistarmos a cobertura de Alex Ricker, além de um para confiscarmos e investigarmos todos os equipamentos eletrônicos dele. O sujeito certamente já está esperando por isso e vai cobrir os próprios rastros, se for necessário, mas nós também temos muita gente esperta nessas coisas por aqui. Poderemos descobrir o que está debaixo das camadas, se procurarmos com afinco. E temos que confirmar o álibi idiota. Veja quem está livre para fazer uma varredura completa na Times Square com uma foto na mão. Devem focar os bares esportivos. Vamos para lá assim que eu terminar aqui e conseguir voltar para o trabalho de campo.

Eve esfregou os olhos.

— Agora preciso convencer Webster a me encontrar em algum lugar longe daqui, onde não exista a possibilidade de darmos de cara com outros policiais ou alguém conhecido.

— Vamos tentar ver como a coisa rolava pela perspectiva dela. Estou falando de razões e interesses diferentes, coisa e tal, mas a verdade é que é estressante tentar marcar encontros secretos com alguém. Não consigo me imaginar fazendo isso durante quase dois anos. Ou ela realmente o amava, ou o sexo era, tipo, incrível mesmo.

— Ou então ela gostava da emoção e do lucro.

— Ah, certo. — A expressão de Peabody foi de tristeza. — É difícil pensar nisso.

— Eu que o diga. Mas vou pensar e... Acabei de me lembrar de um lugar perfeito. — Ela se virou e pegou o *tele-link*. — Feche a porta ao sair. Ninguém precisa saber que estou entrando em contato com o Pelotão dos Ratos.

O Down and Dirty era uma espelunca onde se misturavam sexo e *striptease*. Era também o lugar onde os clientes entornavam com muita empolgação bebidas fortes que queimavam a garganta e o estômago, e mesmo assim gostavam daquilo. Para os que podiam bancá-los havia quartos particulares que ofereciam uma bela cama dobrável, uma porta trancada e um espaço para eles realizarem qualquer ato natural ou não natural que bem quisessem.

As cabines privativas com frequência ficavam entupidas de fumaça conforme as drogas ilegais circulavam como algodão-doce. No palco, à noite, havia geralmente uma apresentação de banda com componentes em vários estágios de nudez e talento questionável. Dançarinas com as mesmas qualificações costumavam se juntar a eles, bem como clientes que poderiam ser influenciados por tais bebidas fortes e/ou ilegais.

Era notório que ocorresse violência, de forma súbita e até divertida, e isso fazia parte da atração que a espelunca exercia sobre algumas pessoas. Substâncias estranhas e pouco atraentes ficavam grudadas no chão, e a comida era uma porcaria absoluta.

A festa de despedida de solteira de Eve tinha sido realizada ali, e naquela mesma noite ela capturara um assassino. Bons tempos.

O homem que cuidava do bar tinha quase dois metros de altura e muitos músculos. Sua pele negra brilhava, em contraste com o colete de couro aberto e as tatuagens coloridas que o cobriam quase por completo. Sua cabeça raspada brilhava como uma lua escura enquanto ele limpava a bancada do bar e uma banda holográfica tocava algo parecido com ritmos da selva, acompanhada por um trio de dançarinas com curvas impressionantes e talento zero.

As multidões não lotavam a boate àquela hora do dia, mas alguns homens se amontoavam em mesas, tomando bebidas suspeitas, aparentemente satisfeitos em assistir às dançarinas desajeitadas, já que elas estavam com os seios nus.

Dois deles analisaram Eve dos pés à cabeça quando ela caminhou lentamente pelo salão para logo em seguida se encolher, tentando se fazer, pensava ela, desaparecer. O sujeito atrás do bar lhe lançou um longo e cuidadoso olhar. E mostrou os dentes em um sorriso de orelha a orelha.

— E aí, branquela magrela?

— E aí, negão fortão?

O rosto amplo e familiar ampliou ainda mais o sorriso. Ele estendeu os braços mais compridos que a Quinta Avenida, levantou Eve do chão e lhe deu um escancarado e ruidoso beijo na boca.

— Qual é? Para com isso! — Foi tudo o que ela conseguiu dizer.

— Não consigo evitar. Senti saudades da sua cara, mas o mais curioso é que pensei em você hoje mesmo, logo de manhã. É mole?

— Sim, é mole. Como estão as coisas, Crack?

— Uns dias para cima, outros para baixo. Ultimamente ando com tudo em cima, tá sabendo? Passei pelo parque hoje de manhã, como costumo fazer de vez em quando, para dar uma olhada na árvore que você plantou para a minha menina. Minha irmãzinha. Ela está crescendo. Fico feliz em ver que ela está ficando linda.

Sua expressão mudou de simpática para perigosa, como se um interruptor tivesse sido acionado, quando alguém ousou se aproximar do bar para pedir alguma coisa quando ele estava tão obviamente ocupado.

O cliente se afastou na mesma hora.

Todos o chamavam de Crack, e ele era famoso pelo seu hábito de bater crânios com força um contra o outro — fossem as vítimas empregados ou clientes — sempre que um comportamento o desagradava.

— O que você veio fazer aqui na minha espelunca? — quis saber ele.

— Tenho um encontro e precisava que ele ocorresse em um lugar discreto.

— Quer uma cabine?

— Não precisa ser esse tipo de privacidade.

— Bom saber disso, porque eu gosto do seu marido. Espero que esteja tudo em cima com ele.

— Com Roarke está sempre tudo em cima.

O riso de Crack foi como um trovão.

— Pois então... Pensei que poderia marcar esse encontro aqui sem tropeçar em outro policial. Se estiver tudo numa boa para você.

— Se quiser, eu posso chutar todos esses idiotas para fora daqui e fechar as portas. Você pode ficar sozinha aqui o tempo que quiser.

— Não, obrigada, preciso apenas de uma mesa.

— Quer beber alguma coisa?

— Tenho cara de suicida, por acaso?

— Vou pegar uma garrafa de água mineral que tenho escondida lá nos fundos. — O olhar dele se afastou do dela e ele avisou, falando mais baixo: — Se você não quer dar de cara com outros policiais, acaba de ter um problema, porque um sujeito da sua turma acabou de entrar.

Ela fez que sim com a cabeça ao ver Webster.

— Está tudo bem. Meu encontro é com ele.

— Pegue qualquer mesa que quiser.

— Obrigada. — Ela caminhou lentamente em direção a Webster, apontou para uma mesa de canto e continuou andando.

Era sempre um pouco estranho lidar com ele, admitiu para si mesma. Não porque tivesse dormido com ele uma única noite, quando ambos ainda eram detetives trabalhando da Divisão de Homicídios. O problema é que ele levara o caso muito mais a sério que ela.

Foi mais estranho ainda quando, anos depois, ele pirou de vez e tentou uma abordagem mais ousada para cima de Eve. Roarke entrou no instante exato em que ela tentava se desvencilhar. Os dois brigaram como dois lobos enlouquecidos, destruíram por completo o escritório da casa dela e acabaram provocando consideráveis danos corporais um ao outro, antes de Roarke levar Webster a nocaute.

Todos conseguiram acertar os ponteiros numa boa no decorrer do tempo, lembrou. Ela e Roarke, Roarke e Webster, ela e Webster...

Mesmo assim, era... esquisito. Para piorar, o fato de Webster estar agora na DAI, a Divisão de Assuntos Internos, tornava tudo mais estranho.

Webster, um homem bonito de olhos atentos e aguçados, analisou todo o salão antes de se sentar com Eve de costas para a parede.

— Muito interessante sua escolha de local.

— Funciona para mim. Obrigado por vir me encontrar.

— Ora, como somos educados e civilizados!

— Não começa...

Ele encolheu os ombros e se recostou na parede.

— Servem café neste lugar?

— Claro. Se você estiver com vontade de morrer.

Ele sorriu para ela.

— Roarke sabe que você veio me encontrar em uma boate de putaria e encontros sexuais?

— Webster, não faço questão de contar a ninguém que vim me encontrar com um cara da DAI, não importam a hora ou o lugar.

Mesmo encostado à parede, suas costas se ergueram.

— Todos nós temos um trabalho a fazer, Dallas. Aliás, se você não precisasse da DAI, não estaríamos aqui.

Como ele tinha razão, ela não discutiu.

— Preciso saber se a DAI tem alguma conexão ou interesse em minha investigação sobre o assassinato da detetive Amaryllis Coltraine.

— Por que pergunta?

— Sim ou não, Webster.

— Você descobriu alguma evidência consistente ou está seguindo uma linha de investigação que indica que existe ou deveria existir o envolvimento da DAI?

Ela se inclinou para a frente.

— Corta esse papo-furado! Uma policial está morta. Tente demonstrar um pouco de consideração.

Ele ecoou as palavras dela.

— Corta esse papo você! Se eu não tivesse consideração pelos colegas, não estaria na DAI.

— Responda sim ou não à minha pergunta e eu lhe digo sim ou não para a sua.

Ele se recostou novamente, estudando-a. Calculando, Eve percebeu, qual seria a melhor forma de lidar com aquilo.

— Sim.

O nó no estômago de Eve se apertou, mas ela fez que sim com a cabeça.

— Minha resposta também é sim. Preciso saber se ela estava envolvida em alguma sujeira, Webster.

— Não posso contar. Não posso, *mesmo*! — repetiu ele, apontando um dedo de advertência quando os olhos de Eve pareceram furá-lo de raiva. — Não posso contar porque *não sei*.

— Conte-me o que sabe. *Quid pro quo* — acrescentou ela. — Eu vou retribuir o favor, com a condição de que nós dois mantenhamos essa conversa fora dos nossos registros, a menos que ambos concordem de outra forma.

— Isso eu posso aceitar. Você não estaria aqui se já não tivesse descoberto a ligação entre Coltraine e Alex Ricker. Ele é suspeito?

– É, sim. Ainda não tenho dados suficientes sobre ele. Para ser franca, não tenho muita coisa, mas estou pesquisando. Quer dizer que a DAI estava de olho nela desde Atlanta?

— Nossa divisão de lá recebeu a dica de que ela estava envolvida com Ricker.

— Uma dica? — perguntou Eve.

— Algumas fotos de Coltraine e Ricker de mãos dadas e se beijando apareceram na mesa da DAI.

— Muito conveniente. Alguém queria que ela ficasse queimada.

— Provavelmente. Isso não muda o quadro. A DAI teve acesso às fotos uns nove meses antes de ela pedir a transferência. Os investigadores seguiram as informações para confirmar tudo. Apesar de cada um dos dois manter casa separada, eles basicamente moravam juntos em um terceiro lugar... um apartamento em Atlanta que fica num prédio que pertence a Max Ricker. Entrada privativa, elevador e garagem privativos também. Ela podia entrar e sair sem risco de ser vista. Eles também passavam tempo juntos quando ela estava de folga. Ela viajou com ele para Paris, Londres e Roma. Ele também lhe comprou joias, daquelas muito caras.

— Não encontrei joias caras no apartamento dela — comentou Eve. — Nem indícios de que ela tivesse um cofre pessoal em algum lugar.

— Ela devolveu tudo quando os dois se separaram.

— Como sabem disso? Vocês a vigiaram? Instalaram escutas por lá?

— Não posso confirmar nem negar isso. Estou só lhe contando o que sei.

— Se tudo isso aconteceu, por que a DAI não deu uma dura nela?

— Ao contrário da crença popular, não seguimos policiais só por diversão. A verdade é que Alex Ricker não é criminoso; não há evidência alguma contra ele. Nem suspeitas de que ela estivesse repassando informações da polícia para ele. Na hipótese de o apartamento dele estar grampeado, Alex Ricker e o seu velho seriam os mais interessados em fazer, regularmente, uma busca por escutas.

— E eles são inteligentes o suficiente para não discutir nada em algum lugar que pudesse incriminá-los, a menos que tivessem certeza de que o local era seguro.

— Mas eles conversavam sobre uma coisa ou outra.

— Ela conheceu Ricker? — quis saber Eve. — Estou falando de Max Ricker, o pai. Ela fez algum acordo com ele?

— Nada que tenha vazado. Como eu já disse, ela e Alex, o filho de Ricker, viajavam muito. Então isso pode ter rolado em algum lugar. Porém, nos papos que ouvimos, ele deixava bem claro que não queria discutir assuntos do papai. Então eles não falavam a respeito. O desfecho do romance aconteceu porque as praias do paraíso deles ficaram agitadas demais, muito tumultuadas, depois que o papai se deu mal.

— Sim. Quando nós o prendemos — murmurou Eve.

— Pois é. Ela começou a passar mais tempo no próprio apartamento. Interceptamos algumas discussões. Então a coisa azedou. Poucas semanas depois disso, ela pediu transferência para a Polícia de Nova York.

— A partir desse ponto, vocês da DAI daqui assumiram o comando da vigilância.

— Só continuamos de olho. Não a vigiamos de perto. Se tivéssemos vigiado, talvez ela ainda estivesse viva. O fato é que a acompanhamos por algum tempo, não conseguimos encontrar nada e a deixamos a história em segundo plano. Nada do que ouvimos desde que ela se transferiu para cá indicava qualquer contato com os Ricker... Max ou Alex.

— Alex Ricker está em Nova York. Ela foi se encontrar com ele na véspera da sua morte.

— Cacete!

— Você não sabia disso?

— Acabei de dizer que nós a deixamos em paz. — A frustração transpareceu nos olhos dele. — Nós não crucificamos policiais, porra. Ela trepava com o filho de um bandido conhecido, mas não havia nada de ilegal no que o filho fazia. Bem que nós farejamos, mas ninguém encontrou nada de que acusá-la, também. Ela se transferiu para cá e, por tudo que investigamos, se manteve limpa de qualquer sujeira. Não a estávamos seguindo. Quem dera estivéssemos. Não gosto de policiais sujos, Dallas, mas detesto ainda mais quando policiais são mortos.

— Certo, tudo bem, segure sua onda, Webster.

— Cacete, Dallas, sua suspeita é de um crime do antigo amante ciumento? Acha que ele a apagou por ela ter se afastado, porque estava aquecendo os lençóis com Morris?

Eve ergueu as sobrancelhas de espanto.

— Ora, porra, todo mundo da polícia sabia que Morris e ela estavam tendo um caso. Sinto muito por ele.

— Ok... Ok. — Eve segurou sua própria onda porque sabia que isso era verdade. — Sim, a coisa pode ter rolado desse jeito. O problema é que ele tem um álibi muito ridículo. Se é um cara do mal e é inteligente de verdade, então por que não arrumou um álibi mais sólido?

— Às vezes, os álibis ridículos são os mais fáceis de acreditar.

— Sim, também pensei nisso. Ele ainda estava apaixonado por ela, pelo menos em parte. Continuava ligado nela.

Webster torceu os lábios em um sorriso dolorido.

— Sim, sei como é.

Eve se recostou na cadeira e se xingou por ter levado a conversa nessa direção.

— Pode parar com essa história, Webster.

— Eu já me recuperei — garantiu ele, com um jeito descontraído. — Mas sei como a coisa rola. A gente fica muito puto e incomodado. Só que eu nunca quis matar você.

— Mas quem quer que a tenha matado quis. E planejou muito bem. De qualquer modo, você não pode me garantir com certeza se ela estava envolvida em alguma sujeira ou não.

— Não posso. Nem você pode ter essa certeza. Também não pode dar a ela o benefício da dúvida. Não importa o que você ache da DAI, sabe que terá de olhar para ela tendo em mente a possibilidade de ela estar suja ou pelos menos sob a influência dos sentimentos que ainda pudesse ter pelo cara. Deve seguir essa linha de investigação.

— Eu sei. Só que não tenho que gostar disso.

O calor saltou de volta para os olhos dele.

— E você acha que eu gosto?

— Por que faria esse trabalho se não gostasse?

— Porque nós juramos defender a lei, não usá-la para proveito próprio. Juramos proteger e servir, não agarrar o que conseguirmos ao longo do caminho. Não juramos fazer o que nos der na telha. Precisamos defender o que é certo e lutar por isso.

Desses argumentos ela não podia discordar.

— A DAI me acompanhou de perto quando eu me envolvi com Roarke?

— Claro, durante algum tempo. Você sabia disso, nem que fosse por instinto. Mas a sua reputação e o seu histórico aguentaram muito bem o tranco. Além do mais — acrescentou, com um sorriso curto —, ninguém jamais conseguiu provar nada contra Roarke também. O fato é que eu sei, por experiência própria, que Roarke nunca usaria você para se dar bem, mesmo que ele fosse o mais implacável dos contraventores que existem por aí.

Ele hesitou, mas logo pareceu tomar uma decisão.

— Talvez você nunca seja promovida a capitã, Dallas. Os figurões lá de cima nunca vão se livrar do desconforto que sentem por causa de vocês dois.

— Eu sei disso. Não me importo.

— Pois deveria.

Eve ficou surpresa ao perceber o ressentimento que ele tinha na voz... um ressentimento pelo que faziam com ela. Isso a deixou sem a menor ideia sobre o que dizer em seguida.

— De qualquer forma... — Webster encolheu os ombros. — Vou dar uma olhada nessas informações todas, nas minhas horas vagas. Mas não quero que manchemos o passado de Coltraine se ela não merecer. Se você encontrar alguma informação adicional sobre Ricker para um lado ou para outro, eu gostaria que me contasse.

— Ok. Isso eu posso fazer.

— Quanto disso tudo Morris sabe?

— Contei a ele sobre Ricker antes de ligar para você. Não pretendo dar mais detalhes.

— Então ele sabe que você certamente iria procurar a DAI.

— Sim, ele já deve ter ligado os pontinhos.

— Se vocês voltarem a se falar, avise a ele que vou manter tudo isso em sigilo.

— Tudo bem, eu aviso. Ele vai gostar de saber.

— Pois é... a menos que eu encontre algo. Nesse caso, ele vai querer comer meu coração com molho de amora. Tenho que voltar ao trabalho. — Ele se levantou. — Tenha cuidado ao lidar com Ricker. Você colocou o pai dele atrás das grades. É muito provável que *ele* fique feliz em comer o *seu* coração cru.

Ela esperou mais um pouco até Webster sair, e só então se levantou para se despedir de Crack.

Eve imaginou que seria estranho para a maioria das pessoas ver uma pessoa sair de uma boate de sexo para ir a uma consulta na sala linda e arejada da dra. Charlotte Mira. Para uma policial, era só mais um dia de trabalho.

Na função de principal analista de perfis de criminosos e melhor psiquiatra do Departamento de Polícia, Mira desfrutava de uma sala espaçosa e decorada ao seu gosto. Com toques de feminilidade e classe.

Um reflexo da própria médica.

Mira se sentou com as longas pernas cruzadas e elas deram destaque ao seu terninho rosa-claro. Seus cabelos castanho-escuros ondulavam com suavidade em torno do rosto calmo e encantador, enquanto ela bebericava um chá.

— Enviei um cartão de condolências para Morris — disse ela, assim que viu Eve. — Parece pouco a fazer por um amigo em um momento como esse. Você já esteve com ele, é claro.

— Sim. Ele está se aguentando bem. Quer dizer, está arrasado e dá para perceber, mas está se segurando. A senhora já conseguiu ler os arquivos, as atualizações e todo o resto?

— Consegui, sim. Quando um dos nossos é morto, isso vira prioridade. Ela teve um caso com o filho de Max Ricker. Um negócio perigoso. Um risco profissional. No entanto, eu não a caracterizaria como uma pessoa que costumava aceitar riscos.

— Ela era policial.

— Sim, isso sempre envolve riscos, mas, de acordo com seus arquivos, ela nunca atirou em ninguém ao longo de toda a carreira. Ela resolvia enigmas. Era uma pensadora. Uma pensadora organizada, atenta aos detalhes. Teve uma boa criação, família de classe média alta, pais de casamento único. Ela se destacou na escola. Suas avaliações profissionais sempre foram sólidas e estáveis. Sem manchas, mas tampouco estrelas brilhantes. Era uma mulher cuidadosa. Alex Ricker foi a exceção que confirma a regra.

— Amor, luxúria ou ganho?

— Se foi ganho, ou apenas ganho, por que se arriscar a ter essa conexão, essa proximidade? Por que manter o relacionamento por mais de um ano e se dar ao trabalho de esconder tudo dos colegas e da família? A luxúria pode dar início ao fogo, mas raramente o mantém aceso por muito tempo. Pode ter sido um pouco dos três.

— A atração veio primeiro... a luxúria. Um cara bonito, um sujeito interessante, com classe. Perigoso. Toda boa garota sente atração especial pelo bad boy.

Mira sorriu de leve.

— Você está projetando?

— Eu não senti uma atração especial, fui atingida por um tijolo. Sim, vejo alguns paralelos, mas a forma como ela lidou com a coisa...

— Foi diferente da forma como você lidou — concluiu Mira — ou algum dia lidaria. É possível que a natureza clandestina da relação tenha proporcionado um pouco de excitação. Tudo o que eu estudei indica que ela seguiu as regras. Exceto aqui. Essa é outra forma de excitação.

— Então ela começa com a luxúria, e há toda essa atração... e emoção. Venha comigo para Paris hoje à noite. Pura exibição dele. E, sim, concordo que ela enfrentou muitas barreiras para ficar com ele — considerou Eve — e também para continuar com ele, então o amor... ou o que ela achou que fosse... teve um papel importante aqui. Ela está apaixonada, e ele diz: "Talvez você possa me fazer esse pequeno favor. Não é grande coisa." Cheia de brilho nos olhos, ela aceita lhe fazer esse pequeno favor. Que mal tem?

— E o favor seguinte é maior. Ela pode ter ido mais fundo. — Mira assentiu. — É um padrão lógico.

— Talvez ele comece a pedir demais. Surgem mais riscos para uma mulher que não foi feita para isso; a coisa começou a degringolar e a dar errado, de acordo com a minha fonte, mais ou menos na época em que o pai de Ricker foi preso. Ela vê o que aconteceu e se pergunta se aquilo poderá acontecer com o filho *e também* com ela.

— Isso muda o padrão — concordou Mira. — Com a derrota do pai, Alex está no comando, agora.

— Ela não consegue lidar com a situação e termina tudo. Coloca distância entre eles. Página em branco, foi o que ela disse a Morris. Um novo começo. Alex Ricker perde uma amante e um recurso valioso. Um final nada feliz para ele.

— O pai dele é um homem violento e instável. Um criminoso conhecido, um homem de poder e sem consciência alguma. A mãe de Alex morreu quando ele era muito jovem. Acidente, suicídio.

— Ou assassinato — acrescentou Eve.

— Sim, ou assassinato. Apesar de ele ter recebido uma educação de altíssimo nível e ter sido criado com todas as vantagens que o dinheiro pode comprar, Alex passou a juventude em instituições fechadas, escolas muito severas e controladas. Como seu único parente de sangue reconhecido... e único filho... Max Ricker teria esperado um ótimo negócio desse cenário. Deve ter exigido. Esperava de Alex que ele se superasse em tudo; também esperava que, quando estivesse pronto para pendurar as chuteiras, o filho pudesse entrar em cena para manejar o leme. O próprio Alex, pelo que eu avaliei, é um homem cuidadoso. Apesar de atuar em uma área de riscos, ele certamente minimizou esses riscos cobrindo-se com camadas de proteção. Sua personalidade pública é muito mais refinada que a do pai. Conseguiu, através de um esquema de relações públicas cuidadoso e até mesmo meticuloso, desvincular-se do escândalo de ter um pai condenado por tantos crimes, como foi o caso de Max Ricker.

— Mesmo assim, isso o incomoda.

— Ah, certamente. Seu pai, o homem que atendeu às suas necessidades durante a maior parte de sua vida, está preso. Grande parte da sua riqueza está confiscada. E, como você ressaltou, a prisão do pai e a repercussão do caso coincidiram com a transferência da detetive Coltraine.

— Aposto que ele teve uma semana muito ruim.

— Ele deve ter ficado com raiva, se sentido traído e abandonado. Mais uma vez. Sua mãe o deixou, agora vão embora o pai dele e a mulher que ele ama... ou a quem está intimamente ligado.

— Um homem cuidadoso poderia esperar o momento propício para agir.

— Sim, um homem cuidadoso esperaria, sim. Só que...

— Droga. Eu sabia que vinha um "só que..."! — resmungou Eve.

— Não houve intimidade no assassinato. Não houve paixão nem sentido de vingança. Foi algo frio, calculado, distante. Ela pertencia a ele em um sentido muito real. Como mulher ou como recurso. Se essa sensação de traição e essa raiva, ainda que controlada, o tivessem levado a matá-la, eu esperaria enxergar algum sinal.

Mira sorveu o chá, ajeitou-se na cadeira e continuou:

— Será que ele teria resistido à tentação de feri-la ou esperaria algum tempo extra para fazer isso? Certamente um homem com seu perfil estaria mais inclinado a escolher um lugar que fosse mais seguro para matá-la. De qualquer modo, usar a arma dela é algo pessoal, quase íntimo. E ofensivo.

— Ele pode ter contratado alguém.

— Muito mais provável, em minha opinião. Um homem cuidadoso costuma proteger a si mesmo e aos seus interesses. Um assassinato contratado e encenado para parecer algo pessoal. Enviar a arma para você com uma mensagem igualmente pessoal? Mais uma vez, são significados conflitantes. Um homem cuidadoso teria deixado ou ordenado que a arma fosse abandonada na cena do crime. Ou então ela deveria ser descartada logo em seguida. Enviá-la de volta a você é uma provocação.

— É uma declaração do tipo "e agora, o que você vai fazer?" O assassino estava orgulhoso do seu trabalho e queria obter essa última vitória.

— Isso mesmo. Diga-me uma coisa, Eve... Ela estava apaixonada por Morris? Você deve saber.

— Sim. Acho que estava.

Mira suspirou.

— Isso torna tudo ainda mais doloroso para ele. Mas, se ela estivesse apaixonada por Morris, não acredito que o tenha traído. Não combina. Se ela terminou o relacionamento com Alex Ricker e encontrou outro homem, ela não o trairia.

— Isso dá a Ricker outro motivo. Se o relacionamento pessoal já estava morto, o que podemos dizer do negócio entre eles? Se é que havia algum?

— Eu diria que, se houvesse algum, eles estariam amarrados um ao outro. Por que motivo ela arriscaria tudo?

— Talvez ele não lhe tenha dado escolha. No fundo, eu quero que ela saia limpa dessa história.

Mira estendeu a mão para tocar o braço de Eve.

— Sim, sei que você quer. Eu também. É doloroso ver um amigo sofrer.

— Ele confia em mim para fazer esse trabalho, mas eu não sei se algum dia ele me perdoará se eu descobrir que ela andava envolvida em sujeira. Eu ter de me preocupar com isso é uma coisa que me irrita. Eu não precisaria me importar se...

— Não fosse amiga dele — completou Mira.

— Essa é parte de merda, doutora. — Ela se levantou da cadeira. — Obrigada.

— Para tudo que você precisar de mim nesse caso, pode me procurar. A qualquer hora. Já limpei minha agenda para isso.

Eve saiu da sala e seguiu de volta à Divisão de Homicídios. Para fazer o que o trabalho exigia.

Capítulo Nove

O problema de ser o filho de um criminoso notório é que isso tornava muito mais fácil para a polícia obter mandados de busca e apreensão. Com um papel desses na mão e um pequeno batalhão de policiais atrás dela, Eve entrou na cobertura da Alex Ricker pela segunda vez.

O fato de ele estar com um trio de advogados não a surpreendeu. O chefe do grupo, que se identificou como Harry Proctor, deu a Eve a impressão de ser um estadista ancião com o seu belo apanhado de cabelo branco, o rosto áspero e um terno conservador escuro. Eve imaginou que sua voz rica de barítono já tinha ecoado pelas paredes de vários tribunais, esculpindo a lei como um cinzel em mármore para defender seus clientes de colarinho branco.

— Meu cliente está perfeitamente preparado para cooperar com a polícia nessa matéria, sempre ao abrigo da lei.

— Você pode ler esse abrigo da lei. — Eve lhe entregou o mandado. — Estamos autorizados a fazer uma busca completa em todas as dependências deste imóvel, bem como a confiscar e examinar todos os equipamentos de dados e comunicação, incluindo *tele--links* e tablets.

— Um dos advogados ou representantes legais do sr. Ricker observará todos os detalhes da execução deste mandado que deverá ser inteiramente registrada. O sr. Ricker também exercerá o seu direito de gravar todas as cenas de busca e confisco. Ele não dará nenhuma declaração e não deverá ser questionado neste momento.

— Por mim, tudo bem. Capitão Feeney.

Não era comum que o chefe da DDE ajudasse na execução de um mandado, mas Eve não queria erros, e Feeney queria entrar na festa. Ela acenou com a cabeça para o seu antigo parceiro e instrutor.

O rosto de cão basset de Feeney permaneceu sério. Eve se perguntou se ela era a única naquela sala que sabia o quanto ele estava se divertindo. Qualquer golpe em um membro da família Ricker proporcionava mais brilho ao dia de qualquer policial.

— Certo, meninos e meninas, vocês conhecem os procedimentos. — Ele deu um passo à frente, fazendo um curioso contraste com o ambiente belo e refinado, graças ao seu terno amassado e aos sapatos muito gastos. — Devemos emitir recibos para qualquer equipamento ou dispositivo removido daqui.

— Uma estimativa do tempo para devolução dos equipamentos seria muito apreciada, capitão. Tal evento provoca transtornos consideráveis.

Feeney coçou a cabeça em meio ao cabelo espetado e ruivo.

— Isso vai depender, não é verdade?

— Detetive Baxter, você e sua equipe começarão as buscas no terceiro piso. Oficial Carmichael, assuma a operação neste andar. Peabody — acrescentou Eve —, vamos vistoriar o segundo andar.

Ela queria os quartos, os espaços privados, as áreas de intimidade. Até mesmo as pessoas precavidas se sentiam mais seguras no lugar onde dormiam, transavam, se vestiam e se despiam. Ali, na cabeça de Eve, era o lugar mais provável para Alex ter cometido um erro ou esquecido algo que poderia ligá-lo ao assassinato de Coltraine.

Os policiais permaneceriam calados durante a operação. Eve já informara toda a equipe, dos mais graduados aos seus auxiliares, de que tudo que eles dissessem, tudo que fizessem, todas as suas expressões, gestos e fungadas ficariam registrados. Depois, tudo poderia e seria usado pelos advogados para questionar o procedimento e a intenção da busca e apreensão.

— Começaremos com o quarto do sr. Ricker — informou ela a Rod Sandy.

Ele estava em pé atrás de todos, com a desaprovação estampada em cada linha do seu rosto e do seu corpo. Tinha descido da sala de estar muito arejada do segundo andar, de onde se entrava na espaçosa suíte principal da cobertura.

Alex sabia como viver, pensou Eve. A saleta de entrada do andar de cima se abria para um escritório arrumado que também exercia a função de sala de estar e onde se via um balcão de vidro preto onde havia vários laptops. Um bar combinava com o ambiente; algumas poltronas estreitas de couro e um telão de entretenimento preenchiam os outros espaços. Como ela conhecia o gosto de Roarke por painéis ocultos, passou os dedos pelas paredes.

— É isto que a senhora está procurando? — Sandy se colocou atrás do bar e abriu um painel. No interior, um armário espelhado continha vinhos e outras bebidas alcoólicas. — Nós vamos cooperar, tenente — afirmou ele, com o desdém quase escorrendo dos lábios. — Desse modo vocês terminarão logo esta invasão e irão embora.

— Observação anotada — declarou Eve. Refletindo o tom de Sandy e com os olhos fixos nos dele, acrescentou para a equipe: — Verifiquem se existem outros painéis.

Ela seguiu em frente acompanhada de Peabody.

Alex Ricker era um homem que gostava de espaço, concluiu. O quarto parecia se espalhar em todas as direções, e uma parede de vidro do chão ao teto se abria para o terraço e a cidade em volta. Alex poderia tomar o seu café da manhã ali ou um conhaque noturno, sentado à mesa de bistrô ou reclinado no sofá de gel. Uma mesa antiga tinha sobre ela outro equipamento de dados e comunicação. Espelhos refletiam as paredes de seda cintilante e uma enorme cama com dossel.

Em silêncio, Sandy andou pelo quarto e abriu painéis que davam para outro bar, um AutoChef, telões. Eve vagou pelo cômodo e analisou o quarto de vestir anexo, com suas prateleiras, gavetas e bancadas, e achou que poderia, finalmente, ter encontrado alguém que tinha tantas roupas quanto Roarke. Em seguida, entrou no suntuoso banheiro de mármore e pedra.

Vasculhar aquilo tudo iria levar algum tempo.

— Dobre bem as mangas, Peabody. Vamos cair dentro.

Era preciso um homem com muito cérebro e alguma experiência para conseguir remover, mesmo sendo muito meticuloso, qualquer coisa remotamente incriminatória dos seus domínios e deixar apenas os objetos pessoais.

Ela encontrou preservativos e brinquedinhos sexuais, várias loções que proporcionavam mais prazer no sexo. Nada que ultrapassasse os limites legais. Também encontrou um estoque grande de artigos de beleza, higiene e limpeza corporal, e isso lhe mostrou que Alex dedicava muito cuidado e tempo à aparência.

Porém, vaidade não era crime.

Seu guarda-roupa lhe dizia que ele preferia e podia comprar roupas de fibras naturais e modelos personalizados, e até mesmo suas roupas mais casuais eram estilosas até a última fibra. Descobriu que ele gostava de cores suaves e calmantes, preferia cuecas samba-canção em vez de roupa de baixo tipo sunga e — a menos que sua leitura para a hora de dormir tivesse sido plantada ali para que a polícia visse — apreciava romances de espionagem.

O que ela não encontrou em seu quarto foi um tablet pessoal.

— Eu não estou encontrando um tablet, Rod.

Ele continuava em pé como um soldado, peito empinado e braços cruzados.

— Suponho que o sr. Ricker esteja com o tablet pessoal.

— E não tem outro junto da cama? Isso me parece estranho. Não lhe parece estranho, Peabody, que o sr. Ricker não teria um tablet ao alcance da mão na sua mesinha de cabeceira, onde ele poderia trabalhar na cama quando tivesse vontade, verificar resultados esportivos, enviar um e-mail ou qualquer outra coisa que desejasse?

— Sim, parece estranho, tenente.

— Por acaso seria contra as leis deste estado não possuir dois tablets pessoais? — perguntou Sandy com frieza.

— Não. Mesmo assim me parece estranho.

Ela saiu, atravessou a sala de estar e abriu uma porta. Lá dentro, Eve encontrou o que parecia ser um quarto de hóspedes. Cama, telão, uma pequena cozinha. Atravessou o aposento e foi até outro balcão de vidro preto. Sobre ele havia apenas um vaso de flores naturais e uma tigela decorativa.

— Outra coisa estranha. Isso parece uma bancada de trabalho, como aquela que vimos na suíte principal. Do tipo que tem sempre equipamentos em cima. Em vez disso, temos flores.

Ela cheirou as flores com grande cerimônia.

— Muito bonitas.

— Acredito que ter flores em casa também não seja contra a lei.

— Não, mas estamos acumulando vários detalhes estranhos, Rod. Como por exemplo: por que motivo existe uma placa de identificação palmar do lado de fora desta porta? Por que a segurança extra para este quarto?

— Sr. Ricker de início considerou fazer deste espaço o seu escritório, mas acabou desistindo da ideia.

— Sei... — Ela se aproximou de uma cômoda estreita e abriu as gavetas. — Esse móvel me parece estar estalando de novo. Como se nunca tivesse sido usado. Como se tivesse acabado de ser colocado aqui. Ele não recebe muitos hóspedes?

O sorriso do assistente atingiu um meio-termo perfeito entre o azedo e o presunçoso.

— Estamos redecorando.

— Ah, entendi. Aposto que sim. — Ela apontou o único armário do cômodo para Peabody e seguiu para o banheiro que ficava ao lado.

Compacto, eficiente, escrupulosamente limpo. No entanto, ela apostava que já tinha sido usado. Assim como apostava que o equipamento instalado no "quarto de hóspedes" tinha sido transferido para outro local muito recentemente.

— Ah, eu me lembrei de mais uma coisa estranha, Rod... Você me contou que você e Alex passaram a noite aqui... a noite em que a detetive Coltraine foi assassinada. No entanto, Alex me disse que saiu de casa.

— Eu supus que Alex tivesse ficado aqui no apartamento.

— Você não monitora muito bem seu chefe, considerando que é o assistente pessoal dele. Não é verdade, Rod?

Ele pareceu se eriçar de raiva. Eve gostou da imagem.

— Não *monitoro* Alex. Jantamos juntos, como eu disse. Subi a escada mais ou menos às dez da noite. Não estava ciente, até ele me contar hoje à tarde, de que Alex havia saído de casa naquela noite. Creio que continua sendo algo dentro da lei, neste país, um homem dar uma volta à noite para tomar uma cerveja.

— Da última vez que eu verifiquei, isso era legal, sim. E então... você se dava bem com a detetive Coltraine?

— Sempre nos demos muito bem, apesar de eu nunca mais tê-la visto; a última vez faz mais de um ano. Lamento terrivelmente o que aconteceu com ela e sinto muito por isso perturbar tanto Alex.

— Você não a viu quando ela veio ver Alex alguns dias atrás?

— Não. Alex quis se encontrar com ela a sós. Eu fiquei aqui em cima.

— Você parece passar muito tempo aqui em cima. — Ela lhe exibiu um sorriso excessivamente alegre. — Já que estamos aqui, por que não aproveitamos para dar uma olhada em seus aposentos, Rod?

Ela vistoriou o quarto dele — tanto pelo procedimento em si quanto pela alegria de alfinetar o assistente irritadiço —, mas sabia que não haveria nada para encontrar ali. Alex era inteligente, tinha experiência e certamente prenunciara que a busca seria meticulosa.

Quando acabaram e se viram fora do apartamento, ela conferiu suas impressões com as de Feeney.

— Você viu o quarto junto da sala grande do segundo andar?

— Sim, reparei. Placa de reconhecimento palmar e sistema de reconhecimento de voz na porta. A menos que ele use aquele espaço para manter presas algumas escravas sexuais, eu diria que o equipamento que estava lá foi removido nos últimos dois dias. E esse equipamento provavelmente não está registrado — afirmou Feeney.

— Engraçado. Pensei a mesma coisa, com exceção das escravas sexuais.

— Homens pensam sobre escravas sexuais com mais frequência que mulheres. Provavelmente.

— Não tenho como avaliar isso, mas, se for o caso, ele apagou todos os arquivos dos seus computadores.

— A menos que seja burro, tenho certeza de que sim. — Feeney tirou do bolso uma sacolinha com amêndoas, sacudiu-a de leve e a ofereceu a Eve — Talvez consigamos descobrir se ele apagou; é possível que encontremos ecos e rastros ocultos.

Já que elas estavam ali, Eve pegou algumas amêndoas caramelizadas e começou a mastigá-las.

— Por outro lado, se ele tinha um computador não registrado, certamente manteria ali qualquer coisa que pudesse incriminá-lo.

— Como eu disse, a menos que seja burro.

— Acho que seria demais supor que poderíamos encontrar o anel de Coltraine escondido em uma caixa na gaveta das meias.

— Sempre vale a pena pagar para ver. Esse cara é meio sinistro — Feeney ergueu o queixo em direção ao prédio. — Mais escorregadio que o pai, mas com o mesmo jeito sinistro.

— Sim, é verdade. Mas ter um jeito sinistro está longe de ser prova de que alguém mata policiais. Vou trabalhar de casa. Se você descobrir alguma coisa, quero ser informada de imediato.

— Digo o mesmo. Eu não conhecia a detetive, mas ela era uma colega. E tem o lance da ligação dela com Morris. Você terá a DDE, e eu também, trabalhando 24 horas por dia nesse caso até prendermos o assassino.

Ela caminhou até Peabody, que estava numa rodinha com McNab, o homem com quem morava, e a colega Callendar, que trabalhava na DDE.

McNab balançava algo barulhento em dois dos muitos bolsos das suas calças vermelhas como um caminhão de bombeiro. Seu cabelo louro estava preso, trançado nas costas, e deslizava sobre o paletó amarelo-narciso, revelando um rosto magro e bonito. Ao lado dele, Callendar era uma explosão de seios malcobertos por uma camiseta com estampa em zigue-zague, camisão largo e calças que brilhavam.

— Eu voto em pizza! — Callendar mascava um chiclete, e os movimentos da sua mandíbula faziam pular os triângulos gigantes pendurados em suas orelhas. — Você paga.

— Eu topo a pizza, mas vamos disputar a conta. — McNab fechou o punho, e os olhos de Eve se estreitaram quando os dois passaram a resolver a questão com uma rodada do jogo de pedra, papel e tesoura.

— Desculpe interromper a brincadeira de vocês, mas pintou uma tarefa chatinha de caçar um assassino de policiais.

— É disso que estamos falando aqui. — McNab virou os olhos verdes, com muita seriedade, para Eve. — Vamos acampar na sala de ocorrências, mas precisamos de combustível para o estômago e estamos discutindo a compra.

— Já liberei minha agenda só para isso, tenente — confirmou Callendar —, mas precisamos encher o tanque. Recolhemos oito computadores de mesa, doze painéis holográficos e dezesseis laptops e tablets. Se houver alguma coisa que tenha ligação com a detetive Coltraine, vamos encontrá-la.

Como as barrigas de todos realmente precisavam de combustível, Eve pescou fichas de crédito no bolso.

— A pizza é por minha conta. Peabody, vou trabalhar de casa. Coordene os resultados de busca e apreensão, anote e emita os recibos. Quero tudo registrado, tim-tim por tim-tim. Depois disso você pode escolher trabalhar onde achar que pode ser mais útil.

— Entendido. Mais uma coisa... — Ela correu depressa atrás de Eve, que já se encaminhava para a sua viatura. — Se Ricker e companhia transportaram os equipamentos ou qualquer outra coisa para fora daqui, isso deve estar gravado nos discos de segurança do prédio. Será que não devíamos...

— Já recolhi todos. Vou analisá-los em casa.

— Ah. — O rosto de Peabody registrou um leve desapontamento. — Eu devia ter imaginado que você pensaria nisso. Só não quis falar lá dentro, já que estávamos sendo filmadas.

— Foi bom ter se lembrado disso.

— Beleza. Ah... mais uma coisa. Se achar que devemos adiar o chá de panela de Louise e tudo o mais, posso cuidar disso.

— Merda! — Eve passou a mão pelo cabelo. — Esqueci completamente! — Mais uma vez. — Não, deixe tudo como está e vamos ver como fica. Se por acaso você conversar com Nadine sobre o caso e ela tentar arrancar informações...

— Já sei, já sei. A investigação está decorrendo de forma normal e contínua. Estamos buscando todas as pistas, blá-blá-blá.

— Combinado, então. — Eve entrou no carro.

Percebeu que estava sendo seguida três quarteirões depois. Na verdade, era uma operação tão maldisfarçada que chegou a ficar ofendida.

Um sedã preto de linhas comuns, último modelo, sem características marcantes. Vidros escurecidos, placa de Nova York. Ela decorou a placa e virou na primeira rua para demorar mais para chegar em casa. O sedã fez a mesma coisa, mas se manteve dois carros atrás. Ela considerou parar junto ao meio-fio para ver se o carro que a seguia pararia também ou passaria direto para ela poder continuar, dessa vez atrás dele.

Em vez disso, porém, se deixou ser impedida de seguir pelo sinal vermelho da primeira rua que apareceu e observou o rio de pedestres que fluía diante do carro. Perguntou a si mesma por que Ricker contrataria alguém tão obviamente incompetente para segui-la. Um homem com aquelas conexões e influência deveria ser capaz de empregar alguém com mais habilidade ou mais requinte tecnológico.

Um rastreador por GPS, quem sabe três carros diferentes com detectores que pudessem acompanhá-la... Naquele tráfego intenso, ela poderia não ter percebido que a estavam seguindo. Aquilo era um movimento estúpido, coisa de amador, decidiu. Talvez ela dirigisse por mais alguns quarteirões só para desperdiçar o tempo dele ou ver se ele se aproximava o suficiente para que ela lhe desse um cavalo de pau que bloqueasse a rua e em seguida saísse para abordá-lo.

Enquanto isso, ela poderia descobrir quem era o dono do carro.

Ligou o computador do painel.

— Pesquisar registro do veículo de Nova York, placa oito, seis, três, Zulu, Bravo, Echo.

Entendido. Processando...

Quando o sinal verde acendeu, ela atravessou lentamente o cruzamento e deu uma olhada pelo retrovisor.

Viu uma van vindo para cima dela a toda velocidade com o canto do olho. Bloqueada pelo trânsito, ela não tinha como sair. Quando ela continuou vindo para cima dela, por trás, Eve pisou no acelerador e colocou a viatura no modo vertical.

— Vamos lá, seu monte de merda, *vamos lá*! — Por um instante ela pensou que fosse conseguir, mas a van acelerou ainda mais e pegou suas rodas traseiras quando elas começavam a se erguer do solo. O impacto a jogou com força contra o banco. Quando o carro girou no ar sobre si mesmo e despencou de frente sobre a Madison Avenue, a bolsa de gel de segurança arrebentou e encheu todo o espaço interno.

Eve só teve tempo de pensar "Fodeu!" e atingiu o asfalto com violência.

Ela ouviu tudo — o som abafado pelo gel, o esmagar das ferragens, o ruído de metal se retorcendo e as freadas em volta. O carro girou 360 graus, totalmente sem controle, e o veículo que vinha logo atrás dela atingiu de frente o seu para-lama dianteiro. Ou, mais precisamente, *ela* bateu no carro de trás. Apesar do gel de segurança, sentiu o próprio corpo sacudir com muita violência.

Zonza e desorientada, saltou do carro e tentou pegar a arma. As pessoas se aglomeravam ao redor dela e todos falavam de uma só vez em meio aos sinos que pareciam soar em sua cabeça.

— Para trás, todos para trás. Sou policial. — Ela correu na direção da van que ficara destruída com o impacto. Deu uma olhada em torno e viu o sedã seguindo em frente, sem parar, pela Madison.

O outro conseguiu escapar, pensou. Já era.

Com sangue nos olhos, tanto no sentido figurado como literal, ela se aproximou da porta da van lentamente com a arma apontada, mas encontrou a cabine vazia.

— Eles fugiram!— informou uma das testemunhas, que pareceu muito nervosa. — Eram dois homens. Eu os vi correndo naquela direção. — A testemunha apontou para leste, em direção à Park Avenue.

— Acho que um deles era uma mulher — garantiu outra testemunha. — Minha nossa, eles *jogaram* a van em cima de você com toda a força e fugiram.

— Eram dois caras brancos.

— Um era de origem hispânica.

— Tinham cabelo escuro.

— Um deles era louro.

Eve atravessou a multidão prestativa e abriu as portas traseiras. Com ar de revolta, analisou o equipamento de vigilância.

Os perseguidores não tinham sido burros e descuidados. *Ela* é que tinha.

Pegou o comunicador com raiva.

— Aqui fala a tenente Eve Dallas. Minha viatura se envolveu em um acidente na esquina de Madison com... Rua 74. Preciso de ajuda. — Em seguida, forçou a passagem com os cotovelos e foi até o carro que tinha colidido com o seu. Uma mulher ainda estava diante do volante, piscando sem parar. — Senhora?... Ei, dona, a senhora está ferida?

— Eu não sei. Acho que não. — Com olhos vidrados e pupilas encolhidas, a mulher olhou para Eve. — O que aconteceu?

— Peço uma ambulância para atender a uma civil ferida — acrescentou ao comunicador, e só então se virou e olhou para o próprio carro completamente destruído.

— Que bosta! — murmurou. — O pessoal do Departamento de Requisições de veículos vai arrancar o meu couro.

A informação que lhe deram foi a de que ela não estava ferida, mas Roarke não aceitava a palavra de ninguém quando se tratava de sua esposa — nem mesmo a palavra dela. É claro, pensou, com a raiva que ele costumava usar para encobrir o medo, que não fora ela a pessoa que entrara em contato para avisá-lo do acidente. E Eve não atendia ao *tele-link* de bolso, apesar de ele continuar ligando enquanto atravessava de um lado da cidade para o outro.

Quando ele chegou à barricada que a polícia já tinha montado no local, saltou e simplesmente deixou o carro onde estava. Que rebocassem o veículo, se quisessem. Podiam até multá-lo também.

Fez o restante do caminho a pé, andando muito depressa.

Viu o estado da viatura de longe — o metal que virara sanfona, os vidros quebrados, os pedaços de fibra de vidro espalhados por toda parte.

Sentiu o medo envolver a raiva como um manto de lava.

Só então conseguiu vê-la, em pé. Estava inteira. Brigava, pelo que ele pôde perceber, com um paramédico que estava diante de uma das ambulâncias.

— Eu não estou ferida. Não preciso ser examinada e não vou entrar nessa ambulância nem por um cacete! O gel de segurança foi descarregado na hora do impacto. *Você não reparou* a quantidade de gel espalhada em cima de mim? Como está a civil que foi ferida? Como está a mulher?

— Está só muito abalada — informou o paramédico. — Mesmo assim, vamos levá-la para examiná-la com cuidado. A senhora devia vir também. Pelos seus olhos, vejo que está em estado de choque, tenente.

— Meus olhos *não estão* em estado de choque. Meus olhos estão em estado de revolta. Agora se manda daqui e... — Parou de falar quando avistou Roarke, que se aproximava, e ele notou que os olhos dela mudaram de revoltados para desconcertados.

Ele foi direto até onde ela estava e controlou o desejo terrível de simplesmente carregá-la no colo para longe dali. Deslizou o dedo ao lado do corte não muito fundo e sobre a marca roxa que já se formava e ocupava grande parte de sua testa.

— Esse foi o pior ferimento? — quis saber ele.

— Foi. Como é que você...

— Vou cuidar dela — avisou Roarke ao paramédico. — Se ela precisar passar por algum outro tratamento ou se submeter a exames adicionais, eu cuidarei disso.

— Ah, é? Por quê?

— Porque ela é minha esposa.

— Ah, é? — repetiu o paramédico. — Boa sorte, amigo.

— Você tinha mesmo que...

— Sim. Meu carro está logo atrás das fitas de isolamento do local. Vamos.

— Eu ainda não posso deixar a cena do acidente. Não limpei tudo e preciso me certificar de que os agentes que estão examinando já fizeram...

Ele se virou de frente para ela com uma lentidão assustadora.

— Você poderia sair da cena se nesse momento estivesse inconsciente e sendo transportada para o hospital ou centro de saúde mais próximo?

O olhar de raiva que ela lançou contra ele não o impressionou.

— Vamos — repetiu ele.

— Só um minuto. Policial Laney, agradeço muito sua pronta resposta.

— Pena não termos conseguido chegar antes, tenente, pois teríamos agarrado aqueles babacas. — Laney, uma policial negra de olhos sagazes, olhou com fúria para a van que já estava sendo rebocada. — Os peritos vão investigar cada centímetro desse carro e do sedã também. A senhora deveria acompanhar os paramédicos, tenente, porque seu carro capotou feio.

— Só quero ir para casa, obrigada. — Ela se virou para Roarke e caminhou ao lado dele. — Não estou ferida.

— A maioria das pessoas que tem ferimentos graves não sangra.

— Eu bati a cabeça, só isso. Caraca, se eu soubesse que você vinha para cá e ficaria puto desse jeito teria avisado logo de cara. — Ela olhou para trás e estremeceu ao ver o estado caótico em que o cruzamento estava. — A coisa parece pior do que foi. Em número de feridos, pelo menos. Deixe eu só me despedir deles e deixar tudo registrado.

Ela caminhou até um dos guardas que cuidavam do perímetro de segurança e conversou com ele depressa. Quando se virou, viu Roarke abrindo a porta do seu carrão de milionário e estremeceu por dentro mais uma vez.

— Escute, não dê batidinhas na minha cabeça, nem tapinhas nas costas ou algo assim até sairmos dessa muvuca, porque isso me faria parecer uma mulher fresquinha.

— De jeito nenhum. — Ele se colocou atrás do volante e passou pela abertura na multidão que o guarda fez para ele. Seguiu pela Madison para contornar o Central Park e ir para casa.

— O que aconteceu? — quis saber Roarke.

— Fui uma idiota e me ferrei por isso. Fui burra, imbecil.

— Além disso, o que aconteceu?

— Cumpri um mandado de busca e apreensão na cobertura de Ricker, algo que ele já esperava. Mesmo assim, era algo que tinha de ser feito. Eu me separei da equipe depois que terminamos; pretendia ir para casa e trabalhar de lá. Percebi que estava sendo seguida. Eu devia ter *imaginado*. Foi algo muito descuidado e óbvio, e eu me achei muito esperta. Mantive o foco no carro que me seguia, verificando quem era o dono pela placa, quando atravessei cruzamento e... bam!

Ela bateu as mãos juntas para dar ênfase à descrição, e o movimento fez o ferimento da cabeça latejar em dois lugares. Ela fez uma careta e evitou massagear o lugar para que Roarke não percebesse.

— Uma van surgiu do nada e foi para cima de mim. Percebi que ela vinha e coloquei o carro em modo vertical, mas uma viatura da polícia não responde exatamente com rapidez; ela me pegou pela traseira e me lançou no ar girando para um bom mergulho. O carro caiu de frente, ficou destruído. A mulher que vinha atrás de mim no sinal me pegou em cheio pelo para-lama e fez o carro girar. Eu estava bem acolchoada lá dentro por causa do gel de segurança, mas... nossa. Girei e girei sem parar. Enquanto isso, os caras da van... ou o casal... que podem ser brancos ou hispânicos ou, quem sabe, a merda de alienígenas do planeta Vulcano, de acordo com a profusão de descrições das testemunhas... caíram fora dali antes de eu conseguir sair do carro. O sedã disparou pela Madison e foi abandonado na esquina da Rua 86 com Terceira Avenida. Nenhuma testemunha de quem estava nesse carro até agora.

Como ele parecia estar observando o trânsito, ela apertou de leve a testa latejante, o que, claro, fez a dor triplicar de intensidade.

— Deixe o ferimento em paz — sugeriu Roarke com a voz calma.

Irritada e envergonhada, ela deixou cair a mão.

— A van foi roubada de uma empresa de entrega no Bronx hoje de manhã — prosseguiu ela. — O sedã pertence a um cara que mora no Queens; de acordo com sua esposa e seu chefe, ele foi para Cleveland, a negócios, faz dois dias. O veículo ficou em um estacionamento no centro de transportes no Queens.

Ela se deixou recostar no banco.

— Droga!

— Esse foi um jeito burro de tentar matá-la — declarou Roarke, depois de alguns momentos.

— Eles não estavam tentando me matar. Apenas me sacanear, me dar uma sacudida, me machucar. Conseguiram. Mas qual é o *objetivo*? — Ela se ajeitou no banco mais uma vez. — Mesmo que eu tivesse ficado toda quebrada e fora de combate, a investigação continuaria. Temos os eletrônicos de Ricker, todos os discos de segurança. Não é como se nós disséssemos "Ahh, que medo... alguém destruiu a viatura da tenente Dallas, é melhor encerrar a investigação e irmos nos esconder".

— Por que você não atendeu ao seu *tele-link*?

— Meu *tele-link*? Ele não tocou. — Pegou o aparelho do bolso e franziu a fronte. — Está desligado. Deve ter caído e batido, sei lá, quando o lance aconteceu. O gel simplesmente explodiu. Não só os airbags se encheram como a gosma toda voou por todo lado. — Passou a mão na cabeça e arrancou pequenos restos de gel azul ainda grudados entre os fios de cabelo. — Olha só!

— Estou grato a esse gel.

Ela se entregou à indulgência de fazer um bico de revolta.

— Eles nunca conseguirão consertar aquela viatura, foi perda total. Era a melhor que eu já tive. Agora está destruída.

— Vamos nos preocupar com isso outro dia.

Ele atravessou os portões da casa e parou o carro.

— Agora você vai ter de aturar ser uma mulher fresquinha, porque eu pretendo dar batidinhas em sua cabeça e tapinhas em suas costas.

— Mas eu estou numa boa.

Ele a puxou para junto de si, segurou-a com força e lhe deu uma fungada no pescoço.

— Só que eu não estou. Então você vai ter de me dar um ou dois minutos, cacete.

Ele virou os lábios para tocar a bochecha dela e em seguida acariciou de leve a testa dela. Por fim, encontrou a boca e cedeu ao medo.

— Escute, me desculpe. — Ela emoldurou o rosto dele com as mãos e o afastou um pouco. — Sinto muito, na boa. Não imaginei que você fosse aparecer tão depressa e daquele jeito, todo assustado. Confesso que eu também teria ficado muito assustada se fosse você.

— Peabody entrou em contato comigo. — Ele pressionou o dedo nos lábios para impedi-la de reclamar. — Quis me garantir que você estava bem e não se ferira com gravidade. Teve medo de que o acidente fosse aparecer nos plantões da mídia, do trânsito ou algo assim, e eu acabasse sabendo da pior forma. Ela não quis que eu me preocupasse.

— E eu não pensei em nada disso. Desculpe, de novo.

— Você estava envolvida e preocupada com o que tinha acabado de acontecer. Vai me contar a verdade agora? O ferimento da cabeça foi tudo?

— Foi sim, com certeza. Estou um pouco dolorida por ter sido chocalhada de um lado para outro. Tive enjoo e tonteira por causa da capotagem e do giro, mas já passou.

— Ótimo. Então, vamos entrar em casa e cuidar de você.

— Esse *nós* significa você, *certo*? Não estamos falando de Sua Majestade, o Pavor das Crianças.

— Já que não houve nada de grave, não precisamos de Summerset.

— É o que eu digo o tempo todo, não precisamos de Summerset. Mas você me ouve, por acaso?

Ele sorriu, beijou-lhe a mão e dirigiu pela alameda até a casa.

Ela já estava preparada para uma avaliação completa e o olhar de desaprovação do corvo preto no saguão que todos chamavam de mordomo. Summerset não decepcionou.

— Vejo que destruiu outro veículo policial, senhora. Talvez tenha batido um novo recorde.

Por medo de que pudesse de fato ter acabado de quebrar o recorde de viaturas destruídas, Eve simplesmente torceu a boca e começou a subir a escada. Ao lado dela, Roarke percebeu o ar de questionamento nos olhos de Summerset e balançou a cabeça para mostrar que estava tudo bem.

Summerset agachou-se para acariciar o gato e disse ao animal:

— Ela está bem, sim. Só um galo ou dois. Ele cuidará dela. E você ficará aqui comigo até que ela volte ao normal. Ela não fez nenhum comentário sarcástico ou desagradável para mim — Summerset soltou um 'tsc' de desaprovação, enquanto ele e Galahad voltavam para a cozinha. — Tenho certeza de que amanhã voltará a ser ela mesma.

No andar de cima, Eve tomou, sem protestar, o poderoso analgésico que Roarke lhe entregou. Ficou parada enquanto ele cuidava dos seus ferimentos na cabeça. Houve uma época, ambos sabiam, em que ela teria lutado contra ele para evitar as duas coisas. Por fim, quando Roarke lhe ofereceu um calmante e ela recusou, ele simplesmente fez que sim com cabeça.

— Você vai se sentir melhor se tomar um banho de banheira.

— Sei... O que você quer é me ver nua.

— Em cada momento, todos os dias. — Ele entrou no banheiro, ordenou que a banheira se ligasse e escolheu a temperatura de água quase fervendo, como ela gostava. Adicionou alguns sais de banho misteriosos à água, virou-se para onde ela esperava e começou a despi-la.

— Você vai entrar na banheira comigo?

— Não, não vou. Embora a ideia seja tentadora. Você vai ficar de molho e usará o equipamento de Realidade Virtual com um programa de relaxamento. Depois vai comer alguma coisa. — A cada peça de roupa que ele despia dela, estudava atentamente sua pele em busca de contusões ou inchaços e ficou aliviado por não encontrar nada de grave. — Como esta foi a alternativa para uma viagem ao hospital, você obedecerá às minhas ordens como uma boa menina.

— Eu preferia que você entrasse comigo, poderíamos experimentar uma sessão dupla de Realidade Virtual. Um programa sexy. Eu poderia ser uma garota má.

Ele arqueou uma sobrancelha.

— Você está tentando tirar da minha cabeça que você foi ferida. Boa tentativa. Ele lhe deu um beijo leve e quase paterno. — Você vai entrar sozinha, tenente. Vamos lá.

— Você está recusando sexo? Talvez você é que tenha recebido uma pancada na cabeça. — Porém, ela entrou na água espumosa e turbulenta da imensa banheira e não conseguiu evitar os gemidos de prazer. — Tá, tudo bem, isso é bom.

Ele pegou os óculos de Realidade Virtual em uma gaveta e escolheu um dos programas.

— Relaxe.

— Vou relaxar.

Ele colocou os óculos sobre a cabeça dela e ouviu seu suspiro. Serviu para si mesmo um cálice de vinho, que era tão bom quanto um calmante, avaliou. Então, apoiando-se no portal, sorriu devagar e observou-a enquanto ela aliviava as dores com sais de banho.

Ela estava em casa, disse a si mesmo. Estava em casa e em total segurança.

Capítulo Dez

Relaxada e descansada, Eve se enrolou num robe. Foi até o espelho e puxou o cabelo para trás, a fim de examinar o corte na testa. Nada mal, concluiu, e puxou a franja de volta. Mal dava para notar, o que era uma tolice, admitiu, soprando a franja para cima com irritação, porque *ele* notaria. Sabia que o ferimento estava lá. Ela o assustara. Ela o arrancara do trabalho cheio de preocupação e sem muita necessidade. Se ela tivesse tirado dois segundos para pensar, entrar em contato com ele e dizer que ela batera com o carro, mas estava bem, ele não teria ficado tão preocupado.

Ponto negativo na coluna Boa Esposa. Eve já tinha um monte.

O pior é que ele soube que ela se envolvera em um acidente justamente em meio à investigação do assassinato de outra policial. Não, não, puxa... Isso era péssimo.

A culpa dominou o relaxamento quando ela caminhou de volta para o quarto.

— Escute, eu queria dizer que... — Ela parou de falar. Sentiu no ar o cheiro do molho antes de qualquer coisa, e depois viu os pratos de espaguete e almôndegas na mesa da saleta de estar. Seu prato predileto — Droga!

— Não está com vontade de comer massa? — Ele estreitou os olhos azuis penetrantes e fez uma avaliação crítica dela. — Deve ter batido com a cabeça com mais força do que pensávamos.

— Eu ia preparar isso... quer dizer, o jantar. Ia preparar um daqueles pratos sofisticados de que você gosta porque, afinal de contas... Ai, droga — Ela desistiu de terminar a frase, correu até onde ele estava e o envolveu com os braços — Sinto muito. Sinto de verdade. Eu estava tão chateada com o que aconteceu que nem pensei em...

Ele acariciou o cabelo dela e lhe deu um puxão rápido nas pontas.

— Eu não estou chateado com você.

— Eu sei. Poderia estar, mas não está. É por isso que eu estou tão arrependida.

— Sua lógica é fascinante e estranha.

— Eu não posso pagar tudo isso de volta com sexo, robalo com sal e algas cozido no vapor ou outro prato metido a besta, porque você está muito ocupado cuidando de mim. Então, ganhei mais uma mancha no meu histórico de Boa Esposa, que contrasta com o seu brilhante histórico de Bom Marido, e...

Ele tocou o queixo dela e inclinou a cabeça dela em sua direção.

— Estamos disputando pontos?

— Não. Talvez. Merda.

— Como eu estou indo na minha avaliação?

— Campeão indiscutível.

— Ótimo. Gosto de ganhar. — Ele afastou a franja dela um pouco para o lado para estudar a ferida com atenção. — Isso vai ficar bom logo. Vamos comer.

Simples assim, pensou ela. Em seguida, decidiu: *Não, não vai ser só isso.* Lançou novamente os braços com vontade e envolveu o pescoço dele.

— Eu te amo. — E o beijou de um jeito suave, lento e profundo. — Eu te amo... Eu te amo... Vou continuar repetindo — avisou, pressionando o corpo contra o dele. — Preciso fazer um bom estoque para compensar as vezes em que me esqueço de dizer. Amo quem você é, *o que* você é, o jeito como você fala e a maneira como olha para mim.

Seus lábios percorreram o rosto dele, desceram até o pescoço ao longo da mandíbula e voltaram para ele com uma espécie de sedução suave, mas suntuosa.

— Amo seu corpo e o que você me faz sentir. Adoro seu rosto, sua boca, suas mãos. Coloque suas mãos em mim, Roarke. Coloque suas mãos em mim agora mesmo!

Ele planejara fazer com que ela comesse e depois descansasse um pouco mais. Queria ficar de olho nela só para o caso de ela piorar. Só que ela o estava dominando e convidando-o a se afogar nela.

Ele deslizou o robe pelos ombros de Eve, e tudo escorregou para o chão. Só então ele colocou as mãos sobre ela.

— Mais. Mais. Eu amo você. — Os lábios dele roçaram sobre a sua orelha; seus dentes lhe arranharam o pescoço para adicionar um toque de luxúria. — Quero mais. Quero você. — Ela agarrou o paletó dele, puxou-o com força, e sua risada foi um ronronar baixo e excitante. — Roupas demais. Como aconteceu na nossa primeira vez, você está vestindo roupas demais. Preciso consertar isso.

Para resolver o problema, ela rasgou a camisa dele com força e riu novamente.

— Sim, agora está melhor. Ah, Deus, eu amo você. — Sua respiração ficou ofegante com a habilidade das mãos dele, da sua boca, até mesmo quando seus dedos se agarraram no gancho de suas calças. Mesmo quando o encontrou, quente e duro.

— Em mim, quero você em mim. Quero você louco e dentro de mim. Quero ver o que tudo isso faz para você, enquanto sinto o que você faz comigo.

Ele quis levantá-la e arrastá-la pendurada nele até a cama, para depois se lançar dentro dela e se impulsionar com vigor, até além da razão. A boca de Eve, porém, voltou para a dele de forma muito terna. Doce, extremamente doce. Ele se deixou cair, impotente, na névoa líquida e quente do amor.

— Venha para a cama — murmurou ele. — Venha para a cama comigo.

— Fica muito longe. — Em uma mudança de humor que teve a rapidez de um relâmpago, ela enfiou o pé atrás do dele e colocou sobre ele todo o seu peso. Ele perdeu o equilíbrio e pousou de costas no sofá debaixo da mulher de olhos famintos e completamente nua.

Antes que ele conseguisse recuperar o fôlego, a boca de Eve estava sobre a dele, provocando-o com a língua, beliscando-o com os dentes. O corpo dele tremeu enquanto ele tentava encontrar um ponto de equilíbrio.

— Eu vou te engolir todinho. — A ameaça dela o deixou sem fôlego e fez seu sangue acelerar. — Não vou parar até terminar, e você não vai terminar até estar dentro de mim. Até que eu deixe você entrar em mim.

Ela exigiu, pegou-a e o arrastou até quase perder o controle, só para ter o prazer de deixá-lo tremendo enquanto o lambia, o alisava, o acalmava e suavizava com ternura a própria ganância.

Ele pensou em implorar para ela não parar ou amaldiçoá-la. Mesmo assim, ela continuou sua jornada implacável sobre o seu corpo e o seu coração.

Os olhos dele ficaram selvagens, e seus músculos fortes e tonificados tremeram sob as mãos e os lábios dela. Ele disse o nome dela uma vez, depois outra, misturado com palavras em seu idioma, mas misturados também com gaélico irlandês. Orações, súplicas, maldições, ela não entendeu. E não se importou. Seus dedos se cravaram nela, num testemunho de sua perda de controle. Quando ela se ofereceu, ele saboreou seus seios como um homem faminto. Mesmo quando os dedos dele e sua boca sedenta tentaram lançá-la no orgasmo, ela se segurou e se manteve firme.

Ela o levaria até aquele limite.

A respiração dela pareceu gritar em seus pulmões; seu coração pulsava como se fosse estourar, mas ela observou o que fazia com ele; viu seus olhos perdendo o foco e ficando como que enevoados com o que ela conseguia fazer com ele.

Ela agarrou suas mãos e apertou os seus dedos com a força de um torno.

— Agora! — comandou ela. Agora, agora, agora! — E, tomando o órgão dele por inteiro, montou nele como se estivesse possuída.

A visão dele ficou turva e, através da névoa, ela lhe pareceu branca e dourada, magra e forte. Seu corpo corcoveou debaixo do dela, lançado a um momento de prazer furioso. Dando uma última investida para dentro dela, ele se deixou esvaziar; o prazer escuro e afiado do orgasmo o deixou oco.

Ele não se moveu, não tinha certeza de que conseguiria. A razão e a realidade se arrastaram de volta aos poucos, e ele percebeu que os dois estavam enroscados sobre o sofá, numa bagunça suada e pegajosa, numa profusão de membros que tremiam e pareciam respirar com dificuldade.

Por Deus, será que havia algum homem mais afortunado no universo?

A pele dela ainda estava quente, quase febril. Sua cabeça estava como uma pedra, largada sobre o peito dele. Ele considerou, com seriedade, simplesmente fechar os olhos e se deixar dormir, exatamente como estavam, durante uns dois dias.

Então ela gemeu e suspirou. Ele procurou e encontrou a conexão entre o cérebro e o braço; conseguiu erguê-la e acariciá-la.

E ela ronronou.

— Aposto que por essa você não esperava — murmurou ela.

— Não esperava mesmo. Se eu tivesse descoberto há mais tempo que uma pancada na cabeça iria transformar você em uma maníaca sexual insaciável que me usaria de forma tão brutal, já teria lhe dado uma há muito tempo.

Ela se aconchegou com a boca encostada na lateral do pescoço dele e suspirou mais uma vez.

— Não foi a pancada na cabeça que fez isso, foi o espaguete. Pelo menos o espaguete foi o que fez tudo transbordar.

— Vamos comer espaguete pelo resto das nossas vidas, então. Todo santo dia.

Ela se mexeu um pouco e se ajeitou melhor.

— Foi tudo junto que me deixou assim, melosa e comovida... e eu resolvi que, além de melosa, eu ia seduzir você. — Ergueu a cabeça e sorriu para ele. Acabei ficando faminta de verdade, mais do que esperava.

— Ficarei feliz por estar no seu cardápio a qualquer momento que você me queira.

— Eu revirei seu cérebro de tanto prazer.

— Entre outras coisas.

— E agora estamos gosmentos e nojentos de suor.

— Sem dúvida que sim.

— Acho que devíamos tomar um banho antes de comer o espaguete frio.

— Podemos esquentá-lo.

— Gosto de espaguete frio.

— Só você mesmo... — ele murmurou. — Tudo bem, então, Vamos tomar banho. Mas você vai manter suas mãos longe de mim, sua pervertida. Já me usou o bastante por hoje.

Ela soltou uma risada de deboche.

— Caraca, quando a coisa foge ao controle, foge de verdade! Vamos lá, meu chapa, vou lhe dar uma mãozinha durante o banho.

Eles comeram espaguete frio; como ela mostrou estar se sentindo muito bem, Roarke lhe serviu um cálice de vinho para acompanhar a refeição.

— Conte-me sobre Alex Ricker, o mandado de busca e todo o resto. Estou interessado.

— Acho que ele tem tantas roupas e sapatos quanto você.

— Ah, não. Isso não pode ser. Vou fazer um lembrete para aumentar meu guarda-roupa imediatamente.

— O pior... — ela balançou o garfo na direção dele — é que eu sei que você não está brincando.

— Por que deveria brincar?

— De qualquer forma — ela enrolou o macarrão. —, ele já estava preparado e esperando por nós. Tinha um trio de advogados no local para garantir que agiríamos como bons policiais. Vamos oferecer cooperação total e blá-blá-blá. O lugar é perfeito, mais ou menos como era de esperar, mas reparei em detalhes estranhos. Especialmente no quarto de hóspedes, que obviamente nunca tinha sido usado e estava mobiliado com alguns móveis que pareciam ter acabado de chegar da loja. Não é crime comprar móveis novos ou ter um quarto não utilizado, mas havia uma placa de identificação palmar e reconhecimento por voz para abrir a porta.

— Ah, o escritório pessoal. Ele provavelmente removeu o equipamento não registrado antes de falarmos com ele hoje de manhã.

— Também acho. Feeney concorda. Peguei os discos de segurança do prédio, mas, mesmo que o vejamos enchendo algumas caixas pessoalmente ou recebendo uma nova cômoda, isso não prova nada. Está totalmente dentro dos seus direitos. Não tenho nada de sólido contra ele, apenas suspeitas, mas sei que ele fez algo errado. — Ela franziu a testa e comeu mais uma garfada. — Ele *fez* algo errado.

— Errado o suficiente para matá-la ou ter mandado alguém fazer isso?

— Não sei. Ainda. O assistente pessoal dele, Sandy, confirmou a mentira de hoje de manhã e disse que "supôs" que Alex tinha ficado em casa a noite toda. Papo furado.

— Minha tendência é concordar. No entanto, por que ele faria isso?

— Porque eles moram no mesmo espaço e se conhecem desde a faculdade. Esse merdinha sabe exatamente tudo que acontece, quando, onde e como.

— Mas por que mentir quando sabia que Alex contaria que tinha saído de casa?

— Boa pergunta. Pode ser que tenha aconselhado Alex a dizer que ele estava em casa e garantiu que confirmaria tudo. Só que Alex mudou de ideia. De qualquer forma, estamos verificando seu álibi, mas não chegamos a nada palpável. Ele é inteligente — murmurou Eve. — Alex é inteligente e tem cabeça fria. Por que motivo armaria algo tão tosco e inútil quanto o lance de destruir a minha viatura?

— Você poderia ter sofrido ferimentos muito mais graves. Poderia sim — reforçou Roarke, antes de ela ter chance de protestar. — Se você tivesse abraçado um poste de lado, eu estaria comendo macarrão frio ao lado de uma cama de hospital agora à noite. Essas viaturas da polícia são patéticas, umas latas de lixo.

— Elas são reforçadas — tentou Eve, mas logo encolheu os ombros ao perceber o olhar duro dele. — Tudo bem, elas são uma bosta, mas eu gostava daquele carro, cacete. Tinha bons recursos e não era feio de todo. Eu estava acostumada com ele. Agora vou passar duas horas só preenchendo papelada para requisitar outro. Uma merda total.

— Essa pode ser sua resposta. Você está ferida, com gravidade ou não; seu veículo está destruído e você precisa perder tempo da investigação com papelada.

— Risco grande para pouco benefício. Foi preciso roubar dois veículos, me seguir, contratar pessoas dispostas a se lançar contra um carro em plena luz do dia em uma rua movimentada. Não sei por qual ângulo isso valeria a pena.

— Você é responsável pela prisão de seu pai e também é minha mulher. Qualquer coisa que ele pudesse fazer para machucá-la valeria a pena.

— Talvez. Pode ser que a ideia e a execução tenham sido obra daquele merdinha do assistente. Ele não gosta de mim.

— E eu aposto que você foi muito simpática e educada ao lidar com ele.

— Ah, eu gostaria era de ter beliscado aquela bunda travada. De qualquer forma, se um dos dois planejou essa emboscada burra, isso será rastreado. E Alex vai se mudar para uma cela, perto do pai. Estou trabalhando com Mira. De certa forma ele se encaixa no perfil que ela montou, mas em outros pontos ele não tem nada a ver. Tenho de continuar olhando para a vítima. Existe uma ligação entre Coltraine e seu assassino. Investigá-la melhor pode ser um jeito de encontrá-lo. Depois é só prendê-lo, julgá-lo e condená-lo.

— Você torce para que seja Alex por causa do pai dele?

Ela tomou algum tempo saboreando o vinho e considerando a pergunta.

— Espero que não, mas não consigo descartar esse elemento. Eu sei... Quem saberia melhor?... Eu sei que quem fomos e o que sofremos no passado pesam muito na nossa formação. Será que eu seria uma policial se não tivesse sofrido o que fizeram para mim? O que *ele* fez comigo? Você seria quem é sem o que fizeram para você?

— No meu caso, acho que é destino. Escolhas foram feitas ao longo de cada passo, é claro, mas parte do destino somos nós que construímos.

Ela franziu a testa.

— Isso só faz sentido para quem é irlandês.

— Talvez. Eve, foi você que escolheu a lei e a ordem que existem nela. Poderia ter se enclausurado dentro da vítima que foi em vez de dedicar a vida a defender os outros.

— Eu não poderia ser a vítima. Não foi uma escolha. Eu *não conseguiria* ser aquilo no que eles tentaram me transformar e passar a vida nisso. Você também não poderia. Não conseguiria ser o tipo de homem que seu pai era, aquele que simplesmente cumpria ordens dos outros, espancava jovens, matava inocentes.

— E gostava disso.

— Sim, gostava. O seu pai e o meu. — Tudo dentro dela pareceu escurecer. — E Max Ricker. Eles adoravam a crueldade e o poder que ela lhes dava sobre alguém menor ou mais fraco. Sabemos muito bem disso... você, eu... e ele. E Alex. Sabemos muito bem disso, porque é algo que está dentro de nós. Você e eu, nós percorremos várias estradas diferentes, mas nunca enveredamos por essa estrada. Nunca curtimos a crueldade por si só, mas isso é algo que existe em nós.

— Você deve estar se perguntando que estrada Alex pegou.

— Ele foi treinado para dirigir o império do próprio pai. Esse império sofreu um imenso revés no ano passado. Mas o filho também desenvolveu outros interesses pessoais. Ele tem os contatos, o apoio, a base, o conhecimento e a habilidade para absorver alguns dos negócios do seu pai... os que escaparam sem ser notados. E reestruturar outros. Ele fez algo errado, e a policial com quem dormia está morta.

Ela espetou uma das almôndegas com o garfo.

— Talvez Coltraine estivesse suja ou talvez ela não estivesse, mas estava envolvida com ele. Pode ser que, depois de ter se afastado do antigo amante, ela tenha assumido o novo começo e estivesse investigando algo que o incriminasse. Esse é um motivo bom e forte para matá-la.

— Só que...?

— Só que... — Ela balançou a cabeça enquanto comia. — Onde estão os arquivos e as pesquisas dela? Feeney e sua gangue de e-geeks certamente teriam detectado dados apagados, hackeados ou tentativas de adulteração. *Eu teria* detectado a presença de alguém no apartamento dela para fazer essa limpeza ou adulteração, mas seus computadores estão intocados. Ele não é tão bom quanto você para essas coisas.

— Ora, obrigado, querida.

— Estou falando sério. Não há nada em seus antecedentes que me leve a acreditar que Alex Ricker seja tão bom em hackear e adulterar eletrônicos. Que ele seja tão bom a ponto de conseguir essa façanha. Chegar até ela, entrar nos arquivos e não deixar rastros. Sem pista alguma?

Ela olhou para o vinho como se procurasse essa pista, o rastro vital mergulhado no vermelho-escuro.

— Se ela estivesse atrás dele ou pretendesse entregar algum podre do ex-amante, teria tudo isso bem documentado. Era uma maníaca por pesquisa e organização. Seus relatórios e notas dos casos em que trabalhava parecem livros didáticos. Esse era o ponto forte dela.

— Talvez ela tenha escondido isso em outro lugar.

— Sim, sim, merda, e você acha que eu não pensei nisso? — Frustrada, ela tomou outro gole de vinho. — Não há nada que indique que ela tinha um local seguro, um cofre no banco, um buraco secreto. Nada que... Cacete! Porra, foda... foda!

— Novamente? Meu Deus, Eve.

— Rá-rá-rá, eu sabia que você ia fazer piada. — Ela colocou o cálice na mão dele e se levantou da cadeira. — Morris. Ela se envolve com ele e se apaixona. Passa muito tempo com ele, passa muito tempo no apartamento dele.

— Ah, sim. Pode ter copiado e ocultado alguma coisa em um dos computadores dele. Ou escondeu cópias das suas informações entre os arquivos de dados dele.

— Sou uma idiota por não ter pensado nisso.

— Isso me torna idiota também. E eu sou um gênio quando se trata dessas coisas. — Ele sorriu quando ela olhou para ele. — Pelo menos é o que todos me dizem.

— Preciso verificar isso. Tenho que... Merda! Morris pode ser um alvo também.

— Acho que nós vamos voltar para a rua — disse Roarke, colocando o vinho de lado.

Da calçada, Eve olhou para as janelas do apartamento de Morris e seu estômago se revirou. As telas de privacidade estavam ativadas, e ela só conseguia ver um leve brilho atrás do vidro.

— Por Deus, eu odeio isso. Ele quer ficar sozinho, tudo que deseja é alguma paz, um tempo e um pouco de espaço para viver o luto, e eu tenho que entrar lá para me intrometer.

— Alguém que fosse menos amigo dele esperaria até amanhã e enviaria uma equipe da DDE. Você está respeitando Morris e o sofrimento dele tanto quanto pode. — Roarke pegou na mão de Eve. — Eu não queria me colocar no lugar dele, mas se estivesse... Iria querer que você fizesse isso.

— Prometi contar a ele a verdade e mantê-lo a par do que rolava. Bem, é isso que está rolando. — Ela saltou do carro, caminhou até a porta e apertou a campainha.

Demorou algum tempo, mas ela viu a luz de segurança acender. Olhou direto para a câmera.

— Sinto muito, Morris, sinto de verdade perturbar você. Precisamos subir. Temos que conversar.

A única resposta foi o brilho verde e o ruído metálico das trancas sendo abertas. Eles entraram, mas, quando ela se virou para a escada, a grade do elevador se abriu e a luz do painel ficou verde.

— Ok, então, vamos de elevador. — Respirou fundo e entrou na cabine com Roarke.

Quando a grade se abriu novamente, Morris estava do outro lado. Tinha o mesmo aspecto que exibira na tarde daquele mesmo dia. Um pouco cansado, pensou Eve, até mais desgastado, mas o mesmo. As luzes do apartamento estavam muito baixas, bem como a música que parecia assombrar o ar.

— Você prendeu alguém?

— Não, mas preciso seguir outra linha de investigação.

Ele assentiu com a cabeça e só então pareceu reparar em Roarke.

— Por favor, entrem, vocês dois.

Roarke tocou o braço de Morris, só o mais leve dos contatos.

— Eu queria que houvesse mais do que palavras, porque elas nunca são suficientes, ou acabam sendo demais, mas sinto muito.

— Fiquei sentado aqui, no escuro ou quase escuro sozinho, tentando chegar a um entendimento. A morte é o meu trabalho. É uma realidade, uma finalidade que transformei em profissão, mas ainda não consegui lidar com as coisas e atingir esse equilíbrio.

— A morte é o seu trabalho — afirmou Roarke antes de Eve ter chance de comentar alguma coisa. — Eve geralmente diz a mesma coisa. Estou do lado de fora, é claro, mas nunca encarei a coisa desse jeito. *A verdade* é o seu trabalho. Seu trabalho é a busca da verdade para aqueles que não puderam encontrá-la por si mesmos. É *isso* que vocês transformaram em profissão. Eve está muito preocupada com você.

— Roarke.

— Calada! — disse ele para Eve com a voz suave. — Ela se sente muito mal por você. Saiba que você significa muito para ela. Para nós dois. Faremos tudo que for preciso para ajudar a encontrar a verdade para Amaryllis.

— Fui vê-la hoje — disse Morris, afastando-se um pouco para se sentar, com um cansaço aparentemente avassalador em cada movimento. — Clip já tinha feito tudo o que pôde. As pessoas no meu departamento fizeram tudo o que podiam. Quantas vezes fiquei parado enquanto alguém olhava para um ente querido morto? Quantas centenas e centenas de vezes? Nada nos prepara para quando isso acontece conosco. Eles vão liberá-la em breve. Eu, ahn, dei sinal verde para um pequeno tributo fúnebre que acontecerá amanhã em uma das capelas funerárias da Central de Polícia. Acontecerá às duas da tarde. Sua família também organizará uma homenagem na semana que vem, em Atlanta. Eu irei até lá. Mesmo assim, nada disso me parece real.

Eve se sentou sobre a mesinha diante dele e o encarou longamente.

— Você já procurou um terapeuta do luto?

— Até agora não. Ainda não estou pronto para isso. Vou servir uma bebida para vocês. — Quando Eve balançou a cabeça para recusar, ele continuou: — Eu preciso de uma bebida. Tenho tido o cuidado de não usar a bebida para bloquear a dor. Mesmo assim, acho que mereço um drinque. Tem conhaque na bancada.

— Pode deixar que eu sirvo — ofereceu Roarke.

— Se não quiser ir a um terapeuta do luto, você ao menos conversaria com Mira? Uma amiga?

Ele esperou até que Roarke voltasse com um cálice cheio de conhaque.

— Obrigado. Não sei — disse ele a Eve. — Eu ainda não sei. Tenho pensado muito em pessoas amadas que estão mortas.

Ele bebeu um pouco de conhaque e a fitou com firmeza antes de continuar.

— Já que vocês estão aqui... — murmurou. — Você sabia que eu tive um irmão, Dallas?

— Não.

— Eu o perdi quando ainda era menino. Ele tinha doze anos, eu tinha dez. Éramos muito próximos um do outro, em tudo. Aconteceu um acidente enquanto estávamos de férias, em um verão. Ele se afogou. Quis sair para nadar no mar um dia, de manhã bem cedo. Tínhamos sido proibidos de fazer isso, é claro. Não podíamos entrar no mar sem nossos pais, mas acontece que éramos apenas meninos. Ele era um nadador muito forte, e era muito corajoso. Eu o adorava, como sempre acontece quando se trata de irmãos mais velhos.

Ele tornou a se sentar e deu mais um gole no conhaque.

— Prometi a ele que não contaria nada a ninguém, cheguei a jurar. Então ele me deixou ir com ele, e eu fiquei muito empolgado e aterrorizado ao mesmo tempo. — A recordação desse momento do passado colocou nos seus lábios a sombra de um sorriso, mas a alegria não chegou aos seus olhos. — Havia poucas coisas no mundo de que eu gostava mais do que quando ele me deixava participar de uma das suas aventuras. Nosso pai iria nos escalpelar se descobrisse tudo, e isso tornava as coisas ainda mais emocionantes. Nós entramos na água. Estava gostosa, as ondas quase mornas, o sol acabara de nascer e as gaivotas gritavam.

Ele fechou os olhos, e mesmo a sombra do sorriso desapareceu.

— Eu não era um nadador tão bom quanto ele e não consegui acompanhar o ritmo do meu irmão. Ele riu e me zoou quando eu comecei a nadar de volta para a areia.

"Fiquei sem fôlego, meus olhos arderam por causa do sal, o calor do sol ficou mais forte sobre a água. Eu me lembro de cada detalhe.

Ainda consigo sentir tudo. Quando cheguei ao ponto onde a água dava pé, estava quase sem fôlego, e o chamei para que voltássemos antes de nossa aventura ser descoberta".

Ele abriu os olhos e voltou a fitar Eve. Ela reparou a velha dor que havia neles.

— Ele tinha sumido. Eu não consegui nadar de volta, não consegui salvá-lo. Nem ao menos consegui vê-lo. Acho que se eu tivesse voltado para a água, se tivesse me ocorrido fazer algo que não fosse correr para chamar meu pai, eu também teria me afogado.

Ele soltou um longo suspiro.

— E foi assim. Disseram que ele poderia ter tido uma cãibra ou ter levado um caixote de uma onda, simplesmente poderia ter se cansado ou talvez tivesse ficado preso em uma contracorrente. Eu queria saber como e por que o meu irmão estava morto. Queria a verdade, mas eles não souberam me dizer.

— Então você procura pela verdade agora — disse Roarke.

— Sim, eu a procuro agora. — Ele olhou para Roarke. — Você tem razão. Meu trabalho é buscar a verdade. Nunca a encontrei no que aconteceu com o meu irmão. Não sei se suportarei perder alguém que amo uma segunda vez e não saber por quê. Não saber a verdade.

— Qual era o nome dele?

Morris ergueu os olhos do conhaque e os pousou no rosto de Eve. Por um momento, seu olhar nadou com lembranças, lágrimas e gratidão.

— Jin. O nome dele era Jin. Ele se inclinou um pouco para a frente e agarrou a mão de Eve. — Estou feliz por você ter vindo. Estou feliz por estar aqui. Você... — Você machucou a cabeça? — reparou ele, de repente.

— Não foi nada, só um galo.

— Você não é estabanada assim.

A verdade, Eve lembrou a si mesma, e contou tudo a ele.

— Você não está considerando a hipótese de isso ser obra de alguém que simplesmente quer matar ou ferir policiais, certo?

— Não é isso, tenho certeza. Nenhum dos dois eventos foi aleatório.

— Não. — Ele pressionou os olhos com os dedos. — Você está certa. Mas não veio até aqui para me contar isso. O que aconteceu?

— A DDE está passando um pente-fino nos eletrônicos dela. Não apareceu nada, Morris. As investigações em que ela trabalhava simplesmente não se encaixam no quadro do assassinato. Não há nada em seus arquivos, nem em suas anotações ou recados pessoais que nos dê qualquer indicação de que ela estava em apuros, sentiu--se desconfortável ou foi ameaçada. Há apenas uma notação sobre Alex Ricker... um lembrete em sua agenda de que ela ia se encontrar com ele; a hora e a data confirmam isso. Não existe mais nada que indique alguma desconfiança de ela estar sob a vigilância da DAI. E ela vinha sendo vigiada.

— A DAI a investigou, então.

— Eles receberam uma dica sobre o relacionamento dela com Ricker, quando ela ainda trabalhava em Atlanta. Eles estavam de olho nela e a grampeavam sempre que era preciso. Afinal, eles moraram juntos durante mais de um ano.

Ele manteve os olhos firmes.

— Eu sabia que ela tinha tido um relacionamento sério. Ela nunca mentiu sobre isso, nem tentou fazer dessa relação algo sem importância.

— Certo. Ela ocasionalmente viajava com Ricker. Viagens de férias. Ele comprou algumas joias para ela. Isso foi tudo que a DAI apurou. Eles nunca reuniram nenhuma evidência de que aquilo pudesse ser mais do que um relacionamento pessoal e romântico.

— E, é claro, nunca perguntaram isso diretamente a ela.

— Segundo a minha fonte, não.

— Essa fonte é Webster. Dallas, eu não sou tolo. Eles a vigiaram aqui em Nova York?

— Inicialmente, sim. O relacionamento com Ricker terminou ou parecia ter terminado alguns meses antes de ela solicitar a transferência.

O contato entre eles foi quase inexistente após a separação e acabou por completo ao longo dos meses. Mesmo assim, o departamento de Nova York foi notificado e ficou de olho nela. Webster disse que a DAI desistiu dela depois de algum tempo, pois eles não encontraram nada de errado ali, e já não a seguiam mais quando Ricker entrou em contato com ela assim que chegou a Nova York.

— Ele é o seu principal suspeito.

— É um suspeito. Se vai se tornar o principal, depende do que eu conseguir levantar. Sei que ele fez algo errado. Ela também devia saber. Webster vai investigar alguns pontos, mas prometeu manter sigilo. Ele terá cuidado com o caso dela, Morris.

— Mas a DAI investigar isso agora... Isso é... — Ele interrompeu a frase e balançou a cabeça.

— Sinto muito. Ela pode ter sido uma fonte para Alex quando ainda trabalhava em Atlanta. Você sabe que eu preciso considerar essa possibilidade, Morris. Se ela estava envolvida com ele ou apaixonada por ele, pode ter ultrapassado alguns limites legais por causa dessa relação. Tenho de olhar para ela enquanto estiver investigando a vida dele. E tenho que pensar que, de um jeito ou de outro, talvez ela não tenha mais aceitado essas coisas depois que veio para cá, depois que se afastou do passado e conheceu você. Talvez ela tivesse começado a organizar as coisas que sabia, planejado divulgar os detalhes e decidido entregá-lo.

Tanto a raiva quanto a fadiga desapareceram do seu rosto quando ele pensou na hipótese.

— Se isso é verdade e ele descobriu...

— *Se* e *se*... Mas não há nada nos computadores dela. Nadinha. Ela passava muito tempo aqui. Muito tempo com você. Talvez tenha ficado várias vezes sozinha aqui quando você não estava em casa.

— Sim, dependendo dos nossos turnos ou se algum de nós era chamado para alguma emergência. Você acha que ela poderia ter usado meus computadores e escondido algo neles porque achou que assim seria mais seguro? Os dados ficariam mais protegidos?

— Eu gostaria que meu consultor especialista aqui desse uma olhada em seus equipamentos. Mais uma coisa... Sei que é estranho lhe pedir isso, mas será que eu poderia dar uma olhada em todo o seu apartamento para o caso de ela ter ocultado alguns discos ou algum tipo de evidência?

— Sim, claro, fiquem à vontade. — Ele se levantou. — Vou fazer café.

Morris ajudou na busca, e Eve achou que ele parecia ter voltado um pouco mais ao normal. Estava mais vigoroso, mais focado. Ela ficou com a cozinha e a sala de estar, deixando o quarto por conta dele, enquanto Roarke se concentrou no escritório.

Ela cavou em recipientes e jarros, procurou em gavetas e atrás delas. Debaixo de mesas, almofadas, atrás de quadros e vasculhou a extensa coleção de discos de música de Morris. Examinou cada degrau da escada antes de subir.

No quarto, Morris estava em pé diante do armário com um robe branco muito fino nas mãos.

— Isso tem o cheiro dela — disse, calmamente. — Tem o cheirinho dela. — Tornou a pendurar a peça e anunciou: — Não consegui encontrar nada.

— Talvez Roarke tenha mais sorte. Você consegue pensar em qualquer outro lugar onde ela possa ter guardado alguma coisa? Talvez escondido algo?

— Não consigo imaginar. Ela era gentil, mas distante com os vizinhos. Você sabe como é... Ela tinha mais proximidade com seus colegas de esquadrão. Porém, se ela tivesse dado alguma coisa a qualquer um deles, eles certamente o teriam entregado a você ou teriam contado ao tenente deles, a essa altura.

— Verdade.

Ela respirou fundo.

— Talvez não tenhamos encontrado nada aqui porque não existe coisa alguma a ser encontrada.

— A mim, parece que esta foi a primeira coisa que fiz que pudesse ter resultado em algo... a primeira coisa que eu fiz para ajudá-la. Apesar de não termos encontrado nada. Você acredita que ela possa ter ultrapassado algum limite legal?

— A DAI não conseguiu provar isso.

— Essa é uma resposta evasiva. Você acredita?

— Quer a verdade, Morris? Eu não sei.

— O que Ammy fez com as joias que ele lhe comprou?

— Ela devolveu tudo quando eles se separaram.

Ele sorriu, sorriu de verdade pela primeira vez desde que Eve tinha batido em sua porta um dia antes.

— Era assim que ela era, Dallas.

Ela refletiu sobre isso no caminho de volta para casa.

— Um desperdício de três horas para não encontrarmos nada. Nada. Não havia coisa alguma ali. Se nós dois trabalhando juntos não conseguimos achar nada, é porque não há nada para ser achado, mesmo. Tempo perdido.

— Não foi perdido, longe disso. Ele pareceu estar de volta quando se despediu de nós. Tinha dor, tristeza, mas estava vivo. Roarke estendeu a mão e cobriu a de Eve. — Nosso tempo não foi desperdiçado.

Capítulo Onze

De volta ao seu escritório em casa, Eve rodou as gravações dos discos de segurança. Viu Rod Sandy sair do elevador carregando uma maleta, atravessar o saguão e sair do prédio às 11h26 da manhã seguinte ao assassinato de Coltraine.

Tinha um ar sombrio.

— Por favor — pediu a Roarke —, descubra para mim a hora exata em que a primeira notícia sobre o assassinato de Coltraine apareceu nos meios de comunicação.

Enquanto Roarke atendia ao pedido dela, Eve continuou a gravação em ritmo acelerado, observava as pessoas indo e vindo. Ninguém havia saído da cobertura, conforme mostrava a câmera do elevador, até a volta de Sandy — quando já eram 12h08.

— O primeiro boletim de imprensa saiu às 10h53 pela ANN, a All News Network. As outras redes confirmaram o furo de reportagem por volta das onze.

— Trabalho rápido — murmurou Eve. — Foi muito rápido, se Sandy carregou com ele os discos e qualquer coisa incriminadora ou questionável para outro lugar... O que certamente foi feito.

— Ele não iria retirar o seu equipamento sem registro passando pelo saguão principal.

— Não. — Ela voltou a gravação do elevador. Mais uma vez viu Sandy entrar, descer e tornar a sair. Outras pessoas entraram e saíram da cabine em diversos andares. De repente a tela ficou preta. — O que aconteceu? Foi o disco ou o meu equipamento?

— Nenhum dos dois. A câmera de segurança foi desligada — garantiu Roarke. — Não houve congelamento da imagem, nem estática ou vibrações, como acontece quando é mau funcionamento. O prédio deve ter um porão e uma área de serviço para mudanças, entregas etc.

— Sim, há uma entrada de serviço na rua transversal. — Eve passou a analisar outro disco. — Filho da puta, o apagão foi coordenado. Muito esperto. Mesmo que eu descubra uma testemunha no prédio ou no edifício em frente que tenha visto alguém carregando ou descarregando caixas, isso não prova coisa alguma. No entanto...

— Ele precisaria de um caminhão ou de uma van para transportar o equipamento.

— E outro para receber os móveis novos daquele aposento. Certamente não usaria uma van roubada — acrescentou, em resposta à pergunta não formulada por Roarke. — Talvez tenha sido um caminhão de entrega de móveis. Ele possui uma loja de antiguidades na Madison Avenue e outra no centro da cidade. Talvez eu descubra alguém que identifique esse veículo e diga: "Sim, eu vi uns caras descarregando caixas e trazendo uma cômoda", mas isso por si só não é uma evidência de crime. Só que me revelaria que ele se ocupou desse assunto na manhã seguinte à morte de Coltraine. Salvou a própria pele.

— Vou bancar o advogado do diabo, querida. Nas mesmas circunstâncias, eu teria salvado a minha várias horas antes disso, se tivesse cometido o crime. Quando o corpo foi descoberto, já não haveria mais nada na minha casa que eu não quisesse que os policiais descobrissem.

— Ele não é tão bom quanto você. Eu já disse isso.

— Eis uma frase que eu não me canso de ouvir.

— Na noite em que ela morreu, nós temos Alex nas gravações das câmeras entrando e saindo nos horários que ele informou. Ou perto o bastante para não restarem dúvidas. Porém, ele desligou o equipamento de gravação do prédio para retirar dali seu equipamento sem registro e receber a entrega de móveis. Não, isso não foi tão perfeito quanto você faria.

Ela lançou um olhar pensativo para Roarke.

— Você apagaria as imagens, se fosse necessário, mas o mais provável é que deixasse tudo ser registrado. Por que se importar se os policiais descobrirem que caixas saíram do prédio? E que algo entrou? Isso não é crime. Os policiais não teriam como encostar você contra a parede. Você faria tudo às claras e diria "Provem!" para a polícia. Com um "Se fodam aí" implícito.

— Como é reconfortante ser tão bem compreendido. Do jeito que a coisa rolou, ele lhe deu exatamente o que você queria saber, não foi? Mostrou que... como você mesma descreveu... é um cara sinistro que tinha algo a esconder.

— O que não faz dele um assassino — admitiu Eve. — Mas, se o lado sinistro incluísse ter tiras em sua folha de pagamento, por que parar em um? Preciso dar mais uma olhada no esquadrão em que ela trabalhava, o que provavelmente significa que vou ter de procurar a DAI novamente. Que droga!

— *Novamente?* Sim, eu saquei isso quando você conversou com Morris.

Lembrando que ainda não contara a Roarke que tinha se encontrado com Webster, Eve se virou e olhou para ele.

— Se uma pista indica que a vítima pode ter se envolvido em algo sujo, é preciso acionar esse recurso.

— Defina "acionar".

Mesmo sabendo que a intenção dele era exatamente essa, Eve fez uma careta de desconforto.

— Fui me encontrar com Webster. Usei a Boate Baixaria para isso. Aliás, Crack mandou um abraço para você. Webster e eu deixamos esse encontro fora dos nossos registros oficiais, por enquanto.

— Lugar interessante esse que vocês escolheram.

— Minha ligação com Crack torna aquele um território meu. Estamos apenas compartilhando dados.

Roarke bateu no queixo dela.

— Não é uma sorte danada eu não ser um cara ciumento?

Ela simplesmente olhou para ele.

— Ah, sim, uma tremenda sorte.

Quando ele riu, ela balançou a cabeça e foi examinar o quadro do assassinato mais uma vez.

— O assassino está aqui neste quadro. A pessoa que apertou o gatilho ou armou tudo. Nenhuma outra hipótese faz sentido. Mas o que será que ela fez? O que ela aprontou, o que sabia de comprometedor ou quem será que ameaçou e que acabou por eliminá-la?

Ela dormiu pensando nisso, mas não teve um sono tranquilo. No sonho, Eve se viu sentada em uma das mesas de dissecção do necrotério, e Coltraine estava na mesa em frente. Elas se olhavam enquanto o som lúgubre de um saxofone circulava pelo ar frio.

— Você não está me contando o suficiente — reclamou Eve.

— Talvez você que não esteja ouvindo.

— Isso é papo-furado, detetive.

— Você não consegue pensar em mim como Ammy, nem mesmo como Amaryllis. Tem dificuldade em me enxergar só como uma mulher.

— Você não é apenas uma mulher.

— Por causa do meu distintivo. — Coltraine segurou o dela na mão, virou-o para cima e o analisou. — Gosto dele, mas não precisava disso. Não como você precisa. Para alguns, o emprego é *só* um emprego. Você sabe disso a meu respeito, no fundo sabe.

Esse é um dos motivos para achar, e talvez acreditar, que eu usei o distintivo para obter ganhos pessoais.

— E você fez isso?

Com a mão livre, Coltraine afastou do rosto o cabelo louro e brilhante.

— Nós todos fazemos isso. Você não? Não estou falando do salário irrisório. Nós ganhamos em nível pessoal todos os dias, porque estamos no comando e assumimos o controle da situação ao desempenhar nossas funções. Empurrando, forçando a barra e deixando de lado o que você era para passar a ser o que é.

— Isso não é sobre mim.

— É *sempre* sobre você. Vítima, assassina, investigadora. Essa tríade está sempre conectada. Cada ponta se une a outra, cada uma traz algo importante para colocar sobre a mesa e ganhar o jogo. — Coltraine expirou com força, como se emitisse um som suave de aborrecimento. — Eu nunca esperei morrer por essa bandeira, e isso, posso lhe garantir, é uma merda. Ao contrário de mim, você espera.

— Eu espero morrer?

— Está sentada sobre uma mesa do necrotério, não está? Igualzinho a mim. Mas "esperar" é a palavra errada. Você está *preparada* para isso. — Como se estivesse satisfeita com a ideia, ela assentiu com a cabeça. — Sim, assim fica melhor. Você está preparada para morrer pelo distintivo. Eu não estava. Eu estava apenas preparada para fazer bem o meu trabalho até que chegasse a hora de eu me afastar dele para casar e começar uma família. Você até hoje se surpreende por ter conseguido ser policial e esposa. Não consegue entender como é possível ser policial e ter uma família ao mesmo tempo; então nem pensa nisso.

— Crianças são coisinhas assustadoras. Elas são estranhas e...

— São exatamente o que você era quando ele a machucou. Quando ele a espancou, aterrorizou e estuprou. Como você pode ter um filho até compreender, aceitar e perdoar a criança que foi?

— Ser assassinada deu a você licença para ser psiquiatra?

— Isso está no seu subconsciente, tenente. Eu agora virei um dos seus mortos. — Ela olhou para a parede e todas as frias gavetas de aço. — Uma entre muitos. Você e Morris se sentem estranhamente confortáveis neste ambiente. Nunca pensaram em analisar o motivo disso?

Mesmo no sonho, Eve se sentiu enrubescer quando o calor inundou o seu rosto.

— Por Deus, esse *não é* o meu subconsciente.

— Bem, com certeza, o meu é que não é. — Com uma risada, Coltraine sacudiu os cabelos. — Mas amar alguém sem o sexo, nem que seja o puro tesão? Isso é especial de verdade. Estou feliz por Morris poder contar com você agora, feliz por ele ter esse apoio. Foi diferente no caso dele comigo. O tesão inicial? — Ela estalou os dedos. — Isso foi coisa rápida. A partir daí virou muito mais. Ele era único, acho que teria sido o único homem com quem eu iria ficar, e com quem acreditaria ser possível constituir uma família.

— E quanto a Alex Ricker? Também foi só tesão?

— Virou algo mais. Você sabe disso. Sabe exatamente o tipo de tesão que um homem desse tipo espalha à sua volta.

— Ele não é como Roarke.

— Nem diferente... Eles não são tão diferentes assim. — Coltraine apontou para Eve e sorriu com facilidade. — Isso incomoda você. Nós também não somos tão diferentes uma da outra. Nós nos apaixonamos e queríamos a emoção disso. Só que tratamos o desejo de formas diferentes. Você poderia ou conseguiria se afastar de Roarke se ele não tivesse desistido do seu lado sinistro e sombrio?

— Não sei. Não tenho certeza. Mas sei que se ele me pedisse para ficar com ele, para construir uma vida junto dele e me pedisse para olhar para o outro lado enquanto ele violava as leis, não seria Roarke. E foi com Roarke que eu escolhi ficar.

Nesse momento, Coltraine balançou o indicador para trás e para a frente.

— Mas ele viola as leis.

— Isso é difícil de explicar, mesmo para mim. Ele não quebra a lei visando ao lucro, desejando o seu próprio ganho. Não agora, não mais. Se o faz, é porque acredita no direito e na justiça. Nem sempre o mesmo direito que eu vejo ou a mesma justiça que eu defendo. Mas ele acredita nisso. Ricker não desistiu do lado sombrio por você. Isso eu também já entendi.

— Eles dois vieram de pais difíceis e mães que morreram. Não será isso uma parte do que os torna quem eles são e também parte da atração que sentimos por eles? Eles são perigosos e atraentes. Eles nos desejam e querem nos dar coisas.

— Eu não me importo com as coisas, mas você, sim. Você se incomodava com isso. Ou não teria devolvido tudo quando terminou. Viu só? O subconsciente ganhou. Você devolveu as coisas porque elas eram importantes, e por serem importantes você não poderia mantê-las. Não teria havido o rompimento se não fosse por isso, pelo menos não teria sido um afastamento limpo. Mas você usava o anel que seus pais lhe deram, uma lembrança de quem você era e de onde vinha: uma família sólida, de classe média.

— Talvez você esteja me ouvindo, afinal.

— E talvez você tenha olhado para o outro lado enquanto estava com ele. Talvez até tenha lhe contado coisas que não deveria, porque o distintivo era só um emprego para você, algo secundário. Mas você não se envolveu em nada sujo. Não entrou na jogada pelos ganhos que poderia obter. Não era isso que você queria, e não era o que estava disposta a dar a ele. Se esse fosse o caso, você teria devolvido o distintivo também. Você poderia mentir para si mesma e achar, quando estava com ele, que não era da conta de ninguém aquilo que você fazia em seu tempo livre; não era da conta de ninguém quem você amava.

O sorriso de Coltraine se aqueceu e se ampliou.

— E agora, quem está sendo a psiquiatra aqui?

Ignorando o comentário, Eve continuou.

— Mas, mesmo quando o trabalho está em segundo plano ele fica no caminho. No seu caso, o trabalho se colocou no caminho e ele não iria mudar. Você não podia continuar amando-o quando ele não conseguia amar você o suficiente para enxergar isso. Então você devolveu as coisas e se afastou, mas manteve o distintivo.

Coltraine estudou o distintivo novamente.

— Grande bem isso me fez! — Ela fitou Eve com seus olhos muito ousados e verdes, cheios de tristeza. — Eu não quero ficar aqui.

— Eles vão liberar você em breve.

— Você acha que qualquer um de nós vai a algum lugar até termos alcançado a verdade? Você acha que existe paz sem justiça?

— Não, acho que não — admitiu Eve, sabendo que isso sempre a impulsionaria. Sempre a faria ir em frente. — Você não vai ficar aqui, eu lhe dou a minha palavra. Prometo que você não ficará aqui.

Era possível fazer uma promessa para uma mulher morta em um sonho?, perguntou Eve a si mesma. E o que significava ela ter feito exatamente essa promessa e ter sentido necessidade de fazê-la?

Enquanto se vestia, olhou para Roarke, que estava sentado na saleta com o seu café, as cotações das bolsas de valores e o seu gato. Não parecia tão perigoso agora, pensou. Não via o bad boy ali, apenas um homem absurdamente bonito dando início à sua rotina diária. Com a diferença que ele provavelmente já tinha dado início a essa rotina uma hora ou duas antes, com alguma ligação internacional feita pelo *tele-link* ou com uma reunião holográfica de negócios. Porém, mesmo assim, ele continuava não parecendo tão perigoso.

Isso, ela supôs, era apenas um dos motivos pelos quais ele era perigoso. *Muito* perigoso.

— Você já estava desistindo.

Ele voltou sua atenção dos códigos e gráficos que subiam pela tela e olhou para Eve.

— Desistindo de quê?

— Das suas atividades supostamente criminosas. Quando nos conhecemos, você já estava dispersando todas elas. Eu só consegui fazer com que você acelerasse o processo.

— De forma considerável. — Ele se recostou na poltrona com o café na mão. — E de forma definitiva. Caso contrário, eu provavelmente continuaria metido nas mesmas encrencas. Hábitos são difíceis de quebrar, especialmente os divertidos.

— Você sabia que nunca teríamos o que temos se fosse de outra forma. Nós sempre escorregaremos e ultrapassaremos o limite onde tudo muda para nós, mas isso? Isso teria sido uma muralha, e nunca teríamos aceitado que existisse uma muralha entre nós. Você queria o que temos, queria a mim mais do que aquilo que tinha na vida.

— Queria você mais que qualquer coisa antes ou depois.

Ela se aproximou e, como tinha feito com Morris na noite anterior, sentou-se sobre a mesinha de centro para encará-lo longamente. Galahad pulou na perna de Roarke e colocou uma das patas sobre o joelho de Eve. Um gesto estranhamente doce.

Havia todos os tipos de família, refletiu Eve.

— Eu não queria isso, porque não sabia exatamente em que estávamos entrando — disse Eve. — Mas também queria você mais que qualquer coisa antes ou depois. Eu não conseguiria ter olhado para o outro lado, mas também não conseguiria ter escolhido você acima de qualquer outra coisa, mesmo que você tivesse me pedido. Poderia ter tentado fazer isso, mas o que havia entre nós não teria se mantido intacto.

— Não.

— O hábito, os... hobbies... foi isso exatamente o que tudo aquilo se tornou para você. Não era a sua força motriz, pelo menos não da maneira que tinham sido no início. Não se tratava mais de sobrevivência, nem da sua identidade. Sucesso, posição social, riqueza, poder, segurança, sim, tudo isso é essencial, mas você não precisava mais enganar para obtê-los ou mantê-los. Além de mim, o seu próprio orgulho desempenhou um papel preponderante. Claro que é divertido enganar, mas, depois de um tempo, isso já não é tão gratificante quanto fazer as coisas do jeito mais difícil.

— Às vezes a trapaça é o jeito mais difícil.

Ela sorriu.

— Talvez seja. O lance é o seguinte... Ele, Alex Ricker, não desistiu disso por ela. Ele esperava que ela fizesse vista grossa para as atividades dele e ela fez exatamente isso durante quase dois anos, mas a relação não aguentou. Ele não quis ou não aceitou desistir de tudo porque não a queria mais do que qualquer coisa. Ela era algo secundário para ele, da mesma forma que o trabalho era algo secundário para ela. Talvez eles até estivessem apaixonados ou mesmo se amassem de verdade.

— Mas isso não foi o suficiente.

— Eu me perguntei se estávamos de algum modo ligados ao assassinato dela. Ainda não sei a resposta, mas sei que estamos conectados a Coltraine, sim. Prendemos Max Ricker, e, quando o fizemos, a dinâmica daquela relação mudou. O filho subiu alguns degraus na hierarquia do poder, não foi? Ou ficou livre para...

— Se livrar das partes sinistras e sombrias — concluiu Roarke. — Mas não fez isso. Não escolheu isso.

— Ela deve ter percebido ao chegar nessa encruzilhada que ele nunca o faria. Ela fez sua escolha com base nisso. Ou pelo menos isso pesou um bocado. O momento em que tudo aconteceu se encaixa bem demais para a coisa ter acontecido de outro modo.

— Ele não a escolheu, e ela não conseguiu escolhê-lo.

— Exato. — Eve pensou em Coltraine sentada sobre a mesa fria no necrotério com o distintivo na mão e lágrimas nos olhos. — Ele não a matou. Se ela estava em segundo plano em sua vida, qual o objetivo de eliminá-la? Ele fez uma escolha pessoal, ela fez a escolha dela. Se ele tivesse ficado tão irritado por causa disso, teríamos nas mãos um crime passional... Porém, o motivo também não pode ter sido orgulho e ego. Nesse caso, por que esperar mais de um ano para só então agir?

— Talvez ele tenha mudado de ideia.

— Sim, pode ter acontecido isso. Pelo menos mudou o suficiente para vir aqui vê-la e analisar o terreno. Ele certamente já sabia que ela estava em outro relacionamento. Talvez o orgulho e a vaidade tenham precipitado os eventos. Ele tem muito dos dois. Ele percebeu que ela estava feliz, que tinha tocado a vida em frente. Isso deve tê-lo incomodado um pouco, mas terá sido o suficiente para ele eliminá-la?

Eve balançou a cabeça novamente para os lados. Esse cenário simplesmente não funcionava na cabeça dela.

— Para começar, ele a deixou ir embora. Além disso, ele não a desejava mais do que desejava a vida que levava. Ele é um homem de negócios; um empresário do submundo, mas talentoso o bastante para perceber quando um acordo não é possível numa mesa de negociações. Não existia amor suficiente para assassinato ali; pelo menos não para um assassinato frio e premeditado.

— Não foi por amor nem foi crime passional, então. — Como ela ainda não tinha se servido, Roarke lhe ofereceu a sua caneca de café. — E se ela tivesse alguma coisa contra ele ou estivesse trabalhando para ele? Ou se já tivesse trabalhado?

— Se ela tinha alguma coisa contra ele, manteve isso para si mesma durante o período da separação e continuou em silêncio por mais um ano.

— Então, por que atacá-la nesse momento? — perguntou Roarke enquanto Eve tomava o resto do café e lhe entregava de volta a caneca vazia.

— Eu continuei pensando nessa ideia porque estava raciocinado como eu mesma... quer dizer, estava considerando-a como uma policial. Não a via simplesmente como uma mulher apaixonada. Se ela quisesse castigá-lo, teria feito isso quando suas informações estavam quentes, quando ela estava magoada ou irritada. Ela nunca esteve envolvida em algo sujo. Ela devolveu as joias para ele.

— Você já me contou isso. Mesmo assim, você resolveu voltar a considerar essa possibilidade.

— Sim, porque eu não considerei uma coisa, acho que foi isso que me incomodou. Não apenas o fato de ela ter devolvido as joias, e sim de ela ter mantido o distintivo. A polícia era apenas um emprego, mas era o emprego *dela*. E ela escolheu manter isso. Foi isso que eu não considerei.

Ela se levantou para conseguir pensar melhor em movimento.

— Se ela não estava envolvida em sujeira e também não estava disposta a entregá-lo... e, verdade seja dita, uma policial do tipo dela teria toda a documentação que não conseguimos encontrar... e ele a deixou ir. Tudo o que temos aqui são duas pessoas que decidiram que a coisa não funcionava mais entre elas e decidiram se separar para evitar mais tensão e sofrimento. Nem todo mundo mata por causa de um amor perdido.

Ela se virou.

— O álibi dele é ridículo demais. Eu tenho lutado contra esse detalhe. Se ele tivesse cometido o crime ou tivesse mandado alguém matá-la, certamente teria se protegido melhor. Não é uma daquelas questões psicológicas... a velha resposta presunçosa do tipo "Se eu soubesse que iria precisar de um álibi, você acha que eu não teria um?" Ele é muito bom no que faz e muito organizado para *não ter* um bom álibi. Eu continuei olhando para ele o tempo todo simplesmente porque o sobrenome dele é Ricker. Perdi tempo com isso.

— Não, não perdeu. Do mesmo modo que não perdeu tempo ontem à noite na casa de Morris. Você tornou as coisas mais claras. Como você não poderia desconfiar dele, seguir todos esses passos e juntar todas as peças? Ele era o suspeito mais lógico.

— Sim, e isso... Puta merda.

— Mesmo estando meio passo atrás de você, eu devo perguntar uma coisa... Quem sairia ganhando ao colocar Ricker como principal suspeito em um caso de homicídio?

— Um concorrente. Há muitos maus elementos por aí que não se importariam nem um pouco em matar uma policial.

— Isso me conforta muito — murmurou Roarke.

— A diferença é que eu sou muito mais esperta que esses maus elementos. Você mesmo não reconheceu que eu estava meio passo à sua frente?

— Só porque eu lhe dei um empurrão nessa direção. Mesmo assim, isso não é o que eu chamaria de trabalho altamente especializado.

— Não precisa ser, obviamente. Eu já tinha colocado Alex Ricker na berlinda desde o início. Ele foi obrigado a desmontar todo o esquema que tinha em sua cobertura, realocar documentos e equipamentos. Isso lhe custou muito tempo e um monte de problemas. Você provavelmente conseguiria descobrir se ele tem algum negócio no forno, certo? Algo que essa inconveniência poderá estragar?

— Provavelmente, eu conseguiria, sim.

— E lá estou eu de volta ao início, mantendo o foco nele. — Ela beliscou entre as sobrancelhas — Porque ele é a única coisa que faz sentido nessa história, é a conexão com *tudo*. Ela não investigava caso algum que lidasse com o tipo de coisa que possa se transformar em assassinato. Ninguém em seu prédio tinha coisa alguma contra ela, não há nada que eu tenha conseguido encontrar que deponha contra ela. E estava saindo de casa naquela noite. É isso que me parece, não importa quantas vezes eu tente analisar de maneira diferente ou tente inverter algum detalhe. Ela estava saindo de casa, e armada. Quem estava na escada à espera dela era um bandido ou um policial. E um policial criminoso é pior do que um bandido.

— Será que alguém, além de Alex, poderia ter um policial com rabo preso?

— Talvez. Sim, pode ser. E, se for assim, esse policial só pode estar no seu esquadrão.

— De volta à DAI.

— Acho que sim.

— Bem, pelo menos tome o seu café da manhã antes.

— Vou comer alguma coisa. Eu devia ir logo para o trabalho e... Porra. Merda. Minha viatura!

— Tome o seu café da manhã — repetiu Roarke. — Depois lidamos com o seu meio de transporte.

Franzindo a testa, ela enfiou as mãos nos bolsos.

— Perdi o apetite só de pensar nos canalhas do Departamento de Requisições.

Roarke foi até o AutoChef e programou para ela um sanduíche de ovo com presunto.

— Aqui está, rápido e fácil.

— Tudo bem. — Ela deu uma mordida pequena em pé mesmo, com a cara amarrada. — Eu poderia pedir a Peabody que ela lhes oferecesse favores sexuais personalizados novamente, mas eles não vão cair nessa outra vez. Aposto que querem me ver implorar, e mesmo assim me entregarão o veículo mais vagabundo que encontrarem na pilha de lixo das viaturas da polícia. Eu poderia subornar Baxter para fazer isso por mim — considerou.

— Oferecer favores sexuais personalizados?

— Não, mas... Talvez. Pedir um novo veículo para ele. Como se estivesse realmente precisando de um. Eles gostam dele. O problema é que vão descobrir que o carro é para mim. — Seu tom de voz se tornou amargo como o café da polícia. — Eles têm espiões em todos os lugares.

— Esse é um problema muito espinhoso, tenente. Acho que posso ajudá-la a resolvê-lo.

— Eles me dariam o melhor carro disponível na frota se *você* lhes oferecesse favores sexuais, mas não vou chegar a esse ponto. Tem que haver limites, deve existir outros caminhos. Afinal de contas, eu sou a porra de uma tenente. — Ela encheu a boca com presunto e ovos envoltos por uma fatia morna e macia de pão de forma. — Eu não devia ter que implorar — murmurou, falando de boca cheia. — Eu sou a chefe de uma equipe!

— Você está coberta de razão. Malditos! Ele colocou o braço em torno dos ombros dela. — Vamos descer. Talvez eu tenha um jeito de consertar as coisas.

— Até parece que eu fiz algo de errado. A viatura deu perda total, claro, mas ela foi destruída no cumprimento do dever. Filhos da puta.

— Concordo. Filhos da puta.

A diversão no tom de voz dele passou completamente despercebida para Eve, que continuava reclamando e soltando fogo pelas ventas.

— Detesto fazer as coisas desse jeito. Isso estraga o meu dia, mas não posso ficar atolada resolvendo esse problema e perdendo tempo precioso durante uma investigação. Quem sabe você não me consegue umas caixas de alguma bebida cara ou poltronas VIP para algum jogo do campeonato. Um suborno realmente brilhante e irrecusável.

— Eu poderia fazer isso, sem dúvida, mas vamos tentar resolver de outro jeito.

Ele abriu a porta da frente.

Diante da entrada estava um veículo cinza-escuro, num tom meio sem graça. Suas linhas eram muito práticas, tão comuns que não podiam ser consideradas feias — no máximo sem imaginação. Pelo menos tinha alguns detalhes cromados que brilhavam com um pouco de esperança sob o sol matinal.

— Ué... Peabody já cuidou do meu problema?

— Não.

Ela saiu caminhando na direção do carro, lutando contra uma espécie de desapontamento pessoal por aquele veículo ser mais pobre, em aparência, do que sua velha viatura — *muito mais* pobre, a ponto de seus poucos cromados parecerem tão patéticos quanto um brilho labial barato para lábios em uma mulher com rosto cansado de dona de casa. Porém, de repente, ela parou e estreitou os olhos em sinal de estranheza.

— Não me diga que ele é seu. Você não tem nada tão comum em sua caixa de brinquedos.

— Não é meu. É seu.

— Mas você disse que Peabody não tinha... — Agora, quem é que estava meio passo atrás da conversa? — Você não pode comprar um veículo oficial para mim.

— Não existem regras nem regulamentos que a impeçam de dirigir um veículo próprio durante suas funções oficiais. Eu verifiquei.

— Sim. Quer dizer, não! Isto é, você não pode simplesmente me dar um carro de presente.

— Claro que posso, e foi exatamente o que eu resolvi fazer. Vai ser o seu presente pelo aniversário do nosso casamento. Agora vou ter de pensar em outro presente para quando chegar a data certa.

— Você ia me dar um carro de polícia como presente do nosso aniversário de casamento que vai acontecer em julho? Que papo é esse? Você virou médium agora e previu que minha viatura ia ser destruída?

— Isso era só uma questão de tempo, mas não foi o caso. Eu simplesmente achei que isso seria algo de que você poderia gostar. Na verdade, ele já não é mais um presente. Agora é um pedido. Você me faria o favor pessoal de atendê-lo e usar o carro?

— Eu não entendo por que foi que você...

— Ele tem um monte de equipamentos especiais — Roarke a interrompeu. — Os sistemas de dados e de comunicações, tanto os primários como os secundários, têm tecnologia de ponta. Sua mobilidade vertical e aérea é comparável à do novo XS-6000.

— O XS-6000?... Você só pode estar brincando comigo.

— Como acontece com muitas outras coisas, é o que está dentro que conta. Ele vai de zero a cem, na terra ou no ar, em exatos um ponto três segundos.

— Uau.

— Pode subir verticalmente cinco metros no mesmo espaço de tempo. — Ele sorriu quando ela começou a andar em volta do veículo e analisá-lo com outros olhos. O sorriso dele se ampliou quando ela abriu o capô. Eve conhecia pouquíssima coisa sobre motores.

— Puxa, é tudo grande e brilhante aqui dentro.

— Está programado para rodar com energia solar, material não combustível ou combustível, à sua escolha. O chassi é à prova de explosões, e as janelas também. É basicamente um tanque de guerra veloz como um foguete. Sistemas de autonavegação, logicamente. Também tem mapas holográficos ativados por voz ou manualmente. Possui ainda um detector eletrônico que irá notificar você caso alguém instale ou tente instalar um rastreador. Para completar, há uma câmera no painel com alcance preciso de até cento e cinquenta metros em qualquer direção.

— Caraca!

— Os bancos são dotados de memória especial e reconhecem quem está ao volante. Os alarmes, luzes e sirenes seguem os padrões exigidos pelo Departamento de Polícia. Uma tela divisória pode ser ativada entre os bancos dianteiros e traseiros para o caso de você precisar transportar algum elemento suspeito. Vamos ver, será que eu me esqueci de alguma coisa?

— Sim, um tutorial e doze discos de instrução para eu aprender a manejar tudo isso. Roarke, eu não posso...

— Está programado para a sua voz e sua impressão palmar, não é necessário nenhum código. — Ela não conseguiria escapar daquilo com tanta facilidade. — Por enquanto, basta dizer a ele o que você quer fazer. Está programado para Peabody também, pois eu sei que de vez em quando você permite que ela dirija a sua viatura. E para mim também, claro. Se, em algum momento, você quiser que mais alguém o conduza, poderá autorizar por comando de voz.

— Ok, agora segure a sua onda. Isso custa umas cinco vezes... puxa, talvez mais de dez vezes o preço de uma viatura do departamento. Eu nunca comprei um carro; então estou fazendo uma estimativa. Eu não posso dirigir algo que custa mais caro que todas as viaturas do meu departamento somadas. Se não for mais que isso.

Ele sabia que ela podia ser tão nervosa quanto uma virgem quando se tratava de dinheiro público.

— Ah, é? Mas eu posso subornar aqueles filhos da puta com caixas de bebida e camarotes esportivos, certo?

— Pois é. Sei que não é lógico, mas é por aí mesmo.

Ele simplesmente roçou o dedo sobre o corte na testa dela, que já tinha melhorado.

— Pense nisso... Se você estivesse dirigindo esse carro ontem, não só teria evitado o acidente como também teria prendido os caras que estavam na van. Poderia muito bem estar com o seu caso encerrado neste momento.

— Ah, mas isso não é...

— Tem mais uma coisa e vou repetir. Isso não é um presente. Aceitá-lo é um favor que você me faz. Eu vou saber que, quando você estiver dentro dele, estará muito segura. Então... estou simplesmente pedindo que você faça isso por mim.

— Quanta dissimulação. — Ela soltou o ar com um assobio. — Muita esperteza sua não se mostrar chateado nem exigir coisa alguma. Basta transformar a coisa em um favor. Algo que você está fazendo tanto em seu próprio benefício como em meu.

Com a suave manhã de primavera ao redor deles e o carro de aparência despretensiosa ao lado, os olhos dele se encontraram com os dela.

— Isso é verdade.

— Tudo bem — disse ela depois de um momento. — Sim, pode ser. Eu posso fazer esse favor a você.

— Obrigado — Ele roçou os lábios sobre os dela.

— Ei! — Ela o agarrou pela lapela e o puxou na sua direção para lhe dar um longo beijo. — Muito espertinho você, não é? Fez um carro quase comum e insignificante. Ninguém vai prestar atenção nele.

— Confesso que essa parte foi a mais difícil para mim. Acho que um dos designers teve um ataque de nervos. Chorou por uma hora.

Ela riu.

— Legal. Muito legal. Você projetou esse carro para mim. Caraca, é o primeiro carro que é todo meu de verdade, e você o construiu especialmente para mim.

— É o TED Urbano... um modelo único.

— TED? O que significa... ah. — Demorou quase um minuto para a ficha cair, mas o nome a agradou de forma absurda — Tenente Eve Dallas.

— Como eu disse, existe apenas um. Vamos fabricar outros com esse chassi para clientes da classe econômica, mas nenhum terá os recursos únicos deste aqui.

— O que isso quer dizer?

— Eu melhorei o desempenho do motor para ele alcançar 220 quilômetros por hora na estrada ou no ar, mas eu dirijo melhor que você; então não force a barra.

— Caraca, isso quase me faz torcer por uma bela perseguição a bandidos. Bem, quem sabe um dia...

— Sem dúvida isso vai acontecer.

— Vou poder dizer aos canalhas das Requisições para enfiarem o carro deles em certo lugar. — Só de pensar nisso, ela abriu os braços e dançou alegremente ao lado do carro. — *Cacete*! Preciso experimentar isso, tenho de ir trabalhar, vou correndo mostrar o dedo do meio para a galera das Requisições. — Ela o agarrou e tornou a beijá-lo. — Obrigada. Provavelmente esse é o melhor favor que eu já fiz para qualquer pessoa. A gente se vê mais tarde.

— Sim, a gente se vê.

Ele a viu entrar no carro e sorrir quando seu traseiro afundou no banco. Apertou o centro do volante com o polegar, e o motor ganhou vida.

— *Caraca!* — Gritou de novo, exibindo novamente seu sorriso aberto. E saiu em disparada pela alameda como se perseguisse bandidos em fuga.

— Ah, meu Deus! — murmurou Roarke. — Pelo menos ela poderá bater de frente em uma parede de tijolos e sair do carro assobiando.

— Vejo que a tenente gostou muito do seu novo veículo — disse Summerset, da porta.

— E como! — Ele prendeu a respiração quando ela deu três cambalhotas com o carro no ar, obviamente testando a sua capacidade de manobra. Depois entrou em modo vertical e foi para a rua por cima dos portões em vez de passar por eles. — Ela nunca teve um carro antes. Não sei por que eu me esqueço de coisas assim. Por algum tempo, isso será como um novo brinquedo. Depois ela vai se acalmar.

— O seu primeiro carro, que você roubou de alguém aos 12 anos de idade, acabou com a frente dentro de uma vala nos subúrbios de Dublin.

Roarke se virou para trás.

— Eu jurava que você não sabia disso.

Summerset apenas sorriu.

— Acha que eu também não sei que você conseguiu escondê-lo na garagem do tio de Mick durante duas semanas antes de ficar tão presunçoso a ponto de dirigi-lo até conseguir, por fim, destruí-lo? Pelo menos aprendeu a lição e foi mais cuidadoso com o carro roubado seguinte.

— Esse foi uma emoção especial. Tanto roubá-lo como também dirigi-lo.

— Você sente falta?

— De roubar coisas? Às vezes — admitiu, sabendo que Summerset o entenderia. — Não tanto quanto achei que sentiria.

— Certamente sentiria mais falta se a sua vida não tivesse outras emoções. — Quando o rosto de Roarke abriu um sorriso, Summerset bufou de deboche — Deixe de ter a mente suja, garoto. Estou falando do trabalho que você faz, tanto nas suas empresas quanto para a polícia. Aconteceu algo emocionante que tem a ver com essas duas coisas; enquanto você mostrava o novo brinquedo à tenente, Alex Ricker ligou. Eu não quis interromper, e disse que você retornaria a ligação.

— Isso é interessante, não acha?

— Tome cuidado. Ricker teria adorado tomar banho no seu sangue. O filho dele pode ter os mesmos sentimentos.

— Então ele ficará tão desapontado quanto o pai.

Roarke entrou para retornar a ligação e se perguntou que tipo de novas emoções o novo dia poderia lhe trazer.

Capítulo Doze

Foi difícil, mas Eve resistiu à tentação de ligar as luzes e a sirene para circular a toda velocidade de sua casa até o centro da cidade. Porém, não resistiu e fez uma dancinha feliz sentada no banco enquanto atravessava o trânsito, livrando-se com facilidade dos maxiônibus e ultrapassando os táxis da Cooperativa Rápido como um relâmpago.

Escondendo a alegria na voz, contatou Webster. Percebeu, no instante em que ele apareceu na tela nova em folha do painel do seu carro novo em folha que o tinha acordado.

— A DAI oferece flexibilidade no horário de trabalho? — perguntou Eve.

Ele esfregou os olhos com as palmas das mãos.

— Estou de folga hoje.

— Viu? É como eu disse. Você está sozinho?

— Não, tenho seis strippers e algumas atrizes pornô aqui comigo.

— Não estou interessada em seus sonhos patéticos. Estou seguindo outra linha de investigação. Preciso saber se algum dos colegas do esquadrão de Coltraine está ou esteve sob vigilância da Divisão de Assuntos Internos.

— Você quer que eu viole a privacidade de uma equipe inteira só porque resolveu seguir uma nova linha de investigação?

Eve quase fez um comentário sarcástico sobre a DAI e o conceito de privacidade, mas pensou duas vezes.

— Preciso considerar que a vítima não saiu de casa com sua pistola e a arma menor só para tomar uma bebida com amigos. Tenho que considerar que ela saiu de casa a trabalho. Tenho que considerar, pelo seu perfil, que ela não saiu sozinha para investigar algo.

— "Considerar" é só uma palavra mais elegante para "chutar".

— Ela trabalhava em equipe, Webster. Era parte de um esquadrão. Um ou mais membros daquele esquadrão podem tê-la matado ou planejado sua morte. Nesse caso, devo considerar que tais figuras possam ter atraído o interesse da DAI no passado.

— Você pode conseguir isso pelos canais regulares, Dallas. É uma linha de inquérito legítima.

— Nem vou me dar ao trabalho de argumentar contra isso.

— Merda. Mais tarde eu dou um retorno a você.

— Use o modo de privacidade quando me ligar — alertou ela, e desligou. Seu próximo passo foi entrar em contato com o escritório de Whitney para solicitar um encontro. Precisava informar e atualizar seu comandante.

Ao chegar à Central, foi direto para sua sala com a intenção de abrir caminho através de novas teorias. Queria rodar diferentes programas de probabilidade — de preferência com as informações obtidas por Webster — antes da reunião com Whitney. Uma segunda consulta com Mira na qual ela aceitasse a possível conexão com colegas do esquadrão também poderia aumentar o peso de sua teoria.

Primeiro ela foi pegar café e logo viu o disco do relatório de Baxter na mesa.

Abriu o disco e correu os olhos pelos arquivos enquanto tomava café. Pesando as informações, recostou-se e matutou possibilidades depois de pegar mais café.

Já rodava um novo programa de probabilidade, mesmo sem o retorno de Webster, quando Peabody entrou.

— Eles anunciaram o horário do memorial para Coltraine — disse ela. — Vai ser hoje às 14 horas na capela principal aqui da Central.

— Sim, Morris já tinha me avisado. Providencie uma declaração de condolências da nossa Divisão, ok? Qualquer pessoa da equipe que não esteja ativamente em campo ou impedida por algum dever inadiável deverá ir. Não quero atrasos. Todos devem vestir farda completa.

— Certo. É só que eu...

— Mais uma coisa! Uma pergunta: O que você diria se soubesse que Alex Ricker fez uma visita... *uma única* visita ao pai dele em Ômega, oito meses atrás? E não houve correspondência de nenhum tipo entre eles durante todo o tempo de encarceramento do pai?

— Bem... isso pode significar várias coisas. Talvez Ricker Pai não queira que o filho vá vê-lo na prisão, privado de todos os seus poderes. Ele pode ter proibido isso depois da primeira visita; mandou o filho seguir em frente, sem entrar mais em contato com ele, para poder se concentrar em sua própria vida.

— Tem pequenas fadas cor-de-rosa cantando e dançando no seu mundo, não tem, Peabody?

— Às vezes, quando está muito silencioso e ninguém mais pode vê-las. Mas o que eu ia dizer em seguida é que o mais provável é que a relação pai-filho não seja muito próxima ou cordial. Na verdade, ela pode ser bem tensa ou até mesmo antagônica.

— Sim, se as informações que Baxter conseguiu dos supervisores da Ômega são verdadeiras, eu fico com a opção dois; com a possibilidade de o próprio Alex Ricker ter escolhido se distanciar do pai por motivos pessoais. Estou me perguntando quais seriam.

— É ruim para os negócios.

— Por quê? O seu velho é um reconhecido e bem-sucedido malfeitor. Tudo bem que seus crimes se voltaram contra ele mesmo, mas tinha uma bela folha corrida antes de ser preso. Construiu um império criminoso e assim por diante. As pessoas nessa linha de negócios vão respeitar e temer o nome de Ricker — concluiu Eve —, as conexões de Ricker, os laços de sangue.

— Ok, pode ser, mas vamos voltar atrás um segundinho. Você acha que os dados obtidos por Baxter podem estar errados?

— Acho muito estranho que praticamente não existam comunicações listadas para Max Ricker ou dele com alguma pessoa de fora desde que ele se instalou em Ômega.

— Nenhuma? Como assim, nenhuma mesmo? Zero? Sei que eles são muito rigorosos lá em cima, mas é permitido a todos os presos o recebimento de determinado número de cartas, vídeos, contatos e visitas por mês, certo?

— Sim, é permitido — confirmou Eve. — Mas não no caso de Ricker? Ninguém liga para ele, ninguém manda mensagens, ninguém escreve. Papo furado! Nenhuma visita em mais de um ano, exceto a de Alex, que foi devidamente registrada? Não... Mesmo em um mundo lindo onde as fadas dançam, não engulo essa história.

Franzindo as sobrancelhas, Peabody se encostou ao portal.

— Então você teria de se perguntar por que ele... Max Ricker... iria querer esconder as comunicações e os visitantes que recebe e mantê-los fora dos registros. E como, cacete, ele conseguiria tal façanha em um lugar tão vigiado quanto Ômega.

— Esqueça as fadas, Peabody. Suborno é uma ação universal. Ele conseguiu subornar alguém de lá e vamos investigar isso. Quanto ao motivo? Ocultar comunicações e ligações com o império criminoso que ele criou. Talvez o filho tenha herdado a posição do pai ou esteja feliz em assumir o primeiro posto na organização enquanto papai continua a mexer os pauzinhos e gerenciar tudo de lá.

— O nome permanece forte — calculou Peabody. — O filho ganha a glória enquanto papai ainda continua na ativa. Boa possibilidade.

— Pode ser boa, sim. Trazendo o papo de volta à questão básica, talvez Coltraine soubesse mais sobre isso tudo do que o pai ou o filho gostariam, e eles ficaram felizes quando o relacionamento acabou. Voto no pai se a coisa seguir por esse rumo. Alex não sabia que Coltraine seria eliminada. Ele é muito esperto para se colocar no topo da lista de suspeitos em um caso de assassinato de uma policial.

— Mas veja só... você está duvidando disso e achando que ele é muito inteligente para agir assim, então isso é plausível.

— Os contraventores inventam papos-furados quando acham que os policiais são idiotas, mas ele não faz isso. Os contraventores inventam álibis fracos quando são presunçosos e querem brincar, mas ele é cuidadoso. Tudo o que tenho a respeito dele me diz que ele é cuidadoso.

Ela se virou para analisar o quadro do assassinato.

— O único ato imprudente que eu o vi fazer em qualquer lugar e em qualquer momento foi o de se envolver pessoalmente com uma policial. Ele preservou a relação por baixo de mil camadas, mas mesmo assim foi imprudente. Agora... Vir para Nova York dois dias antes do assassinato e ficar aqui durante o ataque? Isso seria burrice!

Ela olhou para o relógio e amaldiçoou Webster.

— Tenho de atualizar o comandante sobre o caso. Continue matutando sobre essas probabilidades. E abra arquivos individuais para cada membro do esquadrão de Coltraine, incluindo o tenente.

— Caraca!

— E vai ficar pior. Estou à espera de um retorno do Webster, em modo de privacidade. Não deixe de me avisar se esse retorno vier enquanto eu estiver fora.

Eve pegou o comunicador quando saiu da Divisão de Homicídios e pegou uma das passarelas aéreas. Feeney atendeu com um "Yo!"

— Qual é a melhor maneira de descobrir se alguém de Ômega está bloqueando ou alterando registros de visitas e comunicações?

— Ir até lá e verificar pessoalmente. — Ele lançou para Eve um olhar longo e duro. — Não vou fazer isso, garota, nem mesmo por você.

— Ok, então... Qual é a segunda melhor maneira?

— Peça isso a alguém jovem o suficiente para pensar que essa missão é empolgante e que também seja inteligente o bastante para fazer a pesquisa e a longa viagem até aquela rocha abandonada no espaço e esquecida por Deus.

— Quem você escolhe que reúna esses requisitos e esteja livre para ir agora mesmo?

Feeney soprou com tanta força que seus lábios vibraram.

— Se isso tiver ligação com o assassinato de Coltraine, seria melhor alguém jovem, inteligente e já familiarizado com a investigação. Posso destacar Callendar e mandá-la para lá.

— De que tipo de autorização você precisa?

— Ei! Eu sou o capitão dessa quitanda!

— Certo. Você pode enviá-la o mais rápido possível? Farei com que ela seja devidamente informada sobre tudo enquanto viaja, mas não a envie sozinha, Feeney. Mande alguém musculoso e intimidador com ela, só por garantia. Você tem alguém assim na sua equipe?

— Os geeks também têm músculos, sabia? — Ele flexionou seu próprio bíceps para provar isso. — Informe exatamente o que devemos investigar e eu libero o que você quer.

— Obrigada. — Ela transferiu a ligação para Peabody. — Envie para Feeney os dados do relatório de Baxter e lhe explique o porquê de eu achar que os registros de visitas foram adulterados. Ele vai enviar Callendar acompanhada de um e-geek musculoso e intimidador até Ômega para verificar isso.

— Puxa, tomara que ele não escolha McNab.

— Você descreveria McNab como musculoso e intimidador?

— Ele... Ok, não.

— Vá correr atrás disso, Peabody. Eu a quero a caminho de lá o mais depressa possível.

— Fui! A sua mensagem em modo de privacidade acabou de chegar.

— Beleza! — Ela fechou o comunicador e pegou o *tele-link* no bolso. Levou alguns minutos para se lembrar de como transferir uma transmissão em modo de privacidade do seu computador para um dispositivo portátil e teve de diminuir o ritmo com que caminhava.

Leu tudo rapidamente enquanto andava, percorrendo com os olhos cada detalhe. Salvou o arquivo, protegeu tudo com uma senha e guardou o *tele-link* novamente no bolso antes de entrar no gabinete de Whitney.

Ela fez o relatório em pé enquanto Whitney permaneceu sentado diante da sua mesa.

— A detetive Peabody continua rodando alguns programas de probabilidades. Além do mais...

— Você não acredita que a presença de Alex Ricker em Nova York e sua reconexão com Coltraine na noite anterior à sua morte sejam uma coincidência?

— Não, senhor. Pretendo interrogá-lo formalmente aqui na Central. Acredito que essa reconexão pode ter sido parte do motivo e também a oportunidade. Não acredito que ele próprio tenha assassinado Coltraine ou ordenado o crime. Na verdade, acredito que, se ele soubesse sobre o ataque, teria tomado medidas para impedi-lo ou a teria avisado.

Ela parou um momento para trabalhar melhor na transmissão de suas ideias.

— Acredito que ela era importante para ele, só que não era o elemento mais importante em sua vida. Ele tomou medidas para manter discreta a sua ligação com ela, tanto para si mesmo quanto pela reputação de ambos. A morte trouxe à tona a notícia do relacionamento entre eles. Alex Ricker sabia que isso aconteceria. Já aguardava policiais em sua porta assim que soube que Coltraine tinha sido assassinada.

— Por que ele se importaria se a sua ligação com ela seria ou não descoberta durante o caso entre os dois ou depois de ele ter acabado?

— Orgulho e cautela. Não é bom negócio para um homem em sua posição e com seus interesses ter uma policial como amante. Para ele, o negócio vinha em primeiro lugar, e a reputação é um elemento essencial desse negócio. O assassinato dela pode ter sido uma tentativa de incriminá-lo ou lançar suspeitas sobre ele, prejudicando a sua reputação. Falo da sua reputação como empresário e também junto ao submundo.

— Você acha que a usaram como uma arma contra ele.

— Sim, senhor. Por causa de quem ele é... ou talvez mais por causa de seu pai... o caso que teve com Coltraine o coloca no topo da lista de suspeitos do seu assassinato. Isso é ruim para os negócios — completou Eve.

— Você está inclinada a suspeitar de algum concorrente dele?

— É possível. Ela pode ter sido morta porque foi vista como uma fraqueza dele. Em essência, ela foi o único equívoco que ele cometeu em termos profissionais. Poderia ser que ela estivesse em sua lista de colaboradores, mas não acredito nisso, devido ao seu perfil, histórico, antecedentes e personalidade. Se, por outro lado, ela fosse uma colaboradora, ele seria tolo por desenvolver e manter um relacionamento íntimo com uma de suas ferramentas.

Ela hesitou um momento então decidiu falar francamente.

— Estou ciente de que existem especulações, em alguns círculos, de que eu possa ser uma ferramenta de Roarke. Ou vice-versa. Na verdade, eu ser uma policial é mais problemático para Roarke do que o contrário. E vice-versa. Para Alex Ricker, morar com uma policial ao mesmo tempo em que mantinha um relacionamento íntimo e profissional com ela seria o mesmo que pedir problemas, e ele não faria isso.

— Então você concluiu que Coltraine pode ter sido morta por causa de Alex Ricker, mas não por ele mesmo, nem a seu mando.

— Exato, senhor.

— Um concorrente ou um subalterno. Esse é um campo muito amplo, tenente.

— Acho que podemos estreitar as possibilidades, comandante. De acordo com os registros, Alex Ricker visitou seu pai na Colônia Penal de Ômega apenas uma vez nos últimos oito meses. Não houve comunicações entre eles ou, na verdade, entre Max Ricker e qualquer pessoa desde que ele começou a cumprir suas múltiplas sentenças de prisão perpétua.

— Ele não recebeu comunicações de tipo algum de fora para a colônia penal, nem de lá para o exterior?

— Segundo os registros, não, senhor.

O sorriso de Whitney foi forçado e duro.

— Até que ponto ele nos julga burros?

— Max Ricker tem apenas desprezo pelos policiais, e, nos últimos anos, seu ego enevoou sua capacidade de julgar e fazer avaliações. Essa é uma das razões pelas quais ele está em uma cela. Como não somos burros, pedi ao capitão Feeney que enviasse dois detetives eletrônicos para Ômega, a fim de confirmar ou não a veracidade dos registros.

— Quando eles partem?

— Hoje mesmo, senhor. Espero que dentro de uma hora. Poderíamos acelerar o processo se o nosso consultor civil pudesse disponibilizar o transporte até lá para os funcionários do departamento.

Um leve brilho de humor iluminou os olhos de Whitney.

— Vou deixar os arranjos por sua conta, tenente. Tenho alguns contatos em Ômega. Vou usá-los para acelerar o processo, assim que eles chegarem à colônia.

Ele se recostou na cadeira; o humor desapareceu de seus olhos e ele tamborilou com os dedos na mesa.

— Não foi um concorrente. Nem um subordinado. Você acredita que Max Ricker tenha ordenado pessoalmente a morte da detetive Coltraine?

— Sim, senhor, acredito.

— Para atacar o filho ou protegê-lo?

— Essa é uma pergunta que espero poder responder quando receber Alex Ricker na sala de interrogatório.

Enquanto Eve informava os novos desdobramentos para o seu comandante, Roarke saltava do carro e fazia sinal para o motorista. Alex Ricker fez o mesmo. A superfície da água, lisa como aço azulado, lambia a areia de Coney Island quando os homens se aproximaram um do outro.

Um território neutro, Roarke pensou, não precisava ser sombrio, tenso e sério. Negócios daquela natureza não exigiam o ambiente de quartos dos fundos úmidos nem terrenos baldios. Ele gostou da ideia de ter aquela reunião junto ao parque de diversões revitalizado de Coney Island. A roda gigante reconstruída simbolizava algo especial para ele.

A vida era cheia de círculos.

Embora fosse muito cedo para um passeio como aquele e ainda houvesse pouca gente circulando por ali e se divertindo, algumas pessoas caminhavam pela praia ou tomavam cafés aromatizados e bebidas açucaradas enquanto andavam pelo calçadão.

No mar, embarcações de passeio e barcaças com carros navegavam nos dois sentidos.

A brisa do oceano levantou a ponta do leve sobretudo de Roarke quando ele ergueu os braços e permitiu que o homem de Alex o examinasse em busca de armas ou microfones ocultos. O motorista de Roarke realizou a mesma tarefa em Alex.

— Eu lhe agradeço por ter concordado em vir se encontrar comigo — disse Alex, quando ambos mostraram que estavam limpos. — Apesar de achar meio estranho o local que você escolheu.

— Você acha? Uma manhã de primavera ao ar livre, sentindo a brisa do mar...

Alex olhou ao redor.

— E carrosséis.

— Mais que isso. Um marco de Nova York, uma tradição que caiu em desuso após ele ser destruído e desativado. Uma pena. Após as Guerras Urbanas, houve um belo impulso para revitalizar e renovar a cidade, e este lugar se beneficiou disso. De certa forma é um sinal de esperança quando vemos que a diversão ainda tem lugar no mundo, não acha?

— Quanto disso tudo é propriedade sua?

Roarke simplesmente sorriu.

— Ora, você poderia descobrir isso por conta própria, certo? O que você tem para me dizer, Alex?

— Podemos caminhar?

— Claro. — Roarke gesticulou e eles começaram a caminhar sobre as tábuas do calçadão; os motoristas de ambos os seguiam vários passos atrás.

— Você era o meu grande inimigo quando éramos jovens — disse Alex.

— Eu era?

— Meu pai sempre jogava a sua competência na minha cara, pelo menos no início. "É assim que você precisa ser: implacável, frio, sempre pensando à frente dos outros." Até que decidiu que você não era suficientemente cruel e frio e se preocupou com a possibilidade de ir além dele nos negócios. Mesmo assim, seu exemplo continuava a ser imposto a mim. Eu tinha de ser melhor do que você, pela medida do meu pai, ou seria um fracasso.

— Isso deve ter incomodado muito você, não é?

— Muito! E, quando ele passou a ter medo e a detestar você, a coisa piorou. Ele mandou matar você três vezes, que eu saiba.

Roarke continuou a passear com naturalidade.

— Foram cinco vezes, na verdade.

— Por que você nunca retaliou?

— Não preciso do sangue dos meus concorrentes. Nem dos meus inimigos. Durante alguns anos ele não representou coisa alguma para mim. Mas nunca deveria ter tocado na minha esposa. Eu poderia tê-lo matado por causa disso, se você quer saber. Por ter deixado uma marca nela.

— Mas não fez isso e ele está vivo.

— Sim, porque matá-lo deixaria outra marca nela, por ela ser quem é.

— Você o deixou viver só para proteger a sua esposa?

Roarke fez uma pausa e olhou para Alex fixamente.

— Se você acha que a tenente precisa de proteção, minha ou de qualquer pessoa, sua avaliação é totalmente equivocada. Eu o deixei viver por *respeito* a ela. E fiquei convencido de que viver... já que ele está condenado a ficar encarcerado por toda a vida... foi pior do que a morte, para ele.

— É verdade, foi mesmo. Ele nunca admitirá isso nem para si mesmo. Uma parte dele sempre acredita, ou precisa acreditar, que ele vai conseguir escapar de lá e voltar à ativa. Não apenas sair de Ômega, mas voltar ao comando do jogo que ele dominava. Vai viver por isso e viverá por muito tempo, eu acho, sempre sonhando com o seu sangue. E o da sua policial.

— Sinceramente, eu espero que você esteja certo. — No sorriso que ele enviou para Alex, Eve teria enxergado o homem perigoso que existia por trás do ar de educação esmerada. — Eu lhe desejo uma vida muito longa.

— Eu odeio meu pai mais do que você jamais conseguiria odiar.

Sim, pensou Roarke. Ele percebeu o ódio em cada palavra, em cada pausa da conversa.

— Por que você o odeia?

— Ele matou minha mãe. — Alex parou, apoiou-se na grade e olhou para o mar. — Toda a minha vida acreditei que ela tivesse caído da janela. Que aquilo tinha sido um terrível acidente. Ao mesmo tempo, parte de mim se perguntava se ela havia desistido de tudo e resolvido pular, mas nenhuma dessas hipóteses era a verdadeira.

Roarke não disse nada, simplesmente esperou.

— Ele vinha perdendo o controle da própria vida pouco a pouco, nos últimos anos. Vinha se tornando cada vez mais instável. Ele sempre foi violento, nunca hesitou em usar a violência e se enfurecia com facilidade. Eu nunca soube o que pensar dele no tempo em que era criança. Um minuto eu era tratado como um príncipe, o seu filho precioso. A seguir, eu tinha de me levantar do chão com um lábio aberto ou o nariz sangrando. Foi por isso que eu cresci temendo-o e adorando-o ao mesmo tempo, mas desesperado por agradá-lo.

— Muitas, se não a maioria das pessoas que trabalharam para ele, sentiam a mesma coisa.

— Você não sentia. De qualquer forma, ao longo dos últimos doze anos, mais ou menos, algumas das suas exigências e decisões foram muito perigosas. Desnecessárias e perigosas. Nós discutíamos muito. Começamos a brigar mais ou menos na época em que eu fui para a universidade. Chegamos a um ponto em que eu não toleraria mais ser agredido; então ele não tinha mais essa arma para usar. Porém, quando percebeu que não podia me derrubar fisicamente, ele passou a usar outros meios.

"Ele me dizia coisas terríveis. 'Eu deveria ter feito com você o que eu fiz com aquela puta que gerou você.' Foi exatamente isso que ele me disse."

Na grade, os nós dos dedos de Alex ficaram brancos.

— Disse que deveria ter se livrado de mim do mesmo jeito que fizera com ela. Devia ter me visto despencar e assistir ao meu cérebro se esparramar por toda a calçada.

Alex esperou um minuto e simplesmente inspirou o ar do mar.

— Depois eu lhe perguntei o porquê de ele ter feito aquilo. Ele me disse que ela se tornara uma inútil e isso o irritava. E que eu devia ter cuidado para ele não fazer a mesma coisa comigo. Mais tarde, ele se desmentiu. Alegou que só dissera aquilo porque eu o tinha irritado, porque eu não o respeitava, mas eu sabia que ele havia me contado a verdade pura e simples. É por isso que você pode acreditar em mim quando digo que desejo a ele uma longa vida na colônia penal, tanto quanto você.

— Sinto muito. Você pode acreditar na sinceridade das minhas palavras.

— Eu acredito. Uma das razões pelas quais ele odiava você, e ainda o odeia, é porque você tem um código. Um código moral próprio que ele nunca conseguiu abalar.

Ele se virou de costas para o mar e olhou para Roarke.

— Você não tem motivo para acreditar que eu tenho um código desses, mas lhe asseguro que não matei Amaryllis. E não ordenei que a matassem. Eu nunca a magoei, nem queria que fosse prejudicada. Eu a amei, no passado. E me importava com ela. Quem fez isso, está me usando como escudo ou para desviar a atenção da polícia. Isso me enfurece.

— Por que resolveu me dizer isso?

— Para quem mais eu poderia dizer? — perguntou Alex, demonstrando algum calor na voz. — À sua policial? Em meu lugar, você exibiria suas entranhas para uma policial? Pior: uma policial que tem todas as razões para suspeitar que eu matei uma colega?

— Eu realmente não faria isso. Você me procurou para que eu interceda a seu favor?

— Seu senso de jogo limpo desagradava o meu pai. Acho que estou contando com isso. Não sei quem a matou, nem mesmo o motivo. Tentei todos os recursos que poderia imaginar para descobrir isso e não cheguei a lugar algum.

O mar espalhava reflexos atrás de Alex, e o sol se derramava sobre ele. Sob essa luz forte, Roarke viu a dor e a luta dele para suprimi-la.

— Devo lhe contar que vim a Nova York na esperança de convencê-la a voltar para mim. Porque ninguém mais na minha vida teve o efeito de Ammy. Porém, consegui ver em poucos segundos que isso nunca aconteceria. Ela estava feliz e apaixonada. E nós continuávamos a ser quem éramos em Atlanta; ainda éramos exatamente como quando resolvemos trilhar caminhos separados. Ela nunca conseguiria me aceitar... o que eu sou, o que eu faço, e mesmo assim ser feliz. Ela enfrentou essa realidade e se afastou. Depois de vê-la novamente, eu também encarei isso.

— Você achou que ela mudaria o que era quando estava em Atlanta ou tinha mudado agora?

— Sim, achei. Pensei que ela conseguiria simplesmente ignorar os meus negócios. Eles não tinham nada a ver com ela, nem com nós dois. Mas ela não conseguiu resolver esse impasse. E, depois de um tempo, não conseguiu mais conviver com aquela situação. Nem comigo.

— Nunca lhe ocorreu a possibilidade de ajustar os seus negócios?

— Não. Isso é o que eu faço. Se eu tenho algo do meu pai em mim, é isso. Torço para que isso seja tudo que eu tenho dele. Mas nunca matei na vida nem ordenei a morte de alguém. Não é... prático.

— Os homens que invadiram sua loja de antiguidades em Atlanta morreram de forma terrível, segundo eu soube.

— Sim, morreram. Não fui eu que ordenei aquilo.

— Foi Max?

— Eles o insultaram, sob a ótica dele, ao fazer de mim um tolo. Alguém que tem o sangue dele. Então ele lidou com o problema a seu modo. E o seu jeito de agir colocou a mim e a meus interesses sob exame minucioso, muito mais que o necessário. Eu não mato os concorrentes, sempre achei que isso não é um bom negócio.

Ele encolheu os ombros como alguém que discute sua preferência de homem de negócios por fundos de investimento em vez de ações.

— Eu agiria de forma pouco prática... e que se danem os negócios... se eu soubesse quem matou Ammy. Porque eu a amei e também porque nunca tive a porra da coragem necessária para matar o meu pai pelo que ele fez com a minha mãe.

Quando Alex ficou em silêncio e tornou a olhar para a água, Roarke se debruçou sobre a grade a seu lado.

— O que você espera que eu faça? — quis saber Roarke.

— Eu quero... *Preciso* saber quem a matou e por que motivo. Você tem recursos além dos meus. Não sei até que ponto você poderia usar a sua ligação com a polícia, nem o que eu poderia oferecer a você para que explorasse mais essa conexão. Por ela. Mas tudo que você precisa fazer é me dizer qual é o seu preço.

— Você não conhece minha esposa. Já ouviu falar dela, mas não a conhece de verdade. Deveria confiar cegamente em seu trabalho, porque ela vai encontrar todas essas respostas. E lhe digo mais... Você não precisaria pagar pelos meus recursos, Alex, porque ela é minha esposa e basta um pedido dela.

Alex estudou o rosto de Roarke, depois assentiu com a cabeça e olhou de volta para a água.

— Tudo certo, então. Prometo a você que, se eu souber de alguma coisa, qualquer coisa que possa ajudar, eu vou lhe contar.

— Aceito sua palavra, mas não posso lhe oferecer a mesma coisa, porque isso dependeria de a tenente liberar. Porém, posso lhe garantir o seguinte: quando ela descobrir quem fez isso... e ela vai descobrir... e se essa pessoa tiver um final ruim, vou manter a desconfiança de sua possível participação nisso para mim mesmo.

Alex soltou uma risada.

— Isso já é alguma coisa. — Ele se virou e estendeu a mão para Roarke. — Obrigado.

Os dois tinham mais ou menos a mesma idade, avaliou Roarke. E ambos tinham começado suas vidas com homens que gostavam de derramar sangue. Alex como o príncipe da história, e Roarke como o mendigo.

Apesar de algumas semelhanças básicas e a despeito de toda a formação esmerada de Alex e os seus antecedentes de privilégios na vida, Roarke percebeu algo de ingênuo nele.

— Existe uma coisa que o seu pai não deve ter lhe contado — comentou Roarke. — Tirar a vida de alguém deixa uma profunda marca na pessoa. Não importa como a coisa seja feita ou o quanto ela possa ser justificável, isso deixa uma marca que se aprofunda mais e mais com o tempo. Tenha certeza de estar disposto a ter essa marca antes de derramar o sangue de alguém.

No carro, Roarke desativou o gravador embutido que instalara em uma de suas abotoaduras. Pensou em remover também a miniarma de atordoar que guardara dentro da bota, mas resolveu deixá-la onde estava. Nunca se sabe.

Os dois aparelhos eram protótipos em desenvolvimento, feitos de materiais indetectáveis até mesmo pelos aparelhos mais sensíveis que havia no mercado. Ele sabia disso porque uma de suas empresas também estava desenvolvendo o escâner que os detectaria.

Sempre cubra as duas extremidades do campo, pensou.

Parte dele lamentou não poder contar a Alex que ele *não era* o principal suspeito de Eve. Ou que nem mesmo era suspeito naquele momento, na opinião dela. No entanto, isso também era algo que dependia da tenente. Porém, ele podia lamentar, e estava lamentando. Ele também tinha conhecido uma mãe. Uma mãe que o amara e que o pai tinha matado. Ela também se tornara inútil para os propósitos dele, não foi? Ela se tornara um estorvo. Sim, ele podia lamentar por Alex nesse ponto.

E realmente lamentou a falta de percepção daquele homem. Alguém que deixava o amor se afastar da sua vida em vez de lhe dar espaço ou pelo menos tentar um meio-termo. Agora, Roarke pensou, não conseguia enxergar o que estava bem na sua cara.

Seu *tele-link* tocou. Ele sorriu levemente quando leu *Querida Eve* na tela de chamada.

— Olá, tenente.

— Oi. Tenho um favor para pedir. Você poderia... Onde você está?

— Estou em trânsito no momento. Acabei de sair de uma reunião.

— Isso aí é... Você teve uma reunião em Coney Island?

— Exato. Pena que foi tão cedo que a montanha-russa ainda estava fechada e eu não pude andar. Você e eu temos de voltar aqui para compensar o passeio que eu perdi.

— Ah, claro, no dia em que eu enlouquecer a ponto de querer me precipitar a toda velocidade pelo ar, aos berros, dentro de um carrinho ridículo. Deixa pra lá. O favor é o seguinte: eu preciso...

— Responda a uma pergunta minha antes de falar e prometo lhe conceder qualquer favor que você queira.

A suspeita fez com que os olhos dela se estreitassem. Ele amava aquele olhar.

— Que tipo de pergunta?

— Quero só um *sim* ou um *não*. A pergunta, tenente, é: Max Ricker está por trás do assassinato da detetive Coltraine?

— Qual é, você colocou algum tipo de grampo em mim? Mandou instalar uma escuta no gabinete de Whitney?

Roarke olhou para o gravador em sua abotoadura.

— Não no momento. Pela sua reação, imagino que a resposta seja "sim".

— Não se trata de *sim* ou *não*, mas tenho fortes suspeitas de que Max Ricker esteja por trás disso.

— Isso já me serve, no momento. Qual é o favor que você quer?

— Preciso do seu foguete mais rápido para uma viagem para fora do planeta. De Nova York para a Colônia Penal em Ômega.

— Nós vamos para Ômega?

— Não, Callendar e outro detetive geek é que vão. Acho que Ricker está mexendo uns pauzinhos lá em cima e desconfio que seus registros de comunicações e visitas foram hackeados ou apagados. Quero saber com quem ele andou conversando. Leva mais de vinte e seis horas para chegar a Ômega pelos meios normais.

— Posso diminuir o tempo da viagem em mais de um terço. Vou providenciar tudo e retorno para você com os detalhes.

— Ok, então. Vou ficar lhe devendo uma.

— Isso mesmo, pelo menos um passeio de montanha-russa.

— Não, a dívida não é assim tão grande.

Ele riu quando ela desligou. Depois de arrumar os preparativos para o voo e repassar os dados para Eve, Roarke se acomodou no carro e pensou em Max Ricker.

O tempo tinha de parar por uma hora, refletiu Eve, enquanto trocava de roupa e vestia a sua farda azul. Os mortos mereciam ter o seu momento, disso ela não discordava. Só que, na sua cabeça, as cerimônias fúnebres eram para os vivos que tinham sido deixados para trás. Então o tempo tinha de parar, na verdade, por Morris. Ela poderia beneficiar Coltraine muito mais se estivesse trabalhando na rua ou tentando levar Alex Ricker para interrogatório. Porém, havia outros deveres.

Calçou os sapatos pretos e pesados, levantou-se e ajustou o quepe na cabeça.

Saiu do vestiário e pegou as passarelas aéreas até o centro de homenagem aos mortos.

Pensou em Callendar e no detetive geek musculoso e intimidador chamado Sisto, que naquele momento se preparavam para que fossem lançados como pedras atiradas de um gigantesco estilingue em direção à rocha fria onde ficava a Colônia Penal Ômega. Callendar, Eve lembrou, pareceu muito empolgada diante da perspectiva de executar sua primeira missão fora do planeta.

Tem gosto para tudo.

No dia seguinte, àquela hora, eles estariam lá investigando tudo. Garimpariam os registros e encontrariam o que ela precisava saber. Era bom eles encontrarem mesmo, porque a sua intuição lhe dizia que Max Ricker havia ordenado o assassinato. Ela chegaria ao porquê daquilo. Chegaria ao modo como fora feito. A equipe enviada tinha de lhe entregar provas concretas das conversas entre Ricker e seu contato.

Nada mais aconteceria a Max Ricker por matar um policial. O que mais poderia ser feito, em termos de castigo, para um homem que viveria o resto de sua vida miserável em uma cela dentro de uma colônia que se localizava no espaço sideral? No entanto, os outros poderiam pagar, certamente pagariam, e isso devia ser suficiente.

Ela esperava que fosse o suficiente.

As portas da sala que Morris tinha escolhido estavam abertas para que a música passasse através delas. Era um tipo de blues que ele e a mulher que amava tanto apreciavam. Ela sentiu cheiro de flores... rosas... antes mesmo de entrar no aposento lotado de policiais.

Eram rosas vermelhas, Eve observou, e havia fotografias da falecida. Fotos e selfies comuns de Coltraine sorrindo, misturados com imagens mais formais. Uma delas mostrava Coltraine de farda, muito arrumada e séria; em outra ela estava com um vestido de verão em uma praia e ria muito. Pequenas velas brancas lançavam luzes suaves e calmantes.

Com um pouco de alívio, Eve notou que não havia nenhum caixão, nem fechado nem aberto, muito menos um daqueles caixotes com paredes de vidro que exibiam o corpo inteiro e estavam muito na moda. As fotos eram suficientes para trazê-la ao ambiente.

Viu Morris em pé em meio à multidão, junto de um homem com uns vinte e poucos anos. Irmão de Coltraine, Eve percebeu. A semelhança era muito grande para ele ser qualquer outra coisa.

Peabody se separou de um grupo e se aproximou de Eve.

— Veio muita gente. Isso é bom, se é que pode haver alguma coisa boa nessa situação. Estou me sentindo estranha usando farda novamente, mas você tinha razão. — Ela puxou o paletó da farda para colocá-lo de forma perfeita no lugar. — Assim é mais respeitoso.

— Nem todos do seu esquadrão pensam assim. — O olhar de Eve passeou pela sala. O tenente de Coltraine e o detetive O'Brian usavam farda, mas os outros componentes da equipe tinham escolhido ir à paisana.

— Muitos policiais vieram diretamente da rua, estavam trabalhando, ou passaram aqui e vão para a rua novamente. De repente não tiveram tempo para mudar de roupa.

— Sei...

— É difícil ver Morris desse jeito. Vê-lo assim dói na gente.

— Observe os policiais em vez de olhar para Morris — sugeriu Eve. — Analise as reações dos colegas de esquadrão dela. Certifique-se de conversar com cada um deles. Quero ouvir suas impressões depois. Vou fazer o mesmo.

Só que, por enquanto, pensou Eve, ela teria de enfrentar o momento mais difícil, que era ir até lá falar com Morris.

Capítulo Treze

Eve passou antes por O'Brian, de propósito, e parou ao lado dele.

— Olá, detetive.

— Boa tarde, tenente. — Ele a fitou por alguns segundos e desviou o olhar para as rosas e as velas. — Morris organizou muito bem esta homenagem. Tanto para ela quanto para nós. E fez do jeito correto.

— O jeito correto para uma policial?

Ele sorriu de leve

— De certo modo, sim. Mas falo do todo. Isso mostra quem ela era. Dá para vê-la aqui.

— Para você deve ser difícil perder alguém da equipe.

— Vejo a mesa onde ela trabalhava todos os dias. Outra pessoa estará sentada lá em breve e todos vão se acostumar, mas é difícil não vê-la ali. E mais difícil ainda saber o motivo de ela não estar ali. Minha esposa acabou de chegar. Com licença.

Ele se afastou e forçou passagem até uma mulher que estava perto das portas. Ela estendeu a mão e O'Brian a pegou.

Eve saiu dali e esperou que algumas pessoas que falavam com Morris se afastassem. Só então foi até onde ele estava.

— Olá, Dallas. — Foi Morris quem estendeu a mão, e Eve a apertou com força.

— Você organizou muito bem esta homenagem — disse ela, ecoando O'Brian.

Os dedos de Morris apertaram os dela por alguns instantes.

— Fiz tudo o que pude por ela. Tenente Dallas, este é July Coltraine, irmão de Ammy.

July olhou com um ar de interrogação para Eve.

— A senhora é a responsável...

— Isso mesmo. Sinto muitíssimo pela sua perda e a de sua família.

— Li me garantiu que não há investigadora melhor. A senhora poderia me dizer... Existe alguma coisa que a senhora possa me adiantar?

— Tudo que posso dizer agora é que sua irmã tem toda a minha atenção e também a de todos os policiais designados para a investigação.

O choque e a dor pareceram deixar foscos os seus olhos, no mesmo azul profundo que os da sua irmã. Eve viu seu peito subir e descer, como se ele lutasse para respirar livremente e se recompor.

— Obrigado. Vou levá-la para casa hoje à noite. Nós achamos... minha família e eu achamos que alguém deveria estar aqui para este memorial e também para levá-la para casa. Há muita gente aqui. Muitas pessoas vieram. Isso é importante. Significa muito.

— Sua irmã era uma boa policial.

— Ela queria ajudar as pessoas.

— E fez isso. Ajudou muitas pessoas.

— Não é hora de perguntar isso, nem o lugar, mas eu vou levá-la para casa hoje à noite e, quando meus pais me perguntarem, preciso lhes dizer. E preciso saber também. A senhora vai encontrar quem a levou de nós?

— Vou, sim.

Ele assentiu com a cabeça.

— Com licença.

Morris pegou a mão de Eve novamente quando July se afastou.

— Obrigado. Por vir de farda e pelo que você disse a ele.

— Eu disse a ele a verdade. Ela era uma boa policial. Tudo que eu descobri confirma isso. E vou encontrar quem a matou.

— Sei que vai. Isso me ajuda a superar cada momento.

Morris usava um terno preto simples e elegante, com um cordão também preto que serpenteava pela sua longa e meticulosa trança. Eve achou o rosto dele um pouco mais abatido e magro que na véspera. Como se alguns dos seus músculos faciais tivessem se retraído.

Isso a preocupou.

— O irmão estava certo — disse ela. — É importante que tantas pessoas estejam aqui. — Olhou em volta e viu Bollimer e a dona do restaurante chinês onde Coltraine tinha comprado sua última refeição. — Ela era importante para muitas pessoas.

— Eu sei. Eles irão cremá-la amanhã e farão uma cerimônia fúnebre daqui a alguns dias. Vou a Atlanta para isso; lá haverá mais pessoas para as quais ela era importante. Sei que, de um jeito meio estranho, vou encontrar um pouco de conforto nisso. Mas é saber que você vai descobrir quem a matou que me ajuda a superar cada momento. Você vai falar comigo mais tarde para me contar o que sabe até agora?

— Claro.

Morris apertou a mão de Eve mais uma vez e olhou por sobre o ombro dela. Eve se virou para trás e viu Mira chegando com o marido.

Mira se aproximou com naturalidade, simplesmente colocando os braços em torno de Morris, e o abraçou com força. Quando ele deixou cair a cabeça no ombro da médica, Eve desviou os olhos.

Dennis Mira esfregou o braço de Eve com um gesto carinhoso, e isso formou um nó de emoção na garganta dela.

— Quando a morte leva alguém tão próximo — disse ele com o seu jeito calmo —, é mais difícil para aqueles que a enfrentam todos os dias.

— Acho que sim.

Havia algo nele, pensou Eve, ao observar a figura desajeitada em um terno preto estranhamente formal, que parecia tão confortável quanto ela imaginava que seria o seu abraço.

— O importante é saber como a vida funciona e o que deixamos para trás.

Ele analisou uma das fotografias e completou:

— Ela era muito linda, muito jovem. — Olhou para Eve. — Acho que eu nunca tinha visto você de farda antes, não é? — Seus olhos assumiram o jeito vago e distraído que tinha tanto apelo para ela. — De qualquer modo, você está com uma aparência fantástica.

— Acho que sim.

Ele sorriu para ela e se aproximou de Morris. Eve se afastou.

Foi até Clifton em seguida, abrindo caminho em meio a um grupo de policiais até onde o detetive estava. Ouviu um trecho de conversa sobre beisebol.

Isso não significava nada, admitiu Eve. As pessoas falavam sobre todo tipo de assunto em funerais.

— Olá, detetive.

Demorou alguns segundos para ele conseguir reconhecê-la, observou Eve. A farda o deixara atônito, ela reparou.

— Olá, tenente. — Ele se afastou dos outros. — Alguma novidade?

— Temos algumas pistas que estamos seguindo. Você se lembrou de mais alguma coisa?

— Já lhe contei o que sei. Pelo que ouvi, você deveria estar cuidando da própria segurança.

— Deveria?

— Soube que o assassino lhe enviou o distintivo dela e a arma. Depois ele tentou matá-la. Isso me cheira a um assassino de policiais cujos alvos são policiais do sexo feminino.

— Bem... Se for isso, você está a salvo.

Ela viu a raiva surgir nos olhos dele.

— Eu não ganhei um distintivo para me sentir seguro.

— Não? Ganhou para poder espancar suspeitos?

— Só faço o meu trabalho.

— Você tem umas manchas interessantes no seu histórico, detetive.

— Em que isso lhe interessa?

— Estou só batendo papo.

— Vocês, policiais da Divisão de Homicídios, só aparecem depois que o sufoco acabou. Somos nós que andamos por aí todos os dias, tentando evitar que os idiotas se matem.

— Puxa, então se vocês fizessem um trabalho melhor, eu perderia meu emprego.

Ele quase encostou nela de um jeito agressivo, flexionou os ombros e exibiu um risinho de sarcasmo.

— Escute aqui, sua piranha, você não tem ideia do que um verdadeiro policial faz.

— Ah, não? Então por que você não me esclarece?

Os lábios dele se apertaram num ar de deboche.

— Dak. — Cleo Grady chegou subitamente. — Newman está à sua procura. Ele tem uma pista sobre o caso Jane Street.

Clifton manteve o olhar duro sobre Eve durante mais alguns segundos.

— A aula acabou. Tenho que fazer um trabalho policial de verdade.

— Boa sorte — desejou Eve, com a voz alegre, e se virou para Cleo.

— Isso é verdade ou foi só um jeito de evitar que alguém do seu esquadrão agredisse um oficial superior?

— É verdade, o resto foi sorte. Estamos todos muito nervosos e agitados nos últimos dias, tenente.

— Minha impressão é que Clifton está sempre meio nervoso.

Cleo deu de ombros.

— Nós nos sentimos um pouco deixados de lado para piorar o que aconteceu. Estamos trabalhando e fomos atingidos em cheio. Alguém a matou e não fazemos parte da equipe de investigação. Mal conhecemos você, mas sabemos que anda nos investigando. Não é de esperar algum ressentimento?

— O ressentimento não me incomoda, detetive Grady. Assassinato? Isso, sim, me irrita. Se Newman conseguiu uma pista, por que não veio chamar Clifton diretamente em vez de mandar você procurá-lo na multidão?

— Pergunte a ele — disse Cleo, com frieza. — Talvez para mostrar algum respeito por esse momento.

— Se alguém do esquadrão recebe uma pista sobre uma investigação em aberto quando está fora do turno e longe dos outros, como vocês se comunicam uns com os outros?

— Depende das circunstâncias.

— Eu diria que o comunicador seria a forma mais comum, se você estiver sozinha no campo, mas se um de vocês estivesse, digamos, em casa, uma ligação por *tele-link* faria mais sentido. Muitos policiais guardam o comunicador junto com a arma, o distintivo e outras coisas.

— Isso é o que eu faria. Se você quer saber.

— Eu também, mas tentaria ligar para o *tele-link* da casa antes. Quem está em casa não fica com o *tele-link* no bolso, certo? O problema é que a ligação ficaria marcada no aparelho. Alguém ligou para o *tele-link* dela, e ela o levou para a rua quando saiu.

— Porra! — exclamou Cleo em voz baixa. — Você realmente *está* nos investigando.

— Estou investigando todo mundo.

— Pode investigar, mas, enquanto isso, o assassino de Ammy já está longe. Que tipo de policial arrasta os outros policiais por cima do sangue de uma colega?

Cleo se virou e foi embora.

— E aqui está você fazendo amigos, como sempre.

Eve olhou para trás e viu Roarke.

— E tenho mais alguns amigos para fazer.

— Vou deixá-la nessa atividade para prestar minhas condolências a Morris. — Ele passou um dedo pelo ombro do paletó da farda de Eve. — Precisamos conversar.

— Ok, assim que eu tiver chance. A multidão já está diminuindo, então eu ainda preciso irritar mais algumas pessoas antes que a cerimônia acabe.

— Se alguém consegue fazer isso, esse alguém é você — disse Roarke, saindo.

Eve encontrou Delong do lado de fora do salão batendo papo com Clipper, o médico legista. Delong parou de falar quando Eve se aproximou.

— Tenente Dallas.

— Olá, tenente Delong.

— Se vocês puderem me desculpar... — disse Clipper. — Ainda não exprimi as minhas condolências.

Delong esperou um momento, fez para Eve um sinal de "siga-me, por favor" e se afastou mais alguns metros da entrada.

— Sei que você tem um trabalho a fazer — começou ele—, e ninguém, *ninguém mesmo*, quer que você tenha mais sucesso nessa investigação do que eu. Mas devo lhe dizer, aqui e agora, que me ressinto por você estar pressionando o meu esquadrão. Esse ressentimento é ainda maior por eu ver você forçando a barra contra a minha equipe no momento em que estamos de luto pela morte de um dos nossos.

— Sua observação foi anotada.

— Espero que sim. Também devo lhe dizer que tenho a intenção de transmitir meus sentimentos sobre isso ao Comandante Whitney.

— Você é livre para fazê-lo. Enquanto isso, devo lhe dizer que acho que a detetive Coltraine deixou o seu apartamento naquela noite por questões de trabalho. Ela saiu de seu apartamento por motivos de trabalho porque alguém a contatou e a atraiu para uma cilada. Foi alguém que conhecia seus hábitos, alguém em quem ela confiava. Pode ser uma pessoa com quem ela trabalhava. Ou *para quem* trabalhava.

O rosto de Delong ficou corado.

— Você não pode ter certeza disso. Quando um policial sai, ele leva a arma, seja por motivo de trabalho, seja para comprar a porra de um litro de leite.

— Não *essa* policial. Se você conhecesse seus detetives um pouco melhor, saberia disso.

Ele não tinha a atitude agressiva de Clifton, mas tentou se impor sobre Eve do mesmo jeito.

— Você acha que pode tentar desencavar os podres dos meus homens? Acha que pode dizer por aí que um deles matou sua colega sem pagar um preço por isso?

— Não, eu não acho isso. Se alguém fizesse o mesmo com meus homens, eu ficaria puta e sairia distribuindo porradas por aí, mas também me faria algumas perguntas complicadas. E investigaria mais a fundo e de forma mais completa que qualquer outra pessoa.

— Não sou você.

— Sei que não é.

— Tome cuidado com quem você pressiona e com que intensidade.

Ele poderia ter dado as costas a Eve nesse momento, como os outros tinham feito, mas Whitney e sua esposa tinham entrado na passarela aérea, e Delong caminhou com determinação na direção deles. Houve apertos de mão, e condolências foram trocadas, observou Eve. Então ela viu Whitney assentir com a cabeça para Delong, que foi embora pela outra passadeira.

Os Whitney continuaram subindo até Eve.

— Olá, comandante. Como vai, sra. Whitney?

A sra. Whitney, de terninho preto, tomou a mão de Eve entre as suas. O gesto, tão estranho em se tratando dela, fez Eve piscar duas vezes de espanto.

— Você tem um trabalho difícil. E hoje é um dia ainda mais difícil.

— Sim, senhora.

— Vou entrar — anunciou Whitney, dando um tapinha no braço da esposa e lançando um longo suspiro, preparando-se para entrar na sala da homenagem. — Quando um policial tomba, os que têm a má sorte de estarem casados com um policial sentem mais. Muito bem... O tenente Delong quer conversar comigo o mais cedo possível. Você saberia qual assunto ele poderia querer tratar comigo, tenente?

— Não saberia dizer, senhor.

— Você *não quer* dizer. Você está indo fundo, eu espero. Na condição de chefe do esquadrão, ele quer defender e proteger seus homens.

— Sim senhor. Ou pode estar querendo se proteger.

— Se você fizer alguma conexão entre qualquer um dos seus subordinados e Ricker, faça com evidências sólidas. Se pretendemos colocar um policial atrás das grades, não quero espaço para qualquer tipo de erro.

Embora quisesse voltar para o andar de cima, Eve resolveu ficar ali mais um pouco e falar com Clipper.

— O que Delong queria de você? — perguntou ao legista. Quando Clipper fez uma cara de desconforto, ela sibilou baixinho. — Estou investigando o assassinato de uma policial. Se o que ele lhe perguntou tem a ver com o meu caso, quero saber de tudo.

— Ele só perguntou se havia alguma coisa que eu pudesse adiantar a ele e quis saber o motivo de o terem impedido de receber os relatórios sobre o caso. Está muito chateado e frustrado, Dallas. Quem não estaria?

— O que você disse a ele?

— Que estou de mãos atadas. Você está no comando. Disse que é assim que as coisas são e assim que o meu chefe quer, e repeti que estou de mãos atadas. — Clipper usou uma delas para esfregar a parte traseira do pescoço. — Ele está soltando fogo pelas ventas por sua causa, mas acho que você já sabe disso.

— Sim, tive essa impressão.

— Todos os homens dele entraram em contato comigo ou foram até o necrotério em busca de informações. Eu bloqueei tudo.

— Obrigada. Algum deles tentou partir para a ignorância?

Clipper puxou o próprio cavanhaque devagar com ar pensativo.

— Posso contar que o detetive Clifton sugeriu que eu fizesse sexo comigo mesmo, e sugeriu que eu já fiz isso com minha mãe em várias ocasiões.

— Você é uma figura, Clip. Ele agrediu você?

— Eu segurava um bisturi a laser no momento da nossa conversa. Posso garantir que ele percebeu na hora que era melhor se segurar um pouco.

— Ótimo.

— Na verdade, não temos nada de concreto que eu possa informar a nenhum deles.

— Sim, mas eles não sabem disso. Vamos deixar as coisas como estão.

Eve viu que Roarke olhava para ela enquanto falava com os Whitney. Ela inclinou a cabeça em direção à porta e fez sinal para Peabody.

Roarke, pensou, saberia onde encontrá-la.

— Quero que me conte suas impressões — disse ela, assim que chegou perto de Peabody.

— Percebi um esquadrão muito infeliz com alguma raiva quase explodindo. O boato que rola é que estamos gastando mais tempo e energia à procura de sujeira entre os colegas da vítima do que na busca de pistas alternativas.

— De onde esse boato se originou?

— Você sabe como é, Dallas. Um diz que ouviu isso de outro, que disse mais aquilo. Policiais adoram uma fofoca. Devo confessar que não me sinto assim desde que McNab e eu nos mudamos para o apartamento e nos sentimos na obrigação de transar em cada cômodo do novo espaço. Duas vezes.

— É claro que o meu dia não teria sido completo sem ouvir isso.

— Eles usaram várias técnicas para me abordar — continuou Peabody —, e isso também me trouxe boas lembranças daquela noite. Delong foi direto com seu jeitão autoritário. Como se eu fosse obrigada a responder a suas perguntas porque ele tem uma patente mais alta que a minha. Newman circulou em torno de mim, tentando fazer com que eu tropeçasse no sentimento e contasse tudo. O'Brian tem olhos tristes e um comportamento paternal bem típico. Grady apelou para a solidariedade que deve existir entre nós, garotas detetives. E Clifton entrou no modo de intimidação direta.

— Ele colocou as mãos em você?

— Não exatamente. Acho que ia fazer isso, mas O'Brian o levou embora. Antes disso, Clifton ficou chateado por eu não dizer o que ele queria saber e me acusou de puxar seu saco para agradá-la. Expliquei a ele que ainda não tive o privilégio de puxar o seu saco, que considero o melhor do Departamento.

— Isso está me parecendo bajulação barata, Peabody.

Peabody soprou de leve.

— Pelo menos eu tentei. Ele ficou todo cor de beterraba. Ou será fúcsia? Qual é aquela cor estranha que significa vermelho forte?

— Não faço ideia e nem quero descobrir.

— De qualquer forma, ele ficou dessa cor e tenho certeza de que ia me dar um empurrão, mas O'Brian apareceu e se colocou na frente dele.

— Isso foi o suficiente?

— Ele disse: "Lembre-se de onde você está, Dak. Não envergonhe a nossa Ammy, nem o resto da sua equipe." Clifton disse que algumas vacas da Divisão de Homicídios estavam envergonhando o esquadrão, mas recuou e se afastou. O'Brian pediu desculpas por ele com olhos tristes e aquele comportamento paternal.

Eve bufou e entrou diretamente no vestiário.

— Interessante. Vejo uma dinâmica interessante nisso aí. — Pensou ela enquanto se despia.

— O'Brian é a figura paterna de todos. É o mais antigo, o mais experiente. O resto deles recorre a ele antes mesmo de buscar o tenente. Ele os convida para churrascos e... como é que se diz mesmo?... Jantares do tipo "cada um traz um prato".

Eve se sentou para tirar os sapatos pretos que machucavam o pé.

— Newman é um cara comum, do tipo "gente fina". Aquele com quem todo mundo toma uma cerveja depois do turno. Mantém a cabeça baixa e a boca fechada quase o tempo todo. Praticamente o oposto de Clifton, que tem cabeça quente, pavio curto e é cheio de marra. Gosta de usar o distintivo e os punhos para pressionar todo mundo em volta.

— Bem, igual a você. Mais ou menos — atalhou Peabody.

— Sim, igual a mim. Só que no meu caso isso é um subproduto do trabalho. No caso dele, é prioridade. As normas e as regras que se danem. Se duas pessoas vão passar por uma porta, é ele quem deve ir na frente. Seu botão de controle está com defeito. O resto do esquadrão fica de olho nele para controlar seus chiliques e sua raiva. Só que, mais cedo ou mais tarde... — Eve balançou a cabeça —, ele vai explodir.

Eve pendurou a farda, guardou os sapatos e começou a se vestir.

— E quanto a Grady?... Ela é inteligente o suficiente para usar o fato de ser mulher quando isso funciona a favor dela e esquece a estratégia quando não é útil. É ambiciosa, e pode apostar que sabe como liderar todos os colegas de esquadrão.

— Será que quer a cadeira do chefe?

Eve olhou ao redor.

— Pode ser, mas não está trabalhando tão duro para isso quanto eu esperava. Parece gostar de estar no meio da galera. Quanto ao tenente, ele é um tipo estável e equilibrado. Cuida principalmente da papelada. Defende seus homens e não posso criticá-lo por isso, mas... porra!... Vai reclamar com Whitney sobre como eu estou fazendo meu trabalho, dá para acreditar? Isso é uma fraqueza. É uma tremenda fraqueza procurar o comandante por um assunto como esse. É impossível ter uma tripulação forte quando o capitão do barco é fraco.

Peabody suspirou enquanto abotoava a blusa.

— No fim, vamos descobrir que foi um deles, não é?

— Poderia apostar nisso. Talvez até mais de um deles. — Eve olhou as horas no relógio de pulso — Callendar e Sisto devem chegar à colônia penal daqui a mais doze horas. Coloquei o relatório de Webster sobre a sua mesa. Leia-o. Roarke tem algumas novidades, vou falar com ele. Depois disso, vamos ver se já podemos convidar Alex Ricker para conversar.

— Ele vai trazer um monte de advogados.

— Sim. Isso não vai ser divertido?

— Tão divertido quanto brigar com um bando de macacos raivosos. Ah, me lembrei de mais uma coisa... Nadine esteve aqui. — Ela não trouxe uma equipe de filmagem — avisou Peabody, depressa. — Foi uma visita cordial. De verdade! Ela não podia ficar porque estava muito ocupada então disse que falaria com você amanhã.

— Ela vem falar comigo amanhã?

— Dallas. Nosso evento é amanhã. O chá de panela da Louise.

— Ah. — *Merda*. — Tudo bem.

— Vamos nos encontrar mais ou menos às duas horas para arrumar tudo.

— Tudo o quê?

— As coisas.

— Se eu pudesse ajudar em alguma coisa... — O rosto de Peabody ficou com ar triste de cãozinho chutado. — Tudo bem, tudo bem. — Não valia a pena fazer Peabody arrancar os cabelos, pensou Eve. Isso não ajudaria em nada. — Tudo bem, arrume o que quiser, fique à vontade e me avise quando terminar. Posso trabalhar sozinha até a hora da festa.

Talvez até depois da hora da festa, pensou Eve ao sair, caso Callendar descobrisse alguma coisa lá em cima. Provavelmente era demais ter esperanças nisso, mas ajudava pensar que ela poderia estar colocando algemas no contato de Ricker, em vez de ver um monte de mulheres babando por algum presente idiota de chá de panela. Além do mais...

— Ah, merda, merda! Um presente idiota de chá de panela!

Agora era ela quem arrancava os cabelos enquanto corria de volta para a sua sala.

Roarke estava sentado na cadeira de visitas, distraído e confortável com seu tablet. Ele ergueu os olhos e soltou um suspiro de arrependimento.

— Você trocou de roupa. E eu nem tive tempo de comer você com os olhos dentro daquela farda.

— Preciso ir às compras!

Olhando para ela, Roarke apertou a ponta dos dedos sobre as têmporas.

— Desculpe, acho que acabei de sofrer um pequeno AVC. O que foi que você disse?

— Isso não tem graça. — Ela se abaixou e o agarrou pela lapela. — Eu me esqueci de achar uma coisa para aquele lance, e eu nem sei exatamente qual vai ser o lance. Agora preciso sair e caçar algo lá fora. A não ser que... seus olhos foram de levemente loucos para curiosos e especulativos. — Temos um monte de coisas lá em casa. Será que eu não poderia simplesmente embrulhar para presente uma delas e...

— Não.

— Droga!

Roarke se recostou calmamente quando ela caiu na cadeira da mesa e enterrou a cabeça nas mãos.

— Se eu entendi corretamente, a "coisa para o lance" é o presente para o chá de panela de Louise, certo?

— Que outro problema está sendo empurrado pela minha goela abaixo, no momento?

— Umm-hum. Dê-me um momento.

Eve resmungou, mas sua cabeça se ergueu como uma mola quando ela o ouviu dizer:

— Olá, Caro.

— Sim! Genial. Caro pode achar o presente.

— Não — disse Roarke, com firmeza, e Eve tornou a ficar desanimada. — Caro — ele repetiu. — Se você estivesse organizando um chá de panela em sua casa, qual seria o tipo apropriado de presente?

Eve girou a cabeça e a bateu contra a mesa. Roarke e Caro conversaram, ela ouviu perguntas e respostas, mas não entendeu nada. Era como se estivessem falando em grego.

— Obrigado. Surgiu algo inesperado e vou trabalhar de casa até mais tarde. Por favor, me avise caso precise de mim para alguma coisa. Tenha um bom fim de semana.

Ele desligou e Eve abriu um dos olhos.

— O que foi que ela...

Ele ergueu o dedo e continuou a trabalhar no tablet.

— Tudo bem, vamos lá — disse ele, depois de um momento. — Caro acredita que, considerando o relacionamento entre vocês e a ocasião, você deve dar para Louise algo pessoal e romântico.

— O quê, por exemplo? Um brinquedinho sexual?

— Não exatamente. — Ele riu. — Lingerie. Uma camisola ou, como ela descreveu de forma delicada, um conjunto completo e sexy.

Eve empinou as costas.

— Eu devo comprar roupas de trepar para Louise?

— Essa é a descrição indelicada.

— Eu não posso fazer algo assim. Isso é... Mesmo que eu quisesse, eu não sei o tamanho que ela usa, nem nada.

— Eu sei. Acabei de invadir a conta dela e descobri todos os tamanhos das roupas que ela usa. Só que receio que você tenha de procurar uma loja real em vez de fazer uma compra virtual, já que deixou isso para muito tarde. Está em cima da hora para conseguir qualquer coisa apropriada on-line.

— Ah, Deus. Por favor, me leva!

— Não se preocupe. Eu conheço o lugar certo.

— Claro que conhece. Eu queria era pegar Alex Ricker e fazê-lo suar um pouco na sala de interrogatório.

— Pensei que você não estivesse mais suspeitando dele no assassinato de Coltraine.

— Não estou, mas não posso dizer o que ele sabe até descobrir pessoalmente. Ele pode não ter consciência de tudo que sabe até que eu arranque as informações importantes dele. Se Max Ricker ordenou o golpe, seu filho foi o motivo do crime. De um jeito ou de outro. É o filho que está cuidando dos negócios agora. Ele deve saber alguma coisa.

— Acho que não. É exatamente sobre isso que eu queria conversar com você antes de começarmos a falar sobre lingerie.

Ela fez uma careta quando olhou para a porta aberta.

— Não fique falando a palavra "lingerie" aqui. Estamos num ambiente policial.

— Fui me encontrar com Alex hoje de manhã. Na verdade, eu tinha acabado de sair desse encontro quando me ligou para pedir o transporte para Ômega.

— Você... Caraca!... Você não pode simplesmente ter ido a... Coney Island!

— Foi *minha* a escolha do território. — Roarke se colocou o mais confortável que conseguiu na cadeira para visitantes completamente bamba que havia na sala de Eve. — Ele pediu para encontrar comigo.

— Poderia ter sido uma armadilha. Poderia ser...

— Não foi. E, como eu disse, fui eu que escolhi o lugar. Acredite, eu estava bem seguro.

Ela ergueu as mãos. Era perda de tempo argumentar, pois tudo já tinha acontecido. E um desperdício de energia não acreditar que ele tinha estado, como afirmou, bem seguro.

— O que ele queria?

Roarke entregou um disco a Eve.

— Você pode ouvir a conversa toda enquanto eu dirijo. Você vai trabalhar e nós dois poderemos visitar uma loja encantadora que eu conheço. E eles embrulham para presente.

Eve franziu a testa só de olhar para o disco.

— Você conseguiu fazer com que o gravador não fosse encontrado pelos caras que revistaram você?

Roarke simplesmente sorriu.

Capítulo Quatorze

Eve escutou a gravação inteira, matutou muito sobre o que fora dito e depois ouviu tudo mais uma vez. Recostou-se no banco do carro, considerou as informações e notou vagamente que Roarke passava boa parte do tempo "costurando" pelo tráfego da cidade com a nova viatura, como se ela fosse cobra em meio à grama alta.

— Você acreditou nele? Acha que foi sincero ao contar sobre seus sentimentos e sua lealdade... ou a falta dela... para com o pai?

Roarke cortou para leste, colocou o carro em modo vertical e passou por cima de um caminhão de entregas estacionado em fila dupla; em seguida, chegou a um sinal fechado e esperou a luz verde com um ar de quem estava sedado.

— Acreditei, sim. Deveria ter tentado usar a filmadora para você ter uma percepção melhor. A verdade estava nos olhos dele. Reconheço esse ódio, já que eu também o tenho pelo meu pai.

— Mais um motivo — apontou Eve. — Pode ser que ele saiba disso. Talvez tenha tirado essa carta da manga porque *sabia* que você se identificaria com a situação.

— Não é impossível, mas seria uma sacada muito inteligente da parte dele, já que eu mesmo só descobri tudo isso no ano passado. Você acha que ele está mentindo sobre a mãe?

— Quando li os registros sobre a morte dela, o meu primeiro pensamento foi para Ricker. A primeira intuição nem sempre é a correta. Só que o meu segundo pensamento, e o terceiro também, foi nessa mesma direção. Não, eu não creio que ele esteja mentindo sobre Ricker ter jogado sua mãe pela janela. Estou apenas raciocinando para saber se isso importaria tanto assim para ele.

— Você está tentando usar um espelho novamente para ver se ele reflete a nossa situação. Ele e eu... ambos com pais violentos... canalhas assassinos. Quando o meu não me espancava até quase me matar antes de o sol se pôr, considerava o dia como perdido. No caso de Alex, ou pelo menos é o que afirma, seu pai o abraçava com ternura em um momento e o dava um soco no momento seguinte. Se isso foi verdade, ele vivenciou a pior situação, na minha opinião. No meu caso, pelo menos, eu sempre estava à espera da agressão.

— Ele teve uma mãe, pelo que indicou, que o amou durante os primeiros anos da sua vida.

— E eu não tive, mas acho que ele também se deu mal nisso. Eu nunca soube o que me faltava. Ele diz que cresceu tentando agradar o pai. Eu nunca me importei em agradar o meu, exceto quando era para escapar das agressões. Eu o odiei desde a minha primeira lembrança de infância, então esse se tornou o caminho normal a seguir. Acho que chegar a esse ódio mais tarde na vida faz com que ele seja mais contundente e doloroso.

"Suponho que você vá submeter as declarações dele à análise de Mira, mas eu sei que ele não estava mentindo" — acrescentou Roarke enquanto cruzava a Madison Avenue.

— Ok. — Se ela não pudesse aceitar a palavra de Roarke sobre isso, pensou Eve, de quem aceitaria? — Tudo bem, tudo se encaixa. O pai recebeu uma visita dele em Ômega e mais nada desde então. Não houve contato algum. E se você apontar as suspeitas para o relacionamento do filho com Coltraine e considerar o momento em que tudo aconteceu...

— Você prendeu Max, e um pouco dessa lama respingou em Alex. Ele sente desconforto, reestrutura-se, reavalia as coisas, mas sua namorada percebe que ele não vai aproveitar essa oportunidade para se afastar dos negócios do pai e se tornar totalmente legal. Entende que ele nunca vai fazer isso.

— Toma a sua decisão e rompe o relacionamento com ele. Ela percebe tudo a tempo. E ele desiste dela em vez de desistir dos negócios sombrios. Alex não é um espelho de você, afinal — garantiu Eve.

Roarke olhou para ela.

— E ele ficou com a pior parte da barganha também, não foi? Porque eu estou aqui com minha esposa, prestes a comprar lingerie. E ele não tem ninguém.

— Ele veio até Nova York na esperança de mudar isso. Esse foi o gatilho de tudo. Foi por isso que Ricker pressionou o botão que levou à morte dela. Para atingir o filho mais uma vez.

— Tenho certeza de que você está certa sobre isso. Pelo menos isso foi parte do processo.

— Então ele sabe tudo que seu filho anda fazendo e planejando — calculou Eve. — O que significa que alguém na organização de Alex está alimentando Ricker com informações. Alguém que esteja perto o suficiente para saber que Alex queria entrar em contato com Coltraine e o que ele esperava conseguir a partir dessa retomada. E quando isso iria acontecer. Eu voto em...

— Rod Sandy — completou Roarke.

— Eu ia votar nele antes — reclamou Eve. — Droga.

— Ora, não fique triste. — Roarke acariciou sua mão e se colocou mais perto dela. — Ele é o assistente pessoal de Alex, seu amigo de longa data. Certamente um confidente. Ele saberia, como você bem concluiu, que Coltraine nunca aceitaria ficar na situação de contraventora por tabela. Que ela nunca se permitiria isso. E ele teria sabido, quando houve o reencontro aqui em Nova York, como tinham corrido as coisas entre eles.

— E, no dia seguinte, ela está morta. Não foi Sandy que ligou para ela. Coltraine saiu de casa armada, e isso me faz voltar à teoria de que foi alguém da sua equipe que a chamou. No entanto, Sandy pode ter se colocado na curva da escada. Se ele conseguiu burlar a segurança ou encontrar outra saída, ainda mais sabendo que Alex estava fora de casa naquele momento, então...

— Interessante essa sua teoria. Guarde-a. Ou, melhor, coloque-a em espera por algum tempo e se concentre na lingerie.

— Por que eu faria isso? Ah... — Eve olhou em volta para ver onde eles estavam e notou que Roarke já tinha estacionado o carro. Como é que aquele homem conseguira encontrar uma vaga junto da calçada em pleno centro de Manhattan numa noite de sexta-feira? Essas coisas deixavam-na perplexa. — Onde fica esse lugar da lingerie?

— Bem na esquina, em plena Madison. — Ele se juntou a ela na calçada e a pegou pela mão. — Devemos aproveitar esse golpe de sorte, a vaga milagrosa e a noite caindo para coroar a noite de compras com um belo jantar. Conheço um bom lugar do outro lado da rua. Podemos nos sentar lá fora, degustar uma garrafa de um bom vinho e uma excelente refeição.

— O problema é que eu deveria estar...

— Trabalhando, eu sei. — Ele levantou a mão dela e começou a beijar-lhe os nós dos dedos, um a um.

Se estivessem em casa, ele se sentaria em sua cadeira de trabalho no escritório e se colocaria ao lado dela para fazer exatamente aquilo: comer enquanto ela trabalhava. Porque essa era a rotina de ambos e a ordem natural das coisas em sua vida.

Ela parou na esquina, olhou para ele.

— Talvez pudéssemos seguir sua sugestão se isso fosse um encontro a dois — sugeriu ela.

— O que disse?

Ela inclinou a cabeça e levantou as sobrancelhas várias vezes. E viu o sorriso dele se espalhar por todo o rosto.

— Ah. Querida, você gostaria de jantar comigo esta noite? — propôs, em voz alta.

— Se ela não quiser, eu quero — anunciou uma mulher ao passar por eles. — Posso até pagar a conta.

— Sim, eu gostaria de jantar com você esta noite. — Ela manteve a mão dele colada na dela enquanto caminharam por cerca de meio quarteirão.

Na loja chamada Secrets, a vitrine exibia réplicas humanas com ar relaxado, usando roupões de seda, posando em elaboradas peças de renda e cetim ou flertando enquanto usavam espartilhos que erguiam os seios. Pétalas de rosa cobriam o chão. Eve estudou a vitrine e concluiu que, em circunstâncias normais, só mesmo uma arma de atordoar pressionada sobre a sua têmpora conseguiria convencê-la a entrar por aquela porta.

Refletiu que as amizades faziam quase a mesma coisa.

— Este lugar é seu?

— A loja? Sou dono de uma pequena parte dela. Vinte por cento — acrescentou quando Eve franziu a testa.

— Por que só vinte?

— O casal que a administra e é dono do resto costumava trabalhar para mim. Vieram até mim com a ideia, o conceito, a proposta e o plano de negócios. Eu gostei de tudo. Então lhes ofereci meu apoio. Isso faz uns cinco anos. Há uma segunda loja agora, no Village, mas essa aqui é um pouco mais sofisticada. Faz mais o gênero de Louise, creio eu.

— Então eu poderia ter pedido algo on-line e ter mandado entregar, afinal. Não precisava realmente... ir às compras.

— Seja valente, minha pequena guerreira — brincou ele, e abriu a porta.

Ele poderia ter levado uma cotovelada nas costelas pela brincadeira, mas conhecia Eve muito bem e fugiu do perigo a tempo.

O local tinha um perfume... sexy, decidiu ela. Como velas exóticas e toques de fragrâncias sutis. Uma seleção de itens espalhados como borboletas exóticas estava em balcões de vidro, enquanto outros flutuavam como joias suspensas. Uma mulher sentada em uma poltrona dourada estofada em veludo examinava uma seleção de minúsculos sutiãs e calcinhas como se fossem joias.

Outra estava em pé do outro lado da área de vendas e embrulhava com muito cuidado algo vermelho de seda que entregou para uma cliente.

— Essas peças nem aparecem — murmurou Eve. — Qual é o grande lance de comprar coisas desse tipo se a pessoa vai esconder tudo debaixo das roupas?

— Há incontáveis respostas para isso.

— Viu só? — Ela bateu seu quadril contra o dele. — Isso é apenas roupa de trepar, como eu disse. Não tenho certeza se quero dar isso como presente para...

Parou de falar quando a jovem que embrulhava o produto viu Roarke e disparou na direção dele um sorriso de mil watts.

— Foi muito bom receber sua visita mais uma vez — disse ela à cliente. — Aproveite a compra.

— Ah, vou aproveitar. *Ele* vai! — Com uma risada, a cliente saiu balançando no ar a sua minúscula bolsa prateada.

— Que surpresa maravilhosa. — A dona da loja, pelo que Eve concluiu, atravessou o espaço entre eles em suas minúsculas sandálias em tom rosa de salto alto e veio segurar de forma calorosa as duas mãos de Roarke.

— Adrian. Você está linda — elogiou ele.

— Ah. — Ela passou as mãos de leve no cabelo louro levemente ondulado. — Foi um dia movimentado. Você me daria um minuto, por favor?

— Não temos pressa. — Quando ela foi até uma cliente, Roarke se virou para Eve. — Viu algo que a agradou?

— É daqui que vêm as minhas roupas íntimas? As coisas que surgem de forma miraculosa nas minhas gavetas? E os robes que misteriosamente encontram por conta própria o caminho até o meu closet ou o gancho no banheiro?

— Às vezes, sim. — Ele caminhou alguns passos para analisar uma camisola curtíssima, clara como água e quase tão transparente. — Adrian e Liv têm um gosto muito requintado. Como as duas são mulheres, têm uma noção do que faz uma mulher se sentir sexy, romântica, confiante ou desejável. E, sendo mulheres que sentem atração por outras mulheres, sabem exatamente o que chama a atenção, torna uma mulher sexy e assim por diante.

— Então é uma loja lésbica de roupas para trepar? — Ela revirou os olhos quando Roarke a olhou fixamente. — Estou só comentando. Mas tudo bem, reconheço que é um lugar elegante e com uma atmosfera de requinte. Sexy sem ser espalhafatoso.

— Sim. Esse deveria ser o slogan da loja.

Ela sorriu.

— É nisso que dá me deixar sem graça.

Ele pegou seu rosto entre as mãos e a surpreendeu com um beijo, entre risos.

— Eu não aceitaria você se fosse de outro modo.

— Mas você gosta de coisas espalhafatosas tanto quanto qualquer homem.

— Querida Eve, só quando *você* é essa coisa espalhafatosa.

Ela riu e o cutucou no peito.

— Continue sempre assim, meu chapa.

— Desculpe por fazê-los esperar. — Adrian correu para eles quando a cliente saiu da loja com uma bolsa. — Liberei Wendy, nossa funcionária, uma hora mais cedo. Ela tem um encontro. É claro que, quando ficamos sozinhas, é exatamente a hora em que chegam três ou quatro clientes ao mesmo tempo. Olá, tenente Dallas.

Ela pegou a mão de Eve e a sacudiu com entusiasmo.

— É tão bom finalmente conhecê-la. Roarke sempre comenta que você não gosta muito de ir às compras.

— Não. Não gosto mesmo, mas vocês montaram uma loja muito agradável.

— Sim, minha sócia e eu adoramos esse espaço.

— Como Liv está passando? — quis saber Roarke.

— Ótima. Ela está grávida — disse Adrian, olhando para Eve. — Trinta e duas semanas.

— Parabéns!

— Estamos no céu de tanta alegria por causa disso. Ela estava muito cansada hoje; então eu a fiz voltar para casa ao meio-dia. Ela vai odiar saber que perdeu sua visita. A visita de vocês dois. Em que posso ajudá-los? Algo especial?

— Para mim? Não. Estou numa boa. Mais que ótima.

— Aquela ali. — Roarke apontou para a camisola azul-água. — Mas vamos chegar nela depois. Eve?...

— Ah, sim. Pois é... Tem um lance do qual eu vou participar e me disseram que esse tipo de coisa funcionaria para a ocasião.

Adrian estreitou os olhos serenos e azuis, numa expressão pensativa.

— Você quer alguma coisa, mas não para você. Precisa de um presente?

— Isso! — *Graças a Deus você me entendeu.* — Sim, eu preciso de um presente.

— Qual é a ocasião?

— Quase uma extração de dente, não é? — comentou Roarke.

— Cale a boca. — Eve expirou com força. — É um lance de casamento. Chá de panela.

— Ah, sim, vamos encontrar a coisa certa. Qual é o seu relacionamento com a noiva? Quer dizer — acrescentou, assumindo corretamente que Eve estava prestes a entrar em pânico novamente. — Ela é uma boa amiga, alguém da família, uma conhecida?

— Uma amiga.

— Eve vai ser madrinha do casamento — completou Roarke.

— Uma amiga muito especial, então. Fale-me sobre ela. Como ela é, para começo de conversa?

— Loura.

Roarke suspirou.

— Descreva-a como se fosse uma suspeita, tenente.

— Certo, então. — O que mais ela poderia fazer? — Mulher, caucasiana, trinta e poucos anos, loura platinada. Cerca de um metro e sessenta e cinco de altura, cinquenta e dois quilos, não mais que isso. Biotipo magro, feições muito harmônicas.

— Muito bem, então. — Satisfeita, Adrian fez um aceno decisivo com a cabeça. — Você diria que ela é tradicional, agitada, artística ou exuberante?

— Clássica.

— Excelente. Vamos lá. — Adrian bateu com o dedo nos lábios enquanto caminhava pela loja. — Qual a profissão dela?

— Ela é médica.

— Este é o primeiro casamento?

— Sim.

— E ela está loucamente apaixonada?

— Imagino que sim, ué. Por que se casaria se não estivesse?

— Ela pode já ter comprado alguma coisa para a noite de núpcias. Só que... na condição de madrinha, é nisso que eu a aconselho a apostar. Algo clássico. Romântico. — Adrian abriu a porta de um armário alto e estreito. — Como isto.

Era um longo robe transparente sobre uma camisola comprida e cintilante. Não exatamente cinza, refletiu Eve, nem prata. Era mais uma cor de... *luar*, concluiu.

— Sim, isso poderia funcionar.

— É de seda, com detalhes em cetim no corpete e nas tiras. E a parte de trás... — Adrian virou a peça para exibir a parte inferior das costas e suas tiras de cetim entrecruzadas. — Eu adoro esse detalhe nas costas.

— Sim, isso realmente pode funcionar — repetiu Eve.

— Quem dera vocês tivessem uma foto dela. Esse é um presente importante. Precisa ficar perfeito.

— Você quer uma foto? Intrigada, mas disposta a colaborar, Eve pegou o tablet e ordenou uma pesquisa padrão no nome de Louise Dimatto. Depois, virou a tela para Adrian e exibiu a carteira de identidade dela. — Esta é uma foto recente de Louise.

— Ah, que maravilha! Ela é linda! Você pode trazer a foto até aqui? Eu posso escanear?

— Bem...

— Você vai gostar do que vai ver — disse Roarke, e pegou o braço de Eve para guiá-la até uma porta que se abriu. Quando Adrian parou diante de um computador, Roarke pegou o tablet de Eve, fez alguns ajustes e imprimiu a foto de Louise. — Use isto.

— Perfeito. Somos a única loja de roupas íntimas da cidade a ter esse sistema, que nunca poderíamos ter comprado, diga-se de passagem, sem o apoio de Roarke. Vou digitalizar a foto dela e inserir os dados de altura e peso que você me informou. Agora, vamos vesti-la com o conjunto feminino Latecht "Elegância ao Luar". Veja só.

O computador criou um feixe luminoso sobre a base escura, e esse feixe lançou um redemoinho de pontos de luz. Os pontos de luz giraram no ar, a princípio de forma aleatória, até que se conectaram.

— Um mini-holograma — murmurou Eve.

— De certa forma, sim. O sistema analisa os dados informados, constrói uma imagem tridimensional e... pronto! O que acha?

Eve se curvou para analisar de perto, enquanto o holograma de Louise girava em pleno ar a alguns centímetros da base, vestindo o conjunto de cor enluarada.

— Devo confessar que isso é mesmo o máximo. Muito próximo da realidade. Talvez ela não tenha tanto peito assim... — Eve balançou os dedos na frente do próprio busto.

— São mais delicados? — Adrian fez um pequeno ajuste.

— Ok, isso mesmo. Espetacular! Se eu tivesse um sistema desses no meu departamento... Não tenho certeza do que eu faria com isso, mas certamente encontraria um uso. Nós conseguimos fazer hologramas, mas não a partir de uma estação de trabalho comum. Usamos isso mais no laboratório para análises forenses. Ou para reconstruir o corpo de uma vítima.

— Vítima?

— Um cadáver.

— Ah.

— Desculpe. — Eve balançou a cabeça e endireitou o corpo. — Você acertou na mosca. Obrigada.

— Adoro quando funciona bem assim! O computador me sugere tamanho seis, o que também é minha opinião a partir dos dados, mas...

— Essa também é a informação que eu tenho — assegurou Roarke.

— Excelente. Mesmo assim, se por algum motivo não couber, ela poderá trocá-lo. Vou embrulhar para você. Enquanto isso... O modelo que você gostou foi a Minicachoeira, certo? Já temos os seus dados aqui, então isso vai demorar só alguns segundos.

Eve mal piscou antes de Louise desaparecer e viu sua própria forma vestindo a camisola curta e quase transparente.

— Puta merda!

Adrian riu.

— Ficou lindo. Você nunca se engana — disse ela a Roarke.

— Vamos levá-la também.

Eve engoliu em seco, obrigou-se a desviar a atenção de si mesma e não conseguiu.

— Você poderia desligar isso? É muito perturbador.

— Claro. — Ainda sorrindo para Eve, Adrian desligou a projeção. — Há mais alguma coisa em que eu possa ajudá-los? Você tem camisetas regata suficientes?

— O quê?

— Camisetas com reforço. Você prefere usá-las para trabalhar em vez de sutiã.

Eve abriu a boca, mas não conseguiu pronunciar uma única palavra.

— Ela precisa de uma meia dúzia — disse Roarke.

— Vou cuidar disso.

— Sei que vai. — Roarke se inclinou e beijou o rosto de Adrian. — Vamos jantar fora. Por que não embrulha tudo, coloca na minha conta e nos envia os pacotes?

— O prazer será todo meu. De verdade, tenente.

— Obrigada.

— Dê nossas lembranças para Liv — acrescentou Roarke enquanto conduzia Eve para fora.

— Ela sabe o que estou usando por baixo das roupas. E também sabe como eu sou completamente nua. Puxa, isso é bem perturbador.

— O trabalho dela é conhecer esses detalhes — ressaltou Roarke. — E, por mais atraente que ela possa achar que você é, Adrian é totalmente dedicada a Liv.

— A questão não é essa. Nem de longe, sério. E as pessoas ainda se perguntam por que será que eu odeio fazer compras. Eu preciso muito de um vinho. Um cálice bem grande!

— Posso cuidar disso. — Ele colocou um braço ao redor dos ombros dela e beijou-lhe o lado da cabeça enquanto atravessavam a Madison Avenue.

Era bom e também a coisa certa a fazer, refletiu Eve, lembrar como era a sua vida real, pelo menos de vez em quando. Afastar-se do trabalho, mesmo que só por algumas horas. Desfrutar a tranquilidade de se sentar a uma mesa de calçada numa agradável noite de maio na cidade que nunca dorme, beber um bom vinho e desfrutar de boa comida com o homem que ela amava.

Ela se inclinou sobre a mesa na direção de Roarke.

— Considere o que eu vou dizer como efeito do vinho.

Ele se inclinou para ela, e suas testas quase se tocaram.

— Certo.

— Você nunca está errado, é exatamente como ela disse.

— Está falando da camisola?

— Você curte, nós dois sabemos disso. Estou falando do jantar. Agora, aqui. Só nós dois. É uma coisa boa.

— Sim, é uma coisa boa.

— Não me lembro de dar a você suficientes coisas boas.

— Eve. — Ele fechou a mão sobre a dela. — Acho que você se lembra de me dar as coisas na medida certa.

— Isso é o efeito do vinho.

— Pode ser. Ou eu visualizando como vai ser vestir e depois despir você daquela camisola hoje à noite.

— Espertinho. — Ela se recostou e respirou fundo enquanto observava as pessoas e o trânsito. Todos correndo, com muita pressa. — Esta é uma boa cidade — disse ela, com a voz suave. — Não é pura, nem perfeita. Tem algumas arestas desagradáveis a serem aparadas, mas é uma boa cidade. Nós dois escolhemos exatamente isso.

— Eu nunca perguntei a você o porquê exatamente de tê-la escolhido. Por que você escolheu Nova York?

— Para escapar. — As sobrancelhas dela se ergueram quando ela tentou focar o cálice de vinho. — Talvez essa bebida seja a responsável por essa resposta tão rápida. Mas acho que sim, isso foi parte da minha motivação. Era um lugar grande o suficiente para me engolir, caso eu precisasse. Ela tem movimento, é ágil, e eu queria tudo com rapidez, queria as multidões. E o trabalho. Eu precisava do trabalho mais do que eu precisava respirar naquela época.

— Nesse ponto as coisas não mudaram muito.

— Talvez não, mas estou respirando agora. — Ela ergueu o cálice e tomou um longo gole do vinho.

— Estou vendo que sim.

— Soube disso no instante em que eu cheguei aqui. Não sei explicar o motivo, mas tive a certeza de que aqui era o meu lugar. Depois me apareceu Feeney. Ele viu algo em mim e me deu força. Feeney me transformou em algo maior do que eu achei que poderia ser. Este era o meu lugar, mas, se ele tivesse se transferido para onde Judas perdeu as botas, eu teria ido com ele.

Será que ela já tinha refletido sobre isso antes, Eve se perguntou. Já percebera ou chegara a admitir tudo isso? Não tinha certeza.

— Por que *você* escolheu esta cidade? — perguntou a Roarke.

— Sonhava com Nova York desde que eu era pequeno. Este lugar parecia um anel de ouro com brilhantes e eu queria meus dedos em volta dele. Queria muitos lugares, e fiz tudo que foi preciso para obtê-los, mas foi aqui que eu sempre quis manter a minha base. Nesse anel de ouro com brilhantes. Não queria ser engolido; queria ser dono. Dono de tudo isto aqui.

Ele olhou para as multidões, o trânsito e a pressa em torno deles, como Eve já tinha feito.

— Bem, isso significa muito, não é? — continuou. — Foi então que eu me apaixonei pela cidade como um homem que cai de quatro por uma mulher fascinante e perigosa. Depois, tudo se tornou mais do que simplesmente ser dono... tudo era uma prova, para mim mesmo e, imagino, para um homem que já tinha morrido... e acabou se tornando uma questão de simplesmente "ser".

— E você trouxe Summerset para cá.

— Exato.

Ela bebeu mais um pouco de vinho.

— As figuras paternas fazem toda a diferença, e essas pessoas não precisam ser sangue do nosso sangue para conseguir isso. Nós dois encontramos figuras paternas... ou elas nos encontraram... No entanto, a coisa funcionou. Isso fez toda a diferença.

— E você está achando que Alex Ricker perdeu a figura paterna dele no dia em que soube que seu pai assassinou sua mãe. E isso fez toda a diferença.

— Você me lê muito bem.

— É verdade. Vamos para casa agora, temos trabalho a fazer.

Ela esperou enquanto ele pagava a conta e eles se levantaram da mesa juntos.

— Obrigada pelo jantar.

— De nada.

— Roarke? — Ah, que se dane, estamos em Nova York. — Jogou seus braços em volta dele e assaltou seus lábios num beijo longo e excitante. — Obrigada por me ler tão bem — disse quando o soltou.

— Vou comprar uma caixa inteira desse vinho — brincou ele.

Ela riu até chegar ao carro.

Em casa, ela tirou o casaco e o jogou sobre a poltrona reclinável. Circulou só de camisa pelo aposento diante do seu quadro do crime.

— Você disse que também iria trabalhar em casa. Disse isso a Caro — lembrou ela.

— E vou mesmo, mas não antes de você me contar o que planeja fazer.

— Estou pensando em pedir que entre em contato com seu novo melhor amigo antes de você começar a trabalhar nas suas coisas.

— E por que eu faria isso?

Só podia ser efeito do vinho, refletiu Eve. Porque, às vezes, quando Roarke falava com aquele leve sotaque musical celta que envolvia as palavras, ela sentia vontade de babar.

— Hum. — Ela sacudiu a cabeça. — Para dizer-lhe que é importante que ele e o seu assistente pessoal permaneçam em Nova York. E avisá-lo de que eu gostaria de conversar com cada um deles amanhã.

— Em um sábado? No mesmo dia em que você será a anfitriã de uma festa?

— Posso fazer isso cedo pela manhã. Peabody e Nadine vão invadir esta casa com só Deus sabe o quê. Eu não preciso me envolver com coisa alguma. Pelo menos foi o que elas disseram.

— Muito bom, querida. E eu comentaria sobre isso com o meu "novo melhor amigo" por que motivo?

— Para lhe mostrar boa-fé. Dizer que eu estou inclinada a acreditar nele e blá-blá-blá. Avisar que eu quero discutir alguns detalhes amanhã de manhã; coisas que poderão me ajudar a seguir a minha linha de investigação atual.

— E quer colocar um pouco de pressão em Sandy. Isso poderia funcionar. Tudo bem, farei isso. Depois vou trabalhar por mais umas duas horas, espero. Você se lembra de que vou para Vegas amanhã, certo?

— Você vai... — Sim, agora ela lembrava. — Sim, sim, libertinagem masculina.

— Talvez eu possa fazer alguns malabarismos com minha agenda e ir com você até lá de manhã, já que Peabody estará ocupada.

— Não, não. Você já fez malabarismos o suficiente. — Ela conseguiria interrogá-lo sozinha, mas ele ficaria revoltado com isso. E com razão, reconheceu. — Vou chamar Baxter.

— Tudo bem então.

Munida de café, Eve se sentou para escrever suas anotações. Ordenou uma averiguação secundária na vida de Rod Sandy, incluindo suas finanças. O sujeito fazia parte do "clã" dos Ricker desde a faculdade, pensou Eve. Era muito tempo.

Ele certamente saberia como esconder dinheiro aqui e ali. Talvez dinheiro pago pelo pai para trair o filho.

Ela escaneou os relatórios da DDE sobre os dados extraídos dos *tele-links* e computadores confiscados da cobertura de Ricker. Não viu coisa alguma que ligasse Sandy à colônia penal de Ômega, é claro. Não seria assim tão fácil. Nada que o ligasse a Coltraine também, com exceção do repasse de uma ligação de Alex convidando-a para sair. Nada também para a delegacia de Coltraine ou para qualquer membro do seu esquadrão.

Só que... Um cara inteligente como Sandy não deixaria claro um rastro óbvio. Um rastro que seu amigo Alex poderia encontrar e questionar.

Talvez houvesse um segundo *tele-link* de bolso em algum lugar. Recolhido, escondido, já descartado?

Verificou seu relógio de pulso. *Horas*, pensou... Ainda faltavam horas para Callendar chegar a Ômega, e ainda mais tempo até que ela começasse a investigar. Eve disse a si mesma que seria mais sensato considerar esse um tempo extra para refinar sua teoria e verificar pistas erradas.

Serviu-se de mais café e mal havia sentido o gosto da bebida quando Roarke apareceu.

— Você falou com Alex?

— Falei, sim. Ele estará pronto e à sua espera às nove horas. Eve, Morris estava no nosso portão. Mandei que Summerset o deixasse entrar.

— Morris?

— Ele está a pé.

— Ah, merda. — Ela se afastou da mesa e foi em direção à escada. — Como ele está? Será que ele está...

— Eu não perguntei. Achei melhor simplesmente mandá-lo entrar. Summerset enviou um carro autônomo para pegá-lo.

— Um carro autônomo?

— Por Deus, há quanto tempo você mora nesta casa? Um daqueles carros que se dirigem sozinhos. Ele o trará diretamente até aqui.

— Por que eu deveria saber que temos carros autônomos? Alguma vez eu já usei um, por acaso? O que achou dele? — perguntou Eve a Summerset assim que desceu o último degrau da escada — Em que condição ele se encontra?

— Perdido. Não geograficamente. Parece sóbrio. Mas está sofrendo.

Eve passou a mão pelo cabelo.

— Prepare um pouco de café — disse a Summerset. — Ou... Talvez fosse melhor que o deixássemos ficar bêbado. Não sei. O que devemos fazer aqui? Não sei exatamente o que fazer por ele.

— Então descubra. — Summerset foi até a porta. Antes de chegar lá, fez uma pausa e se virou para Eve. — Um bêbado só consegue encobrir a própria dor por algum tempo, pois depois ela volta com mais força. Café é melhor, e também a atenção de alguma pessoa, pois é disso que precisa agora. Alguém que se preocupe com ele e se disponha a ouvi-lo.

Ele abriu a porta e completou:

— Vamos, vá recebê-lo. Ele se sentirá melhor se você for até ele.

— Não me empurre — ela murmurou, mas saiu.

O carrinho vinha em silêncio completo, subindo pela alameda com tranquilidade e fazendo curvas graciosas. Parou na base dos degraus.

— Desculpe. — Morris esfregou as mãos no rosto como um homem que acabava de sair de um transe. — Sinto muito. Não sei por que vim até aqui. Não deveria ter feito isso. — Saiu do carrinho enquanto Eve descia a escada. — Eu não estava raciocinando direito. Sinto muito.

Ela estendeu a mão.

— Entre, Li.

Ele estremeceu como se lutasse contra uma dor terrível e simplesmente sacudiu a cabeça. Ela conhecia aquela dor e a luta contra ela. Foi por isso que caminhou até ele e aceitou o seu peso e um pouco do sofrimento quando ele a abraçou com força.

— Pronto — murmurou Summerset. — Ela acabou descobrindo o que fazer, não foi?

Roarke colocou uma mão no ombro de Summerset.

— O café seria ótimo, eu acho. E também algo... Duvido muito que ele tenha comido alguma coisa.

— Vou cuidar disso.

— Venha comigo — convidou Eve.

— Eu não sabia para onde ir, nem o que fazer. Não poderia ir para casa depois de... O irmão dela a levou. Eu fui e assisti ao encontro dele com ela... Depois eles a colocaram dentro de uma van. Em um caixão. Ela não está lá. Quem saberia disso melhor do que eu? Só que eu não suportei aquilo. Eu não poderia ir para a minha casa. Nem sei como consegui chegar aqui.

— Não importa. Vamos. — Ela manteve um braço ao redor dele e ambos subiram a escada até a entrada, onde Roarke os esperava.

Capítulo Quinze

— Vim interromper vocês. Estou incomodando?

— Nada disso — garantiu Eve, encaminhando-o para a sala de estar. — Vamos nos sentar e tomar um café. — Suas mãos estavam frias, reparou ela, e seu corpo parecia fragilizado. Sempre havia mais vítimas além dos mortos.

Quem saberia disso melhor do que ela?

Eve o levou até uma poltrona ao lado da lareira, aliviada por não ter que pedir a Roarke que a acendesse. Antecipando-se ao pedido, ele já fazia isso; ela puxou a poltrona e a virou para se colocar de frente para Morris.

— Foi mais fácil, de certo modo — começou Morris —, quando havia detalhes dos quais cuidar. Era mais fácil de seguir o passo a passo. A cerimônia fúnebre me deixou centrado e focado, por assim dizer. O irmão dela... a ajuda que eu lhe dei era algo que precisava ser feito. Então ela foi embora e se foi para sempre. Agora é o fim de tudo, não há mais nada para eu fazer.

— Fale-me sobre ela. Alguma coisa pequena, algo sem importância, simplesmente algum detalhe.

— Ela gostava de caminhar pela cidade. Preferia andar a pegar um táxi, mesmo quando o tempo estava frio.

— Gostava de ver o que estava acontecendo à sua volta e se sentir parte disso — incentivou Eve.

— Sim. Gostava da noite, de caminhar à noite. Encontrar um novo lugar para tomar um drinque ou ouvir música. Ela queria que eu a ensinasse a tocar saxofone. Ela não tinha nenhum talento para isso. Por Deus... — Uma espécie de tremor pareceu atravessá-lo por dentro e o deixou mais arrasado. — Ah, Deus!

— Mas você tentou ensiná-la a tocar.

— Ela se dedicou muito para aprender, mas o ruído que saía do instrumento... ninguém chamaria aquilo de música... sempre a fazia rir. Ela me entregava o saxofone e me pedia para tocar alguma coisa. Gostava de se esticar no sofá enquanto eu tocava.

— Você consegue vê-la fazendo isso?

— Sim. A luz das velas no seu rosto e o meio sorriso que sempre exibia. Então ela relaxava e me observava tocar.

— Você consegue vê-la lá — repetiu Eve. — Ela não se foi.

Ele pressionou a base das mãos sobre os olhos.

Em pânico, Eve olhou para Roarke. Ele assentiu com a cabeça e a deixou mais focada. Então ela continuou falando.

— Eu nunca perdi ninguém que importasse de verdade — confessou Eve a Morris. — Não a esse ponto. Durante muito tempo, eu não tive ninguém que importasse. Então eu não sei avaliar. Não por completo. Mas consigo sentir, por causa do trabalho que eu faço. Eu sinto. Não sei como as pessoas conseguem superar isso, Morris, juro por Deus que eu não sei como elas conseguem seguir em frente, dando um passo de cada vez. Acho que precisam de algo em que se apoiar. Você consegue vê-la e pode tentar se apoiar nisso.

Morris baixou as mãos e olhou para elas. Vazias.

— Eu posso. Sim, eu consigo. Sou grato a vocês dois. Continuo me apoiando em você, Dallas. E agora apareci na sua porta, trazendo a minha dor para estragar a sua noite.

— Pare com isso. A morte é uma desgraçada — disse Eve. — Quando essa desgraçada vem, os que ficaram para trás precisam da família. Nós somos a sua família.

Summerset entrou empurrando uma pequena mesa com rodinhas. Com segurança e muita eficiência, posicionou o móvel entre Eve e Morris.

— Dr. Morris, o senhor vai tomar uma sopa agora.

— Eu...

— É do que o senhor precisa. É disso que precisa agora.

— Você poderia providenciar para que a suíte azul do terceiro andar seja preparada? — pediu Roarke, avançando alguns passos para se sentar no braço da poltrona de Eve. — O dr. Morris vai dormir aqui esta noite.

Morris tentou falar alguma coisa, mas simplesmente fechou os olhos e respirou fundo.

— Obrigado.

— Pode deixar que eu cuidarei disso. — Quando Summerset saiu, Eve se levantou da poltrona e foi atrás dele. Alcançou-o junto da porta e perguntou, baixinho:

— Você não colocou calmante nessa sopa, colocou?

— É claro que não!

— Tudo bem, não precisa ficar encrespado.

— Eu nunca fico *encrespado*.

— Tudo bem então...

Eve tinha coisas mais importantes a fazer do que entrar em conflito com Summerset.

— Tenente — chamou ele, quando ela se afastou. — Provavelmente vai se passar muito tempo antes de eu repetir isso, se é que esse dia vai chegar. Porém, devo lhe dizer uma coisa agora: estou orgulhoso de você.

O queixo de Eve quase despencou no chão. Ela olhou para as costas rígidas e magras de Summerset, que já se afastava.

— Estranho — murmurou ela. — Muito, muito estranho.

Ela voltou para a sala e se sentou novamente. Ficou aliviada ao ver que Morris tinha acabado a sopa, e sua voz voltou a ficar firme enquanto ele e Roarke conversavam.

— Alguma parte do meu cérebro ainda deve estar funcionando, porque ela me trouxe aqui.

— Você vai conversar com Mira quando estiver pronto?

Morris considerou a pergunta de Roarke.

— Suponho que sim. Sei o que ela vai me oferecer. E sei que será a coisa certa a se fazer. Nós lidamos com isso todos os dias. Como você disse, Dallas, nós sentimos.

— Eu não sei o que você pensa a respeito desse tipo de coisa — começou Eve —, mas eu conheço um padre.

O esboço de um sorriso surgiu nos lábios de Morris.

— Um padre?

— Um cara católico, de um caso em que eu trabalhei recentemente.

— Ah, sim, padre Lopez, do Spanish Harlem. Eu conversei com ele durante a investigação desse caso.

—O próprio. Bom, de qualquer modo... Existe algo bom nele. Algo sólido, eu acho. Talvez, se você quiser alguém fora do nosso círculo, fora do trabalho, sabe como é... você poderia conversar com ele.

— Fui criado no budismo.

— Ah... Bem, então...

O esboço de sorriso permaneceu.

— Depois de adulto, experimentei várias crenças. As do tipo organizado, conforme eu descobri, não funcionaram comigo, mas talvez seja útil conversar com esse padre. Você acredita que exista algo a mais depois da morte?

— Acredito — respondeu Eve, sem hesitação. — Nem pensar em passarmos por tantas merdas para depois, pronto... era só isso. Se for desse jeito, vou ficar muito puta.

— Exato. Eu sinto a energia dos mortos e tenho certeza de que você também. Às vezes, quando eles chegam para mim, já saíram de vez. Foram embora e tudo o que restou foi a concha vazia do que eram. Em outros casos, há mais além disso, e a energia permanece algum tempo com a gente. Você entende o que quero dizer?

— Entendo, sim. — Aquilo não era algo que ela costumava expressar, muito menos compartilhar. Porém, ela sabia, sim. — É mais difícil de aceitar quando a energia deles fica.

— Para mim é um sinal de esperança. Ammy se foi quando a vi. Eu queria, por puro egoísmo, sentir um pouco dela. Só que ela já tinha ido embora, para onde quer que tivesse de ir. Eu precisava me lembrar disso hoje, eu acho. Lembrar que ela não foi para longe, pelo menos não de mim, porque eu posso vê-la. E está em algum lugar onde precisa estar. Sim, o padre Lopez pode me ajudar a lidar com isso, mas você também pode.

— Do que você precisa?

— Coloque-me dentro do caso. Conte-me o que você sabe... tudo, tudo. Não apenas o que você acha que eu deveria saber, mas tudo de verdade. E me dê algo para fazer, quero fazer parte disso. Qualquer função, por menor que seja. Confirmação de dados, acompanhamento, comprar donuts para a equipe. Eu preciso estar envolvido. Preciso tomar parte na missão de encontrar a pessoa que fez isso.

Ela estudou o rosto dele. Sim, a necessidade estava ali. A intensidade nele quase fez um buraco no coração de Eve.

— Você vai ter que me dizer uma coisa, de forma clara e direta. Respeite-a, respeite a mim e me diga a verdade.

— Eu digo.

— O que você vai querer quando o encontrarmos? O que quer fazer?

— Você está perguntando se eu quero matá-lo? Tirar sua vida?

— Sim, é exatamente isso que estou perguntando.

— Já pensei nisso, até imaginei a cena. Existem muitas maneiras de fazer isso, e na minha posição são muitas as possibilidades de ação. Sim, eu já pensei nisso, mas seria algo para mim, e não para ela. Não é o que ela iria querer. Eu iria... decepcioná-la. Como eu poderia fazer uma coisa dessas? Quero apenas o que ela iria querer.

— O que seria isso?

— Justiça. Há muitas nuances nesse caso, muitos graus e níveis. Nós também sabemos disso. — Seu olhar se desviou para Roarke. — Todos nós sabemos disso. Eu quero que ele sofra, quero a dor dele e quero que essa dor seja prolongada. A morte acaba com tudo, pelo menos com essa parte de nós. Eu não quero a morte dele e prometo a você, em nome de Ammy, que não farei nada para acabar com a vida dele. Quero que ele vá para uma cela e passe anos, décadas, trancado nela. Depois eu quero que ele vá para qualquer inferno que seja quando a morte chegar para ele. E quero ter uma participação para que isso aconteça.

Ele esticou o braço sobre a mesa e agarrou a mão dela.

— Eve... Eu não vou traí-la, nem a você. Eu juro!

— Tudo bem. Você está na equipe. — Ela pegou café. — Vou começar dizendo que ela estava limpa. Não há provas de que fosse corrupta ou estivesse de rabo preso com alguém. Todas as evidências são contrárias a isso. Ela terminou o relacionamento com Alex Ricker em Atlanta. Sua única conexão com ele, agora, era de amizade.

— Ele a matou?

— Não me parece que tenha feito isso. Minha leitura é que ela foi morta por causa dele, mas não por ele, pessoalmente, não com seu conhecimento, nem por meio de suas ordens ou de seus desejos. Acho que Max Ricker ordenou que isso fosse feito para punir o filho, para acabar com a vida dele.

— Você acha que ele mandou matá-la para... Sim, consigo imaginar isso. — Quando Morris pegou o café, sua mão permaneceu firme. — Consigo imaginar isso com facilidade agora.

— Para fazer tal coisa, ele precisaria contar com alguém muito ligado a Alex, e outra pessoa ligada a Colt... a Ammy — corrigiu Eve. Tenho dois detetives da DDE que estão a caminho da

Colônia Penal Ômega neste exato momento. Acho que Ricker tem alguém lá em cima hackeando seu registro de visitantes e sua comunicação com o exterior. Acho que ele esteve em contato com alguém da Terra e está orquestrando tudo, talvez até mais que isso. Vou me encontrar com Alex pela manhã, mas tem mais uma coisa: vou falar com seu assistente pessoal. É desse cara que estou desconfiando. Ninguém está mais perto de Alex do que esse cara, Rod Sandy. Ao mesmo tempo, estou investigando as pessoas do esquadrão dela.

— Alguém do esquadrão dela? — Morris colocou a caneca novamente sobre a mesa. — Jesus... Como assim?

— Foi um golpe interno dado por alguém do mundo dela, alguém ligado a Alex Ricker. Eu *sei* disso.

Por um longo momento, ele olhou fixamente para o fogo. E permaneceu em silêncio.

— Não pensei que você estivesse tão perto. Não acreditava que você tivesse chegado tão longe. Eu deveria ter imaginado, pois conheço você. O que posso fazer para ajudar?

— Você pode passar algum tempo esta noite pensando em qualquer coisa que ela tenha contado sobre as pessoas com quem trabalhava. Pequenas coisas: comentários, observações, queixas, piadas. Qualquer coisa da qual você se lembre. Quero tudo que você observou pessoalmente quando foi vê-la no trabalho, quando se encontrou com ela para tomar um drinque ou fez uma refeição com alguém do seu esquadrão. Anote tudo.

— Certo. Eu consigo fazer isso.

— E tente dormir. Você não me servirá de nada se o seu cérebro estiver enevoado pela exaustão. Pense, observe... e durma. Vou sair logo cedo para interrogar Alex e seu assistente pessoal. Envie qualquer coisa que você lembrar para o meu computador aqui de casa e depois eu reviso tudo. Posso falar com você mais tarde sobre o interrogatório quando eu voltar.

Seus olhos se fixaram longamente nos dela; estavam afiados e focados novamente — o embotamento tinha sido substituído pela determinação.

— Tudo certo, então. Vou começar agora mesmo.

— Que tal eu acompanhar você até lá em cima? — ofereceu Roarke, levantando-se.

— Eu já ia fazer isso — atalhou Summerset, entrando na sala. — Permita-me que lhe mostre o seu quarto, dr. Morris, e o senhor poderá me dizer se há mais alguma coisa de que precise.

— Obrigado. — Morris olhou de volta para Eve. — Eu já tenho o que eu preciso.

Quando Morris saiu com Summerset, Roarke passou a mão pelo cabelo de Eve.

— "Você não me servirá de nada se o seu cérebro estiver enevoado por exaustão." Não sei como você não queimou a língua ao pronunciar essas palavras. Mesmo assim, você foi ótima. Ele vai se obrigar a dormir por causa delas.

— Esse é o meu plano. Preciso terminar tudo e esconder o quadro do crime. Não quero que ele entre na minha sala e dê de cara com aquilo. — Ela sorriu para Roarke ao se levantar. — Foi bom o que você fez, providenciar para que ele dormisse aqui esta noite.

Roarke pegou a mão de Eve.

— Somos a família dele.

Em algum momento das primeiras horas da manhã, Eve se sentiu se elevar no ar. Conseguiu focar a sua atenção onde estava no instante em que Roarke a levou, no colo, do escritório dela até o elevador.

— Droga, acho que cochilei. Que horas são?

— Mais ou menos duas da manhã, sra. Cérebro Enevoado.

— Desculpe. Desculpe...

— Tudo bem, eu também fiquei trabalhando e minhas tarefas levaram mais tempo do que eu imaginava. Acabei de resolver tudo agora mesmo.

— Ah. — Bocejou ela. — Talvez eu é que devesse levar você no colo, então.

— Fácil de dizer, agora que já estamos no quarto. — Atravessando o aposento, ele a largou sem cerimônia sobre a cama. — Duvido que você tenha energia para vestir uma camisola sexy para dormir.

Ela conseguiu arrancar uma das botas e a atirou longe.

— Talvez, mas bem que eu poderia me animar se *você* vestisse uma camisola sexy.

— Você é sempre engraçadinha quando está dormindo em pé.

Ela jogou longe a segunda bota.

— Eu não estou em pé. — Ela tirou a blusa, livrou-se da calça e se arrastou até a cabeceira da cama. — Danem-se as camisolas — murmurou ela, depois de se aconchegar sob as cobertas só de calcinha.

Quando Roarke se deitou ao seu lado, ela já voltara a dormir profundamente.

No sonho, Coltraine circulava diante do quadro do crime que Eve montara. Vestia um suéter azul-claro, calças com corte sob medida, e levava a arma dentro do coldre, junto do quadril.

— Trabalhei em casos de assassinato algumas vezes — disse ela. — Não como investigadora principal, mas como parte da equipe. Às vezes um arrombamento acabava mal, coisas desse tipo. Isso sempre me deprime. Acho que nunca imaginei ver uma colega investigando o meu assassinato.

— Quem imagina essas coisas?

Coltraine sorriu para Eve.

— Bem lembrado. Você sabe mais a meu respeito agora do que sabia quando começou a investigação.

— Geralmente é assim que funciona.

— Algumas das coisas que você sabe estão sendo transmitidas pelos olhos de Li. Você não pode confiar cem por cento nisso.

— Sei que não, mas ele não vai mentir.

— Não, não vai. — Coltraine foi até onde Eve estava sentada e apoiou o quadril na quina da mesa. — Eu costumava achar que era preciso a pessoa ser muito fria para trabalhar na Divisão de Homicídios. Fria o bastante para aguentar enfrentar a visão da morte todo dia ou quase todo dia. Fria o bastante para esmiuçar as vidas das pessoas, descobrir tudo que as vítimas já não conseguiam mais esconder, mas eu estava errada. Você deve controlar a emoção, mas deve haver muita emoção. Caso contrário, você não daria a mínima, para começo de conversa. Não se importaria o suficiente a ponto de fazer o que precisa ser feito para agarrar um assassino.

— Às vezes a frieza é necessária.

— Talvez. Eu também sei mais sobre você agora, já que você me prendeu dentro da sua cabeça. Você luta com a lei porque tem um respeito intenso e visceral por ela. Tem uma crença forte, mas é a vítima que a impele, é a vítima que pode fazer você questionar a letra da lei. Mais até do que a justiça, e a justiça é a sua fé.

— Isso não tem a ver comigo.

— Você sabe que tem. Somos tão íntimos quanto os amantes, agora. Policial/vítima. Sou um dos rostos na sua cabeça agora e nos seus sonhos. Você nunca esquece, não importa quanto já aconteceu. Esse é seu fardo e seu dom. Você deixou Li entrar na equipe, apesar de as regras e o regulamento aconselharem o contrário. Ele está muito perto de mim. Porém, você driblou as leis e os regulamentos porque ele também é uma vítima. E porque ele precisava disso. É a parte fria que existe em você que questiona isso agora, bem no fundo da sua mente. E é a parte quente e calorosa que sabe que essa foi a coisa certa a fazer.

— Qual foi a parte de você que se afastou de Alex Ricker?

— Boa pergunta, não é? — Coltraine se levantou e se agachou para acariciar Galahad quando ele veio se roçar em sua perna. — Belo gato.

— Que tal uma resposta?

— Você está se perguntando se eu caí fora da relação porque ele não me amava o suficiente para se afastar do seu trabalho, para mostrar a mim o quanto eu era importante, ou se eu caí fora porque me lembrei que era uma policial e tinha um dever com a lei.

— Tanto faz. — Eve encolheu os ombros. — Você caiu fora, é isso que importa aqui.

— Mas é importante para você, por causa de Li. É importante por causa do distintivo. E também é importante porque você se pergunta o que teria feito se Roarke não tivesse lhe mostrado o quanto você importava.

— Não exatamente. A primeira e a segunda afirmações são verdadeiras, mas a última? Ele me mostra isso todos os dias. Acho que entendo agora o quanto você ficou magoada quando Alex não fez a mesma coisa, porque não preciso me fazer essa pergunta. Eu *sei*. E não acho que foi a policial que caiu fora. Acho que a policial entendeu depois. E acho, talvez, que você se tornou uma policial melhor quando veio para Nova York.

— Isso é bom de ouvir. Obrigada. Mesmo assim, eu não fui uma policial boa o suficiente para impedir que me derrubassem com minha própria arma.

— Sim, isso é uma merda, mas estou analisando tudo, detetive. Estou vendo o jeito como eu acho que as coisas aconteceram. E estou chegando à conclusão de que você não teve a mínima chance.

— Ora... — Coltraine colocou as mãos nos quadris. — Isso é um verdadeiro conforto para mim, agora.

— É o melhor que eu tenho a oferecer.

Um chuvisco suave de primavera saudou Eve quando ela caminhou até o lado de fora da casa para encontrar Baxter. Ela o viu chegando lentamente pela alameda, a bordo de seu elegante carro esportivo de dois lugares, e riu quando ele torceu o polegar na direção da nova viatura de Eve, que não era nem um pouco elegante.

— Ah, qual é, Dallas, por que levar esse seu novo lixo para as ruas quando eu tenho o meu carrão?

— É assunto oficial da investigação, e sou eu quem vai dirigir.

— Quando um cara é obrigado a arrancar a bunda da cama em um sábado chuvoso, ele poderia ao menos poder descansá-la em um carro decente. — Foi resmungando enquanto se encaminhava para a viatura de Eve, mas acabou transferindo a bunda e o resto do corpo de um carro para o outro. — Bem, pelo menos os bancos são confortáveis, tenho de reconhecer.

— Sua bunda está bem instalada agora?

— Na verdade, está. É surpreendente como... Uau! — Ele se inclinou para a frente ao reparar no painel. Veja só. Caraca! Santo Cristo, essa pilha de lixo está toda equipada. Isso é...

Parou de falar quando foi lançado para trás no banco com a partida do carro, que já serpenteava pela alameda em décimos de segundo.

— E ele sabe rebolar, gracinha! Essa não é uma viatura oficial, você acha que eu sou bobo?

— Depende de quem responde. Segundo o regulamento, eu tenho a opção de usar meu carro pessoal para trabalhar, desde que ele atenda a todos os códigos. Do mesmo jeito que você quando usa o seu brinquedinho que ficou lá atrás.

— Dallas, você tem alguns tesouros secretos que nunca explorei.

— Você nunca explorou nenhum dos meus tesouros.

— Quem perdeu foi você, irmã. Puxa, Peabody nem comentou nada sobre o seu carro novo.

Eve sentiu-se estremecer ao ouvir isso.

— Ela ainda não viu essa viatura. E você vai ficar de bico calado a respeito; caso contrário, ela vai ficar com cara de choro e reclamar muito por não ter sido a primeira a vê-lo ou alguma merda do tipo. Parceiros às vezes são um pé no saco.

— Não o meu. Aquele garoto é uma joia. Então... Você está desconfiada de que o assistente pessoal de Ricker Júnior, e também seu melhor amigo, o sacaneou e matou Coltraine?

— Ele a matou ou ajudou na armadilha para derrubá-la. E armou uma cilada para Alex Ricker ao mesmo tempo.

— Melhores amigos podem ser um pé no saco.

Ela teve que rir.

— Você nem desconfia do quanto. Vamos trabalhar separados. Comece o interrogatório de forma direta, simplesmente conferindo os detalhes. Depois de um tempo, vou pegar Sandy, levá-lo para outra sala e deixar você sozinho com Ricker. Quero que ele fique com o pé atrás e meio revoltado, mas não quero que o seu melhor amigo atrapalhe.

— Tudo bem, por mim. Você acha mesmo que Júnior está limpo nessa história? O motivo está lá e a oportunidade também, mesmo com o álibi. Tudo do que ele precisava fazer era estalar os dedos.

— Se ele estivesse numa de resolver tudo com um estalar de dedos, teria feito isso a longa distância. Seu velho o colocou nessa roubada, foi assim que rolou. Quando colocarmos Sandy contra a parede, ele vai entregar tudo. É um vira-casaca e vai virar de novo. Depois, nós o apertamos um pouco mais para saber quem tinha o rabo preso com Ricker entre os componentes do décimo oitavo Esquadrão.

— Odeio quando um policial se envolve em crimes. Mas, sim, eu analisei os arquivos e as suas anotações. Deve ser isso, sim.

O comunicador do painel tocou.

— Dallas falando.

— Callendar, fazendo relatório de Ômega. — O rosto de Callendar, com olhos cansados e um imenso sorriso, encheu a tela. — Houve algum atraso na aterrissagem, mas Sisto e eu já estamos nas dependências da colônia penal. Já fomos autorizados, registrados, e vamos ser escoltados diretamente para o setor de Comunicações. O diretor nos autorizou a acessar... Bem, praticamente tudo que quisermos.

— Consiga-me algo sólido, Callendar.

— Se tiver algo aqui, nós vamos encontrar. Vou contar uma coisa, viu?... Este lugar é bizarro. Você já esteve aqui?

— Nunca.

— Sorte sua. Até mesmo as áreas de pessoal e administração são bizarras. Aposto que, se você desse a todas as crianças uma visita obrigatória a este lugar, elas nunca pensariam nem mesmo em roubar o skate aéreo do coleguinha. — Ela olhou para longe da câmera e fez que sim com a cabeça. — Eles estão prontos para nos receber.

— Quero saber das novidades no instante em que você tropeçar em alguma coisa, mesmo que seja meia coisa.

— Leza, eu aviso. Callendar desligando.

— Leza? — repetiu Eve, quando a tela apagou.

— Abreviação de "Beleza" — Baxter revirou os olhos. — Gíria de e-geeks.

Eve balançou a cabeça, concordando com ele.

— Geeks são figuras estranhas.

Ela estacionou junto à calçada diante do prédio de Ricker.

— Viatura em serviço! — anunciou em voz alta e inchou o peito de orgulho quando as luzes da viatura começaram a piscar.

— Bom! — elogiou Baxter.

— Quando acabarmos o interrogatório, na volta, vou lhe mostrar a rapidez com que ela responde ao comando de vertical.

Eve entrou e foi direto para o elevador quando o recepcionista disse que eles já estavam liberados e eram aguardados pelo sr. Ricker.

Ele foi recebê-los no saguão da cobertura.

— Olá, tenente.

— Sr. Ricker... Este é o detetive Baxter. Agradecemos que o senhor tenha nos reservado algum tempo para responder a mais algumas perguntas.

O seu tom foi tão educado e neutro quanto o de Eve.

— Quero cooperar de todas as formas que eu puder.

— Conforme combinamos, também gostaríamos de conversar com o sr. Sandy.

— Claro. Ele provavelmente está na cozinha, tomando café. Por favor, sentem-se. Eu irei chamá-lo.

— Cobertura espetacular — comentou Baxter, olhando em volta. — E ainda dizem que o crime não compensa.

— Só os idiotas dizem isso.

— O mundo está cheio de idiotas.

Alex voltou sozinho.

— Desculpem, ele geralmente é madrugador; então eu imaginei que... Ele deve estar no andar de cima. Com licença.

Quando Alex subiu, Eve e Baxter trocaram olhares.

— Você está pensando o mesmo que eu? — murmurou Baxter.

— Alguém fugiu como um coelho assustado. Que bosta! Era só um acompanhamento de rotina, o que o terá assustado? Não há nada aqui para fazê-lo sumir do mapa, arriscar sua posição e transformá-lo em suspeito. É burrice sumir.

— Tenente. — Alex chegou ao topo da escada, e ela viu a resposta na palidez do seu rosto. — Rod não está aqui. Sua cama não foi nem sequer desfeita. Não vou me opor se a senhora quiser fazer uma busca a senhora mesma.

Com certeza ela iria fazer isso. Eve se preparou para subir.

— Quando você o viu pela última vez?

— Na noite passada, mais ou menos às oito. Ele tinha um encontro, mas sabia que deveria estar à sua espera hoje de manhã. Não é do feitio dele perder um compromisso. E ele também não está atendendo às ligações para o seu *tele-link*. Acabei de tentar.

Eve caminhou até a entrada do quarto de Sandy.

— Com quem ele foi se encontrar?

— Não sei. Não perguntei.

Ela passou por Alex para verificar o armário e franziu a testa.

— As coisas dele ainda estão aqui. Vê algo faltando, algo que você consiga identificar?

— Só a roupa que ele usou para sair ontem à noite... Ahn, deixe-me pensar... Ele estava de jaqueta de couro marrom e calça preta, eu acho. Não consigo lembrar a cor da camisa, mas era uma roupa simples. Deve ter sido um encontro casual. Suas roupas estão todas aqui, até onde eu sei. Mas por que não estariam? Ele não tinha motivos para sair, e não iria embora sem me avisar.

— Talvez tenha sido uma decisão de última hora — sugeriu Baxter, com um tom de sarcasmo suficiente para que Alex apertasse os olhos com frieza ao olhar para ele.

— Ele nunca toma decisões de última hora e trabalha para mim. É o meu amigo mais antigo e trabalha para mim. Obviamente, o encontro se transformou em algo mais que casual e ele passou a noite fora. Está dormindo em algum lugar e não ouviu o *tele-link* tocar. Estou perfeitamente disposto a responder a todas as perguntas que vocês tiverem para mim agora, e vou me garantir que Rod se disponibilize assim que voltar.

Ele se virou de frente para Eve e completou:

— Eu não entrei em contato com meus advogados. Eles nem sabem que você está aqui. Não estou enganando vocês. Rod simplesmente...

— Se deu bem porque fugiu? — sugeriu Eve. — Baxter, espere por mim lá embaixo.

— Certo.

— Rod não fez nada além de ser descuidado com um compromisso — defendeu Alex.

— Muita calma nessa hora. Quem foi o seu motorista ontem?

Mordendo os lábios e substituindo a frieza por um tom educado e neutro, ele perguntou:

— Por que isso é tão relevante?

— Porque eu quero saber, sr. Cooperação, quem levou você para se encontrar com Roarke?

— Carmine. Carmine Luca — acrescentou, quando Eve olhou para ele fixamente. — Ele está lá em baixo, em um apartamento que eu mantenho para toda a minha equipe.

— Mande-o subir.

— Não compreendo por que você deseja interrogar o meu motorista.

— Vai entender depois que eu falar com ele. Traga-o agora mesmo ou então ligue para os seus advogados e mande-os encontrar você na Central de Polícia.

Seus olhos, já frios, se tornaram gélidos.

— Talvez eu tenha julgado mal a situação. Vou mandar que ele suba e veremos se você consegue me fazer compreender o que se passa aqui. Caso contrário, e a menos que haja algum mandado, vou convidá-los a se retirarem da minha casa.

Alex pegou o *tele-link* quando Eve seguiu em direção à porta.

— Carmine, preciso de você aqui em cima.

Em poucos minutos, o grande e corpulento Carmine entrou no apartamento. Ele tinha, observou Eve, um rosto que parecia ter sido talhado em pedra e golpeado durante décadas pelo vento e pela água: duro, cheio de buracos e cicatrizes, totalmente inexpressivo.

— Esses policiais gostariam de lhe fazer algumas perguntas, Carmine. Responda a todas elas com a verdade, entendeu bem?

— Sim, sr. Ricker.

— Quando foi que Rod Sandy lhe perguntou sobre o encontro do sr. Ricker com Roarke? — começou Eve.

— Não sei sobre nenhum encontro.

Eve olhou para Alex.

— Você gostaria de tornar a pergunta mais clara ou eu mesma devo fazer isso?

— Carmine, quero que você responda a todas as perguntas da tenente com a verdade. Eu tive uma reunião com Roarke ontem de manhã, em Coney Island. Você me levou até lá de carro.

— Sim, claro, sr. Ricker, mas eu pensei que...

— Não pense — disse Alex, com um tom gentil que Eve não esperava. — Eu aprecio sua ajuda, Carmine, mas estamos só tentando esclarecer algo. Pode responder a todas as perguntas. A menos que eu diga o contrário. Tudo bem?

— Certo, sr. Ricker.

— Quando foi que Rod Sandy lhe perguntou sobre o encontro do sr. Ricker com Roarke?

— A senhora quer saber a hora?

— Quero saber quantas vezes isso aconteceu.

— Tudo bem, ele me perguntou sobre isso antes do encontro. Queria ter certeza de que estava tudo preparado, coisa e tal. O sr. Sandy sempre confere se as coisas estão ajustadas para o sr. Ricker. Eu lhe assegurei que estávamos com tudo preparado, o carro pronto, os escâneres também e... — Ele parou e olhou para Alex.

— Está tudo bem.

— O café estava estocado no AutoChef do veículo e tudo o mais.

— Ele tornou a perguntar sobre o encontro depois?

— Sim. Quis saber como o sr. Ricker estava se sentindo. Sabe como é, seu estado de espírito, essas coisas. Eu contei que tinha ido tudo bem, mas comentei que achei o sr. Ricker meio pensativo e baixo astral na viagem de volta. Mas garanti que tudo tinha corrido bem, que não tinha havido problemas ou nada do gênero. Contei sobre o sr. Ricker e Roarke parecerem ter se dado muito bem e contei que eles conversaram durante algum tempo. Ele se preocupa com o senhor, sr. Ricker. Como se trata do sr. Sandy, eu não pensei que estivesse fazendo algo de errado ao lhe contar tudo.

— Tudo bem, Carmine.

— O que mais você contou a ele? — perguntou Eve.

O olhar de Carmine voltou para Alex novamente, e mais uma vez ele deu o seu consentimento.

— Não há muito para contar. Tomamos uma cerveja e estávamos conversando sobre futebol e ele especulava, meio que pensando em voz alta, se o sr. Ricker e Roarke fechariam negócio depois de tudo. Então eu disse que não me pareceu que eles estivessem falando de negócios. Garanti que não tinha ouvido muita coisa, porque não deveria ouvir, mas o vento trouxe a voz deles em alguns momentos, e me pareceu que eles conversavam basicamente sobre a srta. Coltraine, sobre o pai do sr. Ricker e como talvez...

— Como talvez...?

— O sr. Ricker...

— Continue — exigiu Alex, em um tom menos suave, agora.

— Bem, me pareceu que o sr. Ricker achava que seu pai poderia ter feito alguma coisa. Eu estava só conversando com o sr. Sandy, sr. Ricker.

— Sim, eu sei — disse Eve, antes de Alex ter chance de falar. — Você conversou com ele sobre algum outro assunto?

— Na verdade, não. Não ouvi muita coisa da conversa. E não estava tentando ouvir, juro. Pensando bem, o sr. Sandy me fez muitas perguntas e não ficou muito feliz por eu não saber mais do que sabia. Acabei contando como, no fim da conversa, o senhor e Roarke apertaram as mãos, e isso foi tudo.

— Tudo bem, Carmine, obrigado — disse Alex. — Pode voltar para o seu quarto agora.

— Sim, sr. Ricker. Se eu fiz algo errado...

— Não, não fez. Está tudo bem.

— Mais uma coisa — disse Eve. — Você levou o sr. Sandy a algum lugar ontem à noite?

— Não. Sou motorista apenas do sr. Ricker, a menos que ele determine algo diferente.

— Você ou alguém levou o sr. Sandy para algum lugar diferente esta semana?

— Não. Temos apenas um carro aqui, e só eu o dirijo. Certo, sr. Ricker?

— Isso mesmo, Carmine. Pode ir.

Alex se virou, entrou na sala de estar e se sentou.

— Você acha que Rod está trabalhando para o meu pai, certo?

— E você não? — rebateu Eve.

— Nós dois nos conhecemos há mais de doze anos. Somos amigos. Amigos de verdade. Ele sabe quase tudo que há para saber sobre mim. E sabia o que Ammy significava para mim. Você não pode esperar que eu acredite que ele faça parte disso.

— Por que você não lhe contou os detalhes sobre a sua reunião com Roarke?

— Era assunto particular. Nem mesmo os amigos compartilham tudo.

— Eu diria, pelo jeito como Sandy tentou arrancar informações de Carmine, que ele não concorda com isso.

Alex pressionou os dedos sobre os olhos.

— Nesse caso, ele nunca foi realmente meu amigo. Apenas uma ferramenta como outra qualquer. Todos esses anos.

— Pode ser, mas talvez tenha se tornado apenas uma ferramenta mais recentemente.

— Se ele matou Ammy...

— Ele poderia ter saído do apartamento naquela noite sem a segurança ter detectado?

— Sempre existem meios de fazer isso — disse Alex. — Sim. O filho da puta! O filho da puta me disse, naquela noite, que eu deveria sair, dar uma longa caminhada, ir até Times Square e renovar a energia no meio das multidões. Foi o que eu fiz.

— Ele me disse que achou que você tinha estado no apartamento a noite toda.

— As pessoas mentem, tenente — Alex marcou bem as palavras. — Você sabe disso. Eu assumi que ele estava me protegendo, então fiz a mesma coisa e lhe contei que saí quando ele estava no andar de cima. E que ele não me viu sair. Apenas algumas mentiras convenientes. Eu não a machuquei. Jamais faria isso. Então cobrimos um ao outro. Ele me armou uma cilada... ele, meu amigo de longa data, então saí pelas ruas de Nova York, tomei uma cerveja, só mais um rosto na multidão. Enquanto isso ele a estava matando. Para quê? Pelo quê?

— Onde ele pode ter ido?

— Mil lugares. Se eu soubesse, juro que lhe diria. Foi ele que me convenceu a vir para Nova York — explicou Alex. — Vir nesta semana, para tratar de negócios... para me encontrar com ela. Ele me convenceu de que eu precisava vê-la e bater um papo com ela. Ele sabia o que sentia e continuava sentindo. Confiei nele como se fosse um irmão. E ele usou isso contra mim.

— Quero todos os dados financeiros dele. Todas as suas finanças. Você me entende?

— Sim. Você terá tudo isso.

— Ele faz passeios curtos, viagens de férias, etc., sem você. Tira alguns dias de folga e você não saberia onde ele foi.

— Claro.

Nesses momentos ele poderia ter visitado Ômega, pensou Eve.

— Você sabe quem seu pai controla no esquadrão de Coltraine?

— Não. Não sei se ele controla alguém de lá, pelo menos ninguém que eu saiba afirmar com certeza. Ele sempre foi discreto com esse tipo de coisa.

— Sobre o que você e seu pai conversaram quando você o visitou em Ômega?

— Nada que tenha a ver com isso.

— *Tudo* tem a ver com isso.

Um lampejo de raiva surgiu em seu rosto.

— Entenda que eu não tenho obrigação alguma de responder ou cooperar nesse assunto, mas posso lhe dizer que deixei bem claro para o meu pai que eu nunca mais voltaria lá e não tornaria a me comunicar com ele de qualquer outra maneira. Avisei que eu fui vê-lo só porque queria olhar para ele uma última vez, e lhe disse que ele estava exatamente onde eu queria que ele estivesse.

— Qual foi a reação dele?

— Ele não precisava de mim, nem me queria por perto. Prometeu me destruir e garantiu que, quando terminasse comigo, não me sobraria nada. Porque *nada* era exatamente o que eu merecia. Esse foi o resumo da conversa.

Alex fechou os olhos e lutou para recuperar a calma.

— O que será que meu pai ofereceu a Rod para que ele fizesse isso? O que pode ter lhe prometido que ele não poderia ter pedido a mim?

— Você vai me contar tudo o que sabe sobre Sandy e tudo que não está em seus dados oficiais. E vai me enviar todas as informações financeiras. Enquanto isso, o detetive Baxter vai revirar o quarto dele do avesso. Ligar gravador! — ordenou Eve. — Sr. Ricker, temos a sua permissão para vasculhar os aposentos de Rod Sandy em sua casa, agora mesmo?

— Sim, vocês têm a minha permissão para revirar o seu quarto e para caçá-lo como a um cão. Têm minha permissão para fazer o que for preciso para derrubá-lo. Isso é o suficiente?

— É um bom começo. Baxter!

— Já comecei.

Eve se recostou.

— Conte-me tudo sobre Rod Sandy.

Capítulo Dezesseis

Eve costurou, buzinou e abriu caminho com dificuldade em meio ao tráfego da manhã de sábado. Ao lado dela, Baxter trabalhava sem parar no computador auxiliar no painel.

— Precisamos de um detetive de eletrônicos se quisermos entrar nessas contas — anunciou ele. — Eu só consigo analisar os dados básicos de algumas delas. Não houve nenhuma movimentação importante nos últimos dez dias, mas há contas que são mais complicadas. Vai levar algum tempo.

— Eu tenho um detetive de eletrônicos em casa. Verifique novamente os meios de transporte.

— Ele não pegou transporte público para fora da cidade, pelo menos não usando a sua identidade legal. A busca pelos transportes particulares vai demorar mais. E, certamente, ele usaria algum meio particular. Pode ter tomado um táxi ou contratado um serviço de limusine fora de Nova York; depois escapou por algum meio particular, ainda mais com a bela dianteira que demos a ele.

— Tudo bem, mas ele precisa movimentar uma de suas contas. — Sempre havia um rastro, pensou Eve. O dinheiro deixava pistas claras e era fácil de seguir como uma trilha de migalhas de pão.

— Ele vai entrar em contato com Ricker na colônia Ômega. Faz tudo o que lhe mandam. É um cúmplice, apenas a porra de um cúmplice. Certamente seguirá instruções, dadas por Ricker ou pela pessoa com quem Ricker está trabalhado.

— Ele entrou em pânico, fugiu com a roupa do corpo e todo o dinheiro que tinha na hora. Provavelmente levou alguns arquivos também. Mas está sendo movido pelo pânico.

— Não por muito tempo. Ele pode tentar escapar ou fugir para longe, mas já é um homem morto. Por Deus, Baxter — continuou Eve, quando ele se virou para olhá-la. — Ricker não vai deixá-lo solto por aí. Sua importância acabou de ser reduzida a pó. Sua vida não tem mais valor algum. Precisamos encontrá-lo logo, antes que Ricker se encarregue de eliminá-lo.

Muito impaciente para esperar pelos portões, Eve acionou o modo vertical e entrou em casa por cima deles.

Baxter corcoveou e gritou:

— Ihhh-hahh.

— Precisamos achar a conta que ele usou. — Eve aterrissou a viatura e seguiu pela alameda. — Temos que ver quando isso aconteceu e voltar até onde ele estava quando a movimentou. Buscamos os transportes particulares, começando pelos da cidade, e seguimos a partir daí. Depois, buscamos em todos os imóveis de Sandy e também nos de Alex Ricker. Ele precisa de um lugar para recuperar o fôlego e recolher o resto das suas coisas. Se os neurônios dele estão em boa forma, e certamente estão, ele já fez isso e está longe, mas pelo menos descobrimos onde ele estava e começamos a rastrear para onde ele poderia ter ido a partir daí.

Ela saiu do carro e subiu os degraus da entrada com muita pressa.

— Você! — Apontou o dedo para Summerset, que estava à espreita. — Seja útil. Entre em contato com Feeney e McNab, diga-lhes que preciso deles aqui com urgência. Baxter, chame seu garoto — acrescentou enquanto se dirigia para o andar de cima.

— A senhora certamente não se esqueceu — disse Summerset, subindo a escada atrás dela — de que vai ser anfitriã de um grande chá de panela daqui a seis horas.

O som que Eve fez foi perigosamente próximo de um grito.

— Chá de panela? — repetiu Baxter.

— Cale a boca. Os dois! Não mencionem isso. — Ela girou o corpo com determinação para entrar em sua sala e quase esbarrou em Morris, que saía do aposento.

Baxter parou na mesma hora e o cumprimentou.

— Ahn... Oi, Morris.

— Você descobriu alguma coisa — disse Morris.

— Peguei alguém e depois o perdi, mas vamos encontrá-lo. — Ela passou por ele e xingou em voz alta ao reparar que a porta de ligação entre o escritório dela e o de Roarke estava fechada. A luz vermelha acesa indicava que ele estava trabalhando.

Vou ficar em dívida com ele, disse a si mesma. Dívida grande.

Ela bateu com força.

Quando a porta se abriu, a irritação quase explodiu nos olhos de Roarke.

— Eve... Porta fechada... Luz vermelha!

— Desculpe, mais tarde eu compenso o incômodo, se você quiser. — Atrás dele, ela conseguiu ver várias figuras vestidas de terno. Era uma reunião holográfica, percebeu, e pensou que o esforço que teria de fazer para compensar aquela interrupção seria gigantesco. — Preciso muito da sua ajuda, estou com uma bomba prestes a explodir.

— Dez minutos! — determinou ele, e bateu a porta na cara dela.

— Caraca, minha conta vai ser alta. Baxter, use o computador auxiliar aqui da sala para investigar os meios de transporte. Precisamos interrogar os amigos, parentes, contatos, conhecidos, namoradas ou namorados de Sandy, e até a bosta do seu alfaiate. Esse cara não trabalhou sozinho. Entrou em contato com alguém em algum lugar.

— Eu posso ajudar. — Morris ficou no centro da sala. — Deixe-me ajudar.

Ela o avaliou rapidamente. Ele parecia descansado, e isso era uma vantagem. Summerset tinha desenterrado uma camisa e uma calça limpas para ele em algum lugar. — Morris, vou ter que trazer meu quadro do crime de volta para a minha sala. Você consegue lidar com isso? Seja sincero.

— Consigo, sim.

— Vou ter que contar os detalhes a você enquanto trabalhamos. Por enquanto, vá lá dentro — apontou para a cozinha — e programe um balde de café. Não encare isso como um trabalho sem importância. Café é algo necessário.

— Não me importo de fazer trabalho sem importância.

Ela foi até a mesa quando ele seguiu para a cozinha.

— Computador, apresentar todos os dados conhecidos sobre Rod Sandy no telão um. A prioridade da pesquisa foi determinada pela tenente Eve Dallas.

Entendido. Processando...

— Ele ficou preocupado — começou, quase falando consigo mesma quando os dados começaram a aparecer na tela. — Sentiu uma sensação estranha quando Alex contou que iria se encontrar com Roarke. Foi solidário, claro, esse é o trabalho dele, mas se preocupou com o encontro. Matutou muito a respeito. Encheu o motorista de perguntas, mas não tinha certeza... pelo menos não cem por cento... de que algo naquela conversa não despertaria alguma desconfiança na mente de Alex e jogaria alguma suspeita sobre ele. *Não posso insistir muito com Alex, senão a desconfiança dele vai aumentar*, foi o que pensou. O motorista não é um cara muito brilhante. Leal, mas não muito brilhante e... "puxa, estou falando com o sr. Sandy e os drinques dele são de alta qualidade".

Ela caminhou pela sala de um lado para outro, estudando os dados enquanto trabalhava.

— Ele consegue arrancar o suficiente do motorista para transformar a desconfiança em preocupação séria. O que deve fazer em seguida? Precisa de alguém que lhe diga como proceder. Contata Ricker? Não, não, ele é só um empregado, um peixe pequeno. Existe uma hierarquia. Os empregados não vão direto ao chefe. Ele procura o seu contato. O cara que trabalhou com ele para matar Coltraine. Sim, é isso que ele faz.

Ela inclinou a cabeça e ordenou:

— Computador, interromper a apresentação dos dados. Olhem só para isso, que tal essa? Rod Sandy nunca esteve na liderança. Foi o décimo em sua turma de graduação, enquanto Alex conseguiu o primeiro lugar. Atuaram juntos como capitães no time sênior de futebol, mas veja quem recebeu o prêmio de melhor jogador do time... Não foi Rod, e sim Alex. E quem ficou na vice-presidência da turma de Alex? Sim, o velho "vice" Rod Sandy. Mais uma vez. Ele nunca levanta a taça, fica sempre no segundo lugar. Aposto que ele quase se mijou nas calças de empolgação quando Max Ricker lhe oferecer a chance de sacanear seu bom amigo Alex. Aposto que até chorou de alegria.

"Aposto que houve mulheres também, as mulheres que ele queria e que nunca olharam duas vezes para ele porque Alex tinha chegado antes. E aposto que Coltraine foi uma delas. Ela provavelmente também sabia disso. Claro que sim, era inteligente, sabia se garantir, certamente perceberia que ele tinha uma quedinha por ela. Provavelmente sentia pena dele. Rod devia odiá-la por isso. Ajudar a matá-la teria sido um bônus."

Ela se virou e reparou que Morris a observava.

— Merda! Sinto muito, Morris, eu não queria...

— Não tem problema. — Ele foi até ela com o café e lhe estendeu a caneca — Vou pegar o quadro do crime, se você me disser onde ele está. Eu a vejo como ela era — acrescentou.

— Os painéis estão ali atrás, no closet. Toda vez que você precisar de uma pausa no trabalho...

— Não se preocupe comigo. O que importa é ela.

— Ele não pegou nenhum voo para fora da cidade nesse tempo — anunciou Baxter. — Pelo menos não usando sua identidade verdadeira ou uma que se encaixe na descrição dele. Vou ampliar o círculo de busca.

— Sim, prossiga.

Eve foi até sua mesa para montar uma linha do tempo e ergueu a cabeça quando Roarke entrou.

— A dívida será paga mais tarde — avisou, antes que ela pudesse se desculpar novamente. — Tenho ideias específicas a respeito, mas, por enquanto, o que aconteceu?

— Feeney e McNab estão a caminho daqui. Preciso de uma pesquisa detalhada e profunda sobre as finanças de Rod Sandy. Tenho as contas secretas dele, Alex me informou. Pelo menos as que ele conhece. Deve haver no mínimo mais uma. Sandy fugiu, assustado como um coelho.

— Qualquer coelho que se respeite precisa de dinheiro. Tudo bem, vou ver o que consigo encontrar, mas você vai perder sua equipe de detetives de eletrônicos às quatro da tarde.

— Como assim?

— Vamos viajar, tenente, conforme o combinado, para Las Vegas. É a despedida de solteiro de Charles.

— Vocês vão para Las Vegas? — Baxter ergueu a cabeça, parecendo triste e esperançoso ao mesmo tempo. — Eu conheço Charles.

Roarke sorriu para ele.

— Gostaria de ir conosco, detetive?

Eve literalmente acenou com as mãos no ar.

— Ei, ei!...

— Já topei. Posso levar meu garoto?

— Quanto mais gente, melhor. — Roarke ergueu o indicador para Eve enquanto ela o fulminava com o olhar. — Você também estará muito ocupada. E o que não conseguirmos encontrar nas próximas horas não é para ser encontrado. De qualquer modo, no caso improvável de isso acontecer, posso programar uma busca automática.

— Não vejo por que não podemos simplesmente adiar a festa até...

— Claro que você não vê. Mas perdeu na votação.

— A vida tem que continuar — Morris se afastou do quadro que acabara de montar no centro da sala. — Senão, nada faz sentido.

— Tudo bem, esperem, esperem um pouco. — Ela precisava pensar. — Tudo bem, vamos trabalhar só até as quatro da tarde, mas, se descobrirmos a localização de Sandy ou algo igualmente relevante até as três e cinquenta e nove...

— Pensaremos nisso quando isso acontecer — concluiu Roarke. — Me dê o que você já tem —. Ele pegou o disco que ela havia lhe entregado. — Feeney e McNab estão vindo? Usaremos o laboratório de informática. Mande-os para lá assim que eles chegarem.

Enquanto sua impaciência lutava contra a sensação de culpa, Eve saiu da sala e foi atrás dele.

— Escute, eu estraguei alguma coisa... algo muito importante quando o interrompi?

— Ora, o que são alguns milhões perdidos uma vez ou outra no grande esquema das coisas? Vou tentar recuperar tudo em Las Vegas.

— Ai meu Deus, ai meu Senhor!

Rindo, ele pegou o rosto horrorizado dela nas mãos.

— Eu não me esqueci e não vou deixar você escapar dessa dívida com tanta facilidade. Está tudo bem, mas a interrupção foi irritante, então você pode se preparar que eu vou cobrar tudo com juros. Agora vá trabalhar. Tenho outras coisas para resolver além da sua pesquisa eletrônica, antes de partir.

Certo. Beleza, então, pensou ela. E voltou ao trabalho.

— Nada — disse Baxter. — Verifiquei todos os pontos de saída. Conseguimos algumas possibilidades, mas nenhuma delas deu em Sandy. Morris preparou uma busca cruzada em suas contas e cartões.

— Ainda não encontrei atividade financeira em lugar nenhum. Posso ajudar Baxter com a busca nos transportes.

Eve assentiu e voltou a analisar a linha do tempo. Quando completou e pregou os resultados no quadro no centro da sala, sua equipe de detetives de eletrônicos chegou.

Ela olhou para Feeney.

— Que diabo é isso que você está vestindo? Não estou me referindo a você — disse a McNab. — Eu não esperaria outra roupa de você.

— Esta é a minha camisa da sorte — explicou Feeney, empinando o queixo.

A camisa da sorte era verde-vômito, coberta com flamingos cor-de-rosa, todos com um riso amalucado. Em sua explosão de cabelo emaranhado, ele usava um boné preto em cuja aba se via mais um flamingo com sorriso debochado.

— Caraca, Feeney, nenhum homem atrai a sorte vestido desse jeito quando se trata de arrumar mulher — avisou Baxter.

— Não é esse tipo de sorte que eu quero. — Ele lançou a Baxter um olhar frio quando o detetive caiu na risada. — Eu sou casado, sabia? Esta camisa tem uma bela história. Até agora, ela me ajudou a ganhar oitocentos e vinte e cinco dólares.

— Não compensa o mico — foi a opinião de Eve. — Deixa pra lá. Roarke já está no laboratório de computação. O resumo é o seguinte... — Ela repassou por alto os detalhes do que eles buscavam.

— Acho que aquela camisa queimou minhas córneas — murmurou quando eles saíram da sua sala.

— Geeks. O que se pode esperar deles?

Ela olhou para Baxter e viu Morris, parado ao seu lado, sorrindo.

— Deixe a busca no modo automático e dê uma olhada nessa linha do tempo. — Ela apontou para o quadro. — Alex Ricker entrou em contato com Roarke às sete e meia. Summerset avisou a Alex que Roarke iria entrar em contato com ele em seguida.

Roarke fez isso logo depois das oito e eles combinaram o encontro. A ligação durou oito minutos. O encontro foi em Coney Island às dez da manhã e durou cerca de trinta minutos. Segundo Alex, ele fez duas paradas antes de voltar à cobertura. Uma delas na sua loja de antiguidades em Tribeca, onde eu aposto que é para onde o computador não registrado foi levado antes de cumprirmos o nosso mandado de busca e apreensão. Saiu de lá mais ou menos às 13h30 e foi a um almoço de negócios, já confirmado, que aconteceu no centro da cidade. Só voltou para casa às quatro da tarde e afirmou que Sandy estava na cobertura a essa hora. Eles conversaram rapidamente e, durante essa conversa, Alex comentou que o motorista tinha levado o carro para lavar e fazer manutenção.

— Aposto que ele começou a suar frio — disse Baxter.

— Só conseguiu falar com o motorista depois das 17 horas, pois o empregado só voltou à cobertura, conforme indicam os discos de segurança, às 17h43. E, sim, ele pareceu muito preocupado. Pode ter acionado o seu contato por volta dessa hora, mas certamente fez isso depois de Roarke entrar em contato com Alex para informá-lo de que eu passaria lá na manhã seguinte com algumas perguntas. Nesse momento já eram 19h05. Havia muita coisa sobre a qual pensar. Mesmo assim, ele só saiu de casa uma hora depois disso. Foi o momento de obter novas instruções e recolher as coisas de que mais precisava.

— Você não tem como saber quanto dinheiro vivo ele poderia ter com ele nesse momento — apontou Morris. — Dinheiro dele próprio ou que Alex poderia ter em casa.

— Não devia ser muito, e certamente não era o suficiente. Alex guarda dinheiro em um cofre na cobertura, mas continua tudo lá. Sandy não conseguiria abrir o cofre sem que isso levantasse suspeitas em Alex, porque a abertura é programada. Porém, digamos que ele tenha conseguido o bastante para sair da cidade. Talvez tenha resolvido se esconder até conseguir levantar mais alguma grana, planejar outras opções e fazer novos arranjos. Tudo foi corrido, mas ele é um cara metódico.

Pânico, pânico, refletiu Eve, mais uma vez. *O que eu faço agora, para onde vou?*

— Talvez ele tenha um cartão de crédito que Alex não conheça e nós ainda não encontramos. Pode ser. Ele pagou pelo transporte e sumiu no mundo — calculou Eve. — Mas, se foi isso que aconteceu, vamos encontrá-lo e segui-lo. Ele não consegue fazer a vida funcionar sem dinheiro.

— Chegaram relatos de alguns dos lugares sob vigilância. Não há rastros dele até agora, nenhum sinal de que tenha chegado ou partido.

Eve assentiu com a cabeça para Baxter.

— E eu aposto que ele deixaria rastros. Nunca precisou fugir antes e não sabe direito como fazê-lo. Sempre levou uma vida privilegiada e não vai durar muito sem os privilégios. — Ela fez uma pausa e franziu a testa. — Onde está Trueheart, cacete?

— Ah, ele estava a caminho, mas sabe como é... Com essa história de Las Vegas, ele teve de fazer um rápido desvio ao vir para cá. Eu preciso de trajes adequados, certo?

— Você o mandou *fazer as suas malas*?

— Eu não preciso de muita coisa. De qualquer forma, Morris supriu a falta de Trueheart.

— Talvez você também queira ir para Las Vegas — ela soltou, sem pensar, olhando para Morris, mas imediatamente estremeceu. — Merda, eu...

— É quase tentador — reagiu ele com naturalidade. — Isso mostra o quanto é grande a minha confiança em você. Mas não, não dessa vez.

Ela voltou a se sentar à mesa e começou a traçar um caminho por entre as pessoas ligadas a Sandy. Pais divorciados que voltaram a se casar, duas vezes cada. Um irmão, um meio-irmão. Segundo Alex, Sandy não mantinha contato com ninguém em especial de sua família. Mesmo assim, a família era o recurso comum quando uma pessoa precisava de grana, certo? Ela começou o tedioso processo de contato, questionamento, intimidação e eliminação.

Mal olhou quando Trueheart entrou, mas reparou que o novo e jovem aprendiz de Baxter obviamente tinha se vestido tendo em mente as festividades que iriam acontecer. Calça bem-passada, uma camisa casual, tênis de boa qualidade.

Ela tentou não pensar em como Baxter poderia corromper o doce e atraente Troy Trueheart em meio à perdição de Las Vegas.

Vasculhou dados da família de Sandy, mulheres atuais e ex-esposas de parentes. Fez cara de estranheza quando Summerset entrou na sala empurrando uma mesa grande sobre rodinhas.

— O que é isso?

— Almoço.

— Caraca, eu bem que gostaria de comer alguma coisa. — Baxter se recostou na cadeira e passou as mãos pelo cabelo. — Não consegui nadica de nada, Dallas. E meus olhos estão começando a sangrar.

— Vou usar sua cozinha — informou Summerset — para servir o que eu trouxe.

Ela manteve a expressão de estranheza quando Summerset caminhou empurrando a mesa, com o gato esperançoso em seus calcanhares.

— Quando você nada encontra — anunciou Morris —, isso significa que está eliminando o que rodeia o ponto crucial.

— Isso é algum ditado zen? — questionou Eve.

— Se não é, deveria ser.

Eve se levantou da cadeira quando Roarke, Feeney e McNab entraram. Do outro lado da sala, Summerset empurrava outro carrinho com prateleiras duplas que ela nem sabia que havia em sua cozinha.

— Vou lhe dar uma mãozinha, Summerset — ofereceu McNab, indo direto na direção do mordomo.

— Tenho tudo sob controle, detetive, mas há outro carrinho na cozinha. Se você não se importar...

— Qualquer coisa que eu possa fazer que me leve à comida. — McNab foi quase dançando até a cozinha, com suas botas roxas até o joelho.

Feeney girou o pescoço e flexionou os ombros. Eve ouviu os estalos do outro lado da sala.

— Estou ficando enferrujado.

— Contratei duas massagistas para trabalhar a bordo — anunciou Roarke.

— *Você é o cara*! — Empolgou-se Baxter, batendo palmas.

— Elas são gêmeas.

— Ai, meu coração dolorido!

— Bem que eu aceitaria uma massagem. Algo estritamente terapêutico — acrescentou Feeney, ao sentir o olhar que Eve lhe lançou. — Encontramos a conta. Ele a tinha escondido muito bem. Não é tolo nem nada. Tem guardados doze milhões de dólares e alguns trocados. Usou o método tradicional e conhecido de colocar tudo em um banco de Zurique. Não tocou no dinheiro — complementou, antes de Eve perguntar. — Mas fez alguns contatos. Conferiu o saldo da sua conta... ou alguém fez isso... via *tele-link*. A ligação foi feita aqui de Nova York, e a hora desses registros marca 16h55, horário de Nova York.

— Antes de ele conversar com o motorista — disse Eve, levantando-se para atualizar sua linha de tempo. — Já começava a cobrir as suas bases. Devia estar preocupado.

— Nenhuma das contas dele foi tocada — completou Roarke. — Ele mantém cofres bancários em quatro locais. — Ergueu as sobrancelhas quando Eve se virou para ele. — Nós pesquisamos. Ele não foi abrir nenhuma delas.

— Amigos — sugeriu Feeney. — Parentes.

Eve balançou a cabeça.

— Isso não encaixa.

Feeney olhou para Morris e inflou as bochechas.

— Podemos ter achado algo que guarda relação com a detetive Coltraine. O *tele-link* usado para verificar a conta de Zurique. Nós examinamos tudo e confirmamos de onde era o aparelho. Pertence à empresa Interesses Variados.

— Que pertence a Alex Ricker.

— Sim, é um *tele-link* da empresa; nós o localizamos e confirmamos as ligações. Foram feitas para outro *tele-link* que deve ter sido jogado fora; não conseguimos rastrear quem era o dono, mas obtivemos a identificação do aparelho e as frequências usadas. Há transmissões entre os *tele-links*, feitas de Nova York para Nova York no dia anterior ao assassinato, no dia seguinte e dois dias depois.

— Você consegue chegar mais perto?

— Foi um aparelho comum desses descartável, com chip barato, é isso que está me parecendo. Sem ecos, nem outras ligações, nada. É quase impossível obter um rastro confiável nesses aparelhos vagabundos. Havia um filtro nesse, algo que foi instalado por fora. Feeney coçou a nuca. — Mas nós temos seu registro eletrônico. É o mesmo que uma impressão digital. Tão útil quanto uma amostra de DNA.

— E se Callendar conseguir esse registro quando chegar a Ômega?

— Poderemos confirmá-lo.

— Ela vai conseguir descobrir esse rastro, se ele veio de lá. — McNab observou Summerset organizar as bandejas de carnes, pão, queijos, frutas, vegetais e saladas com o mesmo olhar intenso e devotado do gato. — Ela é supercraque nesse tipo de coisa. Quando encontrar o registro, poderemos juntar o que ela tem com o que temos e chegar a algum lugar.

— É só onde podemos ir com o que temos — disse Roarke. — Estamos executando um acompanhamento automático. Se alguma das suas contas for aberta... mesmo para conferir o saldo... ou se ele tiver visitado qualquer um dos seus cofres bancários, saberemos na mesma hora.

— Ok. Isso é bom.

— Então podemos comer! — anunciou McNab dando o primeiro mergulho em direção à mesa.

Policiais, pensou Eve, atacam como formigas em um piquenique. Pensou em falar com Morris, mas viu Roarke se aproximar dele. Sentiu um aperto no coração — um aperto no bom sentido — ao ver Roarke conversando com Morris do outro lado da mesa de refeição.

Ela voltou para sua mesa de trabalho e, enquanto o caos reinava, rodou o programa de probabilidade para ver se o computador concordava com seus instintos. Momentos depois, Roarke apareceu atrás dela e massageou os seus ombros.

— Morris está bem? — perguntou ela.

— Melhor, eu acho. — Por cima da cabeça dela, Roarke assistiu à atividade em torno da mesa. — Eu diria que o trabalho dele em tudo isso está ajudando. Não apenas a investigação, mas o sentimento de fazer as coisas, de estar aqui com os outros. Você trouxe o quadro do crime de volta à sua sala.

— Trouxe, mas antes perguntei a ele.

— Não, quero dizer que você colocou o quadro no *meio* da sala. Morris pode ver que ela está no centro de tudo. Mesmo quando todos estão ali devorando sanduíches como se a comida estivesse prestes a ser proibida no país, ele pode ver que ela é o centro de tudo. Isso ajuda.

— Não vai ajudar se o computador e eu estivermos certos. — Ela se virou para olhá-lo de frente.

— Só consigo imaginar a coisa acontecendo de duas formas. Sandy sumiu há quase 17 horas. Uma possibilidade é ele estar escondido em algum lugar, assustado, encolhido num canto chupando o dedo. A outra é ele já estar morto.

— Você e o seu programa de probabilidades acabam de descobrir que a morte é o mais provável. Eu também acho. Rod Sandy é uma ponta solta. Ricker não vê necessidade de mantê-lo respirando e tem todos os motivos para acabar com ele.

— Alguém em quem ele confiou, como Coltraine confiava. Voltamos ao esquadrão. Foi um deles.

— Você não pode fazer mais do que está fazendo. Deixe a situação descansar por algum tempo, pelo menos. Quem quer que seja se sente a salvo, se enxerga em segurança. Não vai fugir, como Sandy.

— Não, ele não vai fugir. E, enquanto for valioso para Ricker, permanecerá vivo.

— Então vamos comer alguma coisa antes de seus policiais mastigarem até a toalha de mesa. Ainda tenho algumas coisas a serem resolvidas antes de partirmos.

— Sim, você está certo. Sanduíche duplo? — acrescentou Eve, enquanto eles se dirigiam para o que restava do almoço.

— Parece-me a coisa certa.

Ela fez um sanduíche e deu a primeira mordida. No meio do burburinho da conversa masculina e dos barulhos de gente mastigando, ela percebeu o som de riso feminino.

Peabody e Nadine, ambas vestindo roupas muito femininas, apareceram na porta.

— Humm, She-Body, você está uma gata!

Só o amor, Eve supôs, poderia fazer com que McNab se esquecesse do estômago durante alguns segundos.

Ele saltou para ela, girou-a no ar e depois a mergulhou quase até o chão, segurando-a pelas costas enquanto ela ria... ria de verdade... até que ele plantou nela um beijo apaixonado.

— Não! Não! Isso aqui ainda é um ambiente policial. Nada de danças, piruetas e beijos em um ambiente policial.

Peabody simplesmente lançou para a tenente um sorriso que contrastou com os olhos estrelados.

— Tarde demais. Como bônus, ela apertou a bunda de McNab quando ele a puxou de volta.

— Isso parece delicioso! — Nadine piscou várias vezes, com seus cílios imensos. — E a comida também está com ótima aparência. — Deu um aperto carinhoso na bochecha de Eve quando passou pela tenente e fez Trueheart ficar vermelho como um tomate quando brincou com ele: — Você está de serviço, policial?

— Desista, querida. — Roarke passou a mão ao longo das costas de Eve. — O turno de trabalho acabou.

Isso, ela supôs, era verdade.

Peabody agarrou um pedaço de cenoura crua.

— Vou ficar só na comida de coelho, por enquanto. Mas teremos comidinhas maravilhosas para mais tarde. Ariel preparou tudo. Ganhei dois quilos só de carregar as caixas de doces. Podem me atualizar sobre o caso enquanto isso?

— Mais tarde — Eve decidiu. — Estamos em um intervalo.

— Ok, então. — Peabody deu uma mordida na cenoura. — Nadine e eu já trouxemos quase tudo. Mavis e Leonardo devem chegar a qualquer momento e vão trazer mais coisas.

— Beleza!

— Trina e suas consultoras de beleza também vão chegar às 4 em ponto para começarmos os preparativos.

— Tanta alegria para... O quê? Quem? Trina? *Por quê*? O que vocês vão aprontar?

— Você determinou que não fizéssemos nada de jogos tolos e proibiu strippers — lamentou Peabody. — Vamos fazer uma festa de garotas completa. Champanhe, comida decadente, tratamentos de corpo, cabelo e rosto. Filmes de garotas, presentinhos e sobremesas saborosas. Vai ser uma gigantesca festa do pijama seguida por um *brunch* com champanhe amanhã de manhã.

— Quer dizer que... — O choque foi profundo e cruel como uma rajada de atordoar no coração. — Vocês vão passar a noite aqui? A noite inteira, até amanhã de manhã?

— Isso mesmo. — Peabody sorriu e balançou a cenoura no ar. — Eu não mencionei isso?

— Agora eu vou ter de matar você.

— Na-na-ni-na... Sem joguinhos nem strippers. Essas foram as suas únicas regras.

— Vou descobrir um meio de machucar você por isso.

— Vai ser divertido!

— Vou torturar você até ouvi-la gritar como uma porquinha.

Eve viu Roarke se encaminhando para a sala dele e o seguiu.

— Espere, espere! — Correu atrás dele e fechou a porta por dentro.

— Você não pode ir a Las Vegas.

— Por quê?

— Porque não pode me deixar aqui. Somos casados e existem regras. Eu tento segui-las. Não conheço todas, mas Deus sabe que eu tento. E isso deve ser uma regra. Você não pode me deixar sozinha em casa em uma situação como essa.

— Que situação?

— Todas essas mulheres. E Trina! Trina! — repetiu, com visível desespero enquanto agarrava a camisa de Roarke. — E comidinhas saborosas para sobremesa, coisas para passar no corpo e filmes de garotas. Uma festa do pijama. Você sabe o que isso *significa*?

— Sei, sim, já tive muitos sonhos com isso. Haverá guerras de travesseiros?

Ela o girou e fez com que suas costas se grudassem à porta.

— Não... me... deixe... sozinha.

— Querida. — Ele beijou sua testa. — Eu devo. Eu preciso.

— Não. Você pode trazer Las Vegas para cá. Porque... Você é você. Sei que pode fazer isso. Teremos Las Vegas aqui, e isso será bom. Prometo dança no seu colo.

— Isso é uma ideia tentadora, mas preciso ir. Voltarei amanhã e colocarei uma compressa gelada em sua testa febril.

— *Amanhã?* — Eve se sentiu tonta de verdade. — Você não vai voltar esta noite?

— Você não estaria nesse estado agora se prestasse atenção nas coisas. Estou levando um ônibus espacial cheio de homens para

Las Vegas no final desta tarde. Haverá indecências, vulgaridades e uma possível necessidade de vínculos posteriores à noite. Já preparei tudo. Vou trazer de volta esse mesmo ônibus espacial cheio de homens, eu espero, amanhã à tarde.

— Deixe-me ir com vocês.

— Deixe-me ver seu pênis.

— Ah, Deus! Não posso usar o seu?

— Sim, em qualquer outro momento que você queira. Agora, recomponha-se e lembre-se de que, quando tudo acabar, você provavelmente vai prender um assassino que também é um policial corrupto. Dois pelo preço de um.

— Isso não faz com que eu me sinta bem.

— É o melhor que eu tenho a oferecer no momento.

Ela respirou com dificuldade. Estava ofegante.

— Vou procurar algum lugar nesta casa onde não haja ninguém. E vou gritar.

— Essa é uma bela ideia. — Ele a empurrou na direção da porta do corredor. — Prometo ir lá falar com você antes de sair.

— Ainda não são quatro da tarde — ela tentou argumentar, com ar sombrio. — Alguma coisa pode acontecer.

— Sim, talvez uma torção no seu pescoço se você não sair da frente e me deixar terminar o meu trabalho. — Ele quase a empurrou para fora da sala e então, pela segunda vez naquele dia, bateu com a porta na cara dela.

Capítulo Dezessete

Eve não considerou aquilo uma fuga apesar de estar em um aposento que não se lembrava de já ter visto. A porta estava fechada. E trancada. Porém, não, ela não estava escondida.

Era trabalho, disse a si mesma. Um lugar calmo, sem distrações. Ela provavelmente poderia ficar ali pelas próximas vinte e quatro horas sem problemas. Tinha uma poltrona reclinável onde poderia dormir; tinha uma estação de trabalho com um computador portátil, mas muito poderoso. Não viu um telão instalado no aposento, mas, quando ligou o sistema e perguntou pelo telão, o vidro do espelho elegante à sua frente ficou preto e se transformou em um monitor.

Brincando com o painel de controle, descobriu um AutoChef portátil e uma unidade de refrigeração quando o balcão sob a janela se abriu e eles apareceram.

Deu uma olhada no banheiro anexo e encontrou tudo que era necessário, inclusive um chuveiro que tinha até uma pequena cachoeira. Sim, ela poderia ser feliz ali. Talvez durante anos.

Tomou café e se instalou na estação de trabalho. Callendar primeiro, pensou.

— Yo! — saudou Callendar ao aparecer na tela.

— Relatório — ordenou Eve.

— Este lugar é um tremendo buraco esquecido do mundo, mas instalaram alguns equipamentos de ponta por aqui. Quem fica enjaulado aqui, vê-se isolado do mundo *de verdade*. A segurança é tão pesada quanto meu tio Fred na véspera de Ano Novo. Mesmo com a nossa autorização e a cooperação da galera daqui demorou um pouco para chegarmos ao núcleo do sistema. Conseguimos entrar com nossos dispositivos pessoais de comunicação porque somos policiais e obtivemos autorização para isso. Normalmente os equipamentos pessoais ficam com a segurança logo no desembarque.

— Até onde vocês conseguiram investigar?

— Estou trabalhando no sistema de transmissões e Sisto foi vasculhar o registro de visitas. Ele acabou de me dizer que não encontrou nada até agora. Tenho um *ding*, mas estou muito longe do *dong*. Acho que vou levar mais algum tempo.

— Que tipo de *ding*?

— Na verdade, é mais um eco, uma espécie de soluço. Você realmente quer que eu explique tudo?

Era melhor aturar conversa de geeks ou "papo mulherzinha"? Eve pensou e concluiu que isso era quase como escolher cara ou coroa.

— Tenho alguns minutos.

— Deixe-me colocar a coisa da seguinte maneira. O soluço pode ser de uma transmissão feita daqui para Nova York, mas precisei passar por um zilhão de filtros para encontrar isso. Estou seguindo essa pista porque ela parece ser o registro de uma ligação para Nova York, feita na tarde da morte de Coltraine... e não há registro oficial disso. Pode ter sido feita por um dos técnicos aqui, sem registro porque foi endereçada para um *tele-link* de NY que oferece sexo on-line. Mas eu sou desconfiada e segui a pista.

— Eu tenho rastros de uma ligação vinda daí, seja lá o que for isso, feita para um *tele-link* descartável daqui — avisou Eve. — Preciso saber se os dois registros se correspondem.

— Eu marco o daqui e verifico se eles combinam. É molezinha fazer isso...

— Você determinou o local onde Ricker estava quando essa transmissão foi feita?

— Ainda é um soluço, na verdade, mas os registros indicam que ele estava em sua cela. Porém, os registros também mostram que, trinta minutos antes desse momento, ele estava curtindo seus privilégios diários de higiene. Chuveiro privativo, sob vigilância total. Ordenei áudio e vídeo desse momento, mas as coisas acontecem em ritmo lento por aqui.

— Ele pode ter programado o envio da transmissão para mais tarde ou pago a uma pessoa para enviá-la no lugar dele. Você tem o nome do guarda ou dos guardas que o levaram da cela para o banho?

— Sim. Fizemos uma pesquisa básica nos nomes dos guardas e não achamos nada de suspeito. Deixei para investigar mais a fundo se o soluço se transformar em algo sólido ou realmente suculento.
— Callendar bebeu algo cor-de-rosa de uma garrafa. — Você quer os nomes deles?

— Quero. — Eve anotou os nomes. — Muito bem. Continue investigando.

Eve desligou, recostou-se na cadeira e considerou as possibilidades. Aquele tinha sido o sinal verde de Ricker para seu agente em Nova York. Só podia!... — Computador, fazer uma pesquisa completa autorizada por mim. — Ela leu os nomes e os números de identificação do guarda e do seu oficial de comando. — Vamos ver o que aparece.

Uma hora depois, Roarke entrou.

— Eve! — foi tudo que deu tempo de ele dizer.

— Descobri algo. Callendar achou um soluço ou algo assim, e eu tenho novidades. Cecil Rouche, guarda prisional em Ômega há seis anos. Trabalha na ala de segurança máxima. A ala onde Ricker está. É divorciado. Estranhamente, porém, as finanças da sua ex-esposa tiveram um belo aporte de dinheiro no ano passado. Na verdade, não foram só as suas finanças que aumentaram de volume, mas também a cobertura de seu seguro. Ela o aumentou para cinco milhões. Agora me diga: a ex-esposa de um guarda prisional de Ômega abandonou o próprio emprego em um escritório oito meses atrás e se mudou da casa alugada em Danville, Illinois, para uma mansão de vinte quartos no sul da França... O que ela tem que vale cinco milhões?

— Obras de arte, joias. Ela transformou dinheiro em investimentos sólidos.

— Vejo que você me entendeu. Sem falar no imóvel. Ela pagou pela mansão em dinheiro vivo e a registrou no seu nome e no nome do ex-marido. Callendar vai convocá-lo para interrogatório, caso as coisas se encaixem. E elas vão se encaixar. Ainda não consegui acompanhar a trajetória do dinheiro. Não é possível rastreá-lo a partir da ex-esposa até chegar a Ricker. Você provavelmente conseguiria...

— Nada disso, estou indo para Las Vegas.

Ela olhou para ele com irritação e de queixo caído.

— Mas me escute, *por Deus*!

— Callendar é devidamente qualificada, tem os dados do guarda e está investigando. Você encontrou a sua conexão, a ligação com Ricker... que não vai a lugar algum. A busca por Sandy continua, mas você acredita, no fundo, que ele já está morto.

— Mas...

Roarke não cedeu nem um centímetro.

— Conhecemos os métodos de Ricker. É altamente improvável que esse guarda saiba o nome do contato dele em Nova York. Você diminuiu a lista dos suspeitos desse contato para um dos membros do esquadrão de Coltraine, conforme seu instinto dizia o tempo todo. Na segunda-feira você avançará com tudo isso. Quem quer que seja esse policial, você é mais esperta que ele e, Deus sabe, mais tenaz. Agora, caindo na real: você tem uma casa cheia de mulheres, eu tenho uma limusine me esperando lá fora com um grupo de homens ansiosos por ficar muito bêbados e perder uma boa grana em um cassino. É a vida.

Ele tomou o rosto dela entre as mãos e a beijou.

— É a *nossa* vida, Eve. Vamos vivê-la ao longo das próximas vinte e quatro horas.

— Quando você coloca as coisas desse jeito... — murmurou ela.

— Morris voltou para casa.

— Ah. Droga!

— Ele me pediu para avisá-la de que ele quer que você se divirta por algumas horas. Jurou que se sentia mais leve ao sair daqui do que quando entrou. Acho que foi sincero e sei que conversou com Mira por algum tempo, minutos antes de partir.

— Que bom. Já é um começo.

— Venha me levar até lá fora e me dar um beijo de despedida.

Sem opção, ela se levantou.

— Como foi que você me encontrou aqui? O buscador da casa — lembrou ela. — Não pensei nisso. Para que serve este quarto, afinal?

— O escritório para algum hóspede. Nunca se sabe quando um espaço como esse pode ser necessário. Por sinal, essa pesquisa de dados financeiros foi um bom trabalho seu.

— Será que durante a viagem no ônibus espacial você poderia...

— Não, não poderia — determinou ele com muita firmeza. — Amanhã, depois que eu chegar em casa e suas convidadas tiverem ido embora, teremos tempo suficiente. Agora, vamos nos divertir.

— Fácil para você dizer isso.

— Sim. — Ele exibiu um sorriso amplo e pouco solidário. — Extremamente fácil.

— Ah, aqui está você! — Mavis, com um vestido de noiva minúsculo que mais parecia uma fantasia, com botas de couro em vermelho vivo na altura dos joelhos, veio pulando pelo corredor.

Seu cabelo, no mesmo tom vermelho berrante das botas, pulou e voltou a cair até a cintura. — Todos estão perguntando por você. Eu vim dar uma olhada em Bella. Vocês são os mais mags de todos os mags! O berçário que vocês montaram é muito fofo!

— Queremos que Bella se sinta feliz e confortável sempre que vier nos visitar — explicou Roarke.

Eve quase parou de andar.

— Você trouxe a bebê?

— Eu ia trazer uma babá, mas Summerset disse que preferia ficou com Belissima a ir até Las Vegas. Aquele homem é um doce. Eles estão lá agora, brincando com Kissy Kitty e Puppy Poo.

Eve não queria saber quem Kissy Kitty e Puppy Poo poderiam ser, muito menos imaginar Summerset brincando com eles ou fazendo qualquer coisa. Fez o possível para apagar qualquer imagem mental de Summerset bancando a babá, enquanto Mavis continuava matraqueando.

— Vamos curtir a melhor megafesta de nossas vidas. Espere só até você ver a decoração e a *comida*. O salão ficou mais que demais! Vou plantar um beijo de cinema bem molhado no meu ursinho e depois poderemos dar início à festa.

— O que eu vou fazer da vida? — Eve conseguiu balbuciar quando Mavis desceu a escada.

— Sugiro plantar um beijo de cinema bem molhado em mim. Quanto ao depois?... Não sei dizer, entrei em modo de realidade paralela.

Havia tanta gente ali, refletiu Eve, enquanto todo mundo transbordava da casa para a entrada, onde uma limusine do tamanho de Long Island estava à espera. Será que ela conhecia todas aquelas pessoas? Quando sua cabeça parou de apitar, ela percebeu que não conhecia nem metade. Havia rostos estranhos misturados com outros familiares.

O noivo a agarrou em um abraço entusiasmado.

— Obrigado — disse Charles. — Por tudo. Louise está muito empolgada com essa festa.

Eve olhou atrás dele e viu Louise conversando com Dennis Mira. Bom Deus, meu Jesus, pensou Eve. Roarke ia levar o sr. Mira para Las Vegas. O mundo de Eve tinha virado do avesso.

Em algum momento do caos, os homens começaram a se instalar na enorme limusine até o carro ficar lotado. Quando descia pela alameda, Baxter saiu de um dos tetos solares do veículo e disparou para cima um sinal da vitória com os dedos enquanto as mulheres aplaudiam.

E, de repente, Eve estava sozinha com elas.

Todas gritaram e começaram a pular. Fizeram ruídos pouco humanos e se movimentaram em um borrão de cores, braços e pernas. Depois, correram para dentro da casa sem parar com a barulheira.

— Talvez isso seja um sonho estranho.

Rindo, Mira se aproximou e colocou um dos braços em torno dos ombros de Eve.

— Eu não percebi que a senhora estava aqui fora — disse Eve.

— Essa foi uma multidão curiosa e uma dinâmica muito interessante. Os homens estão indo para a sua indulgência, e as mulheres se juntam aqui para as delas. — Mira deu um tapinha no ombro de Eve. — São celebrações muito definidas e muito tradicionais que servem para preparar duas pessoas prestes a se tornarem uma unidade.

— Basicamente é um monte de gente bebendo e gritando — sugeriu Eve.

— Nos limites externos da sua compreensão, eu sei que você acha isso, mas vai ser divertido.

— Então tá. — Ela reparou que Mira usava um vestido claro, azul-claro e sutilmente elegante. — Vou ter de trocar de roupa?

— Acho que deveria. Isso a colocará no clima. Na verdade, eu adoraria dar uma olhada no seu closet e escolher algo para você.

— Tudo bem, claro. — Uma troca de ideias lhe daria tempo para tentar pescar algo da mente de Mira. — Roarke me disse que a senhora conversou com Morris antes de ele sair.

— Sim, e vamos conversar novamente. Ele mencionou que você lhe sugeriu que procurasse o padre Lopez — continuou Mira enquanto entravam e subiam para o andar de cima. — Fico feliz por você ter pensado nisso. Morris é um homem espiritualizado, e acredito que Lopez poderá ajudá-lo a lidar com tudo que ele tem pela frente. O trabalho que você lhe deu para fazer também ajuda, e é bom ele estar consciente o suficiente para ter pedido. Isso manterá sua mente ativa, e mais que isso: fará dele um instrumento na busca pelas respostas.

— Tenho algumas perguntas para a senhora, doutora.

— Imaginei que sim. — Mira entrou no quarto e, aceitando o convite de Eve, seguiu para o closet. Assim que viu o espaço, suspirou de espanto. — Ah, Eve!

— Ele vive colocando coisas novas aqui.

— Isso é um sonho! É uma pequena boutique eclética. — Mira olhou em volta. — Viu só, eu já estou me divertindo. Pode fazer suas perguntas, eu consigo funcionar em modo multitarefa. Ah, meu Deus, veja só a quantidade de vestidos de noite!

— Eu não preciso vestir algo formal, certo?

— Não, não, foi só um momento de distração. Conte-me as novidades desde o seu último relatório.

Eve contou das declarações de Alex Ricker sobre seu pai, falou de Rod Sandy, descreveu o progresso de Callendar e citou o guarda da prisão. Pelos sons quase orgásticos que Mira fazia das profundezas do closet, Eve achou que estivesse falando sozinha. Mesmo assim, continuou, porque fazer uma apresentação oral daquele tipo sempre ajudava a refinar seu pensamento.

— Isto aqui. — Mira surgiu com um vestido leve de malha fina e alcinhas que tinha a cor de ameixas maduras. — É simples, confortável, lindo.

— Ok.

— Ele também tem bolsos fundos para você poder manter seu *tele-link* e o comunicador à mão. — Com um sorriso compreensivo, Mira entregou o vestido a Eve. — Você está se perguntando se Ricker poderia matar ou mandar matar Coltraine simplesmente como uma punição para seu filho. Se seria capaz de ordenar o assassinato sem ganho ou lucro direto. Por puro rancor.

— Não imaginei que a senhora estivesse prestando atenção.

— Eu criei filhos. Sei como ouvir e fazer uma infinidade de outras coisas ao mesmo tempo. Sim. Ele poderia e faria isso. Essa é a sua patologia básica. E tem mais uma coisa: o filho dele é livre, e ele não é. Seu filho o despreza. Isso o faz desprezar o filho ainda mais. E, sim, certamente ele usaria um homem que seu filho considera o amigo mais próximo e se deleitaria com isso.

— Acho que a vinda dela para Nova York foi a senha para o início do processo, certo? Coltraine veio para onde eu estou, para onde Roarke está. Ela assinou sua sentença de morte quando se transferiu para cá.

— A culpa não foi sua, Eve.

— Eu sei. Estou só perguntando se, em sua opinião, ele a matou para que sua morte atingisse o seu filho e a mim. E usou um policial para fazer isso. Ele teria outros meios e recursos, mas usou um policial. Eu sei disso. Essa parte tem a ver comigo. Enviar a arma dela para mim também tem. Foi uma ameaça direta, um pequeno lembrete de que a vítima poderia ter sido eu. E foi uma mensagem para Roarke.

— Neste momento... — disse Mira depois de refletir. — Considerando os dados e a história, sim. Ele manipulou este ato único para atacar as três pessoas que mais o deixam obcecado.

— Foi o que eu pensei. Tudo isso fará com que prender o agente dele e enfiar essa prisão pela goela de Ricker se torne algo ainda mais satisfatório.

— Sei que sua cabeça não está nas coisas que estão acontecendo no andar de baixo.

— Tudo bem. — Eve pegou na ponta do vestido. — Eu também sei trabalhar em modo multitarefa.

Pouco tempo depois, Eve já não estava certa de ter uma cabeça que raciocinava. A área da piscina tinha sido transformada em uma fantasia feminina de toldos dourados, brancos e prateados. Havia espreguiçadeiras e um monte de velas acesas por toda parte. As mesas brancas exibiam bebidas rosadas em cálices de cristal e bandejas de prata cheias de alimentos coloridos. Outra mesa, mais além, tinha sobre ela uma montanha de presentes embrulhados com longas fitas.

No lado oposto da água azul forte da piscina ficava o salão de festas. Havia cadeiras reclináveis, mesas para massagem, estações de manicure e pedicure e, mais além, bancadas com todas as ferramentas e instrumentos que sempre deixavam Eve com o estômago levemente enjoado.

— Bellinis! — Mavis colocou um drinque na mão de Eve. — Os meus têm espumante sem álcool porque eu estou amamentando. Mesmo assim, estão deliciosos. Vamos sortear um monte de auxiliares daqui a alguns minutos. Depois de entornarmos alguns desses.

— Não coloque meu nome no sorteio.

Mavis sorriu.

— Tarde demais — avisou, e saiu dançando.

Eve pensou: *Ah, que se dane* e entornou metade do Bellini de uma vez só. Estava delicioso.

— O que você acha? — perguntou Peabody, gesticulando amplamente para abranger todo o espaço.

— Acho que esse lugar parece um bordel muito elegante, só que sem homens. Isso é um elogio.

— Essa era a ideia básica. Escute, enquanto essa mulherada bate papo, podemos sair daqui um pouco. Para você poder me contar as novidades.

Eve fitou Peabody, olhou para o espaço e depois focou a atenção para onde Louise ria com um grupo de mulheres.

— Estamos em uma festa. O resto pode aguardar. Mas, já que você me perguntou e quer uma resposta honesta, devo dizer que a sua dor de porquinha desesperada diminuiu para apenas um gemido agonizante.

— Sério?

— De verdade.

— Beleza!

Quando Mavis anunciou o primeiro nome no sorteio de ajudantes, as mulheres gritaram. E Eve acabou de beber o primeiro Bellini.

Louise colocou outro em sua mão e brindou com sua própria taça.

— Quando eu era uma garotinha — começou —, eu sonhava em me casar e ter uma festa dessas. Durante muito tempo, depois que cresci, deixei esses sonhos de lado. Troquei tudo por trabalho e deixei de sonhar porque nenhum homem chegava perto do que eu sonhava quando era menina. Agora, com Charles, considerando o que temos, vendo tudo isso e o que compartilhamos nesse instante... Tudo me parece muito mais do que eu sonhei.

— Você parece uma tola com tanta alegria, Louise.

— Verdade. Estou idiotizada, de tão feliz. Sei que este é um momento ruim para você... Celebrar minha felicidade quando Morris está enfrentando tanta coisa...

— Não devemos pensar nisso. E então? Quanto tempo você acha que vai levar antes de alguém ficar bêbada e cair na piscina?

— Ah, um pouco menos de uma hora.

Passou-se uma hora quase contada no relógio e ninguém caiu. Porém, logo depois, Mavis tirou as botas, arrancou o vestido pela cabeça e mergulhou na piscina completamente nua. O gesto foi apoiado com tanto entusiasmo que logo todos os vestidos voaram e os sapatos pularam no ar. Várias mulheres, em uma variedade de tamanhos e tipos de corpo, se juntaram a ela.

— Meus olhos! — gemeu Eve. — Não existem Bellinis no mundo em número suficiente para salvar meus olhos.

Elas nadaram nuas e, quando alguém pediu música, todas começaram a dançar. Tagarelavam loucamente e bebiam como esponjas. Em seguida, foram se reclinar no salão com os rostos e os corpos revestidos de substâncias estranhamente coloridas. E se reuniram em grupos para discussões intensas.

— Isso está perfeito.

Eve olhou para Nadine.

— Ah, é?

— Veja só Peabody agitando com Louise. E Mira conversando com Reo e... sei lá quem é, uma amiga de Louise, do hospital. Elas conversam como irmãs enquanto recebem tratamentos faciais. Eu me envolvo muito com o trabalho, você sabe como são essas coisas, e me esqueço de passar algum tempo com as amigas. Simplesmente curtir alguns momentos com outras figuras do mesmo sexo, sem cumprir agenda alguma. De repente, eu me vejo, inesperadamente, em um lugar como esse, tão feminino, e gosto da sensação. Isso está perfeito.

— Eu não vi você pular nua na piscina.

— Ainda não bebi o suficiente para isso, mas a noite é uma criança. Nadine exibiu um sorriso lento e felino. — Quer dançar, gracinha?

Eve riu.

— Não, mas obrigada pelo convite. Vamos falar de duas coisinhas rápidas e depois voltamos às bebidas. Em primeiro lugar, consegui abrir uma brecha no muro do caso Coltraine e vou lhe dar notícias em primeira mão quando essa brecha se ampliar. Não me pergunte nada a respeito, muito menos aqui. Em segundo lugar, já li o seu livro. O livro que você escreveu sobre o caso Icove.* Você entendeu tudo que aconteceu. Eu já conhecia o final da história, mas você retratou as coisas muito bem e eu quis ler tudo até o desfecho.

— Estava louca para perguntar se você tinha lido. — Nadine fechou os olhos e bebeu mais um pouco. — Obrigada. Meus agradecimentos sérios e sinceros, Dallas.

— Não fui eu que escrevi o livro. — Eve olhou para próprio cálice. — Isso aqui está vazio.

— Vamos dar um jeito nisso.

Tudo ficou ainda mais estranho. Os alimentos do tipo "não posso descuidar da silhueta" desapareceram e foram substituídos por coisas doces. Pequenos bolos gelados, biscoitos, tortas brilhantes com açúcar e doces confeitados com creme que transbordava pelas bordas. Como tinha esperança de receber notícias de Callendar a qualquer momento, Eve trocou tudo aquilo por café. Nadine, depois de beber o suficiente, surgiu totalmente pelada e executou um impressionante salto em estilo canivete do alto do trampolim. Vários pares de seios balançavam sob os jatos d'água no canto da piscina. Eve se esforçou muito para bloquear da mente a realidade de que um daqueles pares de seios pertencia a Mira.

Aquilo simplesmente não estava certo.

— Vamos começar a abrir os presentes — anunciou Peabody.

— Ótimo! — reagiu Eve. — Isso deve acabar com... Que roupa é essa que você está usando?

— Meu pijama de festa. — Peabody olhou para a camiseta regata e a calça amarelo-canário que vestia. A calça estava coberta de imagens coloridas de sapatos. — Não é uma gracinha?

— Por que alguém usaria sapatos na calça? Sapatos são para se usar nos pés.

---

* Ver *Origem Mortal.*

— Gosto de sapatos. E adoro esse pijama. — Sorrindo descuidadamente, Peabody abraçou-se e se balançou para a frente e para trás. — Ele é divertido.

— Peabody, você está completamente bêbada.

— Eu sei. Tomei um zilhão de belames, bolinos, biminis, sei lá o nome! E também comi muito. Mas tudo bem, porque, se eu vomitar, nada disso conta! Já falei que McNab me ligou de Las Vegas? Ele já ganhou mais de centos e cinquentas dólar.

Ah, que se foda, pensou Eve. Festa era festa.

— Centos e cinquentas dólar?

— Isso mesmo, quem foi que contou? Ele me disse que se ganhasse mais de cem doletas ia me comprar umas presetas. Opa... Presentes! Ei, está na hora de abrir os presentes!

Eve saiu do caminho, pois lhe pareceu que abrir presentes envolvia algum ritual e uma mudança de lugar, da piscina para a sala de estar que ficava mais além. Seguindo o exemplo de Peabody, muitas convidadas também fizeram questão de trocar de roupa.

Mavis entrou com uma camiseta regata de bolinhas e calça listrada. E trazia a bebê, que usava uma roupa de dormir igual à da mãe.

As mulheres foram atraídas para perto dela em bando, como pombas arrulhando, agitadas e enlouquecidas.

— Ela está com fome — explicou Mavis. — Além do mais, não queria perder o melhor da festa. — Dizendo isso, Mavis se sentou, colocou um dos peitos para fora e Bella o abocanhou com entusiasmo.

Todas as mulheres se instalaram, sentadas ou esparramadas em todos os lugares, enquanto Louise começou o ritual de remover fitas, laços e papéis. Ouviram-se ohhs, ahhs e risadas escandalosas diante dos acessórios sexuais que começaram a aparecer. As conversas em torno dos presentes se resumiram a três assuntos: casamento, homens e sexo.

Os homens, pensou Eve, não faziam ideia do que as mulheres contavam sobre eles quando os coitados não estavam por perto.

Eram estudos, comparações, pesquisas; discussões sobre comprimento, espessura, duração, posições, peculiaridades e preferências.

Mavis mudou Bella para o outro peito.

— Leonardo consegue trepar a noite toda. Ele é um...

— Ursinho de pelúcia — ajudou Eve, e isso fez Mavis rir.

— Sim, mas é um ursinho com muita resistência.

— Qual é o recorde? — quis saber alguém.

— Seis em uma noite. Claro que isso foi bem antes de Bellaloca chegar —, ressaltou Mavis, em meio a uma salva de palmas. — Agora temos de encaixar as encaixadas quando e onde conseguirmos. Mas meu urso sabe como bater continência com o pau para chamar minha atenção.

— Nós já conseguimos cinco em uma noite. — Peabody acenou com uma taça recém-completada. — Quatro é comum, em ocasiões especiais. Geralmente é uma só... mas bem longa e com uma breve retomada depois do intervalo. McNab é mais do tipo cachorrinho. Gosta de brincar e ficar de sacanagem, mas depois de tudo se enrosca para dormir.

— Namorei um cara uma vez que era todo bombado, mas não entregava o que prometia. Tinha um pau *enorme* — acrescentou Nadine, usando as mãos para demonstrar e fazendo as mulheres se dobrarem de rir. — Só que o mastro não aguentava o tesão e, assim que o navio atracava, ele murchava. Parecia uma tartaruga encolhendo a cabeça e voltando para dentro do casco. Foi esse o apelido que eu dei para ele: Tartaruga.

— Eu trepei com um cara uma vez — declarou Trina, comendo uma bomba de chocolate macia e dourada que quase correspondia à cor de seu cabelo. — Não foi ruim. Tornamos a nos encontrar algumas vezes e ele disse que queria mais variedade. Pensei que ele falava de brinquedinhos sexuais, beleza! Só que ele queria fazer um *ménage*. Tudo bem, devemos ter a cabeça aberta, certo? — Ela engoliu o resto da bomba com o auxílio de um Bellini rosa. — Só que o terceiro participante do *ménage* era a vadia da irmã dele! Eu o chamo de Cobra — disse ela, diante de um coro de indignação.

— Dennis ainda consegue dar duas numa noite.

— Não posso ouvir isso. — Eve cobriu as orelhas com as mãos. — Minha cabeça vai explodir.

— Por quê? Só por eu ter netos não posso mais curtir sexo? — brincou Mira.

— Sim. Não. Sei lá. Essa é a questão.

Mira cutucou Eve com o dedo.

— Você tem um ar encantador de defensora dos bons costumes. Como eu estava dizendo... Dennis, desde que receba os estímulos certos, ainda consegue dar duas. Quando duas pessoas estão casadas há tanto tempo como nós, há períodos em que o calor, o conforto e o ritmo da vida se renovam no sexo. Desejo isso para você, Louise. O calor e o conforto de uma longa vida juntos, com uma eventual dose dupla de sexo na mesma noite, como surpresa. Dennis é Coruja. Sábio e silencioso.

— E Charles, que animal ele é? — perguntou Nadine. — Um tranquilo acompanhante licenciado que se tornou terapeuta sexual? O sexo só pode ser fantástico.

— E como! — Louise exibiu um sorriso lento e satisfeito que colocou muito brilho nos seus olhos cinza. — Ele é o Leopardo. Elegante, gracioso, forte. E acreditem em mim: ele consegue saborear todos os pratos que estiverem sobre a mesa. E outros também.

— Leopardos, cachorros, corujas, até cobras são sensuais— reclamou Nadine. — Eu recebi uma tartaruga flácida. Sua vez! — disse ela, apontando para Eve, e abanou o dedo quando ela fez que não com a cabeça. — Então eu vou projetar minha imagem: Pantera. Elegante, misterioso, envolvente, com elegância e propósito de movimentos.

— Ok — aceitou Eve.

— Assim não vale! Vamos lá, qual é o recorde? Quantas vezes?

— Quando a mulher consegue contar, é porque o homem não teve a pegada certa para fazê-la desmaiar de prazer.

Nadine gemeu, estremeceu e sorriu.

— Sua vaca!

Em meio às risadas, Louise abriu o próximo presente. Eve tomou um gole de café e murmurou sem refletir:

— Lobo.

— Isso mesmo. — Ao lado dela, Mira acariciou sua mão. — Eles acasalam para toda a vida.

Quando o último presente foi aberto, Trina se levantou.

— Ok, meninas, de volta às suas estações de beleza para a próxima etapa dos tratamentos. — Ela se virou e mostrou os dentes para Eve. — Vou cuidar de você.

— Não. Eu não quero...

— Sim, quer. Todo mundo tem de brincar. Alguém, por favor, traga uma bebida para essa mulher. Esse cabelo é meu!

Eve bem que poderia topar um corte de cabelo. Provavelmente. Ainda mais porque não havia escapatória.

— Não quero um tratamento corporal — avisou ela. — E não quero um tratamento facial. Também não quero...

— Sim, sim, blá-blá-blá. Sente-se ali. — Alguém entregou um Bellini para Trina, que o colocou na mão de Eve. — Deixei você para o fim, pelo menos nessa primeira rodada. Ficaremos aqui durante a festa, caso alguém queira me pedir mais alguma coisa. É legal o que você está fazendo aqui, Dallas.

Eve estreitou os olhos com ar desconfiado, enquanto Trina organizava suas ferramentas de tortura.

— O que estou fazendo aqui?

— Reunindo todo o povo aqui para essa festa. Louise está numa boa, parece feliz de verdade. Tem uma base sólida. Eu não tenho muitas coisas para as quais eu diga "nem fodendo!...", mas não me imagino apaixonada por um acompanhante licenciado ou presa a ele. Pelo menos não a ponto de levar o grande tombo... O casamento, entende? Mas Louise topou isso porque Charles era *o cara*. E agora ela ganhou a *piñata* inteira e todos os doces que estavam lá dentro. É bom ter todas as amigas dela aqui para comemorar esse momento.

Assim que Eve relaxou, imaginando que poderia haver um território comum entre ela e Trina, a estilista se virou e seus olhos mostraram pura indignação.

— O que é isso? Que diabos você fez no meu cabelo? Meteu a tesoura nele, não foi? Não dava para você deixá-lo em paz ou me chamar para cortá-lo?

— Eu não... eu só tentei... O cabelo é meu!

— Não a partir do momento em que eu usei minha tesoura nele pela primeira vez, irmãzinha. Você tem sorte por eu ser uma pessoa genial e humanitária. Vou consertar a cagada e resistir à tentação de passar uma máquina zero nesse matagal, só para você aprender.

Trina pegou uma garrafa e começou a pulverizar uma névoa no cabelo de Eve enquanto trabalhava com os dedos.

— Além disso, você precisa de um tratamento facial e algo para as olheiras. Você está com ar cansado.

— Não é cansaço, é álcool. Eu bebi.

— Se eu digo que você está cansada, é porque está cansada. Eu já soube a respeito da namorada de Morris. Fiquei mal por causa disso, porque Morris é um homem especial em todos os aspectos. Você vai pegar o canalha, mas não pode fazer isso com o cabelo retalhado e essa pele cansada. Tenho um nome a zelar!

— Você quer o cabelo? Tudo bem, cuide do cabelo, mas deixe o resto em paz. Eu preciso...

Seu *tele-link* tocou. Eve se esforçou para enfiar a mão debaixo de toneladas de capas até alcançar o bolso do vestido. Trina o pegou da mão dela e atendeu a ligação.

— Ela está ocupada — avisou, e Eve a xingou.

Registro de voz desconhecido. Esta é uma ligação para a tenente Eve Dallas.

— Me dê isso, droga! — Eve agarrou o aparelho e empurrou Trina. — Dallas falando!

Emergência para a tenente Eve Dallas. Dirija-se à rua Pearl, número 509. Há policiais na cena do crime. O corpo encontrado no segundo andar já foi identificado visualmente. Pertence a Rod Sandy, objeto do seu recente alerta de busca.

— A cena está protegida?

Afirmativo.

— Estou a caminho.

Antes mesmo de Eve desligar, Trina já tinha tirado a capa de cima dela e colocara a cadeira na posição vertical.

— Quer que eu vá chamar Peabody?

— Não, ela pode ficar aqui, eu dou conta disso. Se alguém perguntar por mim, simplesmente diga que eu fui para a cama.

— Tudo bem.

Eve saiu do salão em linha reta, quase correndo.

— Ei, ei! — Ao vê-la, Peabody partiu em seu encalço com uma rapidez impressionante.

— Você não pode fugir. Vamos começar a passar os vídeos. Você... você recebeu alguma notícia — disse ela quando conseguiu se concentrar.

— Sim, recebi. Volte para a festa. Vá cuidar de... Seja lá o que for que vá acontecer por aí.

— Não, senhora. Vou acompanhá-la. Tenho o Sober-Up comigo. Consigo ficar sóbria rapidinho. Trata-se de Coltraine, então eu vou com você, Dallas.

— Tudo bem, mas faça isso rápido. Tenho que trocar de roupa. E você também, por tudo que é mais sagrado.

Quando Eve chamou o elevador, Mira se apressou para ir até onde ela estava.

— O que aconteceu?

— Um cadáver acaba de ser identificado como Rod Sandy. Preciso ir para lá. Peabody tem que ficar sóbria se quiser ir também.

— Eu quero ir — afirmou Peabody.

— Vá trocar de roupa — ordenou Mira, e colocou um braço em torno da cintura de Peabody. — Eu cuidarei disso — avisou a Eve. — Ela vai encontrar você na entrada.

— Dez minutos — determinou Eve. Entrou no elevador e refletiu que não havia jeito de sua parceira ficar sóbria em dez minutos.

E pensou, enquanto subia, que não importava o quanto ela tivesse trabalhado e se esforçado... nunca teria tido a chance de encontrar Rod Sandy com vida.

Capítulo Dezoito

Eve tirou o vestido, colocou a calça, vestiu a blusa e prendeu o seu coldre com a arma. Em seguida, caçou uma jaqueta de couro curta e foi vestindo-a enquanto descia correndo os degraus que iam dar no saguão. Percebeu que tinha subestimado Peabody quando sua parceira saiu do elevador da entrada com Mira e Mavis.

— Já estou quase sóbria — garantiu Peabody.

— É melhor estar totalmente sóbria quando chegarmos à cena do crime, senão você vai ficar no carro. Ahn... Faça o que a senhora achar melhor lá embaixo — disse a Mira.

— Não se preocupe. Tudo aqui está sob controle.

— Vamos cuidar de tudo por aqui — assegurou-lhe Mavis. — Eu já dei um toque em Summerset e ele trouxe o seu carro para a entrada.

— Bem pensado. Voltaremos quando tivermos de voltar. Vamos nessa, Peabody.

Peabody ficou um pouco pálida quando o ar fresco lhe deu uma bofetada no rosto, mas entrou no carro com o mínimo de gemidos.

— Se você pensa em vomitar aqui...

— Não, vou me recompor numa boa. Onde é a cena?

— Um prédio velho na rua Pearl.

— Vou estar cem por cento até chegarmos lá... Onde foi que você conseguiu essa viatura?

— É minha. Vamos usá-la de agora em diante.

— Como assim, *sua*? — Peabody estudou o painel. — Legal o painel, com toda essa parafernália.

— Use a parafernália para mapear a rota mais rápida para chegarmos à rua Pearl, número 509, e identifique para mim que tipo de construção é.

Peabody teclou alguns comandos.

— Prédio de três andares, local multifamiliar, atualmente vazio. Encontrei três licenças já solicitadas para recuperação total do imóvel. Você quer a rota no GPS do painel? Com áudio ou sem áudio?

— No painel, e silêncio. Odeio quando o mapa começa a falar com você. Dentro de um edifício vazio, segundo andar. Parece que o assassino não queria que o corpo fosse encontrado tão rapidamente desta vez. Esse prédio fica na área de atuação da Décima Oitava Delegacia Policial. O esquadrão de Coltraine certamente conhece esse território.

— E quanto a Callendar e Sisto? Preciso saber das novidades.

Eve contou a Peabody sobre as novas informações que tinha e acelerou mais, rumo ao centro da cidade.

O prédio parecia uma construção pequena e triste, um quadrado cinza generosamente revestido pela indignidade de múltiplas pichações. As janelas estavam depredadas e se assemelhavam a bocas irregulares com vidros quebrados nas bordas, como pontas de dentes podres. Algumas delas estavam completamente cobertas por tábuas, mas, em alguns pontos, as tábuas haviam se soltado e pendiam no ar como se estivessem bêbadas. O cadeado e a corrente na porta da frente tinham servido de divertimento para algum desocupado que dedicara tempo e determinação para destruí-los.

Mesmo que o prédio estivesse totalmente restaurado, ainda seria decadente.

Duas patrulhinhas da polícia estavam sobre a calçada, com as frentes quase se encostando. Dois guardas guardavam a entrada sobre a plataforma de cimento vagabundo e com as beiradas quebradas que ficava diante da porta. Eles saíram do caminho quando Peabody e Eve desceram do carro.

— Divisão de Homicídios — anunciou Eve, exibindo o seu distintivo e em seguida prendendo-o no cinto, enquanto Peabody pegava alguns kits de serviço no porta-malas.

— O corpo está no segundo andar. Somos a equipe de reforço. Os primeiros a chegar na cena continuam lá dentro. O lugar está vazio, já vasculhamos tudo. Instalamos alguns focos de luz lá dentro porque está tudo escuro.

Eve assentiu com a cabeça, examinou o cadeado e a corrente.

— Este lugar não foi arrombado esta noite.

— Não, senhora. Costumamos patrulhar este local. Está assim há mais de dois meses. Drogados dormem aqui. O proprietário reclamou e nós os expulsamos, mas eles sempre encontram outro buraco para entrar.

O ar estava fétido. Urina antiga, vômito, uma década de poeira e sujeira.

Os guardas tinham instalado luzes para trabalho de campo no primeiro andar, e as sombras dançavam sobre pilhas de farrapos, papéis e detritos variados que os viciados tinham deixado para trás. Eve imaginou que os tacos que faltavam no piso tinham sido queimados para produzir calor dentro de um latão enferrujado que estava no local. Tinham tido o mesmo destino vários dos degraus que faltavam na escada, pensou, enquanto pulava os buracos ao subir.

A luz de seu kit de trabalho brilhou sobre um ninho de camundongos que viu em um dos buracos; bebês camundongos que pareciam pequenas bolhas sugavam a barriga inchada de sua mãe. Atrás dela, Peabody exclamou:

— Eca!

— Não diga "Eca!", pelo amor de Deus. Somos policiais que investigam assassinatos.

— Não gosto de camundongos. Talvez sejam até ratazanas. Parecem mais com ratazanas. E papai não estava ali; então deve estar em algum outro lugar. — Peabody passeou com a luz para a esquerda, para a direita, para cima e para baixo. — Deve estar esperando uma chance de subir pelas pernas da minha calça e morder minha bunda.

— Quando isso acontecer, não diga "Eca!". Somos a tenente Eve Dallas e a detetive Peabody — anunciou Eve. — Divisão de Homicídios.

No segundo andar, sob o brilho da luz de campo, um dos guardas foi até a escada.

— Sou o policial Guilder, tenente. Meu parceiro está tomando conta das pessoas que ligaram para a emergência. A senhora quer falar com elas antes ou prefere examinar o corpo?

— Quero o corpo.

— Ele está por aqui, sigam-me, por favor. Dois catadores de lixo fizeram o chamado. Não há nada que se aproveite aqui, nem mesmo o que os viciados não queriam mais presta, mas eles entraram no prédio para ver se conseguiam alguma coisa. Segundo eles, encontraram o corpo quando vasculhavam o local e viram uma pilha de cobertores antigos. Pensaram que a vítima estava dormindo assim que a viram. Depois, descobriram que o homem estava morto e fizeram o chamado.

— Catadores de lixo com senso de dever cívico?

— Pois é, quem poderia imaginar? Mas eles me parecem limpos com relação ao crime. Não portam armas, nem mesmo uma faca. Quando respondemos ao chamado, eles nos levaram até o corpo.

Nós o reconhecemos pela foto do boletim de alerta geral e chamamos a senhora.

Guilder apontou.

— Ali está ele.

Eve ficou na porta do que em algum passado sombrio poderia ter sido um apartamento conjugado.

— Sim, ali está ele.

Sentado no chão imundo, de costas para a parede. Tinha sido despojado de todas as suas roupas, ficando apenas com um buraco pequeno e uma trilha de sangue que escorrera do seu coração, peito abaixo.

Nada restava ali para algum catador de lixo, observou Eve. Era isso mesmo que o assassino queria. Ela se agachou, tanto para estudar o ângulo do corpo como o que o cercava.

— Vejo algumas pegadas na poeira do chão, provavelmente dos catadores. Quanto a isso? Essas marcas de riscado no piso... O assassino certamente entrou completamente selado e estava com botas usadas pela polícia em cenas de crime, pelo que me parece. Se as coisas tivessem corrido de forma diferente, iriam se passar alguns dias ou algumas semanas, e muito mais poeira baixaria sobre esse espaço. Não conseguiríamos ver essas marcas no chão. Foi um golpe único, direto no coração. Arma de lâmina fina. Ataque feito de perto, algo pessoal. Confirme a identidade e descubra a hora da morte, Peabody.

Eve selou as mãos e as botas, pegou um par de micro-óculos e se aproximou do corpo.

— Provavelmente um estilete — avaliou enquanto examinava a ferida. — Ele não queria salpicos de sangue, nenhuma sujeira. Queria tudo rápido e definitivo. Depois de matá-lo, jogou trapos e lonas inúteis sobre ele. Dá para passar direto por essa pilha de farrapos, no escuro. As janelas estão lacradas por tábuas. Mesmo que alguém o encontrasse aqui, iria imaginar que ele era um cracudo, um morador de rua, e a maioria das pessoas não se daria nem sequer ao trabalho de denunciar a descoberta do corpo.

— Digitais confirmadas. É Rod Sandy — disse Peabody. — A hora exata da morte foi 1h15 da madrugada passada.

— Inteligente, muito inteligente. O assassino lhe deu algum tempo para entrar em pânico, para suar frio, deixou-o circular por aí, meio perdido. Então o atraiu para cá quando ele se viu sem saída e já não raciocinava direito. Foi preciso levá-lo para dentro, um lugar coberto, onde não ficassem pistas. Ele deve ter chegado aqui antes e só depois o atraiu para cá. Ele devia estar suando frio, apavorado. Mas não queria ficar em um lugar como este. "Preciso escapar, você tem que me ajudar a escapar. Não posso ficar nesse buraco." E o assassino diz algo como: "Não esquenta, vai dar tudo certo, já está tudo preparado." Pode ter até colocado a mão no ombro dele para acalmá-lo. Manteve a mão ali com firmeza e teve o alvo perfeito e pronto para o abate. Então, fitou-o longamente e enfiou o estilete em seu coração.

Ela tirou os micro-óculos.

— Tirou todas as roupas dele para fazer parecer que ele foi morto por causa delas e do que levava no bolso. Porém, não foi muito inteligente ao esconder o corpo. Isso já seria demais. Do mesmo modo como um golpe firme no peito foi demais. Não estamos diante do *modus operandi* de um assassino de rua. Ele planejou em demasia, foi o que fez. Vejo também certa necessidade de se exibir, aqui.

— O assassino devia ter bagunçado um pouco a cena — concordou Peabody. — E deixar o morto em cima dos trapos em vez de colocá-lo debaixo deles.

— Exato. O golpe certeiro indica habilidade. Há certo orgulho nisso. Não vejo ferimentos *post mortem*, como seria de esperar se ele tivesse sido arrastado no chão enquanto alguém tirava suas roupas. O assassino precisou ter cuidado para evitar deixar rastros. Isso tudo foi perda de tempo, porque não somos idiotas.

Ela se levantou e endireitou o corpo.

— Vamos chamar os peritos e ligar para o necrotério. Vou conversar com os catadores de lixo.

Eles eram figuras típicas, pensou Eve. Duas formas humanas muito semelhantes e tão igualadas na roupa velha e na sujeira que era quase impossível determinar seu gênero ou idade. Estavam sentados no chão com uma cesta de rodinhas entre eles. Na cesta havia mais roupas, sapatos, o que pareciam brinquedos quebrados e vários eletrônicos danificados.

Eles se identificaram como Kip e Bop.

— Agradeceria se vocês me informassem seus nomes verdadeiros.

— Nós não mantivemos esses nomes — informou Kip. — Mantemos unicamente o que queremos.

Bop apertou contra o corpo uma enorme sacola.

— Guardamos algumas coisas, usamos outras e vendemos o resto. Não fazemos mal a ninguém.

— Muito bem. Vocês vieram aqui para procurar coisas que poderiam guardar, usar ou vender?

— Ninguém mais quer esse lixo. — Kip encolheu os ombros. — Ninguém mora aqui. Ninguém se importa.

— Vocês viram alguém aqui?

— Só o homem que está morto.

— Talvez vocês tenham vindo aqui ontem à noite também.

— Não. Ontem à noite estávamos em Bleecker. Tem uma senhora lá que joga coisas fora todas as sextas-feiras à noite, e dá para pegar coisas boas se você chegar lá rápido.

— Ok. A que horas vocês vieram para cá hoje à noite?

Kip ergueu o braço e bateu no vidro quebrado de um relógio de pulso.

— Aqui marca sempre a mesma hora. Vou lhe contar tudo. Nós entramos e fomos direto ao último andar para podermos trabalhar de cima para baixo. Não havia muita coisa lá em cima, então viemos descendo e vasculhando tudo. Quem sabe dava para encontrar um bom cobertor ou algumas meias na pilha de trapos. Mas encontramos só o homem que está morto.

— Você tirou alguma coisa dele ou da pilha de trapos?

— Nós o encontramos bem depressa. Não levamos nada de gente morta.

— Você vai para o inferno se agir diferente — garantiu Bop, com um aceno sábio da cabeça.

— O que fizeram em seguida?

— Ligamos para a Emergência. Era a coisa certa.

— Sim, era o certo. Vocês têm um *tele-link*?

Ao ouvir a pergunta de Eve, Bop apertou a bolsa com mais força.

— É meu!

— Tudo bem, é seu. Obrigada por usá-lo. Podemos levar vocês a um abrigo, se quiserem.

— Não gostamos de abrigos. Alguém acaba roubando as suas coisas, com certeza.

Eve coçou a orelha.

— Ok. Que tal um cafofo por algumas noites? Um quarto, uma cama. Nada de abrigos.

Kip e Bob trocaram olhares.

— Onde fica isso? — quis saber Kip.

— Policial Guilder, existe um hotel nas proximidades que possa hospedá-los por algumas noites? Aqui no centro?

— Claro. Conheço um lugar na Broadway. The Metro Arms é o nome do lugar.

Outro olhar foi trocado entre os catadores.

— Nós não vamos pagar nada?

— Não, o Departamento de Polícia deseja mostrar apreço pela ajuda de vocês. — Embora ela ainda estivesse toda selada, Eve não conseguiu apertar as mãos deles.

— Não precisamos matar para conseguir coisas — disse Kip.

— As pessoas deixam tudo espalhado, mesmo — acrescentou Bop.

Na rua, Eve estudou o prédio e os outros que o rodeavam, enquanto os peritos entravam e saíam do local.

— Se você mora ou trabalha na área, certamente conhece edifícios como este. Aqui é território do assassino, com a vantagem de ser bem longe do lugar onde a vítima morava.

— E sem Kip e Bop, nós ficaríamos correndo atrás do próprio rabo e procurando Sandy durante dias, talvez mais. Todas as pistas apontam para ele como assassino de Coltraine. Quando o encontrássemos, iria parecer que tinha se enfiado em algum buraco, se enrolado e sido morto. Poderíamos interpretar que ele fugiu para evitar a prisão... E, como Alex e ele eram muito ligados, Alex continuaria a ser suspeito do assassinato de Coltraine.

— Sim, poderíamos interpretar a coisa desse jeito.

— Exceto pelo nosso lema. — Peabody olhou com seriedade. — Não somos idiotas.

— O péssimo para Sandy é que *ele* era. Vamos fazer o relatório.

— Eu estava com medo de que você fosse dizer isso.

Havia muita ação na Central durante as altas horas da noite. Havia as reclamações das acompanhantes licenciadas que trabalhavam na rua, os gemidos ou risos de viciados, o choro das vítimas. Eve se trancou em sua sala para transformar a gravação em relatório.

Quando seu *tele-link* tocou, ela atendeu na mesma hora.

— Olá, Callendar. Desembuche.

Callendar sorriu.

— Tenho muito para desembuchar. Deixe-me começar com um grande e suculento arroto. Dois, na verdade. As transmissões de Ômega para Nova York foram confirmadas. Ambas foram enviadas e recebidas de *tele-links* não registrados. E, antes que você pergunte, baby, esse foi o mesmo número de *tele-link* usado aí no planeta. Os registros coincidem.

— Agora sim, baby — repetiu Eve.

— As transmissões criptografadas daqui para aí não foram registradas. Só me apareceram bloqueios aqui no sistema do palácio de festas Ômega.

— Você consegue ultrapassá-los?

— Nenhuma criptografia me derrota, mas isso vai demorar um pouco e me roubar algumas horas de sono. Enquanto isso, Sisto levou um papo rápido com o colega de copo do nosso velho amigo Cecil Rouche, que por acaso estava no setor de comunicações no dia em questão. Trata-se de um cara chamado Art Zeban. Esse tal Zeban se fez de desentendido, mas se ligou quando Sisto jogou pesado. Sisto me disse que ele gosta de grana. Zeban contou que Rouche lhe deu mil dólares para manter as transmissões fora do registro oficial, mas diz que isso foi só um favor para um amigo, com uma pequena compensação.

— Isso é bom.

— O melhor é que o favor incluiu apagar o registro de vídeo do intervalo de banho para Ricker.

— Então, a gravação já era.

— Ora, por favor! — Callendar acenou com uma mão no ar como se estivesse espantando uma mosca. — Nada "já era" quando estou por perto. Vou recuperar esse registro apagado. Nesse meio-tempo já obtive autorização para revistar os aposentos de Rouche.

— Ele sabe disso?

— Ainda não. Estamos...

— Mantenha-o no escuro. Certifique-se de que ele não consiga fazer contato de nenhum tipo com alguém aqui no planeta ou fora dele. Sem comunicações. Enrole-o, Callendar, e amarre esse embrulho muito bem amarrado. Traga esse cara e o seu amigo de copo para casa.

— Já estou agitando tudo. Essa merda é divertida!

— Enquanto você se diverte, certifique-se de que nada disso... nem uma sombra de suspeita... chegue a Ricker. Quero que ele seja isolado por completo. Se o diretor tiver algum problema com isso, mande-o entrar em contato comigo, mas Ricker deverá ficar isolado até segunda ordem.

— Entendido — disse Callendar, e desligou.

Eve adicionou os novos dados e depois se levantou para atualizar o seu quadro do caso.

— Estou livre — disse Peabody quando entrou. — A menos que você queira avisar os parentes mais tarde, nós podíamos...

— Parou ao reparar na atualização do quadro. — Você conseguiu algo novo.

— Callendar confirmou as transmissões de Ômega. Estão criptografadas, mas ela diz que consegue quebrar o código. Também confirmou o envio e o recebimento das transmissões para o *tele-link* que Feeney encontrou. Também pegou o técnico — Eve deu um tapa na foto de Zeban. — O guarda que trabalhou para Ricker o subornou para que ele mantivesse as transmissões fora dos registros, e ele também apagou o vídeo da hora do banho de Ricker, mas ela garante que vai conseguir recuperar a gravação.

— Ela é muito boa. McNab sempre a elogia. Temos um monte de subornos aqui.

— Sim, e subornos em uma colônia penal. Fiquei chocada. É uma cadeia alimentar — murmurou Eve. — Ricker está no topo. Temos Sandy, Rouche, Zeban e provavelmente mais gente. E existe o elo entre Ricker e Sandy. É o elemento que une tudo, mas precisamos achá-lo para tornar tudo sólido.

Ela se virou e franziu a testa.

— Que horas são na França?

— Ahn...

— Eu também não sei. Eu não deveria ter que saber. Roarke saberia, mas ele está em Las Vegas. Também não sei que horas são lá. — Ela balançou a mão antes de Peabody poder informar. — Encontre-me o chefe da polícia francesa, o responsável pela área onde mora a ex-esposa de Rouche. Quero que ela seja vigiada e preciso que suas comunicações sejam monitoradas.

— Talvez você consiga isso com mais facilidade através da Polícia Global.

— Eles são gananciosos. Vão querer pegá-la por conta própria. Vamos tentar a polícia local antes.

Foi preciso que Eve usasse de persuasão, adulação e, por fim, mencionasse o dinheiro ilegal e a quantidade considerável de mercadorias compradas com essa grana ilegal — tudo em território francês — para garantir a cooperação.

A possibilidade de confiscar alguns milhões de euros compensava o tempo e os gastos para que eles focassem a tal de Luanne DeBois e monitorassem suas comunicações.

— Isso vai levar tempo — Eve reclamou quando elas desceram até a garagem. — Eles vão precisar das devidas autorizações... e enfrentar uma burocracia insana para isso... antes de poderem instalar o sistema de monitoramento dela, mas percebi o brilho nos olhos do chefe da polícia quando contei sobre a lavagem de dinheiro e lembrei que tudo aconteceu, basicamente, em território dele.

— Se você conseguir isso e Callendar quebrar o código, vamos poder enquadrar Ricker. Porém, isso não nos levará ao seu agente daqui, nem mesmo à sua identificação.

— Estou resolvendo isso.

Peabody parou e estreitou os olhos quando Eve se posicionou ao lado da viatura.

— Eu não entendi um lance sobre esse carro novo. Não consigo entender por que você escolheu uma viatura tão feia quando poderia escolher qualquer uma melhor do que essa. Como o 2X-5000 ou outro modelo grande, poderoso, 4 X 4, ou quem sabe...

— Eu não escolhi. Foi Roarke que escolheu.

— Você está destruindo todos os meus sonhos e esperanças.

— Ele é inteligente o suficiente para saber que um carro desses passa despercebido. Ninguém presta atenção nele. Você quer uma carona até a sua casa ou não?

— Eu não vou para a minha casa. — Peabody entrou no carro antes de Eve. — Pretendo voltar para a *sua* casa. Todas as minhas coisas estão lá, e é para lá que McNab vai quando voltar. Além disso, teremos um belo *brunch*.

Eve sentiu um latejar atrás dos olhos.

— Não é possível que elas ainda estejam lá. Ainda estão? Por quê?

— Porque esse era o plano, e sim, claro que estão. Já verifiquei.

— Eu ia passar no necrotério, antes.

— Por quê?

— Porque sim. Pode ser que tenhamos deixado alguma coisa passar.

— Eu ligo para o necrotério daqui enquanto você nos leva até aquele magnífico e delicioso buffet de café da manhã.

A vida tinha que continuar, foi o que Morris tinha dito. Senão que sentido haveria nas coisas? No momento, Eve desejava estar em outro lugar, mas aceitou a derrota. Poderia trabalhar de casa, disse a si mesma. Iria se esconder em seu escritório até que aquele bando de mulheres finalmente fosse embora. Poderia planejar como lidar com o elo final do "amigo de copo" enquanto esperava o retorno de Callendar.

Também tinha de lidar com Rouche, mas antes precisava conseguir um acordo com o escritório da Promotoria. Bem... Cher Reo, a assistente da Promotoria, estava dormindo em sua casa naquele exato momento, depois da gandaia e do porre, junto com o resto das mulheres. Isso seria útil.

Além do mais, Mira também estava lá. Mira seria útil para a montagem dos perfis adicionais.

Eles queriam um belo *brunch*?, pensou. Tudo bem, mas teriam de trabalhar duro por isso.

Virou para o lado e notou que Peabody estava caída contra a porta, fora do ar como uma lâmpada apagada.

Ok, todas trabalhariam naquilo assim que acordassem.

As luzes do amanhecer tornavam o ar perolado enquanto Eve se aproximava da casa. Era até bom estar todo mundo dormindo, decidiu. Isso lhe daria tempo para recarregar a própria bateria, pensar, analisar alguns detalhes e trabalhar em alguns pontos sem um monte de distração.

Silêncio à sua volta, pensou. Ela definitivamente precisava de um pouco daquilo.

Cutucou o ombro de Peabody e arrancou um resmungo chocado de sua parceira.

— Acorde, entre, suba e vá para a cama.

— Estou acordada. Estou ligada. Onde estamos?... Ah, em casa novamente.

— Não se acostume com isso. Durma pelo menos duas horas. Você poderá comer quando se levantar, mas a partir daí vai ficar no ar até eu determinar o contrário.

— Ok. Tudo bem. Ela esfregou os olhos enquanto seguia Eve até a porta. — Você também vai dormir um pouco?

— Quero aproveitar o silêncio até...

Ela abriu a porta, e um grito agudo a fez sacar a arma. Peabody agarrou o braço de Eve.

— Não atire! É a bebê.

Eve manteve a mão na arma enquanto seus ouvidos explodiam com os lamentos e gritos.

— Não é possível. Nada tão pequeno pode fazer tanto barulho.

Porém, ela seguiu os sons até a sala de estar, onde Mavis, de pijama, caminhava de um lado para o outro com Bella, que se esgoelava sem parar com o rosto vermelho.

— Oi! — Mavis caminhou mais um pouco, deu tapinhas na bebê e a balançou. — Vocês voltaram! Peço desculpas, ela está um pouco escandalosa.

— Parece que está sendo esquartejada por um machado. — Ou pior, pensou Eve... Era mais como se ela quisesse *atacar* alguém com um machado.

— Ela tem bons pulmões — explicou Mavis.

Eve se assustou quando Mira — vestindo um robe azul pavão — se ergueu do sofá.

— Aqui, querida, deixe-me embalá-la por algum tempo. Venha para a tia Charley, filhinha. Sim, pronto, você vai ficar bem.

— Ufa! — Mavis pegou uma caneca da mesa e bebeu tudo de uma vez só. — Eu a trouxe aqui para baixo para evitar estourar os tímpanos das pessoas lá em cima. Ela está muito revoltada com o mundo.

— Por quê? O que você fez com ela? Isso não pode ser normal. A senhora é médica — acrescentou Eve, apontando para Mira. — Precisa fazer alguma coisa.

— Estou fazendo. — Mira continuou andando, embalando a bebê e cantarolando baixinho. — Bella está com os primeiros dentes nascendo e está muito irritada. Não é, coisa linda? Pobrezinha. Aposto que você precisa de um pouco de café, Eve.

— Aposto que *ela* precisa mais que eu — murmurou Eve.

Mavis se levantou e entregou a Mira uma espécie de *pen drive* rosa e azul que Mira espetou na boca de Bella, enquanto Mavis se servia de mais uma caneca de café. — Aqui está, Dallas. Quer também, Peabody?

— Quero sim, obrigada.

Como o objeto que Bella começou a mastigar transformou os gritos em sons de quem sugava alguma coisa e emitia gemidos distantes, Eve bebeu o café.

Quer dizer que... Todo mundo está dormindo?

— Até onde eu sei, sim — confirmou Mavis. — Algumas delas se sentaram no andar de baixo para assistir a alguns vídeos. Outras se arrastaram até os quartos que lhes foram designados. Todo mundo se divertiu como nunca. Foi uma pena você ter sido chamada.

Eve manteve um olhar cauteloso em Bella, cujos olhos pareciam vidrados enquanto ela sugava.

— Isso é um tranquilizante? É uma substância legalizada?

— Não, não é um tranquilizante. E sim, é algo legal. E gelado. A temperatura baixa faz com que a dor das gengivas inflamadas diminua. — Mira acariciou a bochecha de Bella com a sua. — A pobrezinha ficou muito cansada. Não foi, minha lindeza? Você se cansou muito, certo? O chamado que você recebeu tinha ligação com o caso Coltraine?

— Tinha, sim. Um dos nossos principais suspeitos está no necrotério. — Eve continuou de braços cruzados para o caso de a bebê decidir entrar em erupção novamente. — Callendar encontrou uma pista quente em Ômega. Estou esperando pelo retorno dela com mais detalhes. E tenho algumas linhas de ação a analisar. Eu preciso... Ir lá para cima.

— Você quer a minha contribuição? — ofereceu Mira

— Isso pode esperar.

— Eu posso ficar com ela. — Mavis se aproximou e pegou Bella. — Ela está pronta para apagar de novo. Meu amorzinho, mamãe está aqui. Obrigada — disse ela a Mira.

— Adorei ficar um pouco com ela.

Perplexa, porque a declaração lhe pareceu sincera, Eve começou a subir a escada.

— Reo ainda está aqui, não está?

— Sim, está. Foi para a cama às duas da manhã. Você também precisa da ajuda da nossa assistente da Promotoria?

— Em algum momento, vou precisar, sim.

— Que tal eu ir acordá-la?

— Isso pode esperar... Mas, pensando melhor, por que esperar? Sim, a senhora poderia ir chamá-la? — Eve continuou até o seu escritório e olhou para Peabody. — Eu já disse que você pode ir dormir por duas horas.

— Estou acordada. E morrendo de fome. Vou pegar um pouco de comida do café da manhã, já que vamos organizar uma reunião. Você quer proteínas ou carboidratos?

— Tanto faz. — Eve se virou e entrou em seu escritório. Foi direto para o quadro e o atualizou. Quando começou a rodar o programa de probabilidades, Peabody colocou um prato e uma caneca de café recém-preparado sobre a sua mesa.

— Bacon e ovos me pareceram ser a escolha certa. Dra. Mira, que tal um belo café da manhã? Eu mesma posso servir.

— Ora, é uma boa ideia. — Mira entrou e caminhou até o quadro. — Vou querer o que Eve escolher. — Ela analisou a foto do cadáver de Sandy. — Um único ferimento?

— Sim. Um estilete enfiado no meio do coração.

— Um ato pessoal novamente. Um ataque face a face. Arma diferente, metodologia diferente da morte de Coltraine, mas o mesmo sentimento, pode-se dizer. Ele gosta de assistir à morte das vítimas. Gosta de estar ligado a elas. Tem um comportamento profissional, mas não se mantém distanciado.

— Lidar com morte é comum para policiais. De certo modo.

— Ele o deixou nu. Vejo nisso algo de humilhação, como no caso do uso da própria arma de Coltraine contra ela, quando ele a matou e depois levou consigo a arma do crime e o distintivo.

— Acho que sim. — Eve ficou levemente espantada, e logo percebeu que não deveria ter ficado, em ver a mulher que acalentava e acalmava um bebê desesperado agora mesmo estar ali montando o perfil de um assassino dois minutos depois.

— É uma tentativa de nos despistar — continuou Eve —, um jeito de parecer que Sandy se envolveu em algo ilícito e foi eliminado. Como antes, quando ele tirou as joias de Coltraine e levou sua carteira, isso foi ou poderia ser interpretado como algo feito para despistar e fazer parecer que foi só um assalto. Porém, a humilhação seguiu o padrão anterior. É um bônus. Ele estava coberto por trapos velhos, roupas sujas, lonas ensebadas.

— O assassino não gostava dele e o considerava de pouco valor. Alguém facilmente descartável.

— Ricker gosta de descartar pessoas que não lhe são mais úteis.

— Sim, Ricker pode ter ordenado o assassinato, mas a pessoa que o realizou iria... ou certamente poderia... escolher o método. A hora, o lugar. Obrigada, Peabody. — Mira se sentou com o prato que Peabody trouxe. — Você está focada no esquadrão de Coltraine. Vamos dar uma olhada neles.

— Sinto cheiro de comida. — Cher Reo, com cabelo desarrumado e vestindo um pijama coberto de margaridas amarelas, parou na porta da sala e farejou o ar. — Café. Comida e café, por favor.

— Eu posso ser a garçonete — Mavis entrou na sala logo atrás de Reo. — Bella finamente dormiu e estou morrendo de fome. Adoraria comer uma rabanada.

— Humm — concordou Reo. — Rabanada!

— Vou preparar duas. E aí, Nadine, quer participar desse trio de comilonas de rabanada?

— Eu seria uma tola se não aceitasse. Quem morreu? — quis saber Nadine ao entrar na sala. — Mira não abriu o bico.

— Por Deus, vá embora — ordenou Eve, mas resistiu à tentação de puxar o próprio cabelo ou o de Nadine. Estou trabalhando.

— Vou manter o bico calado também. — Nadine pegou uma fatia de bacon do prato de Eve. — E posso ajudar. Somos "as garotas inteligentes" e vamos solucionar um crime!

Quando Nadine pegou a caneca de Eve, ela agarrou o pulso da repórter.

— Haverá outro assassinato se você tocar no meu café.

— Tudo bem, eu pego o meu. — Mas ela foi até o quadro do caso e viu a foto de Sandy. — Um golpe direto no coração. Sem confusão, nem barulho.

Eve franziu o cenho quando Nadine caminhou até a cozinha. Ah, que se dane, elas eram realmente "as garotas inteligentes".

— Tudo bem, tudo bem. Reo, feche a porra dessa porta antes que mais alguém entre aqui. — Então bufou de desespero quando Louise fez exatamente isso.

— Eu não consegui dormir e... Oba, rabanada!

— Mais uma garota inteligente — apontou Nadine, e foi fechar a porta. — Mavis, Louise quer rabanada. Vamos ajudar Dallas a solucionar um crime.

Eve resistiu, a muito custo, à vontade que sentiu de bater com a própria cabeça na parede.

— Todo mundo aí, por favor, sente-se e feche a matraca. Nadine, não quero que coisa alguma do que você vai ouvir aqui seja divulgado no seu noticiário, a menos que eu libere. E também não quero ver nada disso na porra de um livro.

— Eu não divulgarei nada sem o seu sinal verde. Quanto ao livro? Humm, até que a ideia é interessante.

— Estou falando sério. Louise, você costuma levar a sua ambulância até a rua Pearl, não é?

— Isso mesmo.

— Alguma vez você já tratou de dois catadores de lixo chamados Kip e Bop?

— Já que você perguntou, tratei, sim. Eles...

— Então você pode ficar. Talvez eu tenha perguntas a lhe fazer. Reo, deixe que eu lhe conte sobre um certo guarda da colônia penal em Ômega.

Já que eles estavam diante dela, Eve comeu ovos com bacon enquanto resumia a história da ligação de Cecil Rouche com Max Ricker.

Capítulo Dezenove

Era ridículo fazer uma reunião com um bando de mulheres — muitas delas civis — sobre um assassinato. E mulheres *de pijama*, ainda por cima, pensou Eve enquanto passava informações a Reo. Mulheres de pijama que comiam rabanadas e mordiscavam fatias de bacon.

Eram garotas inteligentes, tudo bem. Mesmo assim, era ridículo. Além de Peabody, de Reo e de Mira, o que as outras sabiam sobre o trabalho de uma policial? Ela poderia aceitar Nadine, avaliou. Seu trabalho abrangia cobrir fatos policiais e isso lhe dava alguma visão. Era de confiança e nunca colocava uma história na frente dos princípios de ética. Isso era importante.

Talvez Louise também não estivesse tão deslocada naquele grupo. Na condição de médica, já havia tratado muitas vítimas. Quanto a Mavis, ela conhecia as ruas, mas essa não era uma característica realmente importante, ali. De qualquer modo, ela estava só servindo café.

Ah, tudo bem!

— Então você quer oferecer um acordo a Rouche e lhe oferecer um incentivo para que ele entregue Max Ricker e o seu contato em Nova York, que você acredita que foi o assassino de Coltraine e Sandy?

— Isso mesmo — confirmou Eve. — Se Rouche souber o nome do contato.

— Sim, só se ele souber — concordou Reo. — E você deve pressioná-lo a entregar Max Ricker como o verdadeiro orquestrador dos assassinatos. Ricker já está cumprindo várias sentenças de prisão perpétua na instalação penal mais severa e segura que temos. Não podemos aumentar sua pena, em termos práticos, mas Rouche serviu como cúmplice antes e depois do crime, e possivelmente participou dessa conspiração de assassinato. Deve pagar por isso. Se Callendar conseguir tudo que você espera, haverá material suficiente para indiciá-lo e também provas suficientes para forçá-lo a informar o nome do assassino verdadeiro. Se ele souber.

— Essa não é a questão, Reo. Se foi Ricker quem apertou o botão, e certamente o fez, deve ser responsabilizado por isso. — Eve não aceitaria nem cederia um milímetro nesse ponto. — Deve ser acusado, julgado e condenado por mais esses dois assassinatos. Sendo um deles o de uma policial. Talvez mais uma ou duas sentenças de prisão perpétua não signifiquem nada para ele, na prática, mas isso é básico. É importante para Coltraine.

— A lei pode não ser capaz de fazê-lo pagar pelo que fez, em um sentido real, mais do que já está pagando. — Louise olhou para o quadro do assassinato e para a foto de Coltraine. — Mas, se ele não for responsabilizado, não haverá justiça, certo? Afinal, duas pessoas estão mortas só porque ele quis que elas morressem.

— A justiça também inclui as famílias e as pessoas que amaram as vítimas — acrescentou Mira. — Elas têm direito a isso.

Reo soprou com força.

— Eu não discordo, e vou ter que usar todos esses argumentos, e outros, para convencer meu chefe a dar mais essa bofetada metafórica em Ricker, e deixar outros peixes fora do anzol para fazer isso, mas eles não vão escapar do castigo, Dallas. Rouche e o técnico das comunicações não vão escapar ilesos dessa história.

— Mas eu não quero que eles escapem. Aceitar e trocar subornos, adulterar dados do sistema de segurança, falsificar registros e documentos, lavagem de dinheiro. Também podemos prender sua ex-mulher, o que colocaria mais pressão. Ele cumprirá uma bela pena, mas aposto que Rouche vai considerar dez anos de cadeia como um presente diante da possibilidade de prisão perpétua.

— Vamos acusá-lo de conspiração para cometer assassinato — Reo projetou —, e depois prevaricação. Vou levar tudo isso ao meu chefe, se você conseguir o que precisamos, mas tudo vai depender do que Rouche colocar sobre a mesa. Você acha que ele sabe quem foi o assassino?

— A identidade real, não. Imagino que tudo tenha passado por Sandy, mas ele pode saber o suficiente para estreitar nosso campo de buscas. E pode saber algo que nos ajude a identificar o agente que Ricker usou para financiar a operação. Se ele conseguiu comprar um policial, provavelmente deve ter outros na mão.

— Você tem certeza de que foi um policial? — perguntou Nadine.

— Não só um policial, mas alguém do esquadrão de Coltraine. — Ela ordenou que os dados aparecessem no telão. — Vance Delong, o tenente do grupo. Figura de autoridade que gosta de manter as coisas de forma discreta. Um homem de família. Vinte anos na força policial, tem mais interesses e habilidades administrativas do que investigativas. Raramente trabalha em campo ou nas ruas, só ocasionalmente.

— Ele prefere um fluxo constante — disse Mira, quando Eve assentiu com a cabeça para ela. — Embora possua sólidas qualidades de liderança, é mais adequado para administrar esse pequeno esquadrão do que para chefiar um departamento maior e mais complexo.

— Detetive Patrick O'Brian — Eve continuou. — O policial mais velho do esquadrão. Tem experiência. Diz que prefere o ritmo mais lento de sua equipe do que o trabalho que costumava fazer. Seu relacionamento pessoal com Coltraine é descrito por todos como do tipo pai e filha. Pela forma como o esquadrão era administrado, ele e os outros trabalhavam como parceiros sempre que Delong determinava.

— Ele seria, em minha opinião, o membro mais confiável do esquadrão. Os outros o respeitam — acrescentou Mira. — Minha leitura dos arquivos e das anotações de Dallas indica que o esquadrão confiava na opinião dele mais do que na do tenente. Ele é o líder da equipe.

— Coltraine não o teria questionado — disse Peabody. — Se ele entrasse em contato com ela e dissesse que precisava dela em um caso, uma ação suplementar ou qualquer tipo de operação, ela teria feito exatamente o que acreditamos que fez naquela noite. Teria pegado suas armas e saído para encontrá-lo. Só que... Puxa, ele se mostrou muito triste no funeral dela. E sua esposa compareceu. Tudo me pareceu sincero.

— Às vezes, para alguns, matar não passa de um negócio — disse Eve.

— É verdade. — Mira assentiu com a cabeça. — E esse negócio pode ser mantido em um compartimento diferente do da sinceridade. Os policiais separam as suas emoções com muita frequência. Um agente com a longevidade dele na Força poderia, potencialmente, cometer o ato como uma espécie de trabalho a ser feito, e mesmo assim lamentar a perda de uma amiga ou colega de trabalho. Ele tem a maturidade necessária para controlar esses assassinatos e também tem experiência. Porém, o envolvimento pessoal que notei nos atos não se encaixa bem no seu perfil, embora essa seja uma opinião pessoal. Houve humilhação de ambas as vítimas.

— Humilhar as vítimas pode ter sido parte das ordens recebidas — sugeriu Louise. — Parte da tarefa.

— É verdade — admitiu Mira.

— Mas ele não teria usado a palavra "putinha" na mensagem que me enviou. Eve estudou o rosto de O'Brian. — É uma palavra grosseira demais para o tipo dele. "Vadia" até pode ser, mas nunca "putinha". Além do mais, não creio que ele teria estragado as coisas na hora em que me seguiu. É muito experiente para isso. Delong talvez tivesse feito aquela cagada, mas não O'Brian. Neste momento, ele é o último na minha lista.

Ela colocou a foto do seguinte no telão.

— Dak Clifton, detetive. Esse, sim, usaria a palavra "putinha" e faria cagada durante a perseguição. É arrogante, marrento, cheio de onda, mas não é tão bom quanto imagina ser. É o membro mais jovem do esquadrão, se julga lindo e acha que todas as mulheres caem na sua rede. Deu em cima de Coltraine, mas ela o mandou passear.

— Os homens odeiam isso. — Nadine cortou outro pedaço de rabanada. — Ele matar uma mulher só porque ela o dispensou é um pouco extremo, mas a verdade é que eles odeiam isso.

— Existem elementos de raiva nos assassinatos — apontou Mira. — Vejo algo como necessidade ou um pouco de prazer em provocar uma morte tão íntima. A demora para matar Coltraine para que ela soubesse o que estava para acontecer. Humilhação, novamente. Eu esperaria de um tipo de homem como esse algum sinal de abuso sexual. Se não um estupro de fato, algum abuso de outro tipo. Para provar o seu poder sobre ela.

— Mas ele pode ter feito isso sem deixar uma marca ou um sinal físico — opinou Louise, considerando os dados. — Tocando-a, por exemplo, ou fazendo algum tipo de ataque verbal. Você não acha que foi ele — completou, olhando para Eve. — Por quê?

— Eu gostaria que fosse ele. Esse cara é um babaca, mas não passa de um cabeça-quente com histórico de força excessiva e insubordinação. Ricker tende a ser mais esperto, mais frio. Por outro lado, ele pode ter sido a única pessoa que Ricker conseguiu convocar para essa missão. Ele ainda não conseguiu sair da minha lista de suspeitos, mas não está no topo.

Ela seguiu em frente.

— Josh Newman, detetive. Um cara tranquilo, na dele. Mantém a cabeça baixa e faz o seu trabalho.

— Ele também não está no topo da sua lista. — Mavis ficou diante do quadro com um prato na mão. — Foi a mulher. — Ela deu uma mordida em alguma coisa e se virou para onde Eve estava sentada. — Só pode ter sido a mulher. Ela é a melhor opção.

— Por quê? — quis saber Nadine.

— Bem... Puxa, Coltraine podia ter algum respeito pelo tenente do esquadrão e pelo detetive mais velho. Talvez gostasse do babaca gostosão, apesar de tê-lo dispensado. Afinal, Morris e ela tinham bom gosto, certo? Talvez ela também se desse bem com esse último cara. Mas quanto à ligação dela e essa outra aí? Eram as únicas mulheres no Clube do Bolinha, certo? Elas teriam um tipo de relacionamento diferente. As mulheres falam um monte de merdas umas com as outras e conversam sobre assuntos que jamais mencionariam com um colega que tem pau. Olhe só para nós. Desculpe... — disse ela, olhando depressa para Mira. — Estou invadindo o seu território.

— Não, isso é interessante. Sua ideia é que Cleo Grady matou Coltraine só porque elas duas eram mulheres?

— Eu só acho que ela conseguiria se aproximar da vítima mais do que os outros e sabia sobre os lances todos quando Coltraine estava de folga. Uma mulher não conta ao parceiro masculino que está menstruada ou está louca por um banho quente; não conta para os colegas mais velhos que está cheia de tesão e mal pode esperar para trepar com Morris. Tipo essas coisas. Essa colega provavelmente sabia de tudo isso.

— E teria sabido, mais que os outros, que ela estaria sozinha em casa naquela noite. — Nadine apertou os lábios. — Muito bom, Mavis.

Mavis sorriu e encolheu os ombros.

— Tudo bem — disse ela a Eve. — Estou certa ou errada?

— Você ganhou o Prêmio Garota Inteligente.

— Que máximo!

— Cleo Grady é a sua principal suspeita? Você poderia ter me contado isso — reclamou Peabody.

— Grady não estava nesse posto até hoje de manhã. Ela parece uma pessoa de cabeça fria, mas tem algo por baixo dessa frieza que fervilha. E temos o anel. Tudo bem, é aceitável que ela fique com ele porque está fingindo que foi um assalto. Mas o assassino não o enviou de volta junto com o distintivo e a arma. Ficou com ele. Um homem poderia fazer o mesmo, guardá-lo como uma espécie de troféu. Mas ela gosta de joias do tipo sutil e elegante. Isso é um elemento importante. Coltraine poderia ter contado à equipe inteira que ia passar uma noite em casa sozinha, mas considerando sua personalidade era mais provável que falasse sobre isso somente com Grady. Além do mais, ela e Grady estavam trabalhando juntas. Haveria mais oportunidades. Haveria uma chance para Grady ligar para ela e contar que tinha aparecido uma pista quente em alguma investigação. E Ricker gosta muito de usar mulheres. Gosta de usá-las, feri-las e descartá-las. Deve ter adorado armar tudo para colocar uma contra a outra.

— Rod Sandy. — Peabody colocou o seu prato de lado e se levantou para ir até o quadro. — Seria mais fácil para uma mulher se aproximar dele. Bastaria brincar um pouco com o seu ego e ele teria motivo, pelo menos inconscientemente, para se preocupar com ela, fisicamente falando.

— O aspecto físico é um fator importante aqui, não é? — Nadine apontou para a foto de Grady. — O assassino não arrastou Coltraine até o porão? Ou você acha que Sandy estava lá e fez o trabalho pesado?

— Talvez, mas ela conseguiria fazer isso.

— Eu carreguei Dallas no ombro até o porão — Peabody sorriu. — Nós reencenamos o que aconteceu.

— Partindo do pressuposto de que ela seja a assassina, acho que não teria desejado ter Sandy por perto. Ou qualquer outra pessoa, para ser franca. — Mira fez um gesto amplo com a xícara de café. — Considerando as teorias, isso teria sido um confronto cara a cara, de mulher para mulher. Para cumprir ordens, talvez, mas algo pessoal.

— Você precisa de mais do que teorias, Dallas. Desculpe. — Reo estendeu as mãos. — Você não tem nenhuma causa provável, nenhuma testemunha, nada que coloque a sua suspeita principal em nenhuma das duas cenas. A menos que Rouche tenha trabalhado com ela diretamente e resolva abrir o bico e o jogo para nós... ou contar que Ricker tomou a decisão por impulso e a escolheu só por diversão, não temos provas concretas, nem circunstâncias reais.

— Isso é uma bosta. — Mavis encostou a bunda na quina da mesa de Eve e completou: — Porque todos os meus instintos estão dizendo que essa vadia é a culpada.

— Normalmente é preciso mais que instinto para ir em frente nesses casos — afirmou Reo. — Antes, Callendar deve chegar e nos mostrar o que tem. Depois, Rouche tem que abrir o bico. Talvez eu goste da teoria, em princípio, mas, pelo que eu entendi, você não tem mais elementos contra ela do que tem contra qualquer um deles. Isso não vale de nada.

— Instintos deveriam valer — protestou Mavis. — Além do mais... Opa! — Ela se afastou da mesa. — Bellamina acordou — disse, tocando na grande borboleta rosa que trazia junto do ouvido. — Fui!

— Mavis! — gritou Eve quando Mavis correu para a porta. — Obrigada pela contribuição.

— De nada. Nós, que temos dois cromossomos X, temos que ficar sempre unidas.

— Algumas das outras convidadas já devem estar acordando. — Louise se levantou. — Vou reunir todas, levá-las para a sala de jantar e mantê-las longe do seu caminho, Dallas.

— Acho que a festa está quase acabando. — Nadine esticou as pernas. — Posso fazer algumas pesquisas e ver se descubro se, em algum momento, o caminho de Ricker e o dessa tal de Cleo Grady se cruzaram. Eles certamente se conheceram em algum lugar. Imagino que você já tenha investigado o passado dela. É pouco provável que ela tenha matado duas pessoas por amor ou só por diversão.

— Vasculhei suas finanças o máximo que pude sem ter um motivo sólido para ir mais fundo. Acho que ela foi paga para isso, mas não descarto o fator da diversão... ou o que as pessoas do tipo dela consideram amor. Ricker sempre gostou de mulheres mais jovens.

— De qualquer modo, isso é velho — sugeriu Eve. — A ligação deles deve ser antiga, porque ela não apareceu nas pesquisas de quando o prendemos, mas ela também não é exatamente uma recruta na Força. Isso significa que tem algum passado e muito tempo de profissão.

— Se você conseguir comprovar uma ligação dela com Ricker, algo realmente sólido, posso usar isso e a conexão dela com Coltraine. Posso descolar um mandado de busca e apreensão, além de uma autorização para um mergulho mais profundo em suas finanças. — Reo considerou tudo. — Depende de você conseguir fazer com que Rouche diga que Ricker controla alguém do esquadrão de Coltraine. Não preciso de um nome, só da confirmação de que Ricker tem algum agente nessa unidade. Com isso, dá para conseguir os mandados. Talvez a Divisão de Assuntos Internos...

— Eles não têm nada contra ela — avisou Eve, olhando para Reo. — Eu já chequei.

— Bem, talvez eles devam dar mais uma olhada.

— Vou fazer uma análise do histórico dela — ofereceu Mira. — E do seu passado. Com isso, posso elaborar um perfil mais completo.

— Vou fazer uma atualização dos relatórios e rodar alguns programas de probabilidades — anunciou Peabody, levantando-se para recolher os pratos vazios. — Enquanto Nadine procura por possíveis momentos em que os caminhos de Max Ricker e Grady se cruzaram, posso procurar uma ligação entre Grady e Sandy. Talvez ele a tenha recrutado.

— Ou foi ela que o recrutou. — Eve ordenou mais dados no telão, em duas colunas. — Sandy, Grady, Alex Ricker. São todos mais ou menos da mesma idade. Sim, isso pode significar algo. Volte dez anos, quinze. Amigos de faculdade? Se ela foi amante de Ricker naquela época, ele pode tê-la usado para chegar a Sandy. É melhor nós... Esperem um segundo.

Ela atendeu o *tele-link*.

— Dallas falando!

— O que você quer saber primeiro, Dallas? — perguntou Callendar. — Porque eu tenho um monte de novidades.

— Você decodificou o registro?

— Porra, é claro! Caraca, estou supercansada. Está passando o efeito da bebida energética que eu tomei. Aqui vai mensagem de texto de Ômega para Nova York. — Ela bocejou e piscou depressa. — Desculpe... O texto diz: "Ataque o alvo nas próximas quarenta e oito horas. Eliminação completa. Termine os acertos usando o seu instinto de caça. Os valores de sempre serão liberados quando a morte for confirmada."

"O segundo texto foi de Ômega para Nova York", continuou Callendar. "Essa é a mensagem que confirmamos ser a mesma recebida pelo *tele-link* daí que foi descartado. O texto diz: 'Pode ir. Coordene a ação com o informante. Não me desaponte, ouviu?'"

— Há mais?

— Isso não é o suficiente?

— Não apareceu nada nas últimas vinte e quatro horas, aí em Ômega?

— Não. Mas há uma terceira mensagem, de Nova York para Ômega, entre os mesmos *tele-links* da segunda transmissão.

Texto: "Eliminação completa. Eu nunca decepciono você." Isso foi enviado uma hora depois da hora da morte de Coltraine para o *tele-link* não registrado que encontramos nos aposentos de Rouche. Também fizemos alguns levantamentos relacionados com as finanças do guarda. Ele mantinha registros da grana que recebia, Dallas. Há pagamentos listados por data que começaram há dez meses, e também descobrimos as contas, por número, onde ele armazenou os fundos. Serviço completo! E temos também um e-mail que encontramos no computador do quarto do guarda. Todas as mensagens devem, obrigatoriamente, passar pelo sistema de segurança, mas parece que ele conseguiu que o seu amigo Art "esquecesse" de registrar essa. A mensagem foi para uma tal de Luanne DeBois.

— Sim, aposto que foi.

— Algumas saudações carinhosas e muitas instruções e ordens sobre onde e como acessar os fundos, e o que fazer com eles. Ele está mais ferrado do que pode imaginar.

— Empacote essas duas figuras e traga-as para Nova York. Mas mantenha tudo isso fora do radar do sistema. Não quero que Ricker descubra que o seu garoto foi pego. Alegue violações de segurança, confraternização com presos, suspeita de conluio com criminosos. Isso já é suficiente para trazê-los para cá. Mantenha-os separados na viagem de volta. Segurança total daí até aqui. Se você precisar, peça que o diretor envie algumas pessoas em quem ele possa confiar para viajar com vocês. Vou entrar em contato com ele agora mesmo para liberar tudo. Acabe o serviço, Callendar.

— Sisto está curtindo demais tudo isso!

— Bom trabalho — elogiou Eve, e desligou.

— Isso nos dá material para enquadrar Rouche, mas a menos que possamos colocar esse *tele-link* na mão de Ricker...

— Não estrague minha alegria, Reo. Tenho trabalho a fazer e estou muito feliz.

Eve falou com o diretor da colônia penal e depois com Whitney. Então, porque não era tão ruim ser informante da DAI sob aquelas circunstâncias, ligou para Webster.

O que apareceu foi a tela azul do sinal de vídeo bloqueado.

— Dá um tempo, Dallas, é domingo de manhã. Eu estou de folga.

— Tenho informações para a DAI, mas se você estiver muito ocupado para isso...

— O quê? Qual é o lance?

— Você está sozinho?

— Por que você acha isso importante? — Ele xingou baixinho. — Sim, sim, estou sozinho. Também estou na cama, quase pelado. Posso desbloquear o vídeo para confirmar isso, se você quiser sonhar comigo.

— Já vi você quase pelado e isso nunca me fez sonhar.

— Quanta frieza!

— Escute. Estou informando oficialmente a DAI que tenho fortes suspeitas de que a detetive Cleo Grady entrou em conluio com Max Ricker, está na lista de policias comprados por ele e participou dos assassinatos da detetive Amaryllis Coltraine e de Rod Sandy.

— Ei, espere aí, aguente um pouco. Você vai realizar uma prisão?

— Eu disse que ia prender alguém? Estou informando você, na condição de funcionário da Divisão de Assuntos Internos, que suspeito que uma colega de trabalho esteja envolvida em atividades ilegais para lucrar com isso sob as ordens de um criminoso conhecido e encarcerado. Suspeito que essa colega matou a detetive Coltraine sob as ordens de Max Ricker e depois matou Rod Sandy.

— Mas quem é esse tal de Rod Sandy?

— Assistente pessoal de Alex Ricker. Ele está no necrotério. Suspeito que, sob as ordens de Max Ricker, Grady e Sandy trabalharam juntos para assassinar Coltraine e jogar as suspeitas em Alex Ricker.

— Qual são as suas evidências?

— Eu não tenho que lhe dar evidências — disse Eve quando Webster pegou uma camiseta e apareceu na tela. — Estou só transmitindo minhas suspeitas, e isso é suficiente para a DAI entrar em campo. Se você considera isso como "quase pelado", Webster, não é de admirar que esteja na cama sozinho em uma manhã de domingo.

— Vesti isso agora, pare de pegar no meu pé. Não corremos atrás de um policial só porque outro sugeriu.

— Você sabe que não é fofoca. Dê uma boa olhada nela, Webster, e pelo amor de Deus não dê bandeira. Estou construindo um caso e ele já está tomando forma. Se eu estiver errada, tudo bem, ninguém sai machucado. Só que não estou. Tenho confirmação de especialistas.

— Que confirmação?

— Instintos — disse ela, e desligou.

A bola está em campo, pensou. Nada mais a fazer agora, a não ser esperar. Ela se levantou para sair da sua sala, mas se lembrou de todas as mulheres que provavelmente ainda borboleteavam pela casa e pegou o elevador. Quando saiu diante do seu quarto, entrou de fininho e fechou a porta. Foi até a cama, soltou um suspiro longo e caiu de cara no colchão.

Coltraine estava sentada sobre a sua mesa no esquadrão onde trabalhava e Eve estava em pé diante dela ao lado de Grady.

— Ela nunca foi uma amiga, nunca foi parceira. — Um ar de pesar enevoou a voz de Coltraine. — Não para mim, nem para nenhum de nós. Ela teria matado qualquer um de nós se Ricker lhe ordenasse isso.

— Duvido que você tenha sido sua primeira vítima. Geralmente é preciso mais de uma morte para um assassino chegar a esse grau de frieza. Ela nunca matou um oponente no trabalho. Isso é ruim, já que a bateria de testes após um policial matar alguém é pesada.

Bem mais intensa que a seleção e triagem necessárias para ele conseguir um distintivo.

— Você parece muito certa de que foi ela — duvidou Coltraine.

— Você olhou bem no rosto dela quando ela a matou.

Coltraine girou a cadeira de um lado para o outro.

— Este é o seu sonho, Dallas, a sua perspectiva. Não posso lhe dizer nada que você já não saiba.

— Tudo bem, vamos jogar desse jeito, então. Sim, foi ela. Essa é a minha perspectiva.

— Porque somos mulheres.

— Isso pesa, sim. Acho que Mavis teve boas sacadas, mas entrou na minha lista de suspeitos logo de cara. Newman estava empatado com ela no primeiro lugar, porque sempre mantém a cabeça baixa e fica fora do radar. Faz o seu trabalho, é um cara simpático, não se destaca muito. Um homem assim é uma boa ferramenta. É por isso que Clifton simplesmente não se encaixava. Muito volátil. O tenente é um cara que segue as regras ao pé da letra, e O'Brian... Ele me parece um sujeito correto. É um bom policial que se orgulha do seu trabalho. Não dá para exibir orgulho quando se ultrapassa os limites e trai os próprios princípios. Além disso, ele tem esposa, uma família. Por que se esforçar tanto para pagar as contas e dar aos filhos uma boa educação se você tem outra fonte de grana fácil?

— Você gosta dele.

— Gosto, sim. Delong precisa do esquadrão. Seus subordinados são sua família e ele precisa dessa dinâmica. A postura de Clifton é sair com os caras para poder se gabar de quantas costelas quebrou naquele dia, e usa isso para conseguir um rabo de saia de vez em quando. Newman segue sua rotina, talvez tome um drinque com seu parceiro depois de um longo dia de trabalho, mas depois disso vai para casa ver sua esposa e seu cachorro.

"Grady, não... Ela é uma solitária. Não há ninguém em casa quando ela chega do trabalho. Sei como é isso. Só que ela não vive para o trabalho, não *mesmo*. Se vivesse, seria diferente; é inteligente o suficiente para ser detetive de segundo grau a essa altura... provavelmente a caminho do primeiro grau. Com isso conseguiria uma unidade mais poderosa, uma equipe melhor. — Eve tamborilou com os dedos na mesa de Grady. — Mas não é isso que ela busca. Porque muita atenção faz com que as pessoas fiquem íntimas, e ela tem algo a esconder.

— Assim como você. Esfaquear o próprio pai e matá-lo aos oito anos é um grande segredo para um policial esconder.

— Não me lembro de ter feito isso, pelo menos não com clareza, mas não me importaria de lembrar. A questão é que eu vivi para o trabalho. Precisava disso, tanto quanto do ar para respirar. E Feeney me queria trabalhando com ele... — Ela se interrompeu e inclinou a cabeça. — Alguém me quis. Pela primeira vez na minha vida. Alguém me viu, me quis e se mostrou disposto a *investir* em mim. Isso foi marcante. Talvez Ricker a tenha visto. E se... — Ela parou de falar novamente e xingou em voz alta.

— O gato está exercitando as garras na sua bunda — avisou Coltraine.

Eve acordou sentindo as patas de Galahad massageando o seu traseiro. Subitamente, o peso dele sumiu. Ela se virou e viu Roarke com os braços em volta do gato mal-humorado.

— Desculpe — disse ele. — Ele é gordo, mas ágil. Alcançou você antes de mim.

— Você pretendia massagear minha bunda?

— Penso nisso e em muito mais, noite e dia. — Ele se sentou ao lado dela e acariciou o gato. — Soube que você recebeu um chamado durante a festa de ontem. Rod Sandy.

— Pois é. — Ela se sentou na cama. — Acho que ninguém sentiu muito a minha falta, então...

— Eu senti.

Ela sorriu.

— Ah, sentiu?

— Muito. — Ele se inclinou para beijá-la.

— Acho que eu deveria perguntar se você se divertiu.

— Estive com um grupo de amigos, todos homens, em cassinos e espeluncas do mais alto ao mais baixo nível.

— Você levou Trueheart para uma boate de *striptease*?

— Ele brilha no escuro quando cora. É quase charmoso. O garoto também ganhou cinco mil dólares em um caça-níqueis ridículo chamado Pirate Quest.

— Cinco mil? Uh-hull, Trueheart — cantarolou Eve.

Roarke riu.

— E eu já ouvi umas mil variações desse gritinho desde ontem.

— Puxa... Meu Jesus Cristinho amado, espere um instante. Volte o filme algumas cenas — pediu Eve. — Você levou o sr. Mira para essas espeluncas?

— Ele é um menino grande, se divertiu muito. E trouxe dois tapa-sexos para provar isso.

— Não, não, não. — Ela cobriu as orelhas com a mão para se proteger — Eu não quero ouvir o nome do sr. Mira e a palavra "tapa-sexo" na mesma frase.

— Ele ganhou uns mil e quinhentos dólares no jogo de dados. McNab faturou dois mil, trezentos dólares e oitenta e cinco centavos. Valor exato, conforme ele nos informou muitas vezes. Charles ganhou pouco mais que isso. Feeney ganhou cerca de vinte e cinco dólares e manteve intacta a reputação da sua camisa de sorte. Baxter ficou no zero a zero.

— E você, garotão?

— Como sou dono do cassino, se eu ganhasse, seria uma perda, por assim dizer. E você? Conseguiu se divertir? — Quando ela se recostou e fez cara de estranheza, ele passou o dedo na covinha do seu queixo. — Não foi uma pergunta de deboche.

— Pensei muito sobre isso. Devo confessar que me diverti, de um jeito estranho. Fiquei surpresa. Depois, hoje de manhã, acabamos fazendo uma reunião no café da manhã com as participantes principais. Não que eu tenha planejado isso. E foi Mavis quem descobriu o nome do assassino.

— Mavis?

— Pois é. E eu, que confiei tanto em todos os outros cérebros... Não que Mavis seja burra, mas eu estava com uma detetive de polícia, uma psiquiatra analista, uma repórter e uma médica. E foi a ex-vigarista que virou estrela da disco e da música pop, além de mãe dedicada... Foi ela quem matou a charada. Conto tudo mais tarde, se você quiser, mas acho que tenho que descer agora e fazer tudo o que deve ser feito com as convidadas, até elas irem para casa.

— Todas já foram para casa.

— Não brinque comigo.

— Agradeceram muito pela festa maravilhosa.

Ela começou a sorrir, mas logo ficou séria.

— Isso é péssimo, certo? Sou uma bosta de anfitriã. Eu pretendia cochilar aqui só por uma horinha e depois descer para fazer sala com o resto delas durante o café da manhã e tudo o mais. Devia estar lá embaixo dando tchau e agradecendo a todas pela presença.

— Posso lhe garantir que todas as que ainda estavam aqui quando chegamos pareciam felizes por você estar aproveitando um descanso muito necessário. McNab teve que subir para acordar Peabody, então você não está sozinha nisso. E acho que recebeu todo mundo de forma magnífica.

— Quanto tempo eu fiquei aqui apagada?

— Não sei a que horas você caiu de cara na cama, mas já passam das quatro da tarde.

— Merda. Merda! Preciso conferir se Callendar está a caminho.

— Posso lhe dizer que está, juntamente com o outro detetive, dois prisioneiros e um representante de Ômega. Eles tiveram que entrar em contato comigo para que eu autorizasse o voo de volta. Então é isso... — Ele foi para junto da cabeceira da cama e deu um tapinha no colchão para que ela chegasse mais perto dele. — Por que você não vem para perto de mim e me conta que prisioneiros são esses que o meu ônibus espacial está trazendo para Nova York e qual a ligação deles com Ricker, Coltraine e Sandy?

— Vai demorar um pouco — avisou ela.

— Acredite, depois de quase vinte horas de jogos de azar, mulheres nuas, boates de *striptease* e piadas extraordinariamente sujas, estou pronto para curtir minha casa.

Ela rolou até se aconchegar nele.

— Também senti sua falta.

E, enquanto o gato se sentava ao pé da cama lavando-se pacientemente com a língua, Eve contou a Roarke todos os detalhes sobre o progresso da investigação.

Capítulo Vinte

Roarke escutou com atenção, relaxado com sua esposa enrolada junto dele. O gato caminhou pela cama e foi se encostar ao lado do quadril dele.

Sim, era bom estar em casa.

— Eles vão isolá-lo durante algum tempo — disse ele, pensando em Ricker. — Mas, de qualquer forma, daqui a algum tempo ele encontrará outro Rouche, de algum modo. Seu poder diminuiu e sua liberdade se foi, mas ele precisa de uma válvula de escape. Algum tipo de... entretenimento.

— Ele tem poder e liberdade suficientes para ter provocado dois assassinatos. Ou um, pelo menos — considerou Eve. — Não creio que ele tenha ordenado a morte de Sandy. Se Callendar não encontrou uma transmissão com essa ordem, devemos acreditar que ela não existiu. Grady fez isso de graça, para si mesma.

— Ricker não se oporia, se soubesse. Analisando em perspectiva, Sandy estava em terreno instável e podia representar uma ponta solta. Ricker pode ter decidido cortar essa ponta quando planejou a morte de Coltraine.

— Não sei. — Ela recuou um pouco, mas Roarke a apertou com mais força. — Vou voltar a esse ponto. Ele usou Sandy durante anos, isso é mais do que provável — continuou, enquanto saía da cama. — Sandy, instável ou não, era a sua melhor ferramenta contra o filho. Um jeito infalível de se manter informado sobre Alex. Isso acabou, agora

— Grady pode achar que encontrará uma forma de fazer isso funcionar para ela. — Roarke viu Eve ir ao painel e abri-lo para procurar uma garrafa de vinho.

— Percebo que ela é ambiciosa e não consegui descobrir por que razão ficou empacada como detetive de terceiro grau, trabalhando em um esquadrão pequeno e sem importância. Agora isso faz sentido, porque suas ambições estavam em outro lugar. — Eve escolheu um tinto da Toscana e o abriu. — Então, sim, tenho que achar que ela tem planos. E deve achar que está limpa quanto a Coltraine. Sandy levou a culpa por isso. Ou então ela acredita que vou ligar Alex ao seu amigo morto. É assim que vai pensar.

— Você tem planos.

— Estou trabalhando em alguns. — Ela serviu dois cálices de vinho, depois os levou para o AutoChef. Programou uma variedade de queijos, pães, biscoitos e frutas. Trouxe o vinho, entregou um cálice para Roarke, colocou o dela na mesinha de cabeceira antes de voltar para a comida. Quando colocou a bandeja na cama, tanto o gato, que tinha apoiado a cabeça na coxa de Roarke, como o seu marido a estudavam.

— Ora, ora, isso não é um ambiente caseiro?

— Um pouco, sim... — Ela esticou o braço para pegar seu cálice e roçou os lábios sobre os dele no caminho de volta. — Pode considerar isso tudo um ato de submissão, parte do pagamento da dívida.

— Já é um começo.

Ela espalhou queijo em uma pequena torrada redonda muito crocante e a ofereceu a Roarke.

— Alex e Sandy se conheceram na faculdade. Pai e filho não estavam se entendendo muito bem nessa altura. Sendo assim, pode ser que Ricker tenha convencido Sandy a se aproximar de Alex e desenvolver uma amizade com ele. — Ela se serviu de uma torrada também. — O caso é que, pelo que eu tenho no momento, Grady foi para a faculdade. Não a mesma instituição, mas ela passou seis meses na Europa. Algum tipo de intercâmbio.

— Você está se perguntando se ela já tinha ligações com Ricker desde essa época e recrutou Sandy para ele.

— É uma possibilidade, mas ela devia ser muito jovem nessa época. Por outro lado, você também era quando começou a fazer negócios com Ricker. Você não se lembra dela? Ela pode ter usado um nome diferente quando apareceu, talvez tivesse uma aparência diferente.

— Havia mulheres em torno dele, certamente. Mulheres jovens. Ele gostava delas e as usava. Sexualmente ou para qualquer finalidade que julgasse mais adequada. Eu vi a foto da identidade dela e também a vi de perto, no funeral. Seu rosto não me pareceu familiar.

Eve refletiu sobre isso.

— Não se encaixa aqui a possibilidade de ela ser nova para ele. Ricker não poderia saber que Coltraine iria se transferir para Nova York antes de ela mesma decidir isso. Grady já trabalha nesse esquadrão há três anos e é policial há mais de oito. Ricker nunca confiaria em alguém tão novo para levar adiante um plano como esse. Além disso, ele está preso há mais tempo do que Coltraine esteve em Nova York. Então, como poderia ter selecionado e convencido Grady a matá-la? *Use os seus instintos de caça*. Essa foi a expressão que ele usou na transmissão. Ela já fez isso antes.

— Pode ser que estivesse lá, e esse fosse o lugar adequado e o momento certo para esse propósito.

— Talvez. Se não fosse ela, pode ser que ele tivesse outra pessoa. Mas, se foi ela, então... Como, por que e quando ela se aliou a ele ou ele a recrutou? Ela não entrou para a Força Policial logo que saiu da faculdade. Ainda levou alguns anos. Não tenho registro de emprego algum para esse período.

— Não é incomum a pessoa levar alguns meses ou um ano entre a formatura e o início de uma carreira. Neste caso, ela deve ter passado algum tempo em treinamentos e cursos mais específicos.

— Detetive de terceiro grau, para trabalhar em um esquadrão pequeno... não há registro disso também. Ela mora sozinha, não existe ninguém para especular onde ela está, nem o que está fazendo. Ela tira todos os dias de férias e de licença. Sempre fez isso.

— Ao contrário de alguém que conhecemos — disse Roarke para Galahad, ao oferecer para o gato uma fornada pequena coberta de queijo.

— Ela tem tempo livre regularmente — acrescentou Eve. — Não a ponto de chamar a atenção das pessoas, mas muitos dias. Tempo suficiente, quando você soma tudo, para aceitar outras *missões*. Preciso descobrir onde ela esteve durante o período entre a faculdade e o início da sua função na polícia. E também se ela cruzou o caminho de Sandy durante esses seis meses na Europa. Quero saber para onde ela ia durante as férias. Preciso só de uma conexão, o caminho dela se cruzando com o dele uma única vez. Reo me conseguiria um mandado de busca e apreensão com isso.

— Acho que vamos trabalhar hoje à noite.

Eve colocou uma uva na boca antes de levar a bandeja para a cômoda.

— Ainda não anoiteceu. — Ela se arrastou de volta para a cama e se lançou sobre o seu marido. — E eu ainda preciso acabar de pagar a dívida.

— É verdade, precisa mesmo. — Em um movimento rápido, ele reverteu suas posições. Em seguida, baixou a cabeça, pegou o lábio inferior dela entre os dentes e o puxou de leve. —Temos uma sessão de pagamento de dívida. Isso pode demorar um pouco.

— Que escolha eu tenho? Dei minha palavra e preciso cumprir.

Dormir, sexo, um pouco de comida. Essa era, pensou Eve, o trio que fazia aumentar a energia. E, como ela iria usar essa energia para trabalhar, merecia vestir suas roupas mais confortáveis.

De jeans velhos e uma camiseta ainda mais antiga, do tempo da Academia de Polícia, ela pegou café na cozinha do escritório. E encontrou Roarke estudando o seu quadro.

— Só porque ela é mulher?

Eve passou para ele uma das canecas.

— Sei que isso parece questionável. Acho que você precisava estar aqui para entender. Pode ser qualquer um deles, mas ela é a melhor opção. E tudo se ajusta a ela... É uma questão de cabeça e instinto. Esse é o problema. Sem mais elementos, sem desenterrar mais algum indício, não vou conseguir esse mandado. A única maneira de encontrar esses indícios é pesquisando muito.

— Se as pistas existirem, poderíamos encontrá-las usando o equipamento não registrado.

— Não podemos fazer isso. Antes de qualquer coisa, devo isso a Morris. — Ela balançou a cabeça, sabendo que sua lógica era novamente instável. — Vou sair à caça de outra policial. Tenho que fazer isso da forma mais correta e limpa. Cada passo que eu der deverá estar estritamente dentro das regras, pelo bem da investigação. E por mim mesma. Ela cometeu um erro em algum lugar, negligenciou algo em algum momento. Já cometeu um erro ao devolver para mim a arma e o distintivo de Coltraine. E ao montar uma emboscada para me derrubar.

— Assumindo que seja Grady. Este aqui — disse Roarke, batendo na foto de Clifton. — Ele é sinônimo de problema. Conheço esse tipo de policial.

— É verdade. Não ficarei surpresa se souber, em algum momento no futuro, que ele será obrigado a devolver as suas armas e o seu distintivo. E, se Coltraine tivesse sido espancada, ele estaria no topo da minha lista. Isso foi um erro — Eve considerou. — Grady fez tudo de forma sutil e limpa. Não usou de força bruta em nenhum dos assassinatos. Isso mostra orgulho. Ela está orgulhosa do seu trabalho. Sempre que faz bem um trabalho, recebe elogios do seu tenente. E, quando faz um bom trabalho na sua missão, recebe elogios de Ricker. Ela gosta dos dois.

— "Não me desaponte, ouviu?" — lembrou Roarke. — Isso me parece uma recomendação dada para uma mulher, de um jeito condescendente. Palavras que a colocam em uma posição subordinada e talvez impliquem um relacionamento.

— Você é condescendente com suas subordinadas?

— Por Deus, desse jeito? Espero que não. É quase uma bofetada de luva, não acha? Se eu precisar chamar a atenção de uma funcionária, certamente farei isso cara a cara.

— Exatamente. Ricker não pode fazer desse jeito, por estar muito ocupado em uma cela fora do planeta. Toda a construção da frase é um insulto ou um aviso. Sua história com as mulheres só faz com que isso se encaixe, mais uma vez. E então, onde foi que ela chamou a atenção dele? Acho que vou começar com esses seis meses na Europa, o período da faculdade. Posso encontrar algumas intercessões dela com Sandy. Se isso acontecer, posso trabalhar daí para cá e avançar a partir desse ponto.

Ela foi até a mesa para fazer exatamente isso. Roarke continuou em pé, estudando o quadro.

Uma mulher atraente, avaliou. Compacta, porte atlético, um rosto forte, mas muito feminina no formato da boca e na linha do maxilar. Certamente um tipo de mulher que atrairia Ricker — pelo menos no tempo do qual Roarke se lembrava. Mesmo assim, se essa conexão fosse da época que Eve imaginava, ela teria dezoito anos, talvez vinte. Ricker certamente não dispensava jovens para fazer sexo, mas será que teria algum interesse verdadeiro em uma garota dessa idade?

Não nas lembranças que Roarke tinha dele.

Não, essa parte não se encaixava, pelo menos não ao homem que Roarke conhecera em sua própria juventude. As mulheres eram mercadorias, algo a ser usado e facilmente descartado. Pago, dispensado e descartado. Ou, como acontecera com a mãe de Alex, eliminado.

— Faça uma busca na mãe dela.

— O quê?

— A mãe — repetiu Roarke. — Investigue sua mãe, seus pais. Surpreenda-me — disse, quando ela franziu a testa para ele.

Eve ordenou uma pesquisa com os dados de Lissa Grady e mandou que o sistema colocasse tudo no telão.

— Uma mulher atraente — elogiou Roarke. — Trabalhava em sistema de meio expediente em uma galeria de arte, onde ela e seu marido se aposentaram. Moravam em um bairro residencial na Flórida. Salário respeitável.

— Não há registros criminais. Investiguei as ligações de todos eles antes. O pai também está limpo — apontou Eve. — Tinha sua própria empresa de contabilidade. Uma firma pequena com dois funcionários. Todos limpos. Agora ele joga golfe e trabalha como freelancer.

— Humm. Eles devem ter se sacrificado muito para dar à filha o tipo de educação que Cleo teve. Onde estavam quando ela entrou para a faculdade?

Ela ordenou o histórico.

— Bloomfield, Nova Jersey.

— Não, veja o emprego. Ela trabalhava em um escritório em uma firma de contabilidade. Volte para ela. Onde estava ela, digamos, nove meses antes de dar à luz?

— Em Chicago — anunciou Eve. — Trabalhava para conseguir pagar pela sua graduação em história da arte e era assistente de gerência em uma galeria de arte particular. Foi então que se mudou para Nova Jersey durante a gravidez, onde seus pais viviam. Pegou os benefícios do auxílio-maternidade e depois solicitou salário de mãe profissional.

— E ficou solteira até mais ou menos... o quarto mês de gravidez.

— Até parece que isso nunca acontece. É uma questão de... Ei, espere!

— Pesquise a galeria, Eve. O lugar onde ela trabalhava quando engravidou.

Ela começou a busca e sacudiu a cabeça.

— Não existe há mais de seis anos. É uma loja de antiguidades, agora. Ora, isso sim encaixa. E muito! Eu sou uma idiota! Cleo Grady não era uma protegida de Ricker. Não exatamente. Não era uma funcionária, pelo menos não só isso. Também não foi sua amante. Ela era, nada mais, nada menos, que sua filha, cacete!

— Alex me disse que passou a maior parte de sua vida tentando agradar seu pai. Talvez ela esteja fazendo o mesmo. Ricker possuía várias galerias, uma fachada excelente para contrabando e falsificação de arte. Lissa Grady... ou Lissa Neil, na época... poderia ter atraído a sua atenção.

— E se ela tivesse engravidado? Ele não se livraria dela?

— A menos que ela estivesse carregando um menino, suponho que sim. Ela fez o teste, esperava uma menina. Ele poderia... caso estivesse se sentindo generoso... dar à jovem que engravidou algum tipo de pagamento. Caso contrário, ele a ameaçaria.

— E Lissa pegou o pagamento ou a ameaça e voltou para casa, em Nova Jersey. Lá, teve a chance de se formar, arrumar um emprego e ter sua filha. E se casou com um cara local.

— E já está com esse cara há mais de trinta anos. Então, eu diria que Lissa encontrou alguém e construiu algo sua vida.

— Será que Ricky a manteve no radar? — perguntou Eve, quase para si mesma. — Cuidou da filha?

— Não creio que tenha feito isso — garantiu Roarke. — Essa mulher e a criança que nasceu não teriam existido para ele.

— Ok, ok. — Ela se levantou e começou a caminhar pela sala. — Então, em algum momento, eles contaram tudo à filha. Ou talvez tenham sido honestos desde o início. Talvez ela sempre tenha sabido que o cara que a criava não era o seu pai biológico. Ficou curiosa, começou a investigar...

— E encontrou Max Ricker.

— A maioria das pessoas ficaria doente se estivesse à procura do pai biológico e descobrisse que ele é o rei do crime, suspeito de ser responsável por mais mortes do que muitas guerras pequenas. Se isso tudo estiver certo, se essa mulher... — apontou para a imagem de Lissa no telão — ...for a ligação que buscávamos, certamente Cleo Grady foi até ele. Foi ela que entrou em contato. *Sou sua filha, seu idiota, o que você vai fazer a respeito, agora?* O que ele teria feito?

— Depende muito do seu humor, como sempre — disse Roarke. — Mas ele pode ter apreciado essa abordagem direta feita por ela. E, como ele e Alex não estavam em um momento bom do relacionamento pai-filho, isso pode tê-lo fascinado. E ele teve a ideia de usar isso como uma chance de moldar um rebento seu.

— Educá-la, treiná-la, usá-la. — Eve sabia tudo a respeito disso, refletiu em silêncio. Conhecia todos os métodos que um pai poderia usar para *moldar* uma filha. Bloqueou esse pensamento e se focou em Grady. — Puxa, não seria uma maravilha usá-la para ferrar com o filho que o *desapontou*?

— E para ela também, você não acha? — Roarke voltou ao quadro. — Para ela também seria agradável fazer parte disso... minar e sabotar a vida do filho... o príncipe, como ele devia parecer para quem estava de fora. Aquele que teve tudo que foi negado a ela. A riqueza, as vantagens, a atenção. O nome. Tudo se encaixa no lugar certo com esse pequeno elemento, mas você vai ter que provar que esse pequeno elemento é um fato.

— Eu consigo fazer isso. — Eve sorriu com um ar feroz. — O DNA não mente. Vou fazer um relatório sobre tudo que levantamos e enviar para Mira. Isso vai ajudá-la muito a montar o seu perfil. Eu ainda vou precisar achar algum elo entre Cleo Grady e Rod Sandy, mesmo que seja um evento, ou os dois estarem no mesmo lugar na mesma época.

— Isso é tarefa minha.

— Exato, mas você vai ter que jogar limpo, precisa descobrir tudo pelas vias normais.

— Você vive estragando minha diversão.

— Você já se divertiu. Eu paguei minha dívida.

— É verdade. — Ele se aproximou, colocou as mãos em seus ombros e os lábios sobre os dela. — Eu conheço você. — Ele lhe acariciou os ombros de leve. — A parte de sua cabeça que não está trabalhando no caso está pensando sobre se tudo isso é verdade... se ela é o que é, se fez o que fez por causa desse DNA.

Sim, pensou Eve, ele a conhecia muito bem.

— É uma questão a ser considerada.

— Você pensa na sua própria história e você se pergunta sobre o seu próprio sangue. O que passa como herança de sangue de um pai para uma filha.

— Sei que não sou como ela, mas essa é outra questão.

— Aqui está a resposta. Três pais... o dela, o meu, o seu... e três produtos desse sangue, por assim dizer. E todos nós fizemos o que fizemos com isso. Talvez por causa disso. Você sabe que não é como ela, tem certeza disso. Eu conheço você. Tenho certeza de que você nunca poderia ter sido como ela.

Ele a beijou novamente antes de deixá-la.

Ela colocou o problema de lado e afastou a parte dela que não estava trabalhando no caso. Isso ia ficar para mais tarde.

Alinhavou a teoria para Mira e considerou uma pena o DNA de Grady não estar registrado. Ela teria seus mandados em um estalar de dedos se pudesse provar que Cleo Grady era filha de Max Ricker. Ainda assim, a coisa não demoraria muito. Bastava ela conseguir um pouco de saliva, fragmento de pele, um fio de cabelo, um filete de sangue — o que fosse mais fácil; isso era tudo do que ela precisava.

Deixou mensagens para seu comandante, para Reo, para Peabody e, depois de uma breve hesitação, para Morris.

Recostando-se na cadeira, Eve calculou o melhor método, o jeito legal e mais satisfatório de coletar o DNA de Cleo Grady.

— Aqui está um dado curioso — comentou Roarke, quando voltou. — O time de futebol que representa a universidade onde Alex e Sandy se tornaram colegas jogou, por acaso, contra a equipe que representa a universidade onde Grady estudava.

— Isso é fato confirmado?

— Confirmadíssimo. Na verdade, essas duas equipes têm uma rivalidade profunda e suas partidas são verdadeiros eventos.

Acontecem reuniões, bailes, festas. Eles realizaram dois desses jogos/eventos durante o período em que Grady esteve lá: um no campo de cada uma das equipes.

— Gosto disso.

— Alex conseguiu um pouco de atenção da mídia porque marcou gols nos dois jogos. Não encontrei o nome de Sandy em destaque na mídia, mas ele aparece listado como membro do time.

— Sempre no banco de reservas, certo? Isso devia deixá-lo puto. Reo vai reclamar... ou garantir que seu chefe vai reclamar... e dizer que milhares de pessoas devem ter estado nesses dois jogos. Vai ser difícil de provar que Sandy e Grady realmente se encontraram nesse lugar, mas tem de ser suficiente. Vai pesar. Talvez Alex já a conhecesse — especulou. — Ou viu Sandy em sua companhia. Será que ele saberia a respeito dela? Será que ele já sabia que tinha uma irmã?

— Max só teria contado isso ao filho se lhe parecesse útil. Seria mais interessante, para Max, manter esse trunfo para si mesmo.

— Ainda assim, isso pode ter surgido. Preciso conversar com um monte de gente amanhã de manhã. — Ela inclinou a cabeça. — O que foi mesmo que você disse agora há pouco sobre a educação dela e as finanças dos seus pais? Se Ricker pagou por isso, deve existir registro em algum lugar, por mais profundo que esteja enterrado. Não consigo investigar Grady mais a fundo do que já fui, mas Ricker é um livro aberto para mim. Posso ir a qualquer lugar que eu quiser com relação a ele, desde que eu siga as regras.

— Eu sabia que você ia dizer isso e já estava ficando excitado.

Eve sorriu.

— Vamos descobrir quem financiou a faculdade dela. Isso vai adicionar um pouco mais de peso na balança para quando formos falar com Reo.

Ela configurou tudo que pôde e depois refinou as próximas etapas em uma reunião que presidiu na manhã seguinte, na Central.

— Não é apenas o meu que está na reta se eu pressionar por esse mandado e você me voltar com as mãos abanando, Dallas — avisou Reo. Será o seu também... e o do Departamento.

— Encontraremos algo. Solicitar esse mandado não é algo tão absurdo assim, com o material que temos. Se adicionarmos o laço de sangue dela com Ricker e mais o perfil de Mira, isso não vai ser um tiro na água; vamos acertar na mosca.

— O *suposto* laço de sangue — lembrou Reo. — O perfil depende disso. Mais a necessidade de impressionar seu pai, de punir seu irmão e o resto do blá-blá-blá psicológico... Sem querer ofender.

— Não me ofendi — assegurou Mira.

— Tudo depende de ela ser realmente filha de Ricker e nós podermos comprovar isso.

— Pois saiba que nós vamos comprovar isso hoje. Você está pronto para isso, Morris?

— Sim. Sim, estou pronto.

— Peabody e eu pretendemos trazer Alex Ricker para interrogatório mais uma vez, e vamos lapidá-lo com cuidado. Se ele souber que tem uma irmã ou alguma vez tiver suspeitado da sua existência, vamos arrancar isso dele. E, se deixarmos vazar a notícia de que temos Alex Ricker aqui na Central e estamos investigando uma ligação entre Coltraine e Sandy, isso vai dar a Grady um sentimento de missão cumprida. Aposto que ela vai querer levar um tapinha de parabéns nas costas, dado pelo papai.

— Isso é bem provável — concordou Mira. — Ela pode tentar contatá-lo através de suas fontes.

— Teremos isso nas mãos também daqui a algumas horas. Rouche nos entregará Ricker, e ele nos entregará Sandy. Quem sabe temos sorte e conseguimos mais lenha para colocar na fogueira de Grady? — Ela olhou para Feeney. — Precisamos saber o quanto antes caso ela entre em contato com o pai. Vocês estarão esperando.

— Sim, estaremos prontos. Se ela enviar qualquer mensagem para o *tele-link* que Callendar encontrou no quarto de Rouche, vamos pegá-la no flagra. Depois de ter acertado o retorno de Rouche, enviaremos a ela a resposta que você determinar.

— Tudo pronto, então. Consiga para nós esses malditos mandados, Reo. Peabody, espere por mim lá fora, por favor. McNab, acerte o sistema. Morris, quero mais um minuto com você.

Eve esperou até que a sala estivesse vazia e foi falar com Morris.

— McNab vai colocar escutas em você e vai monitorá-lo durante todo o tempo que você estiver com ela.

— Não estou preocupado com isso.

— Ela é uma assassina. Esse é o trabalho dela. Você devia se preocupar com isso, sim. Se ela sentir algo estranho, vai atacar você primeiro e pensar sobre o que fazer depois. Você só tem que...

— Nós já conversamos sobre o que você quer que eu faça e *como* quer que eu faça. Já repassamos isso três vezes. Eu consigo fazer isso. E devo ser o homem a fazê-lo, não só por Amaryllis, mas porque eu sou a única escolha lógica. Você tem que confiar em mim, Dallas, vou cumprir o meu papel. E sei que você vai cumprir o seu.

Não havia escolha naquele momento, exceto recuar.

— Tudo bem. Se caso for preciso, peça ajuda.

— Eu peço.

Eve o viu se afastar e enfiou as mãos nos bolsos enquanto Peabody tentava animá-la.

— Ele vai ficar bem, Dallas. McNab estará com ele, de certo modo.

— Se ele der alguma bandeira e ela pegar sua arma ou a faca, McNab vai gravar tudo. Mesmo assim, Morris estará morto. Não consegui um jeito de fazer isso eu mesma. Ela ficaria em estado de alerta, comigo. Pensei em forçá-la a me agredir para eu poder reagir com força e depois... Opa, caiu um pouco do seu sangue na minha blusa. Só que nesse caso eu a teria provocado para conseguir o DNA em vez de ela, por livre e espontânea vontade, permitir que eu o recolhesse. Como determina a lei.

— Ele vai conseguir. Precisa disso e o fará.

— Certo. Entre em contato com Alex Ricker e peça a ele, com muito jeitinho, que venha até a Central para podermos conversar.

— Ele vai trazer um monte de advogados.

— Mal posso esperar para ver isso.

Ela entrou em sua sala para preparar e alinhar todos os tópicos que pretendia abordar. Poderia amarrar Cleo Grady e dar vários nós, mas precisava de mais fitas para poder fazer um belo laço no pacote.

Agora era só uma questão de esperar, e muito. Esperar que Reo conseguisse os mandados, aguardar que Callendar e Sisto chegassem com Rouche, torcer para que Morris desempenhasse bem o seu papel.

Alex Ricker? A essa altura do campeonato ele não passava de um peão no tabuleiro. Ela o usaria e provaria que seu pai, o seu amigo e a sua meia-irmã o tinham usado. E provaria a Alex que todas as pontas soltas daquele caso tinham saído dele simplesmente por ele ser quem era.

Ela não se arrependeria por isso. Ele tinha feito suas escolhas — tinha seguido os passos do pai ou quase isso, mas o bastante para beirar os limites. Ele escolhera permanecer nesse caminho em vez de mudar por uma mulher que devia tê-lo amado. Uma mulher que acabou morrendo porque o amava e resolvera deixá-lo.

Ela ficou parada diante de sua janela, tomando café e considerando a questão das escolhas. Quando ouviu alguém bater na porta dela, gritou:

— Entre!

Mira entrou e fechou a porta.

— Você quer que eu observe a sua entrevista com Alex Ricker?

— Sim, gostaria.

— Certo. Também quero acompanhar se e quando for a hora de você interrogar Cleo Grady.

— Ok. O DNA dela vai encerrar esse caso. Preciso recolhê-lo porque é isso que a lei determina, mas sei quem ela é. Ela foi gerada por Max Ricker. O que eu não sei, e tenho curiosidade de saber, é o que ela queria ou precisava dele. Terá sido o reconhecimento paterno, o dinheiro, o amor? Talvez tudo isso junto. Tudo se encaixa na direção de que ela o procurou, e não o contrário. Isso combina com os perfis de cada um.

— Sim, combina. Ela não seria nada para ele, mas ele devia ser importante para ela. Por outro lado, ela poderia se tornar uma peça importante para ele.

— Ele pagou pelos seus estudos. Então ela deve ter isso em mente. O dinheiro da faculdade, através de uma bolsa de estudos que ele ofereceu, teve a filha como única destinatária. Isso foi burrice e ganância de Ricker. Por que não gastar alguns dólares a mais para estender esse benefício para outros jovens? Ele escondeu o pagamento ao fazê-lo através do braço administrativo de uma de suas frentes de negócio. Poderia ter feito um acordo legítimo com a faculdade e até repetido a doação. Obteria uma redução de impostos e outras vantagens.

— Sim, mas ele não daria um dólar a ninguém sem um propósito específico, um interesse pessoal. Isso não é do seu feitio.

— Quando ela aceitou a oferta, passou a pertencer a ele. Será que ela foi muito burra para enxergar isso ou não se importou? — questionou Eve, antes que Mira falasse. — Eu li o perfil que a senhora montou, doutora. Estou só repetindo em voz alta.

— Isso incomoda você. Todo esse caso. A questão genética que está envolvida nisso.

— Talvez sim. Mas isso só me deixa mais decidida a afastá-la da sociedade. Ela teve uma vida confortável, pelo que eu pude avaliar. Pais dedicados, uma casa decente. Jogou tudo fora. Algumas pessoas simplesmente nasceram estragadas. Eu sei disso.

Ela estudou a foto de Grady em seu quadro.

— Talvez ela tenha sido uma dessas. Talvez sempre estivesse destinada a ser do mal, mesmo sem saber quem era Ricker, mesmo desconhecendo que era um produto dos genes dele. Talvez ela precisasse saber de onde tinha vindo e, ao fazê-lo, isso a fez mudar um pouco, mas o suficiente. Apenas o suficiente para que ela continuasse a ir em frente e não conseguisse mais voltar. Estou curiosa.

— Será que saber a resposta para isso vai fazer diferença no que você faz hoje, Eve? — perguntou Mira. — Ou como você lida com o que fez no passado?

— Não para a primeira pergunta. Não tenho certeza quanto à segunda. Eu não vou dizer que derrubá-la não seja uma questão pessoal, porque obviamente é. Porque ela é uma policial; por causa de Ricker; por causa de Morris e por causa de Coltraine. É pessoal sob todos os aspectos.

— É mais fácil e mais tranquilo dar os passos certos e fazer o que precisa ser feito quando a coisa não é pessoal. Ou, pelo menos, não tão pessoal.

Eve encontrou os olhos de Mira e falou calma e friamente.

— Eu quero machucá-la, colocar minhas mãos nela, sentir seu sangue. Quero isso por todos os motivos que acabei de enumerar. E eu também quero isso por mim.

— Mas você não vai fazer isso.

Eve encolheu os ombros.

— Acho que isso nós teremos de esperar para ver.

— Você não vai comprometer o caso para sua própria satisfação, por mais que aprecie a ideia. Só essa certeza já serve para responder a uma das suas perguntas, Eve. Não podemos negar que a genética nos marca, mas nós construímos nossa vida a partir daí. No fim, você fará o que precisa ser feito, por todos os motivos que você listou. Porém, no centro de tudo, no fundo do coração, você fará o que precisa ser feito por causa de Amaryllis Coltraine.

— Eu não dei uma chance a ela, a senhora sabia disso?

— Do que está falando?

Ela soltou um suspiro e ajeitou o cabelo para trás.

— Quando ela estava viva, com Morris. Eu não lhe dei uma chance para ela mostrar que era uma boa pessoa. Fiquei irritada, por algum motivo, ao ver que ele estava tão ligado a ela. Idiotice.

— Não foi uma idiotice, na verdade. Você não a conhecia e estava muito apegada a ele.

— Não desse modo.

Mira sorriu.

— Não desse modo, eu sei. Mas você não é uma pessoa que confia rapidamente em alguém ou com facilidade. Só Deus sabe o quanto isso é verdade. Você ainda não confia por completo nela.

— Andei tendo uns sonhos, uma espécie de conversas oníricas com ela. É esquisito, isso. Muito estranho, porque sei que é a minha mente que está construindo os dois lados da conversa, mas... Tive uma reflexão na noite do chá de panela. Uma reflexão que acho que surgiu a partir dos sonhos de conversas estranhas com ela. Acho que eu teria gostado dela se lhe tivesse dado mais uma chance, quando ainda havia tempo para isso. Acho que, se esse chá de panela tivesse acontecido daqui a mais ou menos seis meses, Coltraine teria estado na festa.

— Pensar nisso torna as coisas mais difíceis.

— É algo brutal, na verdade.

— Dallas! — chamou Peabody, enfiando a cabeça na fresta da porta. — Desculpe, Dra. Mira. Alex Ricker está a caminho.

— Ótimo. Reserve uma das salas de interrogatório.

A espera terminou, pensou Eve.

Capítulo Vinte e um

Alex se sentou, acompanhado de um séquito de advogados. Enquanto Eve e Peabody se instalavam, Eve ligou o gravador e recitou os pontos mais importantes da entrevista. Embora já tivesse lido os direitos e obrigações do interrogado, tornou a fazê-lo.

— Perguntas? — falou, com ar simpático. — Algum comentário? Reclamações?

Como esperava, o chefe dos advogados engatou uma declaração decorada sobre a presença voluntária do sr. Ricker ali, sobre sua vontade de cooperar e os exemplos anteriores da sua cooperação. Ela o deixou falar até o fim e assentiu com a cabeça.

— Isso é tudo? Já terminou? Não gostaria de adicionar exemplos da gentileza do sr. Ricker para com crianças órfãs e cãezinhos abandonados?

Harry Proctor olhou para ela com ar de superioridade.

— Tomarei nota do seu sarcasmo e da sua atitude descortês.

— Minha parceira aqui está gravando tudo.

— Posso lhe dar uma cópia depois — ofereceu Peabody.

— Aqui vão as minhas notas: Alex Ricker, o empresário cooperativo e de belo espírito civil, veio para esta entrevista acompanhado não por um nem dois, mas três... ressalto, *três* advogados. Isso me faz pensar sobre o que será que tanto o preocupa, Alex.

— Acredito que devo estar sempre preparado, particularmente quando se trata da polícia.

— Aposto que sim. Mas é estranho que alguém tão preparado, um homem de negócios do seu calibre, estivesse tão alheio, como se declara estar, das maquinações... você não ama essa palavra, Peabody?

— Ela está na lista das minhas dez mais.

— Continuando... como você pode se declarar tão alheio às maquinações de seu assistente pessoal e melhor amigo de longa data, Rod Sandy? Como pode ter estado tão maravilhosamente desatento sem perceber as conspirações e planos entre Rod Sandy e o seu pai, Max Ricker? Isso faz de você uma espécie de idiota, não é verdade?

Isso provocou um aumento de cor ao longo das maçãs do rosto de Alex, mas sua voz permaneceu neutra.

— Eu confiei em Rod. Grande erro meu.

— Puxa vida, e *que erro*! Estamos falando de muitos anos, Alex. Seu amigo vinha guardando o dinheiro que seu pai lhe pagava para espionar você e lhe repassar informações. Você provavelmente deve estar especulando sobre um ou outro acordo de negócios que não tenha seguido o curso planejado e se pergunta se isso aconteceu porque seu velho tinha informações sigilosas e sentiu vontade de estragar tudo para sacanear o filho.

— Vim aqui para admitir que um amigo confiável me usou para seu próprio ganho e que o meu pai gosta de complicar minha vida? Pois, se é disso que se trata, eu admito. De livre e espontânea vontade. Isso é tudo?

— Não estamos nem perto. Toda essa história deve irritá-lo.

— Mais uma vez, admito isso de boa vontade.

— Se eu estivesse no seu lugar, iria querer me vingar. — Eve lançou para Peabody um olhar especulativo. — Se a minha parceira aqui me traísse desse jeito e eu descobrisse... Ela não conseguiria fugir de mim muito depressa, nem iria muito longe.

— E olha que eu consigo correr muito rápido, se tiver o incentivo certo.

— Eu a faria pagar pelo que fez. Como você acha que eu faria você pagar por isso, Peabody?

— Da maneira mais dolorosa e humilhante possível.

— Viu só como nos conhecemos bem? A diferença entre as situações e a personalidade das pessoas envolvidas, em minha visão, é que eu não acabaria com ela. Gostaria que ela sentisse dor e tivesse medo de mim durante um longo tempo, muito longo. Porém, cada um de nós tem uma definição diferente de diversão. Você se divertiu quando matou Rod Sandy, Alex?

— Essa acusação...

Alex simplesmente levantou sua mão para cortar o advogado.

— Rod está morto? Como assim?

Eve tinha mantido aquela informação sob sigilo e viu agora que tinha razão em fazê-lo. Ele não sabia, percebeu. Sua rede de informantes não tinha encontrado Sandy ou não tinha recebido ordens para procurá-lo com muito afinco.

— Sou eu quem faz as perguntas aqui. Ele o traiu, fez você de tolo e agora está morto. Isso, para mim, é como somar dois mais dois. Claro que isso só funciona se acreditarmos que você era o otário da história.

Ela recuou de forma casual na cadeira e continuou:

— Poderíamos especular que você e Sandy estavam enganando seu pai. Pegavam a grana dele, e Sandy o alimentava com as informações que ele pedia. Você é inteligente o suficiente para armar isso.

— É exatamente o que eu teria feito, se tivesse sabido antes.

— Você está em uma posição difícil, Alex. Declare que você sabia de tudo e poderá escapar da acusação do assassinato de Sandy.

Mas diga que sabia e... já que ele está envolvido no assassinato de Coltraine... isso também poderá ligar você ao assassinato de uma policial. Diga que não sabia e você sai daqui como um tolo que provavelmente queria vingança.

— Tenente Dallas — começou o chefe dos advogados —, o meu cliente não pode ser responsabilizado pelas ações de...

Eve nem sequer ouviu, nem se deu ao trabalho de interromper. Continuou olhando para Alex. Foi Alex quem finalmente mandou o advogado calar a boca e se inclinou para Eve.

— Eu não sei quando foi que meu pai colocou suas garras em Rod. Pretendo descobrir, mas não faço ideia de há quanto tempo isso rolava. Também não sei a razão de Rod me trair por dinheiro. Agora, nunca vou saber. Você pode não acreditar que essa razão seja importante para mim, mas é. É essencial. Não queria que Rod morresse. Eu queria entender por que morreu e queria saber se ele tinha alguma coisa, *qualquer coisa* a ver com a morte de Ammy. Queria olhar em seu rosto para descobrir se ele poderia ter feito isso com ela, e comigo. E o porquê disso.

— Ele não só poderia ter feito como fez. Por quê? Dinheiro é motivo suficiente. Adicione o sexo e o potencial de poder e você conseguirá chegar ao fundo de tudo. O mais doloroso, Alex, é saber que ele provavelmente vinha trepando com a sua irmã com muita regularidade e desde os tempos de faculdade.

— Eu não tenho irmã, então essa suposição é...

— Nossa, Peabody, talvez ele realmente seja apenas um idiota sem noção das coisas. — Eve tirou a foto de Cleo Grady e a atirou sobre a mesa. — Não existe muita semelhança entre os rostos de vocês dois, mas isso às vezes é comum entre meios-irmãos.

Alex olhou para a foto e Eve observou a cor do seu rosto desaparecer pouco a pouco.

— Saiam! — ordenou Alex aos advogados. — Todos vocês, agora.

— Sr. Ricker, não seria melhor, para o seu interesse, se nós...

— Saiam agora mesmo ou serão todos demitidos! — Olhou para Eve enquanto os advogados fechavam as pastas e saíam da sala. — Se você estiver mentindo sobre isso... se estiver fazendo algum jogo... usarei todos os meios à minha disposição para tirar o seu distintivo.

— Ai, agora fiquei morrendo de medo!

— Não me *sacaneie*!

Foi a raiva e a sua emoção em estado bruto que deram a Eve algumas das respostas que ela queria.

— Ainda estamos gravando tudo. Você acabou de dispensar seus advogados?

— Sim, eu os dispensei, cacete! Agora me explique quem é essa mulher e o que ela tem a ver comigo.

Morris abriu a porta do apartamento de Ammy para receber Cleo Grady. Ela deu um passo adiante e disse apenas:

— Morris! — estendeu-lhe as mãos.

— Por favor, me desculpe. Eu puxei você para dentro da minha dor, Cleo. Eu não estava raciocinando direito.

— Não se desculpe. Você não deve tentar fazer isso sozinho. Ela era minha amiga e eu quero ajudar.

Ela parecia tão sincera, pensou ele. Demonstrava apenas um leve tremor de emoção na voz. Como seria fácil acreditar nela se ele não soubesse a verdade. Ele se moveu de lado para deixá-la entrar e fechou a porta.

— Eu não sei se conseguiria fazer isso sozinho, mas, quando a família dela me pediu, eu... Eles não querem voltar aqui. Não posso culpá-los. Só que, ao mexer nas coisas dela e empacotá-las... Há tanta coisa dela por aqui. Ao mesmo tempo, nem um pouco dela.

— Eu posso cuidar disso. Tinha uma folga para tirar. Meu tenente sabe que estou aqui hoje. Por que você não me deixa lidar com tudo isso, Morris? Você não precisa...

— Não, eu disse que o faria. E comecei, mas não consigo ir mais rápido e estou me arrastando, me obrigando a fazê-lo. — As mentiras bem-sucedidas, pensou Morris, vinham sempre envolvidas em verdade. — A polícia ainda está com os equipamentos eletrônicos dela e com os seus arquivos, mas eu comecei a recolher as suas roupas. A família dela me disse que eu poderia ficar com o que quisesse e me autorizou a dar aos amigos dela daqui o que eu julgasse mais apropriado. Como fazer isso, Cleo? Como conseguir?

— Vou ajudá-lo. — Ela ficou ali em pé e olhou em volta da sala de estar. — Ela sempre manteve o seu espaço limpo e agradável. Aqui e no trabalho. Fazia com que nós nos sentíssemos uns desleixados. Ela certamente gostaria que arrumássemos suas coisas com carinho e... bem, você sabe o que eu quero dizer.

— Com cuidado.

— Sim, com cuidado. — Ela se virou para ele. — Faremos isso por ela, Morris. Você quer começar pelas roupas?

— Sim, isso provavelmente é o melhor. — Ele a guiou até o quarto, onde já tinha começado de forma dolorosa o processo de embalar as coisas de Ammy. Agora ele continuava a tarefa com a pessoa que ele acreditava ter assassinado a mulher que amava.

Eles conversaram a respeito dela, entre outras coisas. Ele olhou direto nos olhos de Cleo ao dobrar uma das camisolas favoritas de Ammy. Ele conseguiria levar aquilo até o fim, pensou Morris. Conseguiria deixar aquela mulher tocar as coisas de Ammy, falar dela, andar pelo quarto onde ele e Ammy tinham sido íntimos, onde eles tinham se amado. Ele poderia fazer o que precisava ser feito e por ora — pelo menos por ora — não sentir emoção alguma.

Uma pontada de dor, apenas uma pontada, interrompeu esse processo quando ela começou a encaixotar e embrulhar as joias.

— Ela sempre sabia exatamente o que vestir com o quê. — Os olhos de Cleo encontraram o dele no espelho e ela sorriu. — Esse é um talento que não tenho. Eu costumava admirar... Ah. — Ela segurou um par de argolas de prata pequenas e simples. — Ela usava muito isso, pelo menos para trabalhar. Esses brincos são a cara dela, entende? Têm o tom certo, não são simples demais nem exagerados. Eles são exatamente... como ela.

Aquilo doeu, no coração e em suas entranhas, mas ele fez o que tinha que fazer.

— Você deve ficar com eles.

— Ah, eu não poderia aceitar. A família dela...

Sua vaca, pensou ele, ao observá-la. *Sua piranha fria*.

— A família me disse para dar aos amigos dela tudo que eu julgasse apropriado. Ela iria gostar que você ficasse com eles, já que a fazem lembrar tanto dela.

— Eu realmente adoraria, se você tiver certeza disso. Gostaria muito de ficar com uma lembrança dela. — Lágrimas brilharam em seus olhos quando ela sorriu. — Vou cuidar deles como se fossem um tesouro.

— Sei que vai.

Havia tantas maneiras de matar, pensou Morris enquanto eles fechavam e lacravam as caixas. Caminhos lentos, dolorosos, maneiras rápidas e misericordiosas. Jeitos obscenos. Ele conhecia todos eles. Será que ela os conhecia? De quantas maneiras já tinha matado?

Será que sentira alguma emoção no instante em que tirou a vida de Ammy? Ou aquilo era simplesmente uma tarefa a ser executada, como embalar uma caixa para envio? Ele teve vontade de perguntar isso a ela... uma única pergunta. Em vez disso, perguntou se ela gostaria de um café.

— Na verdade, seria bom tomar um café. Por que não me deixa prepará-lo? Sei onde fica tudo por aqui.

Quando ela saiu para a cozinha, ele a seguiu até a sala de estar e se agachou diante do gatinho robô. Depois de ativá-lo, afastou-se para carregar caixas e embalagem de proteção até uma cadeira.

Começou, meticulosamente, a envolver o vaso de vidro verde-claro que ela costumava usar para as rosas que ele lhe enviava.

E o gatinho miou, conforme programado. Estendeu o seu corpo branco e sedoso em um espreguiçar bem prolongado quando Cleo voltou com o café.

— Obrigado. — Ele manteve as duas mãos ocupadas com o café e as caixas, enquanto o gatinho esfregava o corpo pelas pernas de Cleo.

— Ela adorava essa coisa. — Cleo olhou para baixo quando o gatinho deu alguns miados brincalhões e olhou para ela com seus olhos expressivos. — Ela simplesmente o adorava. Você vai ficar com ele?

— Acho que sim. Ainda não pensei nisso.

Cleo riu um pouco, enquanto o gatinho continuou se esfregando, miando e olhando para ela fixamente.

— Será que animais robóticos se sentem solitários? — especulou ela. — Eu poderia jurar que ele está desesperado em busca de um pouco de atenção.

— Está programado para buscar companheirismo, então...

— Sim. Ok, tudo bem. Cleo pousou o café e se curvou.

Morris continuou a envolver a caneca e prendeu a respiração.

— Isso é muito doce para quem curte esse tipo de coisa. E ela curtia. Comprava pequenos brinquedos e arrumava a cama do gato. Cleo pegou o animal eletrônico, acariciou-o no pescoço e, subitamente, soltou um palavrão em voz alta.

— Não me diga que ele arranhou você! — Morris colocou o embrulho de lado e foi até onde ela estava.

— Não, mas algo me espetou. — Cleo ergueu a mão, e o sangue brotou de um corte superficial no dedo indicador. — Há alguma coisa na coleira dele.

— Malditas imitações de diamante! — reclamou Morris. Seu próprio sangue bombeou com mais força, mas seu tom e seu toque foram gentis quando ele pegou a mão ferida de Cleo. — Não é um corte profundo, mas precisamos limpá-lo.

— Não foi nada, só um arranhão.

— Você deve lavar e cobrir essa ferida. — Ele pegou um lenço do bolso e tocou o ferimento de leve várias vezes com uma ponta do pano. — Deve haver o que você precisa para cuidar disso no banheiro. Ordens médicas! — brincou ele.

— Não posso discutir com isso. Volto já.

Ele dobrou o lenço e o colocou em uma sacola de evidências. Depois tirou a coleira do gato, estudou — apenas por um momento — as pequenas gotas de sangue que ainda havia na ponta das pedras brilhantes que ele mesmo afiara e ensacou a coleira também.

Então pegou o gatinho e o acariciou.

— Sim, você vai voltar para casa comigo. Não ficará sozinho.

Quando Cleo voltou, encontrou-o sentado em uma das poltronas da sala de estar de Ammy.

— Tudo bem? — perguntou ele.

— Estou nova em folha — Ela ergueu o dedo com a tira de curativo na ponta. — Onde está o gato?

— Eu o coloquei em modo de dormir. — Ele gesticulou com ar distraído para a bola branca enroscada em uma almofada. — Cleo, quero agradecer novamente por tudo que você fez hoje. Você já ajudou muito mais do que pode imaginar, mas preciso parar, por agora. Acho que já fiz tudo que poderia aguentar em um único dia.

— E já foi muito. — Ela se aproximou e colocou uma das mãos em seu ombro.

Ele sentiu uma vontade quase incontrolável de saltar da poltrona, apertar as próprias mãos ao redor da garganta dela e fazer uma única pergunta.

O que você sentiu quando a matou?

— Você quer que eu volte amanhã para ajudar com o resto?

— Posso entrar em contato com você, se for o caso? Eu não tenho certeza

— Claro! A qualquer hora que você precisar, Morris. Estou falando sério. Se precisar de qualquer coisa, pode me ligar.

Ele esperou até ela sair antes de fechar as mãos com força, manteve-as fechadas durante um bom tempo e tentou imaginar toda a sua raiva entrando dentro delas. Quando seu comunicador tocou duas vezes — o sinal de McNab de que estava tudo bem —, ele se levantou. Caminhou até o canto para pegar o gatinho adormecido, o travesseiro e os brinquedos.

Levou apenas isso e nada mais da casa da mulher que tinha amado, mas levou também o sangue da sua assassina.

Na sala de interrogatório, Eve olhou longamente para Alex, do outro lado da mesa.

— Você quer que eu acredite que seu pai nunca lhe contou que você tem uma meia-irmã?

— Quero saber por que você parece acreditar que eu tenho uma.

— Alguma vez você viu Rod Sandy com essa mulher?

— Não.

— Você respondeu muito depressa, Alex. Você conhecia Sandy desde a faculdade, mas tem certeza de que nunca o viu em companhia dessa mulher?

— Eu não a reconheço. Se você está tentando me dizer que ela e Rod tiveram um relacionamento, eu não sabia disso. Não conheci todas as mulheres com quem ele esteve. Por que você acha que ela é minha irmã?

— A mãe dela teve um envolvimento com o seu pai.

— Ora, pelo amor de Deus...

— Seu pai mandou essa mulher para a faculdade. Pagou todas as suas despesas — continuou Eve, reparando quando o ar de aborrecimento virou desconfiança. — Ela estudou durante seis meses na Universidade de Stuttgart. Grande adversária da sua, não é? Rivais no futebol. Dê mais uma olhada nela.

— Já disse que nunca vi essa mulher antes em toda a minha vida.

— Talvez você devesse pensar nos tempos de faculdade. Aconteceu no segundo ano e foi um grande jogo. Você fazia parte da seleção da sua universidade. Seu amigo ainda estava no banco de reservas.

— Nós não éramos...

— Amigos ainda. Sim, eu sei... — Eve sorriu.

— Nós apenas nos conhecíamos. Claro. E tínhamos um relacionamento amigável.

Eve pegou outra imagem de Cleo, uma foto tirada quando ela ainda tinha dezoito anos.

— Experimente analisar esta foto aqui, tirada no dia do jogo.

— Eu não... — Mas ele parou.

— Sim, ela parecia diferente nessa época. Mais jovem, e não apenas isso. Tinha cabelo comprido, abundante e muito louro. Seu rosto era mais cheio. Ela parecia uma garotinha, era mais juvenil. Alguma lembrança?

— Você está falando de algo que aconteceu há mais de dez anos. Não consigo me lembrar de todas as mulheres que conheci ou vi.

— Agora você está mentindo para mim, mas tudo bem, vamos seguir em frente.

Ele bateu com o dedo na foto antes de Eve ter a chance de pegá-la de volta.

— Quem é ela?

— Eu faço as perguntas aqui, você responde. Agora, vamos lá... Você se lembra dela?

— Não tenho certeza se me lembro. Ela parece ser uma pessoa que vi circular por lá durante aqueles dias. Com Rod. Nós estávamos nos tornando amigos, amigos de verdade. Eu o vi com ela algumas vezes; pelo menos com alguém que me faz lembrar a pessoa nessa foto. Perguntei-lhe a respeito dela, já que começávamos a ficar mais chegados e, para ser franco, achava essa garota muito bonita. Ele ficou na defensiva e não disse mais nada, apenas que ela tinha estudado em Stuttgart. Eu só me lembrei disso porque eu costumava chamá-la de Miss Mistério. Isso foi só uma piada boba entre nós que durou meses, mas foi tempo suficiente para me fazer lembrar dela agora. Essa mulher não é minha irmã.

— Por quê?

— Porque eu *não tenho* uma irmã. Você acha que eu não descobriria, se tivesse? Acha que ele... meu pai... não usaria isso contra mim de alguma forma? Ele...

Nesse instante, ele parou de falar, e novamente Eve esperou enquanto ele pensava.

— Você acha que meu pai a enviou para entrar em contato com Rod? Para recrutá-lo, para contratá-lo como espião? Para ele poder chegar perto de mim? Acha que durante todo esse tempo, desde o início, Rod foi o cachorrinho do meu pai?

Ele se levantou da mesa com um movimento brusco, caminhou até o espelho, que era transparente do outro lado, e olhou para sua própria imagem refletida.

— Sim eu entendo. Vejo como isso pode ter acontecido, como ele poderia e conseguiria orquestrar isso, porém, isso não faz com que essa mulher tenha o meu sangue. Nem que seja minha irmã. Isso simplesmente faz dela mais uma das ferramentas de Max Ricker.

O comunicador de Peabody tocou. Ela olhou para o texto e assentiu com a cabeça para Eve.

— Conseguiremos confirmar essa informação em breve. Se você está sendo honesto comigo a respeito de tudo e se estiver sendo sincero quando diz que gostaria de saber quem matou Coltraine e por que isso aconteceu, fará o que eu lhe disser para fazer.

— O que você está tentando me dizer?

— Para ficar aqui. Vai demorar algum tempo para eu amarrar todas as pontas soltas, e quero você dentro do plano.

Alex continuou a olhar para o copo.

— Não há nenhum outro lugar onde eu precise estar.

Eve saiu da sala para conferir a informação com Peabody.

— Morris conseguiu?

— Sim. McNab sinalizou que está tudo bem. Ela já saiu do apartamento de Coltraine. Nós a estamos seguindo, ela está voltando para o trabalho. Essa é uma grande vantagem, já que eles não acabaram de examinar tudo no apartamento dela. Eu estava recebendo um zilhão de mensagens durante a sua entrevista com Ricker. O computador dela tem uma senha para acesso e um sistema de segurança contra hackers. Eles estão trazendo tudo para Feeney examinar, mas ainda não encontraram o *tele-link* descartável.

— Ela manteria o aparelho no próprio bolso. Pelo menos, isso é o que eu faria.

— Se ela guardou o anel de Coltraine, ele não está com as outras joias. Os peritos ainda não o encontraram. A chegada do transporte que traz Callendar está dentro do horário previsto. Morris vai levar a amostra de sangue para o laboratório, pessoalmente.

— Dick Cabeção não vai atrasar o exame — murmurou Eve, pensando no chefe do laboratório de tecnologia. — Não quando se trata de Morris. Eu quero pegá-la, mas ainda não a temos. Ainda não... Precisamos do DNA, precisamos do anel, precisamos do *tele-link*. Qualquer um dos três serve.

— Nós poderíamos trazê-la para cá. O homicídio de Sandy pode ter ligação com Alex Ricker. Acreditamos que ele seja o responsável por ambos os assassinatos. Queremos saber o que ela acha, qualquer coisa que possa saber, qualquer ideia que possa ter. E comentar que estamos tentando incriminá-lo, mas não estamos conseguindo contornar alguns problemas.

— Nada mal, Peabody. Faça isso acontecer. Marque uma sala de conferências longe das salas de interrogatório. Não quero que ela dê de cara com Rouche quando Callendar o trouxer.

Ela se virou para entrar em contato com Baxter.

— Por que você ainda não encontrou o que eu preciso? — quis saber Eve.

— Estou correndo atrás. Encontramos uma senha. E um fundo falso no estojo onde ela guardava a arma. É um pequeno cofre pessoal. E antes que você me mande entrar em contato com Reo já fiz isso. Não podemos usar o mandado para arrombar o cofre pessoal. Precisamos de um mandado separado só para isso, e não temos evidências sólidas o bastante para solicitar um.

— Droga!

— Também acho. Não vi nada aqui, até agora, que não combine com a vida típica de uma policial ou que pareça estar acima do seu salário. Não há eletrônicos top de linha, nem joias, nem obras de arte. Ela tem um armamento considerável, em minha opinião. Seis armas adicionais, além das do equipamento padrão. Um pequeno exército de facas e armas brancas. Nem tudo está dentro da lei, mas ela tem uma licença de colecionador. Verificamos as impressões e o sangue. As armas estão limpíssimas. A dona cuida muito bem de suas ferramentas.

— Encontraram algum estilete?

— Vários. Já os recolhemos para perícia.

— Continue procurando.

Ela desligou no instante em que Peabody voltou.

— Grady está pedindo autorização ao tenente dela para vir para cá. Ficou interessada no convite, deu para notar. A ideia de vir até aqui para nos ajudar a encontrar um jeito de incriminar Alex a convenceu. Ela ficou muito empolgada com essa possibilidade.

— Boa. Continue acompanhando o trabalho do Dick Cabeção, ouviu? Mas não insista demais para não irritá-lo. Vou levar Alex para uma sala de visitantes e colocar uma babá junto dele. Vamos interrogar Grady, Rouche e Zeban ao mesmo tempo, é isso que imagino que vá acontecer. Você pega Zeban. Ele é peixe pequeno, mas isso significa que vai abrir o bico. Ele só ajudou seu companheiro de copo e agora está enrolado. Seja curta e grossa, Peabody. Faça com que ele cague nas calças.

— Nossa, que máximo! — Saltando como criança, na ponta dos pés, Peabody esfregou as mãos, animada. — Agora, eu que fiquei empolgada.

Eve levou Alex para outra sala e providenciou para que Cleo fosse levada direto para a sala de conferências quando chegasse.

Passou algum tempo andando de um lado para outro em sua sala, planejando passo a passo a melhor estratégia. E estava pronta quando vieram avisá-la de que a detetive Grady tinha acabado de chegar à Central. Pegou uma caneca de café, uma pasta de arquivos e calculou o tempo para chegar à sala de conferências alguns minutos depois de Peabody.

— Muito obrigada por vir até aqui. — Ela manteve a voz firme, usando frases curtas, para transmitir algum ressentimento.

— Por mim foi ótimo — garantiu Cleo. — Todo mundo no esquadrão queria participar das investigações desse caso, desde o início. Agora conseguimos. Soube que você já está com o filho da mãe sob custódia.

— Por ora, sim. Ele trouxe três advogados e tem outros de plantão. Quero gravar nossa conversa, tudo bem para você?

— Claro.

— Quer um café, detetive? — Peabody perguntou.

— Aceito sim, obrigada. Ouvi rumores sobre o segundo assassinato. Rod Sandy? Isso também foi obra de Alex Ricker?

— Só pode ter sido. Tudo bem, vou abrir o jogo com você sobre como a coisa está rolando. — Com ar profissional agora, em um papo "de policial para policial", Eve se sentou diante de Cleo. — Ricker e Sandy mataram Coltraine. Ricker matou Sandy para colocar nele a culpa do primeiro assassinato. Essa teoria poderia colar, mas onde está o motivo de Sandy? Não há provas de haver rolado algum lance entre Coltraine e Sandy. Na verdade, Sandy foi apenas a ferramenta que Ricker usou. E se deu mal. Tal pai, tal filho — disse Eve num encolher de ombros. — Você a usa até terminar o serviço, depois a quebra e joga fora para ninguém usá-la. O sangue de Max Ricker é veneno puro, você não acha?

Cleo simplesmente sorriu.

— Essa pode ser sua opinião, mas isso não vai colocar Alex Ricker na cadeia pela morte de Ammy. Se isso é tudo o que conseguiu até agora, Dallas, você não é tão boa quanto todos dizem que é.

— Eu prendi o velho Ricker e o mandei para uma colônia penal. — Eve deixou a raiva... e algum orgulho... embeber suas palavras. — Ninguém mais alcançou essa façanha, nem conseguiria alcançar. Não se esqueça disso. E prometo que também vou enquadrar a segunda geração do velho, pode me cobrar depois.

— Se é assim, por que você precisa de mim?

— Porque você trabalhou com ela. Morris tinha uma ligação pessoal demais, não consigo obter o que preciso dele. Tudo ali está envolto em emoções. Você trabalhou com ela, foi amiga dela. De acordo com uma teoria da minha parceira, o fato de você ser mulher adiciona uma vantagem extra à sua percepção.

— Você mesma disse isso — completou Peabody, olhando para Cleo. — As mulheres contam coisas umas para as outras. Coisas que talvez não comentem com outros, nem mesmo com as pessoas com quem estão dormindo. Além disso, vocês duas eram policiais.

— Ela nunca mencionou Alex Ricker para mim, nem ao menos citou o nome dele. Porém, como eu já contei, falou sobre um cara com quem esteve envolvida. Disse que eles romperam o relacionamento e foi isso o que a trouxe para cá.

— Ela deve ter lhe contado mais que isso — Eve pressionou. — Você está me dizendo que nunca perguntou o que aconteceu em detalhes? Nada?

— Era assunto dela. Talvez eu tenha tentado arrancar algo. — Com alguma relutância, Cleo hesitou antes de falar e tomou um pouco de café. — Não sei até que ponto isso poderá ajudar, pelo menos para montar um caso sólido, mas ela me contava algumas coisas esporádicas. Disse que ele tinha muito dinheiro, que eles tinham viajado juntos algumas vezes. Que a relação simplesmente não era para ir adiante, esse tipo de coisa. Ela me contou, uma vez, que ele era muito parecido com o pai, mas não entrou em detalhes. Eu também não forcei a barra porque não sabia que estávamos falando sobre Max Ricker, pelo amor de Deus.

Ela franziu a testa por um momento. Eve quase conseguia enxergar as engrenagens girando dentro de sua cabeça. Quanto ela devia contar a mais, quanto poderia inventar.

— Se quer saber, lembro que ela me contou algo sobre um amigo que Alex Ricker tinha. Contou que eles eram muito chegados e o quanto isso a irritava. Também disse que eles eram tão amigos que ela até poderia achar que eles eram namorados, se não fosse o detalhe de Alex estar muito ocupado comendo-a o tempo todo.

Não, ela não disse isso, pensou Eve. Coltraine não teria usado essas palavras nem em um milhão de anos.

— O amigo dele não gostava dela — acrescentou Cleo. — Havia certa tensão ali. Ele alimentava ressentimentos contra ela. Trocaram palavras duras, no fim. Ele disse que ela era apenas uma putinha.

Eve aproveitou a chance e estreitou os olhos.

— Você tem certeza disso? Ela usou exatamente essa palavra?

— Uma putinha com distintivo, foi disso que ele a chamou, pelo que eu soube. Disse isso a ela no dia em que ela foi embora, levando as coisas que costumava deixar na casa do ex-namorado, Alex. Ela não lhe deu atenção e continuou andando. Ammy era assim. Não se dava ao trabalho de bater boca quando tudo estava resolvido, entende? Estava feliz por terminar tudo e pronto, simplesmente. Depois, decidiu se transferir para cá. Foi o que ela me contou.

— Mas...? — incentivou Eve.

— Eu tentei puxar mais sobre o assunto várias vezes para tentar entender as nuances. Analisando em retrospecto, acho que eu fiz isso. Mas devo dizer que ela estava muito ligada a Morris. Realmente gostava dele, mas ainda tinha uma quedinha pelo cara que tinha deixado para trás. Se eu tivesse que avaliá-la e julgá-la, diria que, se Alex Ricker tivesse entrado em contato com ela e jogado um bom papo, ela o teria procurado. Teria ido procurá-lo em casa. Ele pode ter usado os sentimentos dela para atraí-la.

Eve fez menção de falar, mas parou quando seu comunicador tocou.

— Merda de interrupção. Desculpa, preciso atender — e se levantou.

— Nós podemos usar um pouco do que você propôs — disse Peabody, quando Eve saiu de perto. — Essas nuances, como você disse, para tentar pressionar Alex Ricker.

Continue, Peabody, pensou Eve, e respondeu à ligação de Morris.

— Dallas falando.

— Estou no laboratório. Cleo Grady é filha de Max Ricker. Estamos fazendo um segundo teste, mas...

— Isso é tudo de que preciso.

— Vou para aí, Dallas. Preciso estar aí quando você a derrubar.

— Eu já estou trabalhando com ela. Grady acha que ela está me ajudando a pegar Alex Ricker. Não quero que ela veja você, Morris.

— Ela não vai me ver.

Depois que ele desligou, ela entrou em contato com Baxter.

— O DNA foi confirmado. Ligue para Reo. Quero um mandado para abrirmos esse cofre.

Ela desligou e pegou o *tele-link*, que começara a tocar. O comunicador também tocou novamente. Ela viu Roarke na tela do *tele-link*, respondeu com um "Espere um segundinho" e deu preferência ao comunicador.

— Levante essa bunda e venha para cá, Callendar. Entregue os prisioneiros e depois vá para casa descansar.

— Afirmativo para um e dois. Negativo para o três. Qual é, Dallas? Quero ver o desfecho dessa novela.

— A escolha é sua. Peabody vai lhe informar quais as salas de interrogatório que deverão ser usadas.

— Fodástico!

Eve encerrou a transmissão e se virou para o *tele-link*.

— Que foi?

— Que garota ocupada! — brincou Roarke.

— Pois é, e mesmo assim ainda não consegui encaixar um horário para a manicure.

— Cancelei uma reunião e estou com algum tempo livre. Assim como Callendar, eu também gostaria de assistir ao fim da novela.

— Haverá muitas emoções nesse capítulo. Se você realmente quer vir até aqui, talvez possa ficar com Morris. Feeney está cuidando da eletrônica. A menos que ele precise de um *supergeek*, gostaria que Morris tivesse um amigo ao seu lado.

— Tudo bem, pode ser eu.

Sim, podia, pensou.

— Então, levante essa bunda e venha para cá também.

— Fodástico! — repetiu Roarke

Ela guardou o *tele-link* no bolso, pegou o comunicador e ligou para Feeney.

— Alguma novidade?

— Nenhuma tentativa de ela entrar em contato com o *tele-link* de Ricker.

— Vou lhe dar mais um tempo para ela tentar falar com o papai. — Como um boxeador antes da grande luta, Eve flexionou os ombros. Então, voltou devagar para a sala de conferência.

Capítulo Vinte e Dois

O ardil ideal, pensou Eve, seria jogar todos os participantes uns contra os outros e prendê-los em grupo. O cálculo dos momentos e das interações certas seria essencial. Se demorasse muito, Grady começaria a suspeitar.

— Você vai pegar Sisto e trabalhar com Zeban — avisou Eve a Peabody. — Está no comando.

— Adorei a parte do "está no comando". — Peabody sorriu alegremente. — E quanto a Grady?

— Vou lidar com ela em um minuto. Enquanto isso, precisamos lhe dar mais tempo e espaço, o suficiente para ela chamar seu pai, se quiser, trocar felicitações ou receber instruções. Mas, antes... vamos acelerar a ação. — Eve entrou em contato com Feeney mais uma vez.

— Não venha me pressionar, garota. Não posso obrigar a mulher a usar o maldito *tele-link*. Quanto ao computador pessoal dela, McNab está tentando entrar.

— O lance é o seguinte, Feeney. Nosso consultor civil está vindo para cá porque ele também quer brincar, mas eu gostaria que você lhe arranjasse outra tarefa, caso ela não use o *tele-link*. Você precisará pedir autorização de Whitney e de Ômega, mas o que eu planejei é o seguinte... — e contou o que tinha em mente.

— Gostei do plano — disse Feeney, analisando a ideia. — Gostei muito.

— Você consegue fazer com que isso funcione?

— Garota, é na minha cadeira que a magia se senta. Vamos conseguir.

— Em menos de uma hora?

— Isso é forçar a barra, mas com a ajuda do civil nós conseguimos, sim.

— Então vou me preparar aqui. Ligue para mim quando estiver tudo pronto.

— Esse plano é perigoso — comentou Peabody quando Eve desligou. — Como você poderá ter certeza de que eles não vão se apoiar em vez de se se virarem um contra o outro?

— Porque é assim que eles são. Vamos dar a Grady um trabalho burocrático qualquer e dar o pontapé inicial.

Ela voltou para a sala de conferências, deixando escapar um leve sentimento de frustração.

— Desculpe. Estou sofrendo muita pressão para fazer uma prisão logo. Vou voltar a interrogar Alex Ricker, mas ele é osso duro de roer. Escute, Grady... se eu conversasse com o seu tenente, você poderia ficar aqui mais um pouco? Tenho alguns arquivos que eu gostaria que você examinasse, para ver se você pode contribuir com algo, ou se alguma pista chama sua atenção. Tenho muitos pontos soltos, mas preciso conectá-los para prender esse canalha.

— Pode deixar que eu mesma falo com meu chefe. Ele quer a solução desse caso tanto quanto o resto do esquadrão.

— Ótimo. Você quer trabalhar com alguma outra pessoa da sua equipe? Posso...

— Não, pelo menos por enquanto. Vou dar uma olhada nesses arquivos e seguimos a partir daí.

— Você é que sabe. — Eve pegou os discos. — Se precisar de ajuda, é só avisar. Agradeço muito a sua colaboração, detetive, e obrigada também por não ter guardado rancor por eu ter atropelado vocês e feito pressão no resto do esquadrão, no início.

— Você fez o seu trabalho. — Ela estendeu a mão para pegar os discos. — Tudo que servir para pegar aquele canalha me deixará feliz.

— Este espaço está bom para você?

— Tem café no AutoChef?

— Claro.

— Então estou numa boa.

— Volto o mais depressa possível para saber se você viu algo que eu deixei passar. Peabody, venha comigo!

— O que você deu para ela examinar? — Peabody quis saber, quando elas saíram no corredor.

— Um monte de pistas que não deram em nada, mas isso vai mantê-la ocupada tempo suficiente para que ela invente outras pequenas mentiras. Organize o interrogatório de Zeban, trabalhe com Sisto. — Ela viu Reo vindo em sua direção. — Encoste-o na parede, Peabody. Jogo duro e rápido.

— Este é o *melhor dia* dos últimos tempos. Olá, Reo.

Eve esperou Reo ficar ao seu lado.

— A filha de Ricker, minha principal suspeita, está na sala de conferências. Ela acha que está me ajudando a enquadrar Alex. Vou colocar dois guardas na porta só por garantia, mas a sala está grampeada.

— Você grampeou a sala? Sabia que...

— Eu perguntei a ela, logo de cara, se tudo poderia ser gravado. Ela concordou, isso está registrado. É uma tática dúbia, mas vai colar no tribunal. Alex está em uma das áreas para visitantes. Eu poderia liberá-lo, ele não tem mais nada de novo para o caso a partir de agora, mas acho que deve ficar até o fim. É um criminoso, mas gostava de Coltraine. Seu pai, sua irmã e seu melhor amigo arquitetaram tudo, com a maior naturalidade, para que ele fosse preso pelo assassinato dela. Acho que ele merece uma recompensa.

Como tinha pernas mais curtas que as de Eve e saltos mais altos, Reo teve de se esforçar para acompanhar seus passos longos.

— Qual é o plano?

— Peabody vai fazer com que Zeban entregue Rouche. Estou contando com Rouche para entregar Max Ricker, porque essa confissão deverá incluir Sandy e, possivelmente, Grady. Depois, vou arrancar a confissão de Grady sobre o assassinato de Coltraine e de Sandy, para então convencê-la a entregar o pai.

— Ah, só isso?

— Eles estão todos conectados. A coisa vai cair como um castelo de dominós.

— A expressão certa é "castelo de cartas". E costumamos dizer "*fileiras* de dominós".

— Tanto faz, o fato é que tudo vai despencar. — Ela passou diante da máquina de venda automática. — Por favor, pegue uma lata de Pepsi. Não quero interagir com essa maldita máquina. Tudo está correndo bem e eu não pretendo atrair má sorte.

— Você tem hábitos estranhos, Dallas.

Eve estudou os sapatos altos e elegantes de Reo enquanto a assistente da Procuradoria pedia a Pepsi.

— Posso ser estranha, mas não estou usando pernas de pau nos pés. Este espetáculo vai exigir muitas caminhadas de uma sala para outra. Seus pés vão chorar como bebês antes de terminarmos.

Eve bebeu o refrigerante e explicou a estratégia.

— Quero que Morris acompanhe qualquer coisa que queira acompanhar. Mira pediu para assistir ao confronto com Grady.

— Posso cuidar disso. Se os seus homens encontrarem algo no tal cofre pessoal... e aposto que encontrarão... você não precisará de todas as outras evidências e provas.

— Não é o bastante. Claro que o anel de Coltraine vai estar no cofre, e provavelmente isso vai ser mais um dado para a incriminação de Grady, mas não será o bastante para prendê-la e não será uma vingança emocionante, na minha concepção. Prometi a Morris justiça para Coltraine. — Ela também prometera, em sonho, a uma policial morta. — Oferecerei a Morris um espetáculo completo.

— Se você conseguir tudo que espera, vai facilitar muito o meu trabalho.

— Conto com sua dedicação, depois.

— Hei! — Callendar, com olhos fundos e cansados, surgiu junto delas. — Posso tomar um pouco disso aí? — pediu, arrancando a lata de Pepsi da mão de Eve e bebendo alguns goles. — Obrigada.

— Pode ficar com o resto.

— Agradecimento duplo. Sisto já está trabalhando com She-Body. O idiota do Zeban já está na Sala de Interrogatório A, conforme solicitado. — Tomou mais goles de Pepsi e levantou a lata. — Este estimulante aqui vai me ajudar a aguentar ver tudo pela sala de observação enquanto você frita o traseiro do outro.

— Você não ficará na observação. Vai entrar lá comigo.

— Para ajudar no interrogatório? Os olhos cansados de Callendar se arregalaram. — Puta merda, isso é mais que demais, *supermag* e todo o resto.

— Você mereceu.

— Vou agitar o meu lado — disse Reo. — Boa sorte.

— Como você lidou com esse cara?

— Fui muito simpática e humilde — começou Callendar. — Sou só uma garotinha. — Balançou as pestanas depressa, apesar dos olhos exaustos. — Ele ficou interessado nos meus peitos, mas todos sempre ficam. Quem poderia culpá-los?

— Sim, eles são muito bonitos. Use-os, se isso funcionar.

— Ele ainda não cuspiu a frase "quero um advogado", mas está pensando nisso, dá para ver.

— Ele pode pedir um representante, sim, tanto faz. Mas, se o fizer, não conseguirá o acordo. Eu vou ser bem malvada, você vai ficar chocada só de assistir. Vamos entrar.

Ela entrou com tudo.

— Gravador ligado! — anunciou, mal olhando para o homem musculoso e imenso que parecia amontoado, meio largado sobre a mesa. Leu os dados básicos do caso e ergueu o indicador para impedi-lo de se manifestar.

Rouche tinha um rosto largo, observou, cabelo curto em corte escovinha. E medo nos olhos.

Eve se sentou.

— Policial Rouche, seja bem-vindo à Terra. — Sorriu. — Você tem o direito de permanecer calado — começou, mantendo o olhar duro colado no dele até acabar de recitar todo o texto padrão. — Você entendeu quais são os seus direitos e suas obrigações neste assunto?

— Sim, entendi. O que *não entendi* foi porque caralhos eu preciso de direitos e obrigações. Não sei por que caralhos fui arrastado do meu trabalho até aqui como se fosse um criminoso.

Eve se inclinou para a frente.

— Ah, mas você sabe, sim. E, quando sair daqui, não vai voltar para o trabalho. Vai direto para uma cela de concreto. Talvez uma que fique próxima da do seu bom amigo, Max Ricker.

— Você deve estar louca. Quero um...

— Pronuncie a palavra "advogado" e terminamos tudo agora mesmo. — Ela apontou o dedo indicador para ele, inclinou o polegar. — Não vou lhe dar a mínima chance, vou só prendê-lo e lavar as mãos enquanto você for acusado, julgado e condenado por conspiração para assassinar uma policial.

— Conspi... — Ele literalmente engasgou e seu rosto ficou vermelho como beterraba. — Eu nunca... Que porra é essa? Eu nunca matei ninguém.

— Foi por isso que usei a palavra "conspiração". Você não precisa ser o agente do assassinato para pegar uma pena tão dura e tão longa quanto o perpetrador. Essa é a vida, Rouche. Mas tudo bem, não vai ser tão mau, pois você já mora em Ômega. Claro que não vai ser tão bom quanto se você se aposentasse e se mudasse, digamos, para o sul da França.

Ela sorriu quando o viu perder toda a cor de irritação.

— É assim que a banda toca, Rouche... — Callendar chegou mais perto dele e lhe ofereceu um copo de água. — Você parece precisar muito disso aqui. Caraca, matar uma policial! Você está tão queimado que virou carvão. Vou te contar... Uau! Acabar na mesma colônia penal onde você serviu ao lado da galera barra pesada que você costumava sacanear vai ser no mínimo... dolorido. Não gostaria de estar na sua pele.

— Seu amigo Zeban está em outra sala de interrogatório exatamente igual a esta — acrescentou Eve. — Vai entregar todo mundo e abrir as pernas tão depressa que vão pensar que ele é um ginasta. Se alguém bater naquela porta antes de você abrir a boca, não vou mais precisar de sua ajuda.

Callendar assobiou baixinho.

— Pela bicicleta de Cristo... Eu, se fosse você, pularia, rodopiaria, abriria as perninhas e imploraria.

— Não sei do que ela está falando. — Ele falou isso olhando diretamente para Callendar, mas pequenas gotas de suor se formaram em seu lábio superior. — Juro por Deus, eu nunca matei ninguém. Não sei nada sobre esse papo de matar uma policial. Por que eu faria isso?

— Entendo você. — Callendar deu no braço dele um tapinha amigável de solidariedade. — Só que... meio que desculpe por dizer isso, mas é que, sob as circunstâncias que pintaram... parece que você ficou muito amigo de Max Ricker. Eu mesma encontrei esses dados, e agora me sinto um pouco responsável pelo que você está enfrentando. Mas é que, sabe como é, só fiz o meu trabalho. Os arquivos apagados, o *tele-link* descartável que estava no seu quarto. A mensagem de texto. Mais o quê, mesmo? Ah, sim, o sul da França! Callendar olhou para Eve como se tivesse acabado de cair a ficha. — Foram as transmissões para a ex-esposa dele!

— O que coloca o dela na reta também. Ela está sendo presa neste momento e também vai encarar uma acusação de conspiração para assassinato, além de fraude fiscal, lavagem de dinheiro, suborno e uma porção de outros crimes.

— Luanne não teve nada a ver com isso. Ela simplesmente fez o que eu mandei. Que porra é essa, *afinal*?

— Max Ricker ordenou o assassinato de uma policial, a detetive Amaryllis Coltraine, pelo *tele-link* que você forneceu. Você aceitou o pagamento dele. Aliás, foram pagamentos múltiplos e já comprovados. Você ordenou que o protocolo de visitantes fosse alterado e que as transmissões enviadas e recebidas por Ricker fossem eliminadas dos registros. Foi você que entregou a ele a porra da arma que tirou a vida de Coltraine.

"Olhe para mim, fale *comigo*! — ordenou Eve quando ele se virou com ar de desespero para Callendar. — Eu conheci Coltraine. Acredite em mim quando eu lhe digo que tenho um interesse pessoal neste caso e vou cagar e andar se você e sua ex-mulher gananciosa passarem o resto de suas vidas inúteis numa cela. Na verdade, vou fazer uma dancinha de comemoração ao me lembrar desse fato diariamente. Você acredita em mim?"

— Acredito.

Callendar fez questão de engolir em seco de forma audível e exclamou:

— Uau. Eu também!

— Vou lhe explicar qual é o acordo, aqui. É uma oferta única, e espero que você não seja muito burro e aceite as condições. As acusações de conspiração contra você e sua mulher serão retiradas se você confessar os crimes de suborno e conivência para alterar os registros. Você vai pegar de dez a quinze anos de cadeia aqui no planeta mesmo, desde que coopere e nos conte tudo que sabe sobre as comunicações de Ricker.

— Dez a quinze anos aqui na Terra é molezinha em comparação com prisão perpétua e sem liberdade condicional na colônia de

Ômega. — Callendar deu a Rouche outro tapinha no braço. — Se eu fosse você, eu abria o bico e cantava como um pássaro em manhã de primavera. O que você acha?

Rouche enxugou o lábio suado com a parte de trás da mão. Pigarreou para limpar a garganta e cantou.

Quando tudo terminou, Callendar ficou mais um pouco com Eve do lado de fora da sala de interrogatório.

— Isso foi um arraso, na boa, Dallas! Ele simplesmente tirou a tampa da garrafa e derramou o líquido todo em nossas mãos como se... Como se fosse champanhe. Estou supercansada.

— Vá para casa e durma um pouco. Você fez um trabalho excepcional aqui.

— Estou orgulhosa, me achando o máximo. Ei, Peabody. Ajudei Dallas a cozinhar nosso peru de fim de ano. Até mais.

— Ela parece arrasada de cansaço, Sisto também. Mas nós também cozinhamos um belo peru para a ceia.

— Vamos comparar as anotações. — Ela assentiu com a cabeça para Reo quando a assistente da promotoria saiu da sala de observação. — Vamos caminhar e conversar ao mesmo tempo. Nós precisamos de... Ah, olá, Morris.

— Ele é um idiota — comentou Morris. — Um idiota ganancioso. Essa ganância e essa burrice ajudaram a matá-la.

— Sei que dez a quinze anos podem não parecer o suficiente, talvez não seja...

— Nada disso — interrompeu ele, balançando a cabeça. — É o suficiente, sim... Para ele.

— Pode ir embora com Reo, Morris. Vocês dois e Mira podem ficar para assistir à próxima fase, se quiserem. Temos uma sala de observação preparada para vocês. — Ela pegou o comunicador quando o aparelho tocou e viu que era Baxter. — Podem ir na frente, estamos quase prontos para começar o último ato.

Eve esperou até que Morris estivesse longe, antes de atender.

— Conte-me tudo, Baxter.

— Achamos uma grande quantidade de dinheiro, cartões de crédito e identidades falsas, mais uma lista de senhas, todas ligadas a várias contas bancárias. Também temos um *tele-link* sem registro e um tablet ainda não ativado. E a joia da coroa, Dallas: o anel de Coltraine.

— Ensaque tudo, registre o material e traga-o. Você mereceu seus donuts de hoje, Baxter.

— Acabe com ela, Dallas.

— Pode apostar que sim.

Ela desligou e chamou Feeney.

— Ela mordeu a isca?

— Nem chegou perto do *tele-link*.

— E quanto ao computador pessoal dela?

— Passei pela senha e pelo sistema de segurança duplo. Ela é boa, mas eu sou melhor. Comecei a analisar os dados.

— Plano B, então. E Roarke?

— Pergunte você mesmo. Ei, magnata, sua esposa quer falar com você.

Eve estremeceu ao ouvir o "sua esposa", mas encolheu os ombros quando o rosto de Roarke encheu a tela.

— Olá, querida.

— Não me chame *disso*. Estou com tempo contado por aqui. Você já armou tudo?

— Estarei pronto quando você estiver. Deixe-me dizer só uma coisa: essa sua ideia é brilhante de muitas maneiras. Tenho muito prazer em ter dado uma mãozinha para concretizá-la.

— Achei que você gostaria. Vou enviar dois bipes quando tudo estiver pronto.

— Eu gosto de "querida" — comentou Peabody. — Ainda mais com aquele sotaque.

— Peabody!

— Estou só pensando em voz alta. E então, já podemos entrar lá para acabar com ela?

— Agora mesmo.

Quando ela chegou à sala de conferências, parou na porta para dar aos guardas novas ordens.

— Ela não vai passar por mim, mas, se isso acontecer, derrubem--na aqui na porta.

Ela entrou na sala de conferências. Grady continuava sentada à mesa, tomando café e analisando uma tela. Parecia, observou Eve, muito satisfeita consigo mesma.

— Eu estava prestes a ir procurar você. Acho que posso ter encontrado alguma coisa nova.

— Engraçado, eu também tenho novidades. E você me ajudou a chegar a elas.

— Ah, foi? — Um prazer genuíno iluminou o rosto de Cleo. — Posso estar lá quando você prender o filho da puta?

— Pode sim, primeira fileira, bem no centro. Você acha que isso vem do sangue ruim? — perguntou Eve com ar casual. — Sabe como são as coisas... Sangue ruim gera sangue ruim? Acho que isso é desculpa. Quando a gente trabalha muito tempo na polícia, vê que as coisas não são assim tão simples. Vê pessoas que vieram da merda e ralam muito para construir uma vida decente. Outros vêm de famílias decentes e rastejam na merda. Simplesmente porque gostam disso. Se bem que nesse caso... Metade do sangue de Alex Ricker é imundo.

— Alex Ricker não tem o cérebro do pai. Ele só se aproveita da fama dele. Sem querer ofendê-la, acho que alguém o agarraria mais cedo ou mais tarde.

— Talvez. Seu problema foi ficar tão ligado a uma mulher. Isso não foi o suficiente para fazê-lo mudar de rumo na vida, mas foi o bastante para arruiná-lo. Aquele cara tem um ponto fraco qualquer, um jeito sentimental, eu acho. Homens!... — Ela balançou a cabeça. — Eles pensam que são mais fortes e mais resistentes que as mulheres, mas nós sabemos que a coisa não é assim. Os assassinos mais frios que conheci eram mulheres.

"Mas, de volta ao papo do sangue — continuou Eve. — Estou curiosa. Você já era uma vaca fria e assassina antes de saber que tinha nas veias o sangue de Max Ricker ou se transformou nisso depois? Não responda ainda... — continuou Eve, enquanto Grady se levantava lentamente da cadeira. — Vamos lidar com as formalidades. Cleo Grady, você está presa pelo assassinato de Amaryllis Coltraine e pelo assassinato de Rod Sandy. Outras acusações incluem..."

No instante exato em que Cleo pegou na arma, Eve já tinha agarrado a própria. As duas sacaram ao mesmo tempo.

— Eu adoraria fazer isso — disse Eve. — Sentiria muita alegria no coração por ver você cair dura, mas pode ser que você me abata antes. Talvez... Nesse caso, a minha parceira, que está com a arma apontada para as suas costas, vai derrubar você. Você não vai sair viva desta sala, Grady. Abaixe sua arma ou você terá uma amostra do que deu a Coltraine.

— Minha arma de atordoar está na força máxima. Você vai cair e nunca mais levantar.

— Pode ser. Mesmo assim, minha parceira vai derrubar você. Largue a sua arma.

— Largo porra nenhuma! Saia da frente para eu poder...

Eve disparou. Sua arma estava em potência baixa e fez pouco mais que sacudir Cleo, que foi lançada para trás com o impacto e deixou a arma cair no chão.

— Isso foi agradável — alegrou-se Eve. — Pode ser mesquinho da minha parte, mas... droga, isso me fez sentir um bem danado! Está com a arma dela bem segura, Peabody?

— Sim, senhora. Também senti uma alegria gostosa, aqui.

— Mãos para trás, Cleo! — Eve continuou com a arma apontada e pegou as algemas. — Ah, e por favor... Tente dar uma corrida para alcançar a porta — convidou —, porque assim eu terei uma boa desculpa para lhe dar umas porradas.

— Fácil dizer isso quando você e sua parceira têm armas apontadas para mim.

— Sim, é muito fácil. — Eve sorriu. — Quer que eu repita a ordem?

— Você não vai conseguir fazer essa acusação colar. Ela não vai convencer ninguém.

— Quer apostar? — Ela empurrou Cleo para a cadeira, prendeu as algemas nas pernas traseiras e as fechou com um estalo enquanto acabava de recitar os direitos e obrigações legais da acusada.

Estou sem o sangue dela em minhas mãos, pensou Eve.

— Acho que Mira estava certa — murmurou, e balançou a cabeça ao notar o olhar de curiosidade de Peabody. — Não foi nada. Sei que você é filha de Max Ricker — disse, olhando para Cleo. — Sei que você recrutou Rod Sandy para passar dados sobre Alex Ricker para Max Ricker. Sei que você vem se comunicando regulamente com o seu pai desde que ele foi encarcerado em Ômega e sei que você se comunicou com ele na noite do assassinato de Coltraine.

— Você pode me dar um tapa na mão por ter feito isso, e talvez eu perca o meu emprego... Mas você não pode me acusar de assassinato.

— Ah, mas claro que posso! Você foi procurá-lo, não foi? Correu para procurar pelo papai?

— E daí, se eu o procurei? Isso não é crime.

— Estava esperando pelo amor e pelo carinho do papai. Como uma cadelinha lambendo o dono. É patético.

O insulto fez com que Cleo lutasse para se livrar das algemas.

— Sei tudo sobre você, sei que você foi criada pelo Estado. Você nem sabe de onde veio. *Isso* é patético.

— Eu sei aonde cheguei. — Eve trouxe uma cadeira, abriu as pernas e se sentou de frente para o espaldar. — Max Ricker enviou você para a faculdade e pagou por tudo.

— E daí? Isso não é crime.

— Mas não foi de graça. Nem almoço grátis Max oferece. Para ninguém. Mas houve um bônus: você teve o prazer de ver seu irmão virar suspeito desse crime.

— Ele é meio-irmão.

— Eu sei, um irmão só pela metade. A metade que recebeu muita atenção e todos os benefícios ao longo dos anos. O *filho*. Os homens adoram ter filhos homens.

— Depende do filho.

— Rod Sandy foi fácil de moldar. Ele tinha muita inveja de Alex. Você precisou só plantar as sementinhas, lhe mostrar a oportunidade e as recompensas.

— Você não pode provar isso, e sabe o motivo? Ele está morto.

— Achamos o seu estilete, Cleo.

— Sou colecionadora de armas. Tenho licença. — Ela bocejou de forma deliberada. — Eu poderia exigir a presença de um advogado, mas isso está muito divertido.

— Acessamos o seu cofre pessoal. Temos o anel de Coltraine. Isso foi burrice, sabia? Uma policial que guarda um troféu que pode ligá-la diretamente a um assassinato?

Cleo deu de ombros e pareceu entediada.

— Ela o emprestou para mim poucos dias antes de morrer. Eu só o guardei lá por respeito a ela.

— Humm... Será que *isso* vai colar? O que você acha, Peabody?

— Nem mesmo em um mundo onde as fadas cor-de-rosa cantam e dançam. — Balançando a cabeça para os lados, Peabody se levantou e foi se sentar à mesa de conferências. — Aposto que Max mandou que ela se livrasse do anel e de todo o resto. Ah, mas o anel era tão bonito! — Ela sorriu para Cleo. — Eu acho que você simplesmente quis ficar com ele.

— Ela me *emprestou* aquele anel. Você não tem como provar o contrário.

— Você acha que Max vai consertar toda essa cagada para você? — Eve se permitiu uma risada rápida e completou a pergunta. — Acha que ele tem o poder, os meios, os contatos certos para consertar isso? Talvez ele tenha, mas teria de se importar com você. E ele não se importa.

Cleo tornou a fazer força para se livrar das algemas, e, em seus olhos, Eve reconheceu o desejo por sangue.

— Você não sabe de merda nenhuma!

— Sei que ele usou você. Aliás, vocês usaram um ao outro para alcançar o que queriam. Para atingir Alex. E, se Coltraine tivesse que morrer para realmente esculhambar com a vida dele, tudo bem, ela não representava nada. Foi só um meio para atingir um objetivo. Quantas vezes você já matou por ele?

— Você é quem deve me dizer isso. Você só tem indícios circunstanciais, tem só especulações. Sua vaca, você não tem *nada*!

— Eu tenho muita coisa. — Eve se levantou. — Ele não ama nada nem ninguém, Cleo, não coloca nada nem ninguém acima de si mesmo. Você foi interessante e útil para ele durante algum tempo, mas o seu valor para ele acabou de despencar. Ele cortará você da vida dele como se fosse um tumor.

— Você não tem *nada* de concreto — disse Cleo, entre dentes. — Você não sabe nada.

— Ok, então. Por que não perguntar isso diretamente à fonte? — Ela bipou Roarke duas vezes. — Você vai poder assistir no telão, Cleo. Não se preocupe que eu mando lembranças suas para o seu pai.

Era estranho estar na sala de conferências e saber que ela permanecia fisicamente lá ao mesmo tempo em que via sua imagem se formar no telão da parede. Era estranho saber que continuava no mesmo lugar, mas, ao olhar ao redor, via a cela de concreto frio. Via o homem deitado sobre uma cama estreita, dentro de uma caixa cinzenta e sem enfeites.

Ele não tinha resistido muito bem à prisão, Eve observou. Seus cabelos estavam rareando, seu corpo tinha começado a ceder, sua pele estava flácida e sem vida. Porém, seus olhos, reparou, eram tão vigorosos e cruéis como sempre tinham sido.

— Olá, Max.

Ele se levantou da cama lentamente. Eve reparou que ele tremeu. De choque, empolgação, medo? Ela não podia ter certeza.

— Tenente Dallas. — Seus dentes exibiram um sorriso feroz quando ele ficou em pé.

Ele atravessou a imagem holográfica e raspou as mãos na parede ao estendê-las, quando andou para frente.

— Sim, também sinto prazer em ver você novamente. Por que não se senta? Vamos conversar um pouco.

Ele se virou para trás e ficou parado, de modo que seu rosto e o dela quase se tocaram, no holograma. Embora soubesse que ele estava longe, Eve quase sentiu o calor da sua respiração em sua pele.

— Não tenho nenhuma obrigação de falar com você. Sua presença holográfica dentro da minha cela está ferindo meus direitos.

— Acho que você vai querer falar comigo, sim. Quanto aos direitos, vamos atualizar a sua lista de direitos e obrigações. — Depois de fazer isso, ela sorriu. — Peguei você mais uma vez, Max. Por conspiração para assassinar uma policial. Nós sabemos que você ordenou a morte de Coltraine. Temos tudo provado em prosa e verso. Fiz questão de ser eu mesma a lhe contar que você será acusado, condenado e receberá outra sentença de prisão perpétua.

Ele se sentou e colocou as mãos sobre os joelhos.

— Eu não sei do que você está falando, mas, se eu realmente fiz isso, acha que vou me importar com a sentença? Aquela vaca está morta, não está?

— Nós pegamos Rouche e ele não vai aliviar o seu lado. Além disso, agora que o diretor soube de suas atividades, você ficará isolado. Nada mais de papos com amigos e familiares aqui na Terra, Max.

Seu rosto se contraiu de raiva.

— Há sempre alguém disposto a colaborar comigo. Sempre! Qualquer dia desses vou receber outra sentença de prisão perpétua pela sua morte, tenente. Ando pensando muito nisso. Muito mesmo...

— Rod Sandy não será capaz de ajudá-lo nesse plano de me matar. Ele está morto.

Ela viu quando a raiva se intensificou em ondas pelo seu rosto, antes de ele tornar a ficar rígido e frio.

— Que pena. Mas logo aparecerá outro Rod Sandy.

— Seu filho soube de toda a armação. Você perdeu seu garoto, Max.

— Meu filho é um inútil. Não conseguiu sequer manter aquela mulher sob controle, não é verdade? Tinha uma policial na cama, mas não conseguiu sequer convencê-la a trabalhar para ele. — Um sorriso fino e malicioso deslizou pelos seus lábios. — Pelo menos ficou feliz em ajudar a matá-la quando eu sugeri isso e arranjei tudo.

— Ora, por favor... Alex não passa de uma decepção para você porque ele não fazia as coisas do seu jeito. Ele não matou Coltraine. Estou com sua garota aqui comigo, Max.

— Não sei do que você está falando. — Ele se afastou e ficou de costas como uma criança emburrada. — Já aturei você demais por hoje.

— Cleo está sob custódia. Foi acusada de dois assassinatos. Não pediu autorização sua quando resolveu matar Sandy. Garota levada! Ela estragou tudo, Max, e agora você vai ter que pagar. É culpa dela que isso não tenha funcionado para você.

Com um jeito simpático e ponderado, Eve se recostou contra a parede quando ele andou mais uma vez na direção dela.

— Você é mesmo um incompetente até para fazer filhos. Mas, talvez, já que está completamente fodido, você queira ajudá-la. Assuma a culpa toda e lhe dê algo que ela possa usar em sua defesa. Diga que você a forçou, a chantageou, fez uma verdadeira lavagem cerebral e a ameaçou. Pode ser que me convença a negociar uma pena menor para ela. Afinal ela é uma policial, pode ser que eu aceite um acordo, poxa. Pode ser que eu aceite pedir só vinte anos de cadeia para Cleo em vez de prisão perpétua. Afinal de contas, ela tem o seu sangue.

— Ela não é nada. Nunca foi e nunca será. É menos que nada. Cleo conseguiu tudo que poderia alcançar na vida graças a mim, e foi mais do que ela merecia. A morte de Coltraine foi culpa unicamente dela. Sou um homem velho, estou preso — continuou, com um sorriso de deboche. — Não tenho controle sobre o que aquela piranha faz aí na Terra. E você não conseguirá provar o contrário.

— Essa piranha é sua filha, Max.

— Ela não é nada e não conseguirá nada de mim. Ela odiava Alex... ela o odiava porque ele era o meu filho, o meu herdeiro. Obviamente ela matou aquela policial de merda para colocar a culpa nele, e isso não tem nada a ver comigo.

— Um minuto atrás você tentou me dizer que foi Alex quem tinha cometido esse assassinato.

— Alex não tem *colhões* para fazer isso. Pelo menos Cleo sabe como ir atrás do que quer, sabe fazer o que for preciso, mas não tem o cérebro de Alex. Só que nem juntando as partes boas dos dois você conseguiria uma pessoa que prestasse.

— Então você sabia que foi Cleo Grady quem matou a detetive Coltraine.

Ele sorriu novamente.

— Ela queria fazer isso há anos, quando a policial que morreu vivia com Alex em Atlanta. Eu fui contra, esse crime não tem nada a ver comigo. Ela não é nada para mim. Pode prendê-la. Essa piranha é burra. Muito burra! — Ele bateu com o punho na parte de cima da cama — Que piranha burra! — repetiu, várias vezes.

— Encerrar transmissão holográfica — ordenou Eve, e ouviu o refrão amargo ecoar em seus ouvidos enquanto olhava para Cleo.

— Papai está de muito mau humor — comentou Eve.

Havia lágrimas, observou Eve, um leve brilho delas por trás da fúria nos olhos de Cleo.

— Ele é um mentiroso.

— Ah, com certeza, mas não mentiu dessa vez. Nós o pegamos, Cleo. E também pegamos você. A menos que você seja uma completa imbecil, sabe que ele não levantará um dedo para ajudá-la.

— Eu quero um acordo.

— Você não conseguirá acordo algum. — Eve voltou a se sentar e fez com que Cleo pudesse ler a verdade sólida em seu rosto. — Assassinato em primeiro grau para Coltraine. Nós já temos como provar que foi você. Sua ligação com Ricker ajudará a encerrar tudo mais depressa.

— Eu quero a porra de um acordo!

— Você não vai conseguir acordo! Não pela morte de Coltraine. Não enquanto eu estiver respirando. Você quis agradar seu pai, atingir seu irmão e matou uma mulher inocente. Uma colega policial que trabalhava no mesmo esquadrão que você. Agora vai pagar pelo resto da sua vida por isso. E também pela morte de Sandy. Confesso que, para mim, ele não significa a mesma coisa que Coltraine, isso é fato, mas vou fazer o meu trabalho: você também pagará por ele.

— Então não temos mais nada a conversar.

— Você é quem sabe. Vamos fichá-la, Peabody. Serão duas acusações de assassinato em primeiro grau e também...

— Me dê alguma coisa, porra!

— Você quer alguma coisa, *detetive*? Espera algum tipo de consideração de minha parte? O fato de você estar consciente, e não sangrando no chão, é toda a consideração que vai conseguir de mim.

— Eu conheço os contatos de Max, muitos nomes que você deixou passar. Sei onde ele tem contas... contas com grana suficiente para ele continuar pagando todos os seus contatos.

— Eu não me importo. Uma boa policial está morta, então acredite em mim quando eu digo que estou pouco me lixando para a barganha miserável que você está propondo. Você não tem nada para mim que valha a metade da alegria de ver você passar o resto da vida em uma cela.

Eve parou um momento como se considerasse o assunto.

— Mas vou dar a você a chance de se vingar de Max Ricker. Eu lhe darei a chance de dar uma bela martelada nele.

Observou o interesse que surgiu nos olhos da acusada e a raiva que se acendeu neles. E apostou nisso.

— Ele diz que não se importa, mas você sabe que não é bem assim. Outra sentença de prisão perpétua para ele, sem ter mais chances de apertar os botões aqui na Terra. Retire dele qualquer resquício de poder que ele ainda possa ter. Vou dar essa chance a você, aqui e agora. Se eu sair desta sala, você perderá até mesmo isso. Vingue-se dele, Cleo. Faça-o pagar por jogar você fora como se fosse lixo.

— Matar Coltraine foi ideia de Max. Ele a queria morta, então preparou tudo. Ela não foi a única.

Eve se sentou novamente.

— Vamos começar por ela.

— Ele ainda tem alguma influência e boas conexões em Atlanta. E as usou quando Coltraine começou a planejar sua transferência; abriu caminho para ela ser direcionada para Nova York, especificamente para o meu esquadrão. Se ela não mordesse a isca, eu teria sido transferida para onde ela estivesse, mas ela tornou tudo mais fácil.

— Ele a escolheu como alvo para atingir Alex?

— Max e Alex trocaram palavras duras antes de meu pai ser preso, e logo depois também. Sim, ele já pensava em se vingar havia muito tempo... na verdade, prometeu a Alex que se vingaria. Coltraine foi o pagamento da promessa.

— Você entrou em contato com ela naquela noite.

— Foi Max quem planejou tudo. Fez com que Sandy persuadisse Alex, dissesse a ele que era preciso passar algum tempo em Nova York para tratar de negócios. Sandy sabia que Alex tinha arrependimentos sobre Coltraine e usou isso, incentivando-o a entrar em contato com ela para propor uma reconciliação. Depois disso, foi fácil. Sandy sugeriu a Alex que saísse para dar uma volta. Eu liguei para ela, contei que conseguira uma pista sólida no caso de Chinatown e precisava que ela me encontrasse. Max me disse exatamente como queria que ela fosse eliminada, e eu fiz exatamente o que ele mandou.

— Você a esperou na escada.

— Sim, mas apenas a atordoei ali. Max queria que tudo fosse feito de uma forma específica, então segui suas instruções. Eu a levei até o porão e a reanimei para poder dar a mensagem de Max. "Foi Alex quem me mandou matar você, sua piranha. É Alex quem está pegando a sua própria arma e pressionando-a em sua garganta. Está sentindo? Ninguém dispensa um Ricker e vive para contar." Max queria que ela morresse pensando que Alex tinha ordenado a sua morte. Se Alex se desse mal por causa disso, tanto melhor. De qualquer forma, era uma vingança. E uma vingança que iria acontecer no seu território, tenente. Algo que a atingiria também.

"Ele pensa muito em você — declarou Cleo.

— Você vai pensar também — avisou Eve.

Epílogo

Quando tudo ficou resolvido e Eve sentiu tanto repugnância quanto satisfação com o desfecho, ordenou que os guardas levassem Cleo para ser fichada.

— Você quer acompanhar o resto até o fim? — perguntou-lhe Peabody.

— Não. Para ser franca, não.

— Deixe que eu cuido de tudo — ofereceu Peabody. — Isso tudo dói. Ela matou mais de uma dúzia de pessoas por ordem dele. Só porque ele mandou.

— Não, não só por ele ter mandado. Isso foi apenas parte do motivo. O resto foi algo que já estava dentro dela, só Deus sabe por quê.

— Eu vou redigir o relatório. Gostaria de fazer isso — acrescentou Peabody, antes que Eve pudesse falar. — Por Coltraine.

— Ok.

Sozinha, Eve simplesmente permaneceu sentada na sala de conferências. Muitas coisas se agitavam dentro dela, percebeu. Muitos pensamentos zumbiam em seu cérebro.

Morris entrou silenciosamente e se sentou diante dela.

— Obrigado.

Por razões que Eve não saberia descrever, ela apoiou os cotovelos sobre a mesa e pressionou os dedos contra os olhos, que pinicavam e ardiam.

— Você sente um pouco de empatia por ela — comentou ele.

— Não sei o que eu sinto — ela conseguiu dizer, depois de algum tempo.

— Uma pequena semente de empatia por uma mulher cujo pai consegue demonstrar tanto desprezo por ela. Eu vi o rosto dela quando Max falou com você a respeito da filha. As palavras dele a cortaram em mil pedaços. Fiquei satisfeito com isso, mas também senti alguma pena dela. Uma sementinha de solidariedade.

Eve deixou cair as mãos.

— Ela mereceu. Tudo isso. Mais que isso.

— Sim, eu sei. Mesmo assim... É isso o que nos torna diferentes do que ela é, Eve. Somos capazes de ter sentimentos, apesar de tudo. Vou ainda esta noite para Atlanta. Pretendo dizer à família de Ammy que o seu assassino... os seus assassinos... foram levados à justiça. Quero fazer isso pessoalmente.

— Sim, tudo bem. Certo. Você vai... — Eve quase teve medo de perguntar. — Você vai voltar para cá?

— Vou, sim. Este aqui é o meu lugar, este é o meu trabalho. Vou voltar. — Ele colocou uma caixa sobre a mesa. — Isto aqui era dela. Quero que fique para você.

— Morris, não posso aceitar...

— É uma coisa pequena. — Ele abriu a tampa. Dentro havia uma borboleta de cristal com asas recobertas de joias. — Ela me contou que essa peça foi a primeira coisa que ela comprou quando chegou aqui. Disse que isso sempre a fazia sorrir. Significaria muito para mim se você a aceitasse.

Ela assentiu com a cabeça e colocou uma das mãos sobre a dele.

— Não foi apenas trabalho, dessa vez, Morris.

— Eu sei. Na verdade, para você nunca é. — Ele se levantou e foi até o outro lado da mesa. Pegou o rosto de Eve entre as mãos e a beijou suavemente na boca. — Eu voltarei. Prometo — disse ele, e a deixou novamente sozinha, olhando para a joia em forma de borboleta.

Ela perdeu a noção do tempo em que esteve sentada ali, tentando se recompor, se acomodar, suavizar a dor. Perdeu a noção do tempo em que ficou sozinha antes de Roarke entrar na sala.

Como Morris fizera, ele se sentou em frente à mesa e analisou o rosto dela em silêncio.

— Estou cansada — declarou Eve.

— Sei que está.

— Queria me sentir bem a respeito de tudo isso, mas não consigo. Foi um bom trabalho, eu sei disso. Todo mundo fez um bom trabalho, mas não consigo me sentir bem. Estou apenas cansada.

Ela respirou fundo e completou:

— Eu pretendia acabar com ela, e sabia que Ricker faria exatamente isso. Eu *sabia*. E *queria* isso. Tinha o suficiente para prendê-la sem precisar daquilo, mas...

— Coltraine e Morris mereciam mais. E nós dois sabemos que uma prisão não garante a condenação.

— Reo a teria cercado, de qualquer jeito. Mas, sim... Coltraine e Morris mereciam mais.

— Eles se traíram com muita facilidade. Usaram um ao outro, se atacaram e se traíram sem hesitação, sem remorso. Apesar de eu gostar de ver você enfrentar Ricker e de apreciar vê-lo naquela cela de concreto, foi difícil me sentir bem observando pessoas que deveriam ser leais uma com a outra... ou melhor, sentir *alguma* coisa uma pela outra se destruir como abutres que brigam por um cadáver.

— Ela sentia algo por ele. Talvez seja esse o problema.

— Você tem razão, pode ser, sim. Mas isso não a impediu de acabar com ele. Você sabia que ela tinha algum sentimento pelo pai, por mais distorcido que fosse, e usou isso a seu favor. Isso, tenente, é sinal de um bom trabalho. — Ele bateu na caixa aberta. — O que é isso?

— Era de Coltraine. Morris quis que... eu ficasse com ela.

Observando as asas cravejadas de joias, ele sorriu para ela.

— Acho que você conseguirá apreciar essa peça ao longo dos próximos dias e se sentir bem. Você pode ir para casa, agora?

— Posso, sim. Peabody está lidando com o trabalho burocrático.

— Vamos para casa então, para termos uma noite de agradecimento por sermos quem somos. — Ela fechou a tampa da caixa e a enfiou no bolso. Deu a volta em torno da mesa e colocou os braços ao redor dele. — Eu já sou grata. Nossa! Quero assistir a um daqueles filmes em que um monte de coisas explodem, comer pipoca, beber muito vinho e depois curtir uma sessão de sexo bêbado no chão.

— Estranhamente, era exatamente isso que eu tinha em mente. — Ele a ajeitou junto dela e enlaçou uma das mãos com a de Eve. — Somos perfeitos um para o outro.

Talvez ela ainda não estivesse tão bem, refletiu Eve, quando eles saíram da sala de conferências e foram caminhando em direção às passarelas aéreas, mas já estava se sentindo definitivamente melhor do que antes.

Impresso no Brasil pelo
Sistema Cameron da Divisão Gráfica da
DISTRIBUIDORA RECORD DE SERVIÇOS DE IMPRENSA S.A.
Rua Argentina, 171 – Rio de Janeiro, RJ – 20921-380 – Tel.: (21)2585-2000